書信中的商務印書館

張元濟
王雲五
著

張元濟致王雲五的信札，
一窺百年前出版經營甘苦談

目次

前言

獻給出版的過去與未來

張元濟先生與我的祖父王雲五是相知多年的好友，即使一九四九年面臨動盪而不得不出走時，我的祖父仍不忘隨身攜著張元濟先生諸多來信，直至帶到臺灣。張元濟先生來信的主要內容，公私皆有，而以公事為主，特別是集中在抗戰時期，與我的祖父不斷討論、共同努力，讓商務印書館能夠繼續運作下去，只要閱讀它們，就能深刻體會當年出版經營的甘苦。基於這批書信的研究價值，以及它們對商務印書館的歷史意義，臺灣商務印書館曾先後兩次出版，並定名為《艱苦奮鬥的歲月（1936-1948）：張元濟致王雲五的信札》。

二〇二〇年趁著王雲五紀念館進行整修時，我推動王雲五基金會與學術界進行合作，整理紀念館的館藏，特別是我祖父所留下來的各類文獻與文物。而先是在整理過程中，陸續發現數封並未收入的書信、相關物件；後來在臺灣商務印書館的倉庫清點時，又找到當年影印《岫廬已故知交百家手札》的底稿，[1] 由於有這樣的成果，以及印刷、編輯各方面技術的進步，在與同人們討論後，我們決定重新出版這批書信，並根據信件的主要內容，將名稱調整為《書信中的商務印書館：張元濟致王雲五的信札，一窺百年前出版經營甘苦談》。

這次出版重點，不僅在文字的內容，還包含著文字的載體，也就是信件本身，因此我們將全部書信甚至是信封、籤條，皆用高解析的方式重新掃描，盡可能將所有訊息都如實地傳達給讀者，讓讀者翻閱本書時，更容易體會當時的歷史情境。我祖父親手編輯《岫廬已故知交百家手札》時，曾收錄張元濟先生的八封來信、兩則電報，不過除一封信外，其它都已採入《張元濟全集》第一卷，經過考量，我們決定將這部分作為全書附錄，一併出版。

去年是商務印書館創辦一百二十五週年、臺灣商務印書館開業七十五週年，今年又恰好是我的祖父王雲五出生一百三十五週年，這時推動重新出版這本書，對我來說，無論於公於私，都是最好的紀念。最後，我要再藉這個機會，向讀者介紹王雲五基金會。我們已大致將館藏文獻與文物整理完畢，並挑出其中精華，在王雲五紀念館常設展出。我們會陸續出版整理成果，像是我祖父所留下的各類日記，或者有關臺灣政治史等方面的史料，與此同時，我們正在建置資料庫，以期日後讓各界更容易了解、方便利用館藏。我誠摯歡迎讀者前來參觀王雲五基金會，也非常期盼能與大家相互交流。

王春申　臺灣商務印書館董事長

二〇二三年十月

1 王雲五編，《岫廬已故知交百家手札》，臺北：臺灣商務印書館，一九七六。

編輯說明

一九七九年王雲五先生病逝後，哲嗣王學哲先生在清點遺物之際，發現王雲五先生床下藏著一具陳舊皮箱，存有諸多渡臺前的各方函札，其中張元濟先生來信即有一百三十二封。王學哲先生當時將這批書信帶回美國整理，並於二〇〇七年首次出版，作為商務印書館一百一十週年、臺灣商務印書館六十週年的獻禮。隨後不久，經過張元濟先生哲孫張人鳳先生的校閱訂正，定名為《艱苦奮鬥的歲月（1936-1948）：張元濟致王雲五的信札》，於二〇〇九年再次出版，同時收錄張人鳳先生影印提供的王雲五先生相關文獻十二件。

本次雖是張元濟信札的第三次出版，但與先前相較，有兩個主要差異。首先是從信件數量來說，當年由於各種考量，認為有四封顯露張元濟政治觀點的信件「不宜發表」，故僅存其目、實際收錄一百二十八封（其中一封為一九三九年九月十六日張元濟致鮑慶林信的抄件），本次出版則將這四封信如實收入。而二〇二〇年在王春申先生、劉艾琳女士等人大力支持下，王雲五基金會委託編者與諸位前輩，進行「雲五文獻」計畫，對王雲五先生遺留各類文獻與文物的展開整理工作，因此新發現王雲五先生皮藏於它處的相關物件，分別是：

①張元濟信札六件，其中三件完整（一九二五年五月三十日、一九三八年十二月二十七日、一九四七年四月十五日），三件或有缺葉（一九三八年八月十五日）、或經過裁剪（一九三八年十月）與破損（一九四五年十月十八日）。

②隨信附件七件，分別是〈各廠飲用熱水價格表〉（一九三八年一月七日）、張元濟致李拔可信的抄件（落款時間為一九三八年二月十九日）、楊樹勳履歷（一九四六年八月四日信的附件）、與「同人會」交涉的策略與原則（約為一九三九、四〇年間來信的附件），以及李拔可外孫等人基本資訊抄件三件。

③信封五件，其中一件無法確認寄件日期、兩件僅存信封，兩件與現存函札吻合，可以配成一套。

④報紙籤條四件，分別是民國二十六、二十七、二十九、三十五年。在此稍加說明，經過考證，編者認為王雲五先生對於張元濟來信的蒐藏習慣應當是：先依照年分區別開來，接著各自用報紙包裹，並粘貼用裁切報紙而成的籤條標註時間。

因此本次出版，連同四件不宜發表、新發現六件，正編總共收錄張元濟信札一百三十七件（原有一件，經查與《岫廬已故知交百家手札》重複，故剔除），而隨信附件、信封、籤條等物，亦有幫助了解來函內容與當時歷史情境，所以一併收錄書中。不過，李拔可外孫等人基本資訊抄件三件，由於事涉個人隱私，經過考量，決定本次不予收錄。

其次是圖像的呈現。當年因為各種技術條件限制，前兩次採用黑白雙色出版，並特別凸顯文字部分。本次雖由於成本等方面的考量，無法全彩印刷，但由於採用高解析度的掃描圖檔，因此即便在灰階的情況下，讀者仍可以相當清楚地掌握每封來信的諸多細節，例如張元濟所使用的紙張、摺疊信件的習慣；在動盪遷移的過程中，所留下的水漬、蛀痕、破損，以及因為王雲五先生的存貯方式，而沾黏在信箋背後的報紙等等，這些也都有助於了解當時的歷史情境。

至於具體的整理方式，本次出版既有所繼承，亦有所更改：

①改將每封信的圖檔列前，釋文緊隨其後，以利讀者翻閱、對照。信件仍以時間先後為序，無法確定時間者，則置於最可能月分之末。

②全部圖檔統一等比例縮小排版。除一九三八年十二月二十七日、一九四八年六月十一日兩信，由於原件過長，不得不將圖檔裁切數頁外，其它均為每一頁對應原件每一面。

③附件、信封置於相關聯信件之後。無法確認之附件與信封、原信已佚之信封以及年分籤條，均統一置於本書正文之末。

④在先前基礎上，每封信釋文之前均酌加簡單摘要，便於讀者掌握。

⑤盡量秉持原件照錄原則，保留張元濟較為慣用之異體、通假字；張元濟對於時間，間用中文或阿拉伯數字，隨其所用方式表示；雙行小字書寫者，亦以同樣排版處理。但在少部分信紙角落，張元濟雖會注明頁數，然由於排版等因素，故無法一一表示，敬請讀者留意。

⑥符號運用。張元濟使用括號處，如實採用全形圓括號（）；插入行間或寫於天頭等處文字，置於實心方頭括號之內【】；原件缺損但能判別者，用全形方括號表示〔〕；更正則在誤字旁（）內填入正字；缺損無法判別以□替代；編者說明則置於空心方頭括號內〖〗；塗黑、畫圈等處，以相近符號表示。

⑦句讀相較前次出版，多有修訂，若遇張元濟自行簡單斷句之信件，原則上繼續沿用，但改為現代新式標點。

⑧前次出版張人鳳先生提供的王雲五先生相關文獻十二件，本次亦收入書中，但移至全書之末，作為附錄一。

⑨《岫廬已故知交百家手札》載有張元濟先生來信八封、電報二則，其中僅有一九三八年十一月三日信曾收入《艱苦奮鬥的歲月》一書，但註明「缺原件」，本次則將該信移出，連同其它一併置於全書之末，作為附錄二。

⑩《岫廬已故知交百家手札》所收諸信與電報，亦依時序編入信札年表，以利讀者查閱。

至於部分張元濟信件彩圖影像檔，以及王雲五先生所遺各類文獻與文物的介紹，請參閱編者〈「雲五文獻」漫記——整理經驗與可能的研究方向〉一文。[1] 編者此次整理，其實是在原有基礎上進行工作，[2] 期間亦曾多次參考《張元濟年譜長編》、[3]《張元濟全集》[4] 等書釋讀、校對，惟編者囿於有限學力，難免發生錯誤，或有仍需商榷諸處，敬請讀者不吝指正。

陳重方　特約主編

1 陳重方，〈「雲五文獻」漫記—整理經驗與可能的研究方向〉，《史原》，二〇二二年復刊第十三期，第二二五至二七九頁。
2 王學哲編，《艱苦奮鬥的歲月（1936-1948）：張元濟致王雲五的信札》，臺北：臺灣商務印書館，二〇〇九。
3 張人鳳、柳和城編，《張元濟年譜長編》，上海：上海交通大學出版社，二〇一一。
4 張元濟著、張人鳳編，《張元濟全集》，第一卷，書信，北京：商務印書館，二〇〇七。

信札年表

上方欄為信件年、月、日；下方欄為事項大要。從一九二五年五月至一九四八年十二月為止，依年月日順序列載。另，《岫廬已故知交百家手札》所收書信、電報亦編入年表，並註明「附錄二」；前次所未發表、本次新增之書信，則註明「新增」表示區別。

一九二五年

五月三十日

討論編輯出版應注意的重點（新增）

一九二六年

八月二十一日

討論商務印書館百科全書、英文函授學校業務，以及人事推薦（附錄二）

一九三六年

九月九日

對王雲五所寫文字提出意見（附錄二）

十月八日

王雲五前信讀後感想；寄送京都大學《四庫有圖樣本》之事（附錄二）

十二月五日　有關《中國文化史叢書》之事

一九三七年

十一月十五日　商務在香港缽典乍街房屋的處理；滙豐押款；商務香港印刷廠（香港分廠）印刷產量大增；討論商務印書館在戰時的遷移和員工安置相關事宜

十一月十六日　張元濟家人安排逃難

十一月十八日　建議購存紙張，已備印刷不時之需；張元濟家人逃難後續經過

十一月三十日　蔡元培（號隺廎）到香港後，請王雲五代覓安居之處（王雲五之子王學哲當年十五歲在香港南方中學供讀，家住跑馬地崇正會館。蔡元培來到香港後暫住王家，王雲五囑咐王學哲每日陪伴蔡元培到住處附近散步）

十二月十五日　商務內部勞資問題；提出節省商務開支的辦法

十二月十七日　建議調整員工薪水以節省開支；商務印書館在戰時的遷移；商務員工津貼、差旅費等問題；分館薪水與幣價換算問題；同人福利與待遇

十二月二十日　商務人事問題及同人待遇；《東方雜誌》、《教育雜誌》日後出版走向；張元濟家人逃難到武昌

一九三八年

一月七日	商務內部執行信件檢查；由於身體因素，表示不便應邀移往香港；商務在戰時的人事、經營、節約等問題
一月十三日	閱報得知中華書局的勞資事情；商務的經營與人事
一月十九日	商務北平分廠（京華印書局）的營運
二月九日	改定商務版權頁樣式；商務去年不能結帳，如何通告股東
二月十四日	改定商務版權頁樣式；商務書籍被炸毀；對大局前途極為悲觀，並建議預先制定同人萬一遇難時的處理辦法
二月十七日	提醒盡早處理京華印書局之事；提及自身日常生活；希望展延私人借款
二月十九日	此件為張元濟致李宣龔（拔可）信抄件，當為致王雲五某封信的附件，討論推廣華僑營業與人材之事，並詢問商務廠棧是否受到騷動波及。
三月二日	感謝王雲五對自己的接濟；京華印書局一事應向董事會報告；溫州紙廠的籌辦；聽粵語電台廣播，知悉有團體擬辦函授事宜

三月十四日	感謝王雲五對自己的接濟；商務北平分廠易幟、重設南洋分館；商務在香港缽典乍街房屋的處理；溫州紙廠的籌辦；張元濟的抄錄補注與《辭源》續編內容疑問；王雲五與商務各分館溝通往來的磨擦
三月十五日	溫州紙廠的籌辦；贊同京華印書局一事的處理方法；商務保定分館，以及與各地溝通問題；討論該如何應對同人互助會；修改通告商務股東的文稿；歸還借款
三月二十二日	同人互助會的造謠搗亂
三月二十五日	品評人物；有關商務發放股息事；修改通告商務股東的文稿
三月三十一日	溫州紙廠的籌辦，評估其地理位置與環境資源
四月一日	修訂《辭源》；修改通告商務股東的文稿；法幣日趨貶值等事；與各地分館的溝通問題
四月四日	有關商務發放股息事；贊成商務內部增設一級薪水
四月十六日	有關商務發放股息事；商務董事會開會經過與相關報告
五月十二日	建議調整商務員工的薪水；修訂《辭源》；李拔可擬辭職及內部人事問題

五月二十五日　收到王雲五所擬〈記功給獎暫行辦法〉；商務內部人事等問題

五月二十五日　不建議出售香港分廠對面之地；兒子張樹年身體欠佳，擬同來香港小住

五月三十日　建議用國幣、港幣或本地幣支付薪水；建議及早擬定同人出外交通費用規則；對於工會成立等事；有關商務發放股息事

六月十四日　關於出版《孤本元明雜劇》的評估

七月五日　告知商務董事會通過墊息及提高薪折；關於商議出版《孤本元明雜劇》的經過

八月八日　商務疏散庫存、開設分店等事；函授擴大招生；節約委員會名單及章程

八月十五日　商務員工王禎問題；李拔可患病住院〔新增〕

八月二十二日　商務員工節約等事；商務員工被捕與押送出境；姪子許寶俊譯書出版審查事；擬編纂《通用名詞習語淺釋》

十月十日　信件寄送遲滯；商務員工節約方案相關事情；商務員工辭職與慰留；公司財產，股息、分紅等事；兒子張樹年身體狀況

十月　商務戰時營業狀況與員工糾紛；商務內部節約問題

十一月三日　稱讚並同意王雲五對商務在戰時經營的各種處置〔附錄二〕

十一月二十九日　詢問商務董事會開會事宜；關於出版《孤本元明雜劇》的後續評估；張元濟為親友謀職

十二月三日　關於商務員工組成組織，欲爭取福利、提出要求一事

十二月四日　收到王雲五回覆電文

十二月五日　商務董事會暫緩召開；商務年終結帳、董監事車馬費等事

十二月十六日　夏筱芳辭職事；詢問如何回覆鄭振鐸關於出版《孤本元明雜劇》一事；擬請王雲五發通告，禁止商務同人在辦公時抽煙；有關商務內部印製《節約手冊》事情

十二月二十七日　夏筱芳辭職事；宋川忠辭職事；關於出版《孤本元明雜劇》後續安排；對於工潮、互助會等問題；商務承接印刷公債與郵票業務；商務內部實施禁菸；對於《中山大辭典一字長編》的意見〔新增〕

一九三九年

一月三日　對於工潮、互助會等問題；請王雲五擬信與工部局溝通；關於簽訂《孤本元明雜劇》出版合約事宜

一月二十三日　擬開董事會報告營業情狀；接到王雲五所寫致工部局信，甚為欽佩；商務工人在公司會客室鬧事；關於《孤本元明雜劇》出版合約的簽核

一月二十四日　關於《孤本元明雜劇》合約簽訂與費用；工部局收到王雲五的信後反應滿意；互助會擬派人到香港請願；商務向銀行預備透支問題

二月三日　商務向銀行預備透支問題；商務在香港人事問題；互助會派人到香港請願；召開董事會問題

三月二十日　商務緩開董事會；商務員工薪水調整問題；商務現在內部的風氣

四月十日　自己因患腸胃病不能前去香港；商務董事會通過來稿提出各案；請王雲五代找汪精衛文章

五月四日　商務營業狀況；工潮平息；各地生活物價與員工薪水；關於《孤本元明雜劇》校對排版等規畫

六月八日　各地生活物價與員工薪水；建議增修商務出版的書信；建議出版及函授書籍，並應注重農科

六月二十九日	商務在香港購買廠房用地一事；請王雲五代購奶粉
七月十日	商務董事會開會情形；幣值下跌與員工薪水的問題；商務經營方面開源節流的建議；請王雲五代購奶粉
八月十五日	讀到王雲五對於商務印書館的計畫書；商務裝訂部發生糾紛；有關中華書局的營業狀況
八月十五日	請王雲五代購奶粉細節
八月二十二日	商務員工怠工
八月二十二日	商務墊發股息
九月七日	商務員工第二次怠工；商務平糶辦法；張元濟對怠工的態度轉變
九月九日	商務員工第二次怠工後處理辦法與相關問題
九月十一日	工會印發告商務股東及社會人士書詆毀王雲五名譽，張元濟以董事會主席名義來函，表示董事會全體仍信任之
九月十二日	請王雲五代購奶粉

九月十六日　建議王雲五以法律保護名譽；同人會對商務平糴辦法多有意見；高級職員濫支船費

九月十六日　張元濟抄致鮑慶林信，有關高級職員濫支船費

九月十六日　向董事會提交商務分館損失報告與一般報告；同人會、互助會雙方對峙；商務員工契約續訂問題

九月十九日　商務平糴辦法由代價券改發現金

九月二十二日　商務高級職員紛爭；建議王雲五聲明「自述」保護名譽；商務發放平糴代價券時的混亂

九月底　商務發放平糴代價券時的混亂；商務高級職員紛爭；建議王雲五聲明「自述」保護名譽

十月九日　李拔可堅持辭職與人事問題；詢問平糴代價券發放後公司內部情形；有關香港工潮傳聞

十月十四日　商務高級職員薪資與津貼規定；香港分廠糾紛解決與高級職員問題；提議節省紙張、減少印數計畫，以符合商務現在經營情況

十一月四日　討論《百納本廿四史》以及楊守敬《水經注疏》排版規格及出版安排

十一月八日	商務高級職員留任問題；《孤本元明雜劇》抄本校對問題
十一月十二日	提案出版《馬相伯先生年譜》，但須評估作者要求
十一月十二日	出版《百納本廿四史》的排版、頁數和用紙；涵芬樓藏毛氏汲古閣精抄《辛稼軒詞》出版事宜
十一月二十五日	商務董事會開會過程；商務員工擬正式成立同人會與相關問題；與作者溝通《馬相伯先生年譜》的印刷規格與版稅
十二月五日	談妥《馬相伯先生年譜》的出版；購入毛氏汲古閣精抄《辛稼軒詞》丁集，與商務的涵芬樓藏版本配齊，並決定即日付印
十二月十五日	影印出版汲古閣精抄《辛稼軒詞》的印量與定價；《百納本廿四史》的縮印、用紙、成本與銷售考量；商務出版的《家事》教科書相關問題

一九四〇年

一月二十一日	香港舉行廣東文物展覽會，出借商務與自己舊藏書籍、字畫；公司與同人會發生糾紛；公司貨物運輸日漸困難；香港分館店面擁擠，建議開支館；《百納本廿四史》的縮印；《孤本元明雜劇》的校對

二月十九日	《太平御覽》的售價與銷路評估；《百納本廿四史》的印刷方式考量
二月二十七日	請調查《偏行堂集》有無印行價值；審查許寶駿著作是否值得出版
三月六日	蔡元培後事相關建議
三月十一日	蔡元培後事相關建議；商務借發股息；評估出版《太平御覽》的銷售、成本與庫存
三月十一日	蔡元培在上海所租房屋的處理問題
三月二十一日	蔡元培在上海所租房屋的處理問題；建議勸告蔡元培夫人攜子女回上海
三月二十一日	提出九點有關商務出版規畫（如楊守敬《水經注疏》、《名媛文苑》、《偏行堂集》等書），以及有關廣東文獻展覽會借出展品的歸還
三月二十二日	蔡元培在上海所租房屋的處理問題；與王雲五商議如何為蔡元培子女成立教養基金
三月二十八日	有關商務股東會要求多借股息等事；提出六點有關商務出版，如楊守敬《水經注疏》、《家事》教科書等書的建議；有關蔡元培的喪事及其夫人相關事情

四月二日	蔡元培在上海所租房屋的處理問題；《孤本元明雜劇》的契約、校對、出版成本等問題；影印出版楊守敬《水經注疏》、宋本《宛陵集》的建議；請王雲五在重慶能多找代印工作
四月十八日	報告商務股東借息一事，並擔憂商務的財政狀況
六月七日	聽聞商務某職員存款忽然增加，可能有舞弊情形，請王雲五祕密調查
六月七日	敘述自己返回上海、待在香港經過；感謝王雲五代為購藥；若遇怠工如何應對；鮑慶林辭任等事〔附錄二〕
六月十四日	商務股東借息一事；鮑慶林的辭職與慰留；對同人會要求將引起糾紛的擔憂
六月二十九日	校閱楊守敬《水經注疏》的問題
七月四日	《廣東叢書》的合約細節與出版規畫
七月十日	鮑慶林回任協理之職；補助同人子女教育費相關問題；對商務未來經營環境提出「慢性」、「急性」兩方面的建議
七月十日	鮑慶林回任協理後的待遇

八月十日	商務內部營運與人事問題，以及對若干董事之評價
八月二十八日	校閱楊守敬《水經注疏》遇到查證、校對等困難；請教《孤本元明雜劇》是否開放預購或上市優惠
九月二十日	欣聞商務增印郵票；確認《孤本元明雜劇》的出版規畫；為女婿孫逵方託購西藥
九月二十五日	在董事會報告商務經營損失情形，以及發還同人長期儲蓄尾款問題；為女婿孫逵方託購西藥；上海公共租界罷工，物價增長
十月三日	上海大雨，商務董事會因此改期；調查商務經營損失相關問題
十月三日	建議黃仲明辭去文儀公會主席
十月十二日	董事會通過復設新加坡分館；為女婿孫逵方託購西藥等私事

一九四二年

三月二十三日	謂商務在上海的經營狀況已山窮水盡無法維持，請王雲五盡快設法救濟
六月二十七日	請王雲五協助、介紹姪孫女工作

七月八日　賣書以及歸還商務同人存款等事情；聽聞蔡元培夫人在香港生活非常艱苦

十一月十八日　張元濟聽聞中國內地物價高漲，與李拔可聯名致函王雲五，請自加支戰時津貼一千元

一九四四年

五月三十一日　翁萬戈欲與張祥保解除婚約，張元濟請求王雲五協助挽回〔附錄二〕

一九四五年

八月二十七日　電請王雲五乘飛機到上海商議戰後復興商務印書館諸事；報告商務現況與職員同人、親友情形；期盼能閱讀近年出版之雜誌〔附錄二〕

九月六日　再次電請王雲五乘飛機到上海；請託人帶英美雜誌；商務香港分廠一事〔附錄二〕

九月十六日　回覆董事會討論專職專權、暫留重慶、補發股息等事；仍期望王雲五乘飛機到上海；再請託人帶英美雜誌；希望王雲五鼎力主張從嚴懲治戰犯與漢奸〔附錄二〕

十月十八日　勸戒王雲五少飲酒；對於自己獲頒勝利勳章的疑問〔新增〕

十月十八日　國民大會重選代表，延期舉行，建議必須平等待遇收復區

十月二十七日　商務發放股息、組織經營等事宜；張元濟的侄孫女解除婚約；對國共問題的觀察；祝賀王雲五的兒子王學哲結婚；為姪子張樹源請託事情

十月二十七日　張元濟賣字謀生多年，現擬推展至中國內地，請王雲五協助相關事情

十二月十三日　勸告王雲五不要過度勞累、少飲酒；感謝王雲五為商務的付出；批評國民黨在上海的作為；對國共問題的觀察；轉述葛敬恩所說臺灣情形，並據此討論在臺編輯、出版、銷售等事；商務杭州分館房產問題；為姪子張樹源、女婿孫逵方請託事情

十二月二十三日　感謝王雲五協助賣字之事；閱讀報紙得知中共消息，感到無可奈何

一九四六年

一月十七日　自述去年底生病情形；商務經營與內部人事等問題；對國共問題的觀察；感謝王雲五贈書與幫助

一月二十三日　請教俞鏡清調離商務杭州分館經理一職相關事情

二月一日	對國共問題的觀察；勸告王雲五不要任官
三月二十八日	商務董事會通過墊發股息；請王雲五協助丁斐章女兒及其夫婿赴美留學
四月三日	李拔可女兒在荷蘭逝世，請王雲五協助保守祕密
六月四日	商量如何調整商務員工薪資待遇
六月八日	李拔可年高體病，建議請楊端六繼任他在商務的職位，並請王雲五去信勸說
六月十六日	有關兒子張樹年的事情
七月三日	請王雲五協助為上海時疫醫院再次向紡建公司募款
七月十九日	時疫醫院募款後續；李拔可女婿及其外孫後續消息；針對政府將統制物價的意見
七月十九日	商務香港分廠舊工人前來鬧事
八月四日	介紹友人楊樹勳，請王雲五協助讓他加入政府對日貿易考察團；請王雲五再為時疫醫院募款一事出力
八月十日	討論商務董事會開會時間與更改公司章程的提案

八月十九日　告知董事會日期並預計在會上決定何時召開股東會

八月二十日　再次告知商務股東會開會日期

九月一日　董事會開會後的商務內部人事問題

九月九日　邀請王雲五出席商務股東會；商務面臨人事更迭與內部改革

九月十五日　朱經農到商務上任的交接與公告事宜；告知股東會、董事會開會日期；李拔可辭任商務經理與繼任者問題

九月二十四日　報告商務董事會通過的諸多事情；請王雲五協助收回商務閘北總廠藏板房的房產

十月十六日　介紹商務已故同人之子出任駐英使館商務參贊

十月十八日　將逢自己生日，辭謝王雲五擬辦的宴會

十月二十八日　收到王雲五贈送的錦屏

十一月十九日　「五聯出版公司」相關問題；韋傅卿到香港前透過張元濟轉託，向王雲五請求援助；詢問日本人所做的「經濟調查工作」具體情況

十一月二十七日　建議停止承印國立教科書；請王雲五協助朱經農，使商務退出「七聯」；為親友向王雲五求贈墨寶

十二月十一日　討論商務解雇工人前來鬧事的協商、處理問題；對於商務財政狀況，提出開源節流各項建議，如出清庫存、招募人手等

一九四七年

一月十六日　請求協助李拔可外孫回國

三月三十日　請求協助鄰居友人之子韋潛光赴美留學；再次為商務已故同人之子謀職

四月十五日　商務工潮蔓延，擬召開緊急董事會；擬請史久芸代理夏筱芳經理職務（新增）

五月三日　物價大漲後，討論商務員工薪資待遇等問題

五月十四日　感謝王雲五為商務已故同人之子謀職；因物價而調整員工薪資後產生的財政壓力

一九四八年

四月二十九日　請求王雲五協助解決親戚在上海的瓷磚公司問題

六月十一日　指出政府「統制」改革問題，如管理外匯、限制進口外國商品等；請求王雲五協助救濟林紓（字琴南）家人

十二月二十四日　勸王雲五早日東渡臺灣；告知本屆股東年會不再選舉王雲五為董事〔附錄二〕

一九二五年

五月三十日

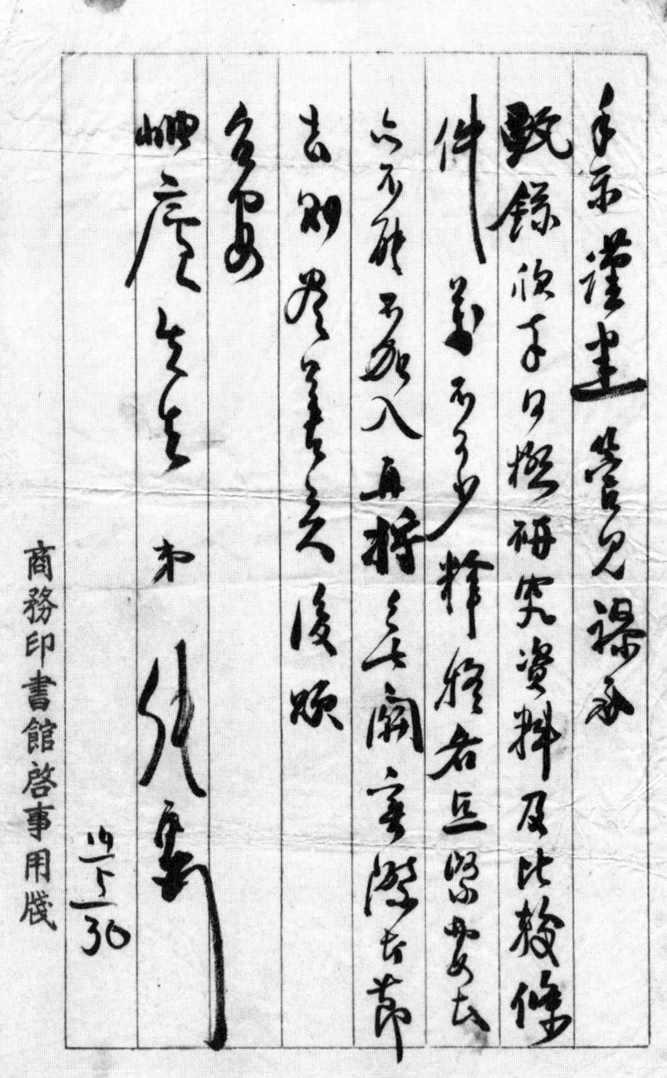
商務印書館啓事用箋

編輯摘要

・討論編輯出版應注意的重點

點校文字

手示謹悉，管見諒承　甄錄，欣幸日極。研究資料及比較條件萬不可少，《釋雅》各點，緊要者亦不能不加入，再將無關實際者節去，則盡善矣。復頌

台安

岫廬先生

弟張元濟頓首　14—5—30

一九三六年

十二月五日

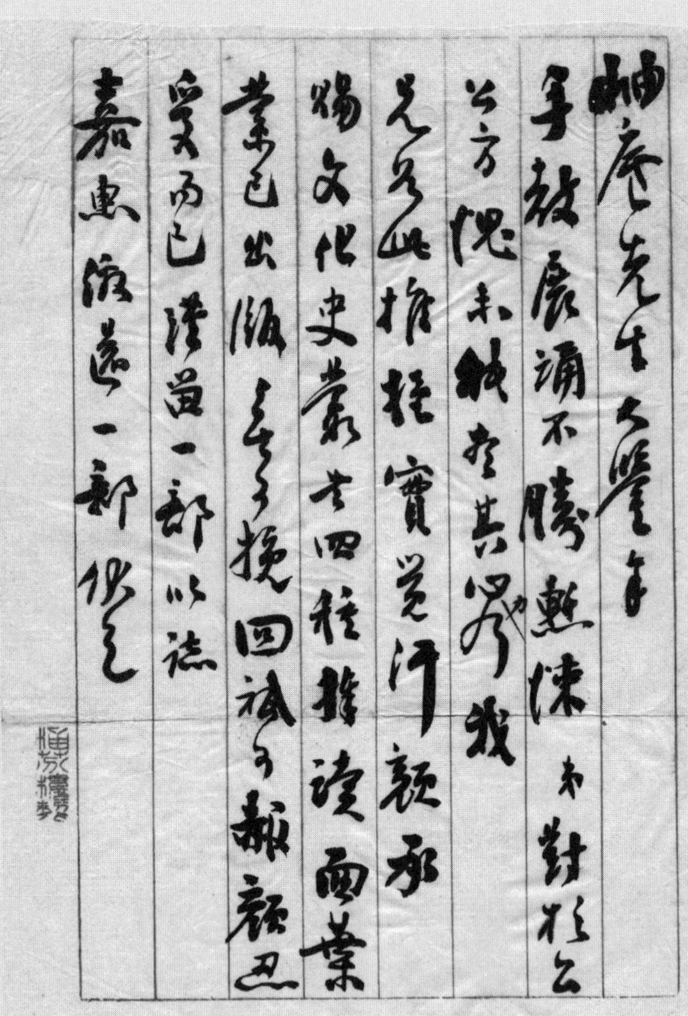

岫廬先生大鑒：奉
手教，展誦不勝[illegible]悚，[illegible]對於
公方愧未能於其[illegible]加我
先生此[illegible]推挹，實覺汗顏。承
賜文化史叢書四種，拜讀兩葉，
業已出版，[illegible]換回，補奉報謝。[illegible]
學者而已，謹留一部，以誌
嘉惠，[illegible]還一部，伏乞

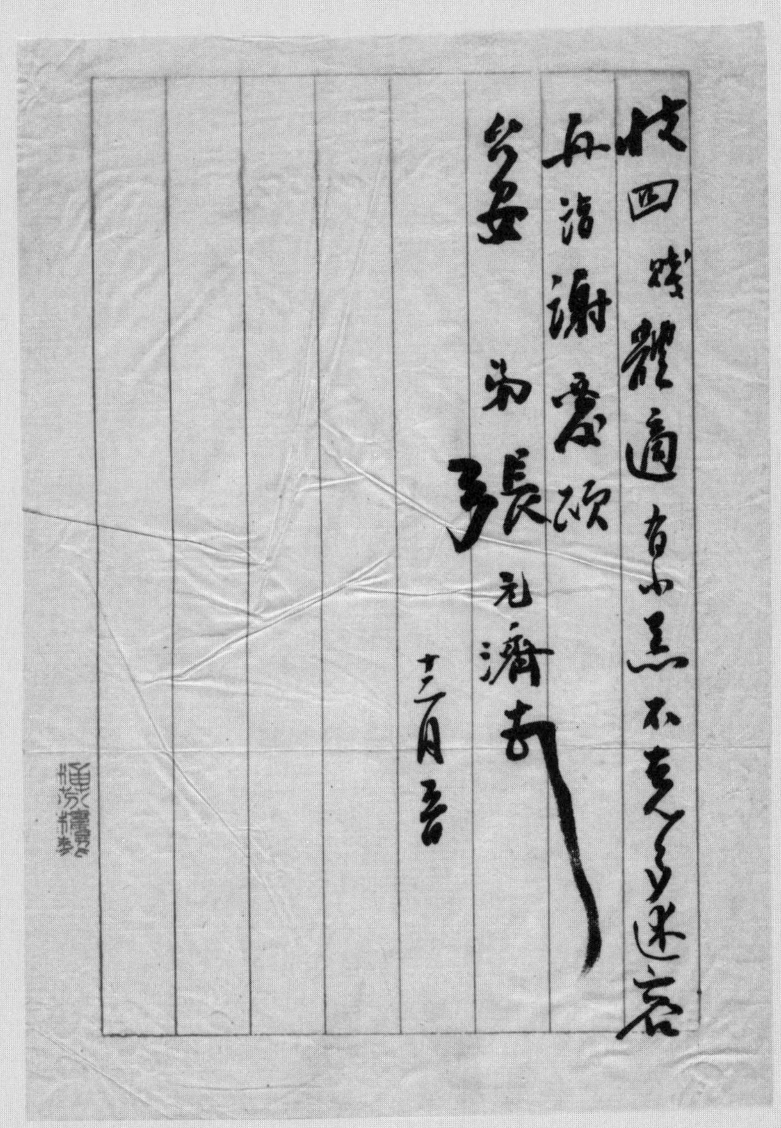

收回賤體適有小恙不克多多述容
再詣謝處頌
公安 弟張元濟拜
十二月五日

編輯摘要

・有關《中國文化史叢書》之事

點校文字

岫廬先生大鑒：奉

手教，展誦不勝慚悚。弟對於公公〔司〕方愧未能盡其心力，乃我

兄如此推挹，實覺汗顏。承

賜《文化史叢書》四種，捧讀面葉，業已出版，無可挽回，祇可赧顏忍受而已。謹留一部，以

誌

嘉惠，繳還一部，伏乞

收回。賤體適有小恙，不克多述，容再詣謝。覆頌

台安

弟張元濟頓首　十二月五日

編按：根據《張元濟年譜長編》，一九三六年十二月一日商務印書館開始出版《中國文化史叢書》，而各書封裡加印推崇張元濟的識語，此信當爲張元濟收到贈書後的反應。

一九三七年

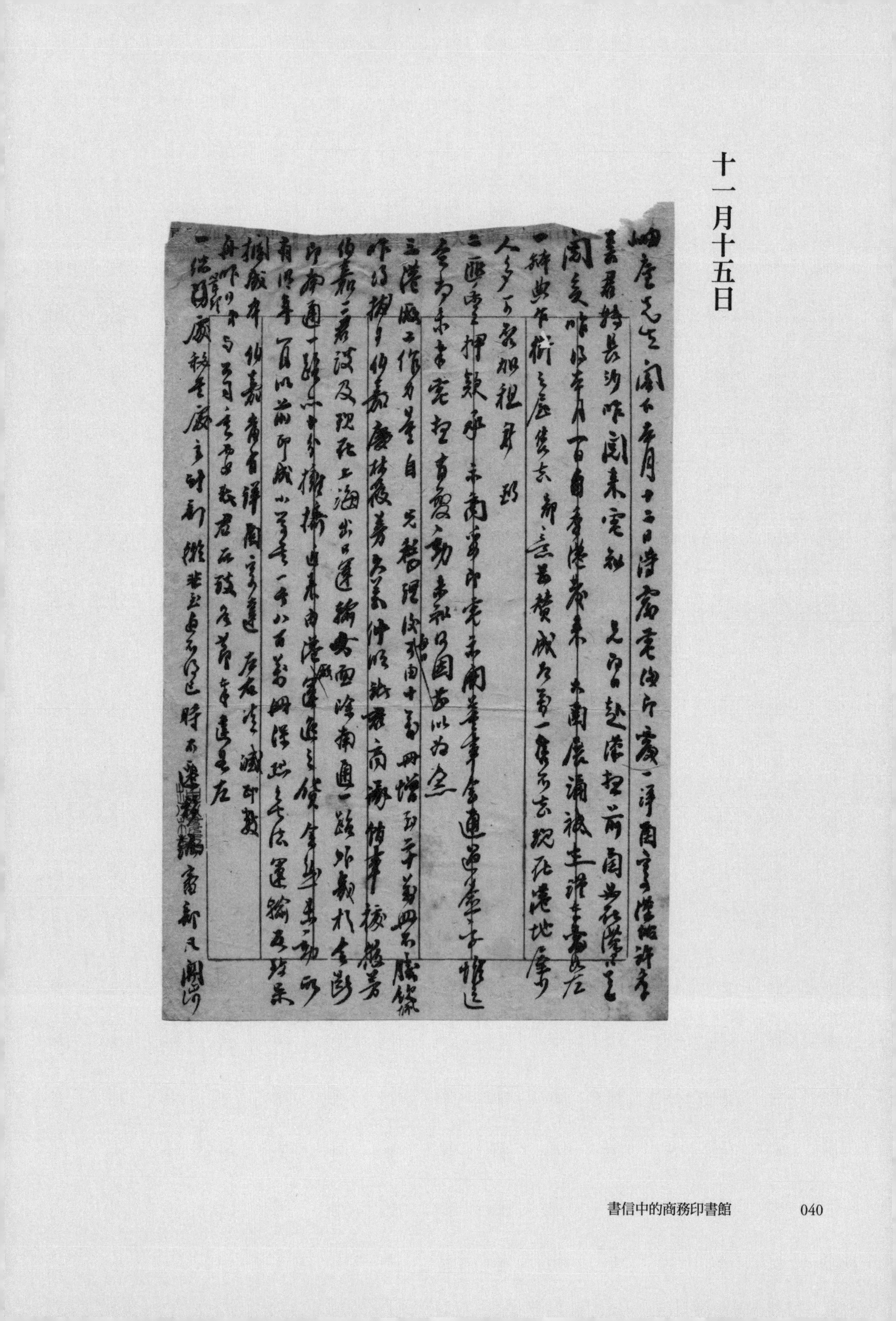

十一月十五日

理科及整理叢書集成均有文庫以外之計劃，主計劃亦可施
四、撥款一部分寄港，以防萬一之用。
二、雜誌須移港辦門，信大概已撤滬，其他者開之本作辦速
三、戰區內不能工作之員工，統計有四百餘人，與約展期三個月，本月
底乃行滿期。中意者此時草寫可能費若干，免致紛紛作討
論。此所列大家均以為然，先請久芸先生將所有關係事項逐層
籌畫，商定後再寄室中，日內王有光來滬，可及先告以詳細辦
法，以慰其心。
四、仲明所商印件，前途未定，暫緩搬徙後。
再者，房屋安無戰後要務時措施之疑，可震動近
在內移需者之殘存，甚願注意茲為之
台安
弟 張元濟 頓首 十二月十五

編輯摘要

- 商務在香港缽典乍街房屋的處理
- 匯豐押款
- 商務香港印刷廠（香港分廠）印刷產量大增
- 討論商務印書館在戰時遷移和員工安置相關事宜

點校文字

岫廬先生閣下，本月十二日得覆電後，即覆一詳函寄漢館許季芸君轉長沙，昨閱來電知 兄即日赴漢，想前函必在漢口呈閱矣。昨得本月一日自香港發來大函，展誦祗悉，謹奉覆如左：

一、缽典乍街之屋售去，鄙意甚贊成，如萬一售不去，現在港地屋少人多，可否加租？祈 酌。

二、匯豐押款，承 示商妥即電示，開董事會通過簽字，惟迄今尚未來電，想有變動，未知何因，甚以為念。

三、港廠工作力量，自 兄整理後，每日可由十萬冊，增至二十萬冊，不勝欽佩。昨約拔可、伯嘉、慶林、筱芳、久芸、仲明諸君商議館事，據筱芳、伯嘉二君談及現在上海出口運輸方面，除南通一路外，幾於全斷，即南通一路亦十分擁擠，近來由港廠運進之貨，全然未動，所有明年一月以前印成小學書一千八百萬冊，深恐無法運輸，反致呆擱成本，伯嘉當有詳函寄達左右，請減印數。再，昨日弟與公司重要諸君所談各節，奉達如左：

一、總●管理處、秘書處、主計部，擬非至迫不得已時，不遷移；編審部凡關涉理科及整理《叢書集成》，《萬有文庫》者亦不動，主計部重要帳冊擬抄錄一分寄港，以防萬一之用。

二、雜誌決行停辦，門售者均已撤除不售，其他有關之書籍亦然。

三、戰區內不能工作之員工，現尚有四百餘人，契約展期三個月，本月底即行屆滿，弟意當此時節，寧可耗費若干，免起糾紛，昨日討論此原則，大家均以為是，先請久芸兄將所有關係事項逐層籌劃，商妥後再行宣布，日內工友如來問及，先告以公司總有辦法，以安其心。

四、仲明所商印件前途，來電擬從緩。

再，敝寓甚安，前戰線西移時，槍砲之聲頗為震動，近已內移，寂然矣。賤體亦無恙，承注甚感，手覆即頌

台安

弟張元濟頓首　十一月十五日

編注：本信收入《張元濟全集》，第一卷，書信，第一九三至一九四頁，爲《全集》所收致王雲五第六封信。

十一月十六日

編輯摘要

・張元濟家人安排逃難

點校文字

岫廬先生閣下：前昨疊寄兩函，均託季芸轉　呈，計荷　垂詧。前途益形黯淡，小媳挈孫女旅居廬山以後，變化不知如何，彼此隔絕，甚覺不妥。南通路甚危險，萬一到鎮江後，該輪中阻，進退兩難；浙贛路已不可行，即能到杭、紹，而甯波海道亦已被阻，祇有到漢口乘飛機赴港，由港乘外國郵船返滬，如此可望到達。所有由漢飛港旅費不敷，祈　屬漢館代墊；由港返滬二等川資，亦請函　託港館代付，並懇照料登舟。所有用款，轉滬照繳。瑣瑣奉瀆，無任感悚。專此，敬請

台安

弟張元濟頓首　十一月十六日

編注：本信收入《張元濟全集》，第一卷，書信，第一九四頁，為《全集》所收致王雲五第七封信。

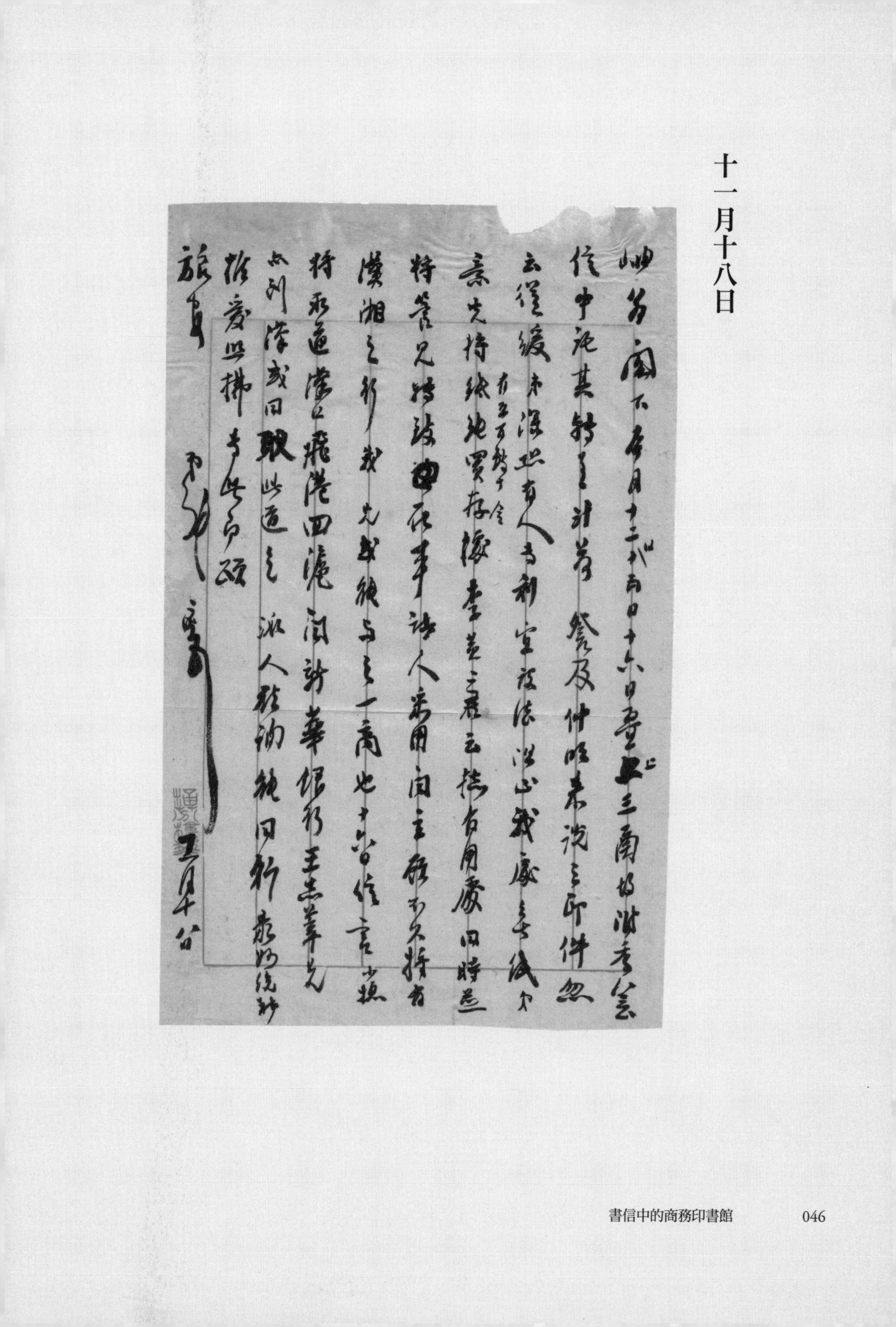

十一月十八日

編輯摘要

・建議購存紙張，以備印刷不時之需
・張元濟家人逃難後續經過

點校文字

岫翁閣下：本月十二日、十五日、十六日疊●上三函，均附季芸信中，託其轉呈，計荷　督及。仲明來說之印件，忽云從緩，弟深恐有人專利，宜設法阻止。我處無紙，弟意先將紙張買存【有五百數十令】，據李、黃二君云總有用處，同時並將管見，轉致●在事諸人采用。聞主顧不久將有漢湘之行，我　兄或能與之一商也。十六日信言小媳將取道漢口飛港回滬，聞新華銀行王志莘兄亦到漢，或同取此道，乞　派人往詢，能同行最妙，統祈推愛照拂。專此，

即頌

旅安

弟張元濟頓首　十一月十八日

編注：本信收入《張元濟全集》，第一卷，書信，第一九四頁，爲《全集》所收致王雲五第八封信。

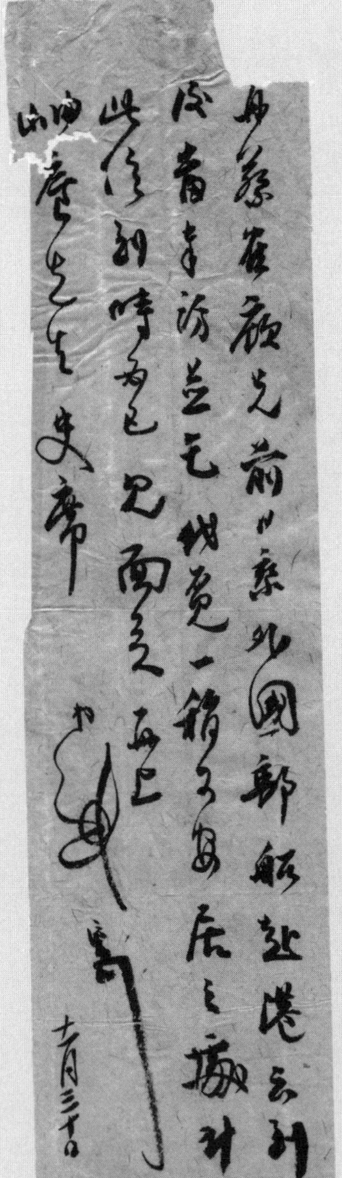

十一月三十日

編輯摘要

・蔡元培（號寉廎）到香港後，請王雲五代覓安居之處（王雲五之子王學哲當年十五歲，香港南方中學供讀，家住跑馬地崇正會館。蔡元培來到香港後暫住王家，王雲五囑咐王學哲每日陪伴蔡元培到住處附近散步）

點校文字

再，蔡寉廎兄前日乘外國郵船赴港，云到後當奉訪，並乞　代覓一稍可安居之處。計此信到時，必已見面矣。再上

岫廬先生史席

弟張元濟頓首　十一月三十日

編注：本信收入《張元濟全集》，第一卷，書信，第一九四頁，爲《全集》所收致王雲五第九封信。

蔡元培於一九三七年由上海前往香港。

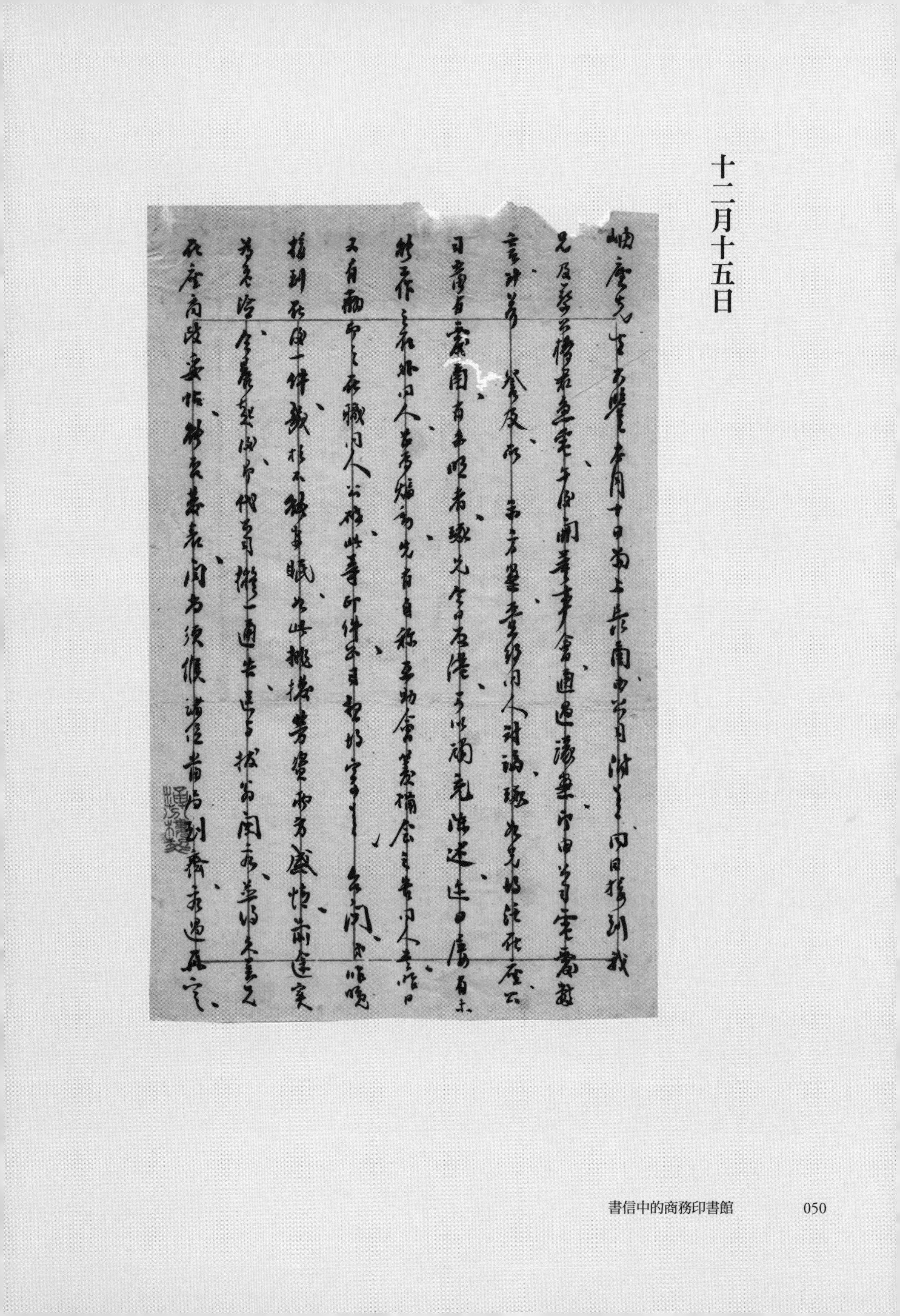

十二月十五日

六月摘要　弟覺人員過多，前所呈撙節省費辦法，先請停止

熱汽管爆炸開後調查，此項既有電燈，如熾撙節，每年可省洋二　每月額外電話費共付價三百餘元，以前亦不出此

十六具同時並撤，將司人寓中電話，除總工程師、廠長

機房之外，余應一律撤銷，計有十二處，撤後一律停止開支

又弟用之汽車，鄧係潘傳心津貼何人包車，及臨時應用汽車上之

前轉，不言何人，大概系對於某有不端之舉，言殊拔尚十分為難

中根之、推何人所作，殊深愧對，懺悔無極，此為弟個人將所

用汽車停止，改為津貼，每年約計每月三百餘元，數二之數年余

不應遵辦之，現惟有自稱我職何人，不能其中秘事實論，一併請

語挑撥、又內有張季孝二君之信、言張、戴等四人包車停止、臨時
汽車（八元）茲將該信印底附上、乞閱、對於我 公絕不發表
意見、殊非以誠意待朋友之道、鄙意我 公在滬之車、尊處即停
止、在港或臨時雇車、或將滬用之車運港、或在港買一第二手車、
雇人開駛、一切仍如其前、張、劉、蔡、李二君在港與公事無不借用車輛
鄙見以為何如、我 公事事先公後私、是以有二十年之交情、故敢直
陳其識素承 摯愛、必能諒其無他也、弟近日目力甚差、並患小
便頻數、望每晚服藥矣、尚請容緩作事、俟再補敘

頌安

弟 [illegible]

十二月十四日 十一點鐘

編輯摘要

・商務內部勞資問題
・提出節省商務開支的辦法

點校文字

岫廬先生大鑒：本月十日肅上長函，由公司附呈。同日接到我　兄及蔡公椿君急電，午後開董事會，通過議案，即由公司電覆數言，計荷　詧及。所　示方案，疊約同人討論，琢如兄均經在座，公司當有覆函。有未明者，琢兄今日反〔返〕港，可以補充陳述。邇日屢有未能工作之在外同人，甚為煽動，先有自稱互助會籌備會之「告同人書」，昨日又有翻印之「在職同人公啟」，此等印件，公司想均寄呈　台閱。弟昨晚接到在後一件，幾於不能安眠，如此挑撥勞資兩方感情，前途實為危險。今晨起後，即代公司擬一通告，送與拔翁閱看，並約久芸兄在座商改妥帖。能否發表，聞尚須候諸位當局到齊，看過再定，□□亦屬抄呈　台覽。再，近日弟為公司籌擬節省方法，先請停止熱汽管煤爐，嗣後調查公司現有電話分機【前月額外電話費，共付價三百餘元，以前尚不止此】，擬將三十六具減為二十六具，同時並擬將同人家中電話，除留　尊府，李、夏二君，暨兩廠長、棧房主管王康生君六處，其餘尚有十三處，擬請一律停止。嗣後又採用主計部條議，停止津貼同人包車及臨時雇用汽車，上書當軸，不意同人大加反對，甚至有不堪入耳之言，致拔翁十分為難，弟於公司、於同人、於拔翁實深愧對，抱憾無極。我　公來信，屬將所用汽車停止，改為津貼，平均計算，每月三百餘元，戔戔之數，本無不應遵辦之理，惟昨見自稱「在職同人公啟」，其中就事實論一條，語語挑撥。又，弟有致李、夏二君之信，主張裁節同人包車、停止臨時汽車，（茲將該信印底附呈　台閱），對於我　公，絕不發表意見，殊非以誠意待朋友之道。鄙意我　公在滬之車，遵即停止，在港或臨時雇車，或將滬用之車運港，或在港買一「第二手車」，雇人開駛，一切仍支公帳，則蔡、李二君在港，遇有公事，亦可借用，未知　尊見以為何如？我　公事事先公後私，且以有二十年之交情，故敢貢此愚誠，素承　摯愛，必能諒其無他也。弟近日目力甚差，並患小便頻數，醫云膀胱發炎，尚堪支柱，餘事續布，祇頌

旅安

弟張元濟頓首　十二月十五日十點半鐘

編注：本信收入《張元濟全集》，第一卷，書信，第一九五頁，爲《全集》所收致王雲五第十封信。

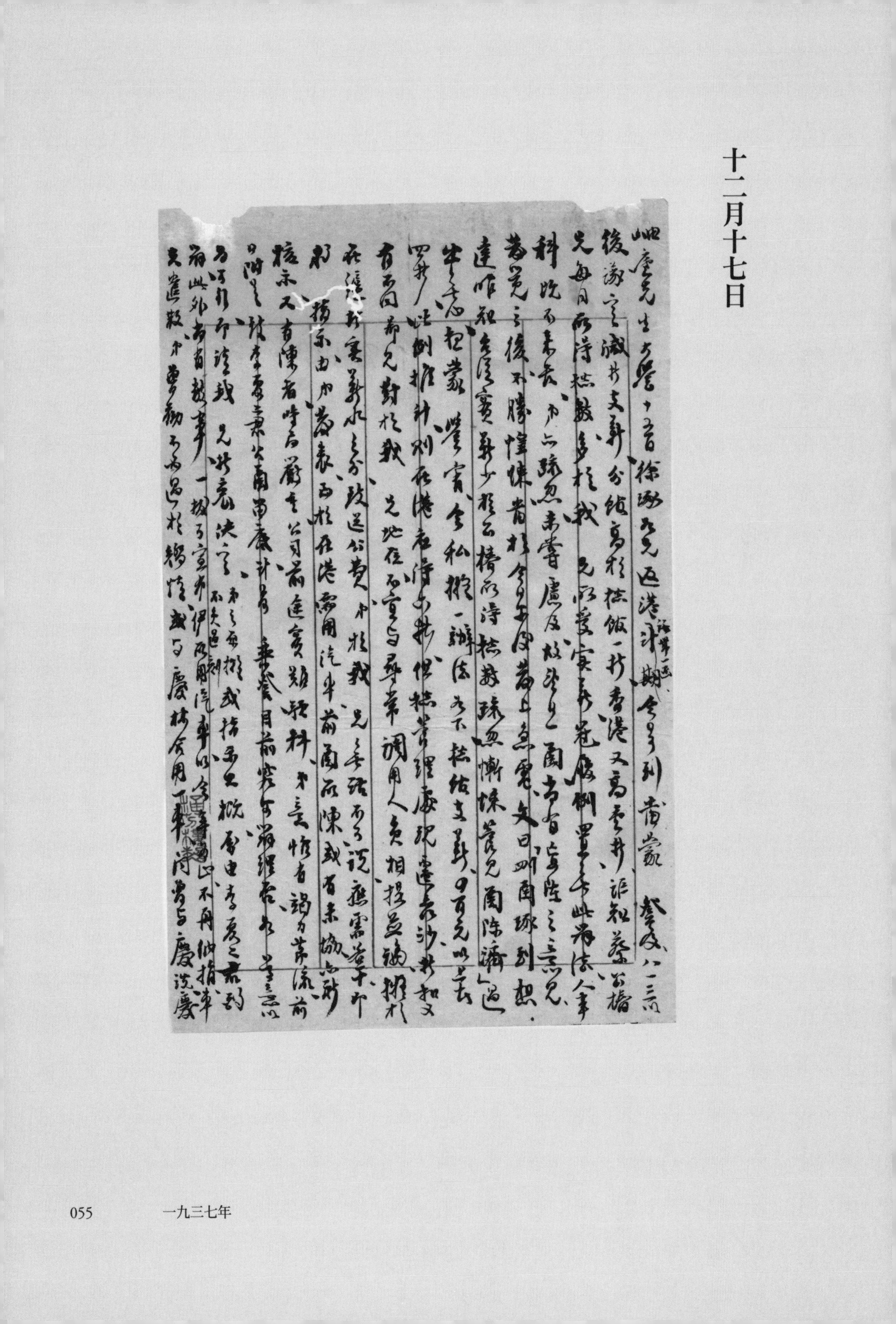

十二月十七日

乃首段節影如於廿七年一月可施行、其有之事、人人均覺不便、雜事多
推一步總之一天、欲藏過一件是一件、不能公司之事、進步勝、進步甚
惟更懷於事多有不足未能款頭緒、以分我 先之勞、而力已不
逮、當自愧也、不按公處言現在總務處已遷、經公司圓之、已言而不能、茍代
於法經織、經織雜、未能如意、應當由我 先生和處理、敢即行使出、伏候
卓裁、並頌 台安 弟張元濟 十七日燈下

編輯摘要

- 建議調整員工薪水以節省開支
- 商務印書館在戰時的遷移
- 商務員工津貼、差旅費等問題
- 分館薪水與各地幣價換算問題
- 同人福利與待遇

點校文字

岫廬先生大鑒：十五日徐琢如兄返港，託帶一函，計期今日可到，當蒙　詧及。「八一三」以後，議定減折支薪，分館高於總館一折，香港又高壹折，詎知蔡公樁兄每月所得總數，多於我　兄所受實薪，冠履倒置，無此辦法，人事科既不來告，弟亦疏忽，未嘗慮及，故望日一函，尚有妄陳之意見。發覺之後，不勝惶悚，當於今日午後發上急電，文曰：「刪函琢到，想達。昨知台從實薪少於公樁所得總數，疏忽慚悚，管見函陳。濟。」過出無心，想蒙　鑒宥。今私擬一辦法如下，總館支薪，四百元以上者四折，比例推計，則在港應得六折。但總管理處現遷長沙，折扣又有不同，鄙見對於我　兄地位，不宜與尋常調用人員相提並論，擬於在滬折實薪水之外，致送公費。弟於我　兄無話不可說，應需若干，即求　指示，由弟發表。至於在港需用汽車，前函所陳，或有未協，亦祈核示。又有陳者，時局嚴重，公司前途實難預料，弟意惟有竭力節流，前日附呈致李、夏二君公函留底，計荷　垂詧，目前究可辦理否，如　尊意以為可行，即請我　兄折衷決定，弟之原擬不免過刻或指示大概，屬由李夏二君酌辦。此外尚有數事：一、拔可宜布伊所用汽車，以今年為止，不再納捐，車夫遣散，弟曾勸不必過於矯情，或與慶林合用一車。聞曾與慶說，慶拒不允。公司現尚供給夏、鮑二君用車，查伯嘉亦有汽車津貼一百元，然拔翁既出此言，若完全不予接受，渠必不肯。可否改為月貼車費一百五十元，筱芳同等，慶林則照伯嘉之例。如　尊見以為可行，請即逕知辦事處，並覆拔翁數行。我　兄亦照支李、夏二君之數何如？二、同人因公川資，據久芸稱從前規定高級職員，郵船二等、三公司官艙。現在情勢不同，可否改為一律三公司官艙？但有急迫之事務者，不在此限。至於旅費，不知如何，應否併籌？三、分館薪水，當地幣價，低於法幣者，照法幣補足；其高於法幣者，照給當地貨幣。弟以為理論上有所不合，與史、黃二君討論，均以弟所見為非。慣例相沿，難於驟改。弟竊料港幣轉瞬必更增漲，此間同人，已有赴港優越、留滬受剝之議港幣若再增漲，必更不平。如因港地生計較高，則「八一三」以前調往者，薪水本有增益久芸所云；即「八一三」以後去者，雖照滬薪，然減折已提高二成，若再得匯水●額外利益，實欠公允。鄙見在此時節，總宜同甘共苦，可否自明年一月一日起，一律以國幣為準？

將來法幣價跌太過，甯可另給生活貼費。如何程度，事前亦宜有一種明白之規定。四、分館同人待遇，一年回館一次者，已改為兩年。此外聞尚有住居費，或尚有他項津貼，已屬久芸查明，盡數開呈，亦祈　酌定辦法。五、同人福利，雖經規定明歲列入開支，但開支亦不能不加以樽節，容屬一併開呈。以上各事，●唯有請我　兄主持，如有改動，最好於廿七年一月一日施行。節省之事，人人均覺不便，能多捱一天是一天，能藏過一件是一件。弟於公司各事，近甚隔膜，邇來記性更壞，諸事多想不起來，雖欲稍盡緜薄，以分我　兄之勞，而力已不逮，甚自愧也。又，拔翁屢言現在總處已遷，總公司圖章亦已寄港，不能再代行總經理職務，未知何意？應否由我　兄重加委託，或即行終止，伏候卓裁。專此敬頌　台安

弟張元濟頓首　十二月十七日燈下

編注：本信收入《張元濟全集》，第一卷，書信，第一九五至一九七頁，爲《全集》所收致王雲五第十一封信。

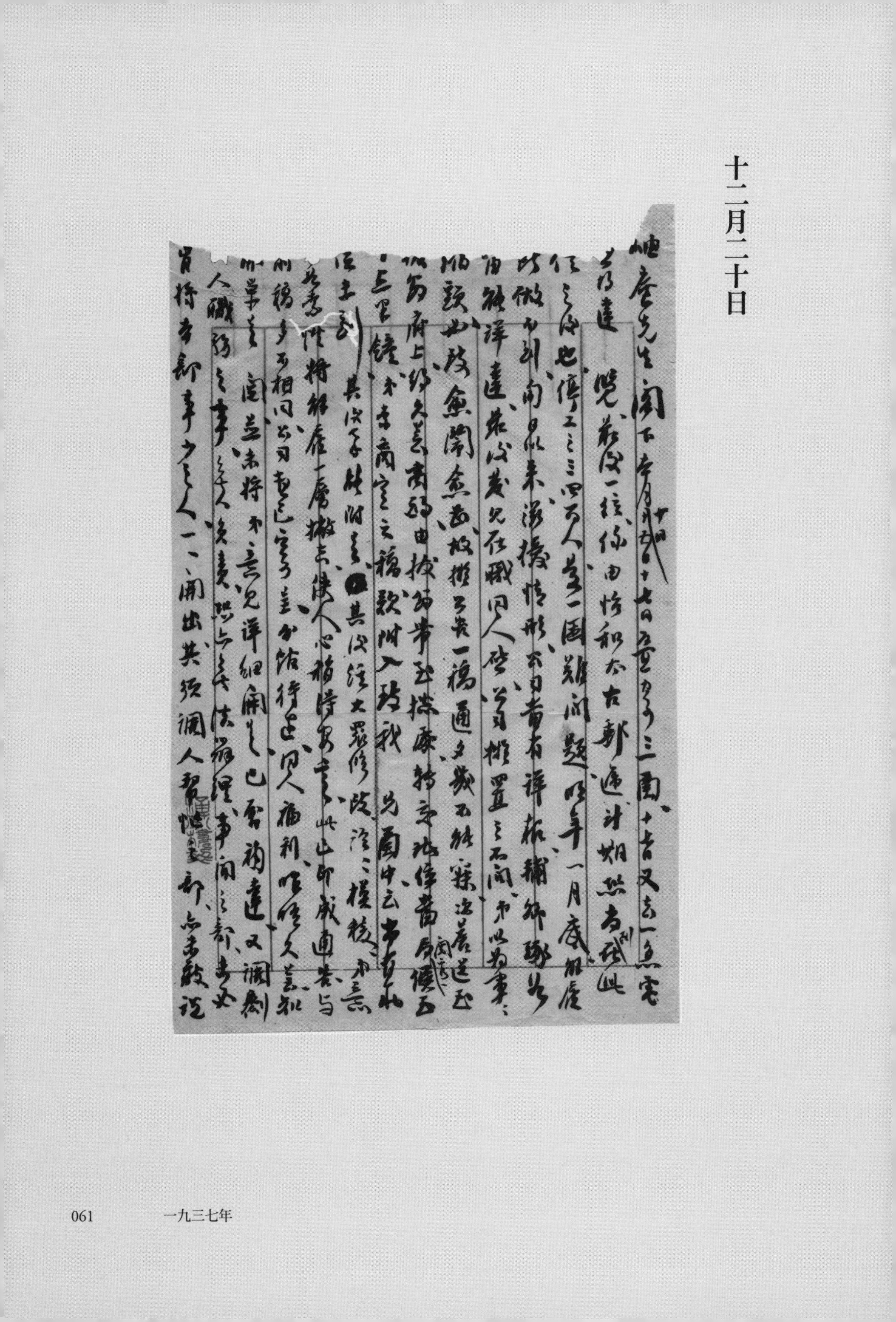

十二月二十日

本廠前後少積壓之事，未做、須一經人稽核、發出、被調之人，及其
所負之部，必反查其不許同人稍間，且盡其手續特種事務外，
對此時勞動別部同人，更久甚至最好業務一新事件，亦
甚此時尤以繁雜事件，並有[illegible]稽事件中設法條理，但使
皆仔細標尋，不怕十分長事，加以思為思、積為成事，諸君多勞，特照
於飯[illegible]事[illegible]所[illegible]滿勝，所見多處不夠適用，此則[illegible]以資副
刊登耳、拔萃唯素波及東方雜誌[illegible]最[illegible]，不設時
事又兼音雜誌亦宜采輯、歐洲戰事、[illegible]戰[illegible]之[illegible]音、亦不
必反於其後所抗戰之、亦未可以此為[illegible]照、待西方[illegible]整理者為黃
君對論[illegible]特此致[illegible]、多[illegible]又小[illegible]小女[illegible]武[illegible]
諸處[illegible]亦不[illegible]於人[illegible]之須有第二次之逃難，另一緊急，多由中年計、
其中乃可搬運，[illegible]連[illegible]多[illegible]運有迫不得已之時，擔任每百元
備作逃生之用，由小女先具收據由小[illegible]帰送信家，備先不勝
感激之至，專此敬請
台安 弟 張元濟 六月二[illegible]日

編輯摘要

- 商務人事問題及同人待遇
- 《東方雜誌》、《教育雜誌》日後出版走向
- 張元濟家人逃難到武昌

點校文字

岫廬先生閣下：本月十日、十五日、十七日疊寄三函，十七日又去一急電，想均　達覽。最後一信，係由怡和太古郵遞，計期恐尚到在此信之後也。停工之三四百人，是一困難問題，明年一月底，解雇斷做不到。旬日以來，滋擾情形，公司當有詳報，輔卿、琢如當能詳達。最後發見「在職同人啟」，公司擬置之不問，弟以為事事縮頭，必致愈鬧愈甚，故擬公告一稿，通夕幾不能寐。次晨送至拔翁府上，約久芸商酌，由拔翁帶至總處，轉交諸位當局閱看；候至〔十〕點半鐘，弟索商定之稿，欲附入致我　兄函中，云尚有兩位未到，其後幸能附呈。

●其後經大眾修改，語語模稜，弟意〔不〕如索性將解雇一層撇去，使人心稍得安定。此已印成通告，與前稿多不相同，公司想已寄呈。分館待遇、同人福利，昨晤久芸，知已〔開〕單呈　閱，並未將弟意見詳細開呈，已屬補達。又，調劑〔同〕仁職務之事，無人負責，恐

亦無法辦理。事閒之部，未必肯將本部事少之人，一一開出；其須調人幫忙之部，亦未敢說本處有多少積壓之事未做，須人幫助。一經說出，被調之人●及其所屬之部，必反怪其不許同人稍閒，且責其平日何以不將諸事辦了，致此時勞動別部同人。史久芸云：「最好舉辦一新事件」，鄙意此時如何能覓新事件？只有在舊事件中，設法清理，但使肯仔細搜尋，不怕無事。弟現尚思稍為在事諸君分勞，特恐於館事已形隔膜，致所見多屬不能適用，此則甚恐無以仰副期望耳。拔翁昨來，談及《東方雜誌》，以後最好注重學術，不談時事；又《教育雜誌》，亦宜采輯歐洲戰時如何維持、或戰後之如何復興教育，亦不必及於如何抗戰云云。弟意亦以為然，渠將面與李聖五及黃君討論，茲特附陳，敬祈　台核。又，小壻已挈小女等赴武昌，但該處恐亦不●能久留，●或須有第二次之逃難。萬一緊急，手中無錢，如何得了？擬請　函達漢分館，遇有迫不得已之時，撥給五百元，備作逃生之用，由小女出具收據，由弟歸還。倘蒙　俯允，不勝感禱之至。專此，敬請

台安

弟張元濟頓首　十二月二十日

編注：本信收入《張元濟全集》，第一卷，書信，第一九七頁，爲《全集》所收致王雲五第十二封信。

一九三八年

一月七日

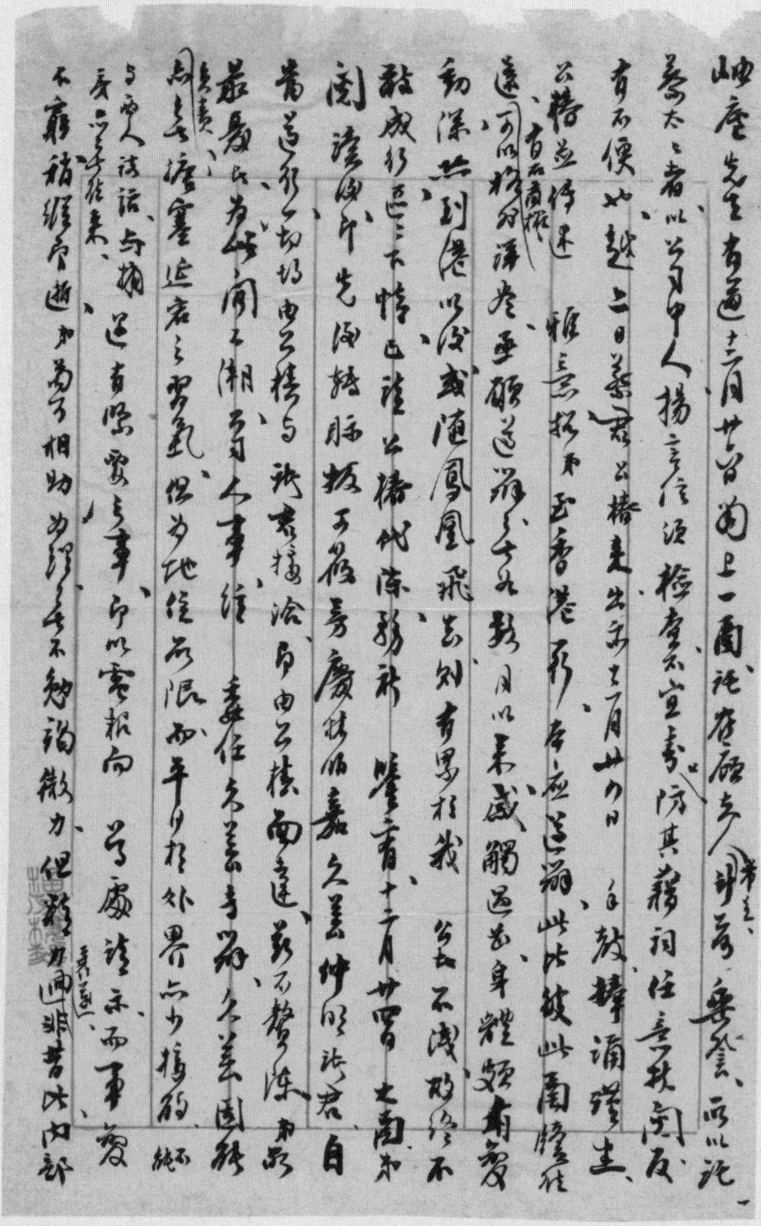

既多隔閡、外界更少周旋、形格勢禁、亦唯有謹嘆李方而已、本月底
證弟函詢人數若干、亦略有定見、已與史、董二君暗談數次、並擬
當於兩部份中將其擬裁之職員、以進退斟酌辦理、再行商議、可
謂善於其事、此必須通盤籌畫、若枝枝節節而為之、非特事倍功半、且反滋流弊、
弟見非由最高級主持、縱得十稍補苴、恐有遺憾、 公意以為然耶、
來示云孟真原擬將所藏之書、羅振玉按語贊成、同時負責開鏈、根
於生產事業之部、此當以務實者、倍第一組純粹把持何以言、擬請我
公時刻接觸、又節省開支與洽經費、此外年時期將入統識、
亦不能不認為重大任務、亦於去年十月廿六日閱見我 兄意見曾往云
爾乃於本所之會已和今年月末見有畢勤、中央棋
盤、衡諸水樣、係去歲統計歲須費千五百餘元、各廠所係購用樣本、
以人數比例五分之省三分之二（附表一紙）又茶葉歲約數千斤、於今碎
購置多屬不在內、而以為每年可核撙一項、必可節省若干、此不
過就一二端言之耳、此雖小事、然非有最高級主持、無能收

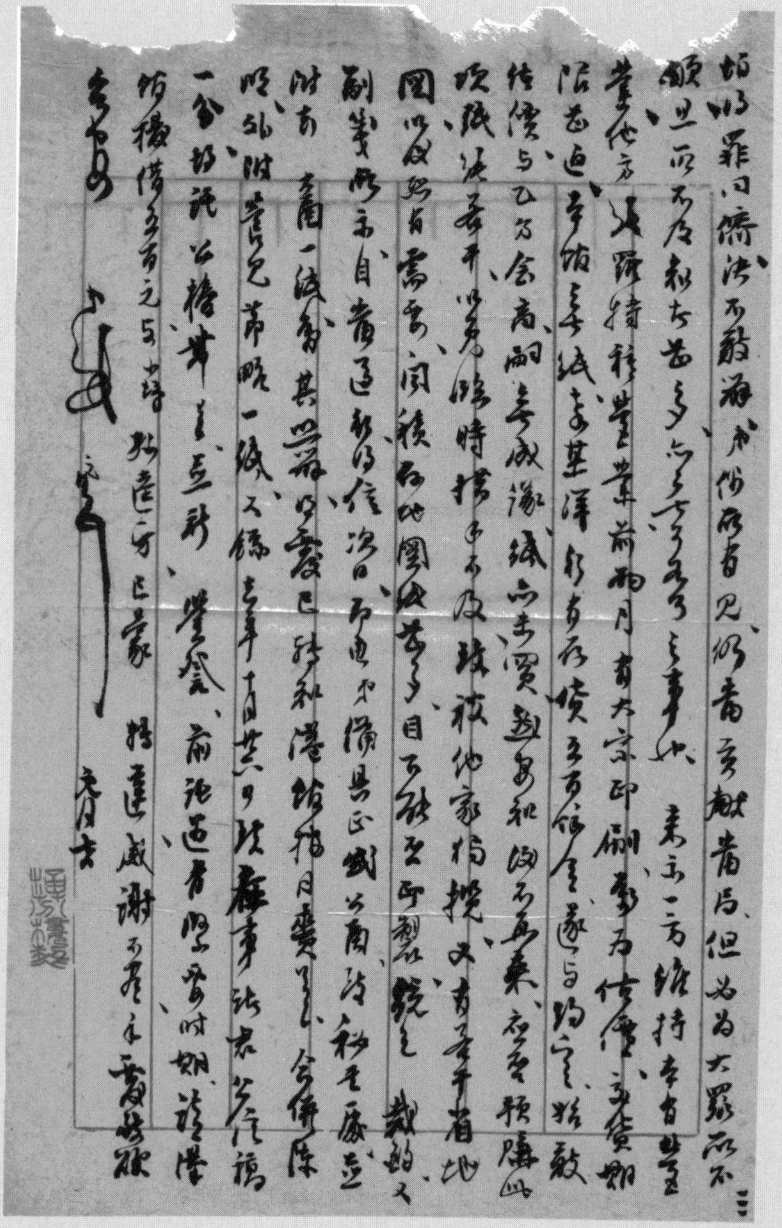

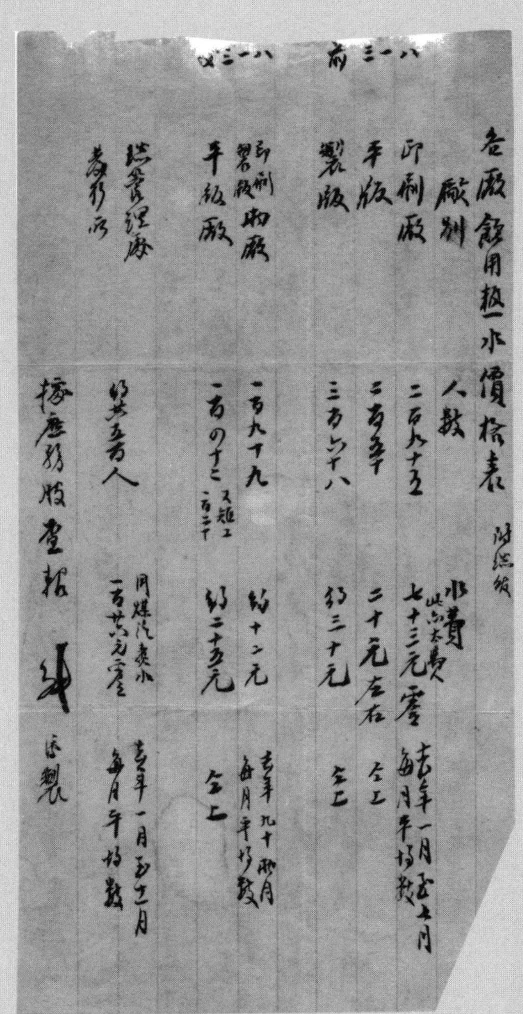

各廠館用熱水價格表　附照發

廠別	人數	水費	
八一三前			
印刷廠	二百九十五	七十三元零（此外本費人）	去年一月至十二月每月平均數
平版	二百五十	二十元左右	仝上
製版	三百六十八	約三十元	仝上
八一三後			
印刷製版兩廠	一百九十九	約十二元	去年九十兩月每月平均數
平版廠	一百四十二（又短工一百二十）	約二十五元	仝上
總管理處業務所	約共五百人	用煤汽燒水一百廿六元零	去年一月至十二月每月平均數

總務股查報　[signature]　表製

編輯摘要

- 商務內部執行信件檢查
- 由於身體因素，表示不便應邀移往香港
- 商務在戰時的人事、經營、節約等問題

點校文字

岫廬先生有道：十二月廿六日肅上一函，託崔廎夫人帶呈，計荷　垂詧。所以託蔡太太者，以公司中人，揚言信須檢查，不宜封口，防其藉詞任意拆閱，反有不便也。越二日蔡君公椿來，出示十一月廿四日　手教，捧誦謹悉。公椿並傳述　雅意，招弟至香港一行，本應遵辦，此皆彼此函牘往還，有所商榷可以格外詳盡，亟願遵辦。無如數月以來，感觸過甚，身體頗有變動，深恐到港以後，或隨鳳凰飛去，則有累於我　公者不淺，故終不敢成行。區區下情，已請公椿代陳，務祈　鑒宥。十二月廿四日　大函，弟閱讀後，即先後轉眎拔可、筱芳、慶林、伯嘉、久芸、仲明諸君，自當遵行。一切均由公椿與諸君接洽，即由公椿面達，茲不贅陳。弟所最憂者，為此間工潮，公司人事，經　委任久芸專辦，久芸固能負責，亦無搪塞延宕之習氣。但為地位所限，而平日於外界亦少接觸，不能與西人談話，與捕房亦無往來遇有緊要之事，即以電報向　尊處請示，而事變不窮，稍縱即逝。弟苟可相助為理，無不勉竭微力，但精力衰邁，迥非昔比，內部現多隔閡，外界更少周旋，形格勢禁，亦唯有徒喚奈何而已。本月底，續約屆滿者，聞人數不少，弟略有管見，已與史、蔡二君晤談數次，公椿當能面罄，茲不贅陳。至於調劑在職人員，如進貨科、推廣科，可謂等於無事，此必須通盤籌劃，若枝枝節節而為之，非獨無效，且反混淆。鄙見非由最高級之指揮，終歸無補，惟有請我　公遙領耳。

來示主張『原始的』節減負擔辦法，弟極端贊成，聞進貨關鍵根於生產、營業二部，此後以拔翁任第一組，能否把持約定，仍望我　公時刻提撕。又，節省開支，本為消極，然處此非常時期，收入銳減，亦不能不認為重大任務。弟於去年十月廿六日，補充我　公意見，曾致一公函於在事諸君，言之諄諄，今已兩個半月，未見有何舉動。即如棋盤街煮水煤汽，去歲統計，歲須費千五百餘元，各廠向係購用熱水，以人數比例，至少可省三分之二（附呈一表）。又茶葉歲費千斤，均係零碎購買，各廠尚不在內，弟以為每年可投標一次，必可節省若干，此不過就一二端言之。總之此雖小事，然非有最高級之指揮，庶務股怕得罪同儕，決不敢辦。弟偶所有見，仍當貢獻當局，但必為大眾所不願，且所不及知者甚多，亦無可如何之事也。來示一方維持本有營業，他方張羅特種營業，前兩月有大宗印刷，屬為估價，交貨期限甚迫，本館無紙，幸某洋行有存貨五百餘令，遂與約定，始敢估價，與乙方會商。嗣無成議，紙亦未買，然安知後不再來？應否預購此項紙張若干，以免臨時措手不及，致被他家獨攬。又有若干省地圖，以後恐有需要，聞積存地圖紙甚多，目下能否印製，統乞　裁酌。又，副箋所示，自當遵行，得信次日，即由弟備具正式公函，致祕書處，並附去　大函一紙，屬其照辦。得覆已轉知港館按月賚呈，合併陳明。外附管見節略一紙，又錄去年十月廿六日致在事諸君公信稿一分，均託公椿帶呈，並祈　鑒督。前託遇緊要時期，請漢館撥借五百元，與小壻孫逵方，已蒙　轉達，感謝不盡。手覆，敬頌

台安

弟張元濟頓首　元月七日

各廠飲用熱水價格表　附總館

	廠別	人數	水費	
八一三前	印刷廠	二百九十五	七十三元零【此亦太費】	去年一月至七月每月平均數
	平版	二百五十	二十元左右	仝上
	製版	三百六十八	約三十元	仝上
八一三後	印刷製版兩廠	一百九十九	約十二元	去年九、十兩月每月平均數
	平版廠	一百四十二又短工一百二十	約二十五元	仝上
	總管理處 發行所	約共五百人	用煤氣煮水一百廿六元零	去年一月至十一月每月平均數

據總管理處查報　張元濟　製

編注：本信收入《張元濟全集》，第一卷，書信，第一九八至一九九頁，爲《全集》所收致王雲五第十三封信。

一月十三日

編輯摘要

・閱報得知中華書局的勞資事情
・商務的經營與人事

點校文字

岫廬先生有道：前日【本月十一日】寄上一函，託公司交外國郵船遞寄，不知不致遲誤否？公樁、筱芳諸君想均晤及，此間一切情狀，更可瞭然。今日報稱中華勞資雙方，經工部局派員調處，成立諒解，公司當有詳報，弟不贅述。究不知其實情如何，想　兄晤及陸君，必能探詢明白也。□覆筱芳信，論公司存紙及掉換轉售各節，筱芳行時，未知本科事件委託何人？守仁又南行，梅生病體未必能勝此勞苦也。伯恆來信堅辭協理，弟已覆信勸其勿堅却；其信中尚有所商榷，又論及分館薪水減折，今附上。弟因中華通告對於分局辦法有所區別，前曾請公樁面陳，想已在　藎籌中矣。專布，祇頌

台安

弟張元濟頓首　元月月十三日

孫婿逵方又將遷渝，外信一件乞附　轉遞

編注：本信收入《張元濟全集》，第一卷，書信，第一九九頁，爲《全集》所收致王雲五第十四封信。

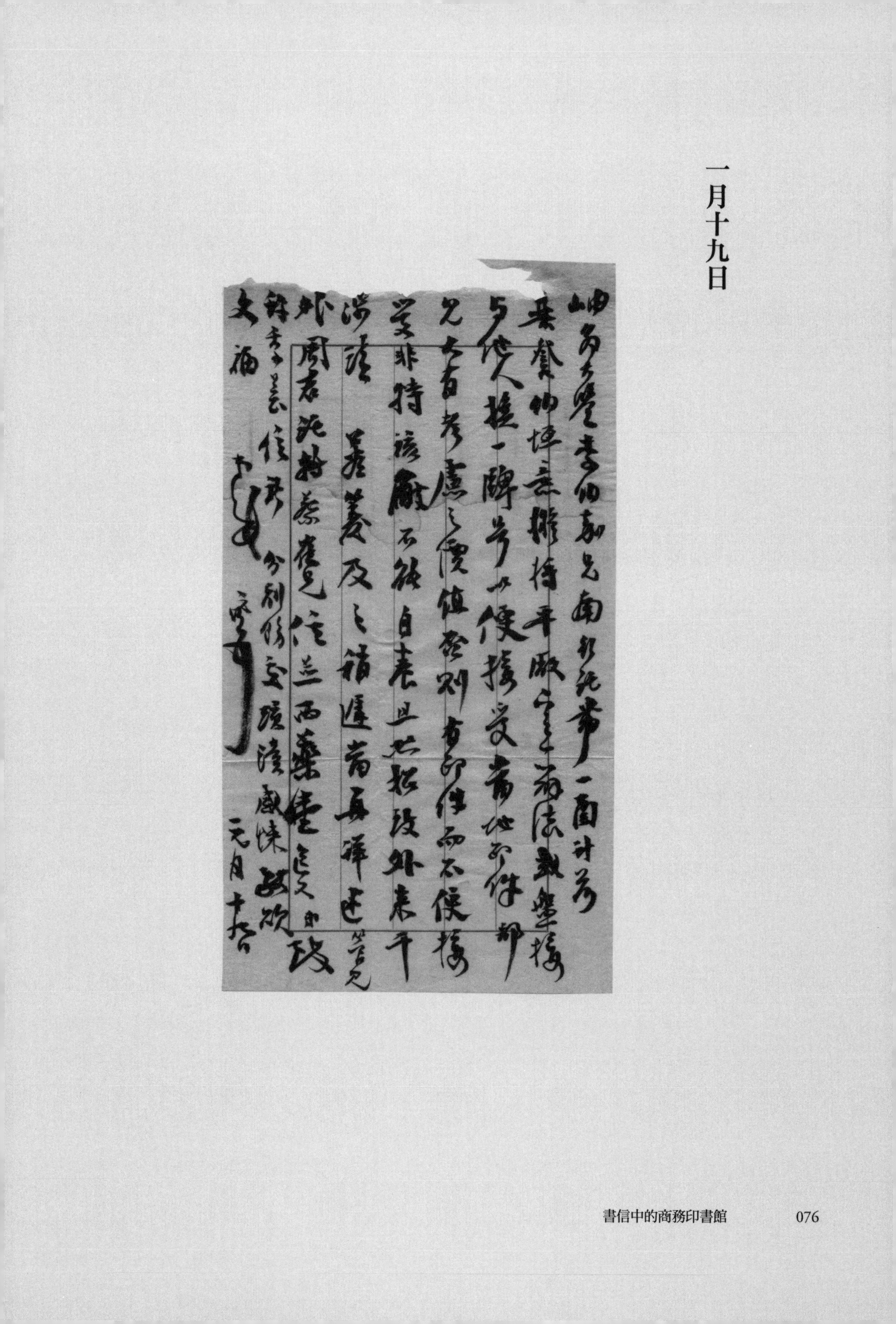

一月十九日

編輯摘要

・商務北平分廠（京華印書局）的營運

點校文字

岫翁大鑒：李伯嘉兄南行，託帶一函，計荷　垂詧。伯恆意擬將平廠定一辦法，或盤接與他人，換一牌號，以便接受當地印件。鄙見大有考慮之價值，否則有印件而不便接受，非特該廠不能自養，且恐招致外來干涉，請　藎籌及之。稍遲當再詳述管見外，周君託轉蔡隺兄信並西藥壹包，又弟致許季芸信，祈　分別飭交。瑣瀆慼悚，敬頌

文福

弟張元濟頓首　元月十九日

編注：本信收入《張元濟全集》，第一卷，書信，第一九九至二〇〇頁，爲《全集》所收致王雲五第十五封信。

二月九日

編輯摘要

・改定商務版權頁樣式
・商務去年不能結帳，如何通告股東

點校文字

岫廬先生閣下：本月四日覆上一函，內附致公椿、伯嘉兩信，想先遞到；同日接覆電為伯恆事，七日又得本月二日　手書，展誦悉。致潘光迥兄宅信，蒙航空轉漢館探投，甚感。版權頁辦法去電當日，弟適在公司代擬●，不知乃用賤名發出，以為公司必有詳函，故弟以後去信從未道及。昨詢拔翁，知電後續有詳函，當可接洽矣。前月廿六日信，查係候一月三十日郵船發遞，何以本月四日尚未遞到，詫異之至。賤體託　庇無恙，闔寓亦安吉，可祈　勿念。茲有寄漢館許君信，祈　轉寄，能附航空尤感。公司去年不能結帳，三月底至遲應通告股東，應如何辦法，乞便中酌示。即頌
台安

弟張元濟頓首　二月九日

編注：本信收入《張元濟全集》，第一卷，書信，第二〇〇頁，爲《全集》所收致王雲五第十六封信。

二月十四日

岫廬吾兄閣下：本月各書上寸函計審達。覽前接雪

編輯摘要

- 改定商務版權頁樣式
- 商務書籍被炸毀
- 對大局前途極為悲觀，並建議預先制定同人萬一遇難時的處理辦法

點校文字

岫廬吾兄閣下：本月九日肅上寸函，計當　達覽。前昨兩日拔翁出示本月四日、七日兩次手書，並抄示與伯恆往來信稿，均謹誦悉。前月廿六日所上一函，即去電所謂宥函，計必達到。吾　兄覆伯恆信，正與弟函電意見相合，無任佩慰。版權頁改定登載式樣，至為妥協。拔翁見告某日運漢口之書，在銀盞坳被炸毀九十箱，尚有一百餘箱未經查明。拔翁又言重慶催書甚急，此被燬之書，必有為該館所需者，聞之尤深焦灼。再，大局前途，弟極悲觀，本公司分支館遍於全國，以後同人難免不有意外之遭逢。前告久芸，函告　尊處應預籌一種辦法，引及大東書局「各安天命」之契約，不過舉一成例，表明並非本館作俑。弟意亦非欲調用同人，各令具結。本館調用同人早已陸續成行，即全仿照大東，亦豈能半路辦起？弟見近人貪得●●無厭，同人萬一有被●難者，公司應該如何待遇？若臨時斟酌，必有無數糾紛，

不如早為規定，還乞再　加考慮為幸。手覆，敬頌

台安

弟張元濟頓首　二月十四日

聞慶林因病只到半日，拔翁支持不易也

編注：本信收入《張元濟全集》，第一卷，書信，第二〇〇頁，爲《全集》所收致王雲五第十七封信。

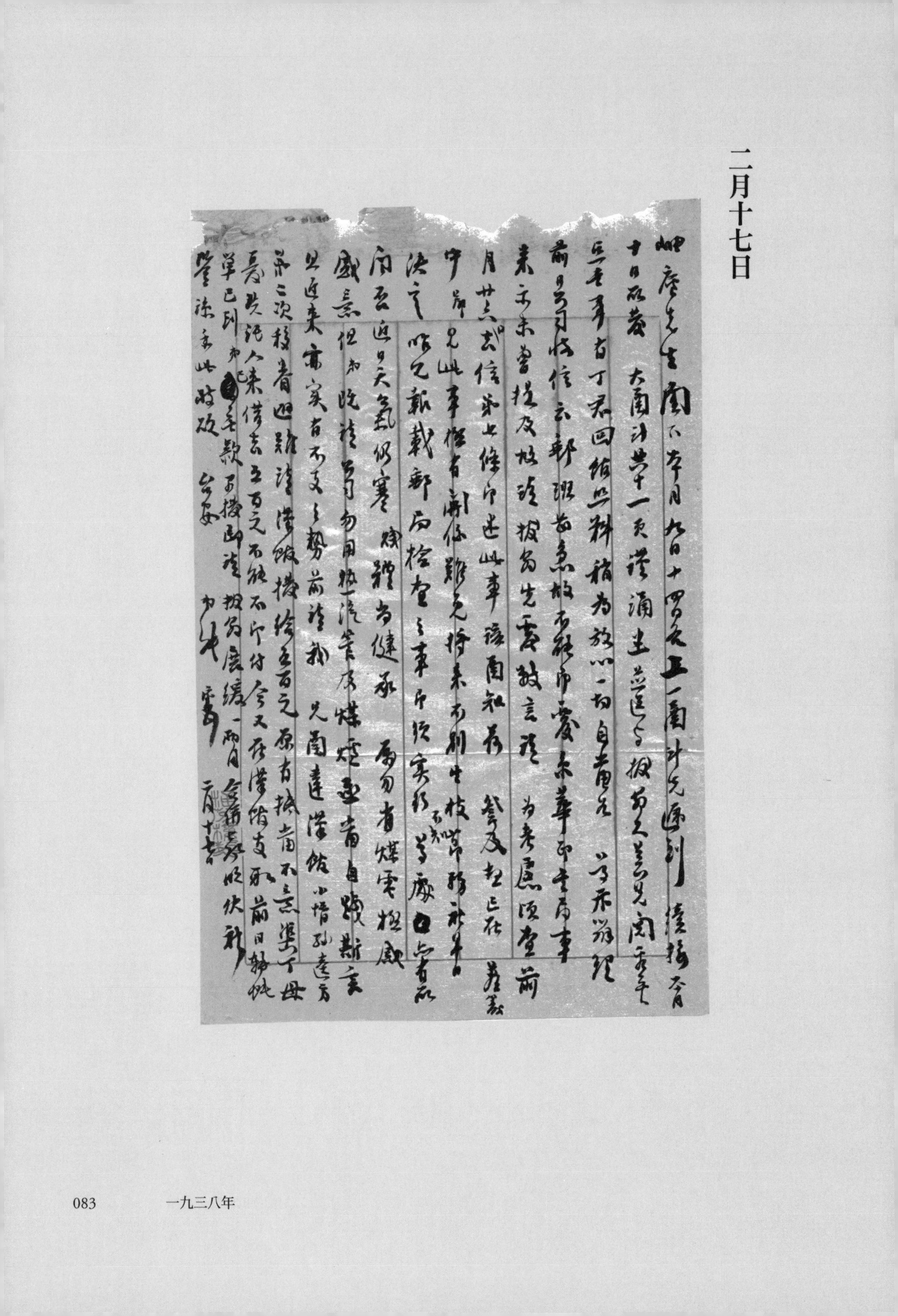

二月十七日

編輯摘要

- 提醒盡早處理京華印書局之事
- 提及自身日常生活
- 希望展延私人借款

點校文字

岫廬先生閣下：本月九日、十四日各上一函，計先遞到。續接本月十日所發　大函，計共十一頁，謹誦悉，並送與拔翁、久芸兄閱看矣。點書事有丁君回館照料，稍為放心，一切自當如　尊示辦理。前日公司收信云郵班甚急，故不能即覆京華印書局事，　來示未曾提及，故請拔翁先覆數言，請　為考慮。頃查前月廿六日去信第七條即述此事，該函知荷　詧及，想已在　藎籌中。鄙見此事極有關係，難免將來不別生枝節，務祈早日決定。昨見報載郵局檢查之事，即須實行，不知尊處●亦有所聞否？近日天氣仍寒，賤體尚健，承　屬勿省煤電，極感　盛意。但弟既請公司勿用熱汽管及煤爐，亟當自踐斯言，且近來亦實有不支之勢。前請我　兄函達漢館，小壻孫逵方第二次移眷避難，請漢館撥給五百元，原有抵當，不意渠丁母憂，先託人來借去五百元，不能不即付，今又在漢館支取，前日轉帳單已到，弟●已無款可撥，

即請　拔翁展緩一兩月，合併聲明，伏祈鑒諒。手此，敬頌
台安

弟張元濟頓首　二月十七日

編注：本信收入《張元濟全集》，第一卷，書信，第二〇〇至二〇一頁，爲《全集》所收致王雲五第十八封信。

二月十九日

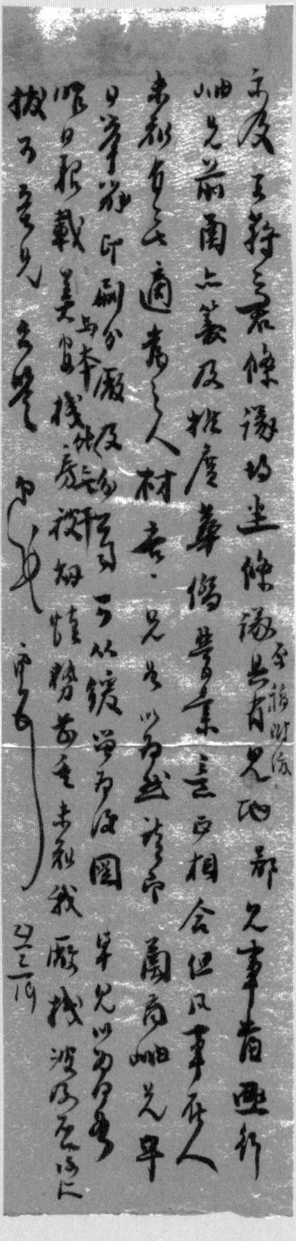

編輯摘要

・此件為張元濟致李宣龔（拔可）信抄件，當為致王雲五某封信的附件，討論推廣華僑營業與人材之事，並詢問商務廠棧是否受到騷動波及。

點校文字

示及，王、蔣二君條議均悉。條議具有見地【原稿附繳】，鄙見事當亟行。岫兄前函亦籌及推廣華僑營業，意正相合，但凡事在人，未知有無適當之人材？吾　兄如以為然，請即　函商岫兄，早日舉辦，印刷分廠及分公司，可從緩留而後圖。　卓見以為何如？昨日報載美安棧房被刦【與本館無干】，情勢甚重，未知我廠棧波及否？復上　拔可吾兄　台鑒

弟張元濟頓首　27—2—19

編注：本信爲張元濟致李宣龔信抄件，非張元濟致王雲五信件，亦收入《張元濟全集》，第二卷，書信，第四五頁，爲《全集》所收致李宣龔第二十封信。

三月二日

岫廬先生有道：前月廿八日寄上寸函，計先達到。本日即得廿五日挂號
賜書，展誦敬悉。附下劃條五百元，仰荷　盛情，不勝感謝。弟對於公司
從不曾積有分文，此次實出於無奈。今承　賜濟，前所貸在滬借用
之款，先行清還，更覺心安無慽。良朋之相知深也。承示以後每月接
濟我二百元，此則不敢心領。目前家用尚可支持，千萬不必　惠寄，非狷不求
蒙　實行此次惠借，在我已數盡可即行籌還也。拔可今晨枉顧，傳達
雅意，情詞懇摯，至深感篆。惟弟對於公司不敢有所請請，此亦私之
累[illegible]，極宜分明，此爲弟之素志，久蒙　照察，業向拔可、湛恩、謹再三言，務於
鑒諒。在來華書局之事，知在　著發之中，重[illegible]於保館之事，愈益
危懼。此將有所容，更無論爲不爲實，均當據告於其事會。本月廿六日
爲通告股東事，須開董事會，最好於同時陳述，省得另起爐灶。至港
紙廠事，前商兩陳，[illegible]見其寄分行亦新。[illegible]未又作晚，[illegible]綫突
[illegible]語相告，某園禮拜擬商梭葉，有[illegible]理代科目云云，至[illegible]以[illegible]有[illegible]人，在公
此也。別未曾聽得，續有所聞，再行奉告。此事祈先生暫秘。前閱拔可
信，我　先生亦已[illegible]乃定，手覆，並謝，順頌
台安　弟張元濟頓首　三月二日

編輯摘要

- 感謝王雲五對自己的接濟
- 京華印書局一事應向董事會報告
- 溫州紙廠的籌辦
- 聽粵語電台廣播，知悉有團體擬辦函授事宜

點校文字

岫廬先生有道：前月廿八日肅上寸函。計先遞到。午後即得廿五日掛號賜書，展誦敬悉。附下劃條五百元，仰荷　盛情，不勝感謝。弟對於公司，從不曾稍有宕欠，此次實出於無奈。今承　賙濟，當即將小女在漢借用之款，先行清還，更覺心安，愈感　良朋之相知深也。承示以後每月接濟我二百元，此則弟當心領，目前家用尚可支持，千萬不必　惠寄。非獨不求發棠，即此次惠借名世之數，或可即行籌還也。拔翁今晨枉顧，傳達　雅意，情詞懇摯，至深感蒙。惟弟對於公司不敢有所陳請，此公私之界限，極宜分明，此為弟之素志，久邀　明察。業向拔翁瀝陳，謹再上言，務祈鑒許。再，京華書局之事，知在　藎籌之中。近鑒於保館之事，愈益危懼，如將有所變更，無論為名為實，均當報告於董事會。本月下旬為通告股東事，須

開董事會，最好於同時陳述，省得另起爐灶。至溫州紙廠事，前函所陳管見，是否可行，亦祈 裁示。又，昨晚聽無綫電粵語報告，某團體擬辦函授，兼有數理化科目云云，至經辦者為何人、在何地址，則未曾聽得，續有所聞，再行 奉告。此事應先著祖鞭，前閱 致拔翁信，我 兄亦已籌及矣。手覆布謝，順頌

台安

弟張元濟頓首　三月二日

編注：本信收入《張元濟全集》，第一卷，書信，第二〇一頁，爲《全集》所收致王雲五第十九封信。

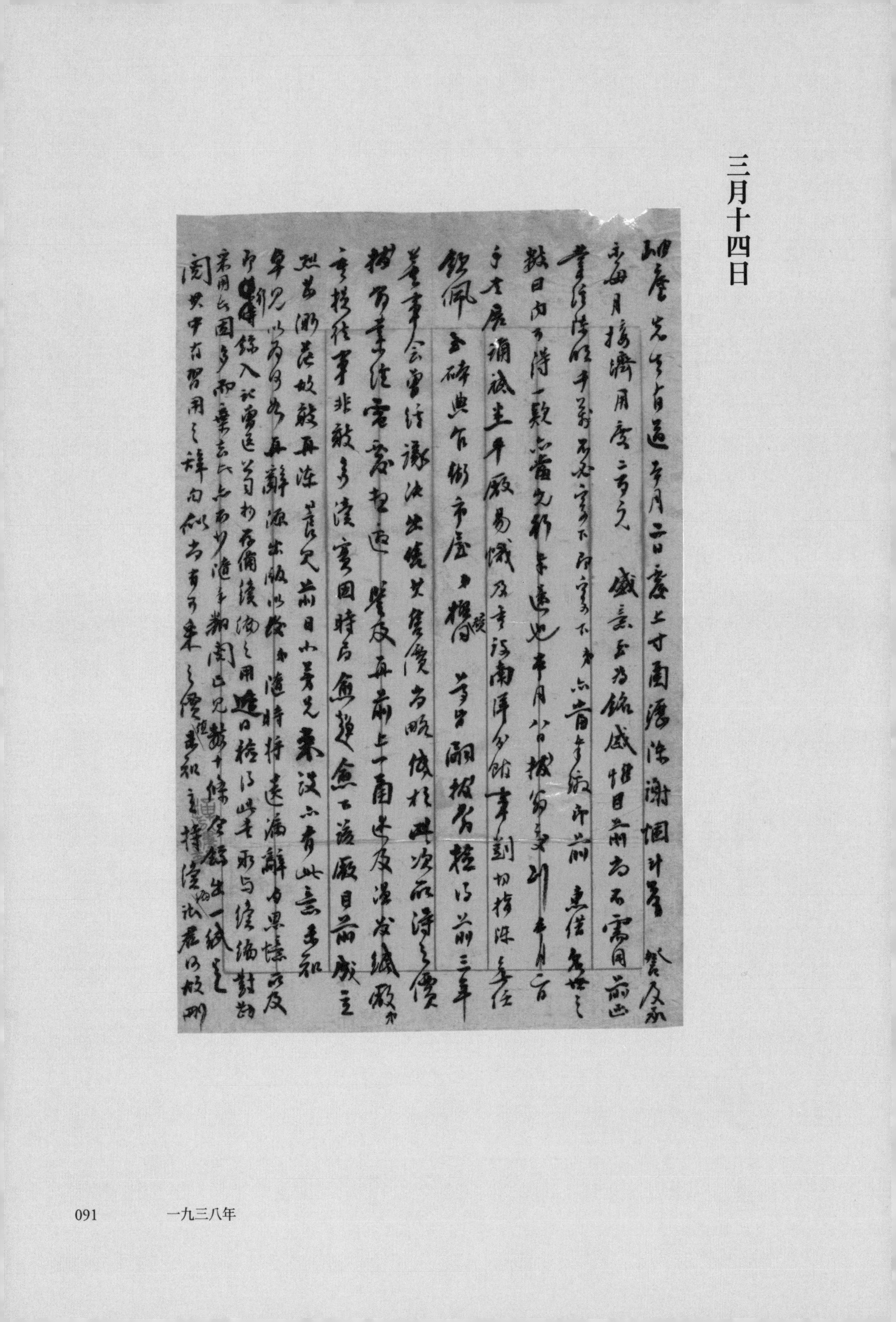

三月十四日

編輯摘要

- 感謝王雲五對自己的接濟
- 商務北平分廠易幟、重設南洋分館
- 商務在香港缽典乍街房屋的處理
- 溫州紙廠的籌辦
- 張元濟的抄錄補注與《辭源》續編內容疑問
- 王雲五與商務各分館溝通往來的摩擦

點校文字

岫廬先生有道：本月二日覆上寸函，瀝陳謝悃，計荷　詧及。承示每月接濟用度二百元，盛意至為銘感，惟目前尚不需用，前函業經陳明，千萬不必寄下，即寄下弟亦當奉繳。即前　惠借名世之數，日內可得一款，亦當先行奉還也。本月八日拔翁交到本月二日手書，展誦祗悉，平廠易幟及重設南洋分館事，剴切指陳，無任欽佩。至缽典乍街市屋，弟極贊同　尊旨。嗣拔翁檢得前三年董事會曾經議決出售，其售價尚略低於此次所得之價，拔翁業經電覆，想邀　鑒及。再，前上一函，述及溫州紙廠，弟重提往事，非敢多瀆，實因時局愈趨愈下，該廠目前成立，恐甚渺茫，故敢再陳管見。前日小芳兄來談，亦有此意，未知　卓見以為何如？再，《辭源》出版以後，弟隨時將遺漏辭句，思憶所及，即●●行錄入，記曾送公司抄存，備《續編》之用。近日檢得此書，取與《續編》對勘，采用者固多，而棄去者亦不少，隨手翻閱，已見數十條，今錄出一紙呈　閱。其中有習用之辭句，似尚有可采之價值，未知主持《續編》諸君，何故刪去？約計弟所補註各條，●有三千之數，現在整理增補，或有可備參酌之處。已將原書送交拔翁，請其轉送傅、劉二君，甚望其勿視如草芥也。主持《續編》諸君即不見弟稿，●憑空思索，有許多習用之句，苟一閉目，即可獲得，不知何以掛漏至此？甚矣，真能實心任事者之少也。竊再有瀆者，近聞拔翁屢屢言　尊處致各分館之信，往往責斥分館，不應將事務專告滬處，語氣甚為嚴重。拔翁自明決無向各分館攬權之意，即有分館函商之事，亦從不專斷，均經轉請　尊處核辦。弟當向拔翁解釋，我　兄亦決無疑彼之意，必係起稿諸人下筆不慎所致，萬勿芥蒂，拔翁亦已豁然。即以分館言之，弟亦諒其別無他意，或因習慣總館久在上海，提筆便寫，忘卻目前情勢變遷，偶爾錯誤，情亦可原。我　兄與拔翁通信，請不必提及此事，惟乞轉屬具稿諸君，覆分館信時，即有指示，語氣務從和婉●●，凡事衹求有效，並不專在語言之嚴厲，想我　兄亦以為然也。從前弟在公司，時仙華、伯恆嘗因分莊科去信字句，屢起衝突，此事由來亦已甚久，後起之輩，或不免又蹈前轍耳。

弟張元濟頓首　三月十四日

編注：本信收入《張元濟全集》，第一卷，書信，第二〇一至二〇二頁，爲《全集》所收致王雲五第二十封信。

三月十五日

岫廬先生大鑒：昨日肅上一函，正在書發，續奉本月十日
手書，展誦謹悉。因郵船收信期限甚迫，未及詳覆，
先將前函書付出，乃交郵。該船先一日開行，此函到日前必
蒙達
覽矣。茲將來達各節分述如左：
一、港發總廠事。此事無論有無難易，自當撤回前議。似
仔細研究多年，考察於擇定漢發地區，更兄擇地之難
尤難移往內地之原料，尤易而運輸實大困難，桂省之產
諸移設者若輩祇知鋪排自己門面，而未審地方錯誤
交通之實情，狀全不思及，柳州可笑且不得移至內地之交通
通方難亦仍在原地，而稅率亦是一重要問題。附來周
君致春之信亦已閱過，吳周二人亦祇知撐持該部門
面，並不計及時局與事勢之如何處置，亦如周君之信

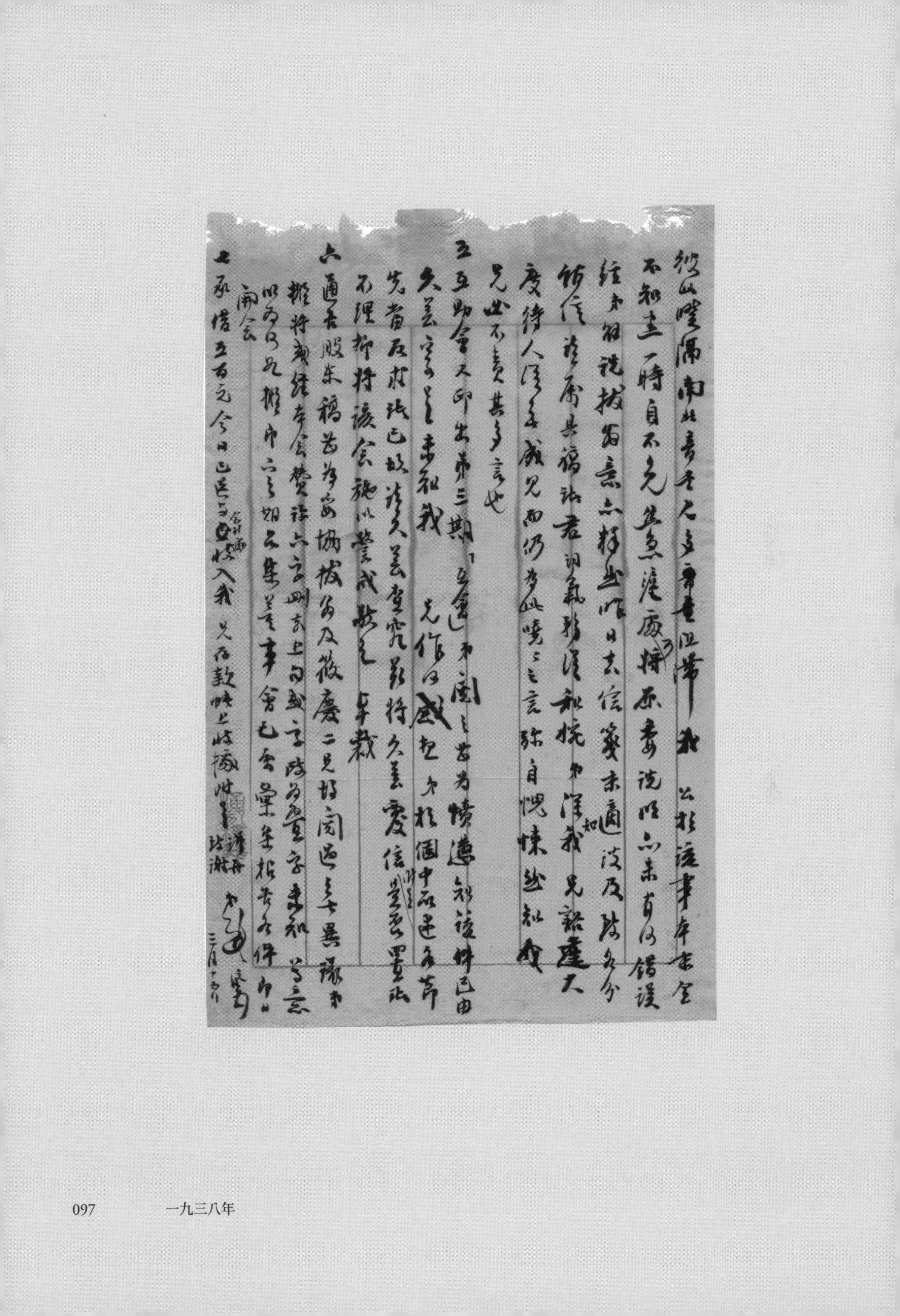

編輯摘要

- 溫州紙廠的籌辦
- 贊同京華印書局一事的處理方法
- 商務保定分館，以及與各地溝通問題
- 討論該如何應對同人互助會
- 修改通告商務股東的文稿
- 歸還借款

點校文字

岫廬先生大鑒：昨日肅上一函，正在封發，續奉本月十日手書，展誦謹悉。因郵船收信期限甚迫，未及詳覆，先將前函封付公司交郵，該船先一日開行，此函到日，前信必當達　覽矣。

茲將奉達各節分述如左：

一、溫州紙廠事，　尊意既有為難，弟自當撤回前議。但仔細想來，經多年考察，始擇定溫州地點，可見擇地之難。如欲移往內地，●原料尚易，而運輸實大困難。桂省主席請移彼省，若輩祇知鋪排自己門面，而當地有何銷路？交通是何情狀？全不思及，抑何可笑。且不獨移至內地，交通通為難，即仍在原地，而稅率亦是一重要問題。附來周君貽春之信，亦已閱過，吳、周二人亦祇知撐持該部門面，並不計及時局與事勢之如何變遷。即如周君之信，仍主張預計機件，萬一兩年以後廠地不能決●定，是否將機器存在貨棧，聽其銹壞？可謂笑話。彼輩做官過久，腦筋已經麻木，且股本於己無關，遂亦不關痛癢，●故發此隔膜之言。 尊意俟開股東臨時會議，再定進止，所見甚是。鄙見如過幾時，時局不見好轉，當再提議。

二、京華事自應依 尊意辦理。再，伯恆辭職事，弟與拔翁聯電，乞再挽留，嗣拔翁專函詳述。弟漏列名，合再陳明。

三、函授事經我 公督促，進行甚速，聞之欣慰。

四、保定分館事，伯恆未經報告 尊處，致未接洽，滬處亦未將平館信照轉，弟亦甚異。經將 尊函送與拔翁閱看，弟午後到館，拔翁出示伯恆二月十九日及二月廿五日兩次來信，謂信末均有「除函達駐港辦事處外」之語，伯恆固未疏忽滬處，因來信既有此語，故未照轉，亦非有意捺擱。弟取閱伯恆原信，確係如此云云，當告拔翁。現在辦事機關，彼此睽隔，南北音書，尤多●●阻滯，我 公於該事本末全不知悉，一時自不免焦急。滬處可將原委說明，亦未有何錯誤。經弟解說，拔翁意亦釋然。昨日去信，箋末適談及致各分館信，請屬具稿諸君，詞氣務從和婉，弟深知我 兄豁達大度，待人從無成見，而仍為此嘵嘵之言，彌自愧悚，然知我 兄必不責其多言也。

五、互助會又印出第三期「互會」，弟閱之甚為憤懣，知該件已由久芸寄呈，未知我 兄作何感想？弟於個中所述各節，先當反求諸己，故請久芸查究，茲將久芸覆信附呈。是否置諸不理，抑將該會施以警戒，敬乞　卓裁。

六、通告股東稿甚為妥協，拔翁及筱、慶二兄，均閱過無異議。弟擬將「或經本會贊許」六字，刪去上句「或」字改為「疊」字，未知　尊意以為何如？擬即定期召集董事會，已屬彙集報告各件，即日開會。

七、承借五百元，今日已送與●會計處，收入我　兄存款帳上，收據附呈，謹再致謝。

弟張元濟頓首　三月十五日

編注：本信收入《張元濟全集》，第一卷，書信，第二〇二至二〇三頁，爲《全集》所收致王雲五第二十一封信。

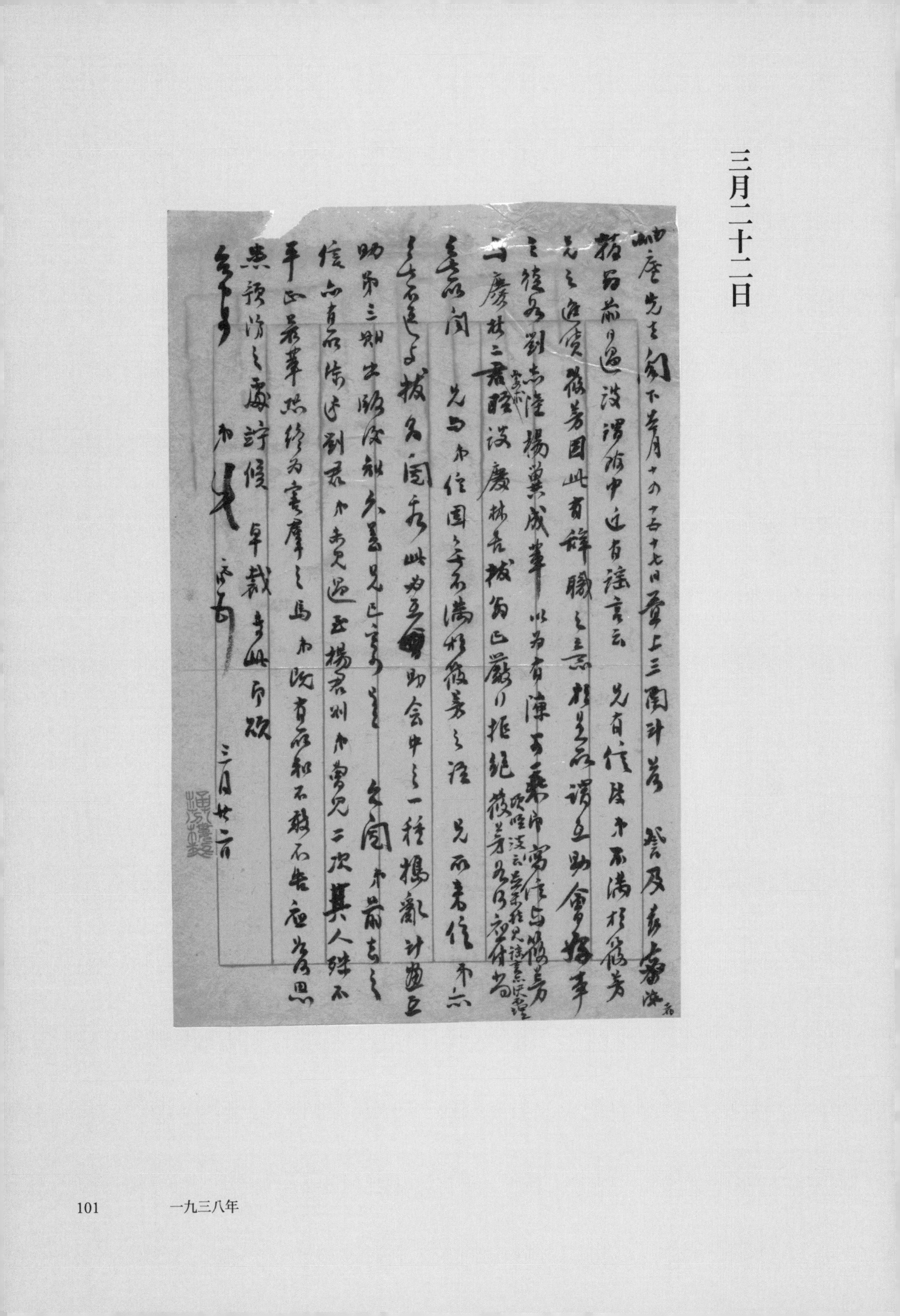

三月二十二日

編輯摘要

・同人互助會的造謠搗亂

點校文字

岫廬先生閣下：本月十四、十五、十七日疊上三函，計荷　詧及。茲密陳者，拔翁前日過談，謂館中近有謠言，云　兄有信致弟，不滿於筱芳兄之進貨，筱芳因此有辭職之意。於是所謂互助會好事之徒，如劉志隆、楊翼成輩以為有隙可乘，即寫信、〔與〕筱芳與慶林二君，要求晤談。慶林告拔翁，已嚴行拒絕，筱芳如何應付，尚無所聞【頃晤談，云並未往見，謠言亦決不理】。

兄與弟信固無不滿於筱芳之語，　兄所來信，弟亦無不送與拔翁閱看，此為互●助會中之一種搗亂計畫。《互助》第三期出版後，知久芸兄已寄呈　台閱，弟前去之信，亦有所陳述。劉君弟未見過，至楊君則弟曾見二次，其人殊不平正，若輩恐終為害群之馬，弟既有所知，不敢不告。應如何思患預防之處，竚候　卓裁。專此，即頌

台安

弟張元濟頓首　三月廿二日

編注：本信收入《張元濟全集》，第一卷，書信，第二〇三至二〇四頁，爲《全集》所收致王雲五第二十二封信。

三月二十五日

編輯摘要

- 品評人物
- 有關商務發放股息事
- 修改通告商務股東的文稿

點校文字

岫廬先生閣下：本月十四日、十五日、十七日、廿二日各上一函，計先達到。拔翁出示我　兄覆伯恆信，謹已讀悉。伯恆生長京華，與舊時人物接觸過多，不免沾染舊人習氣，弟深知之，望　兄亦諒之也。前日筱芳兄來，談及本公司小股東多，倚賴股息者亦不少，今年雖不結帳，而公司經費，尚非十分艱絀，能否想一通融辦法，略給一極少之數，稍饜其望。又言此雖違法之舉，然公司不開股東年會，亦與公司章程不合，難保股〔東〕不反唇相譏，甚或復其故態，結成股東聯合會，要求董事召集，先行報告公司損失情形，並舉董、監。於事非不可能，若有此等舉動，轉●覺面子不好云云。且言不過一人私慮，外面並無所聞。弟等揣測，●公司有若干股東，本來好事，渠或有所聞，亦未可知。惟渠所稱通融一層，無非預支股息或借貸，雖說極少之數，然惡例一開，牽涉甚多，即論目前，亦不能無事，而將來之糾紛，永無了期。業經以各種為難情形答之，渠亦諒解。惟云通告股東稿，可將一有機會即行召集之語，說得較為切實，使股東不致認為無期〔限〕延期。慶林兄云，既有改動，不如將選舉董監一層刪去，後面續行負責之語，為當然之事，亦可不說。眾意僉同，弟亦認為妥洽，將　來稿略加改動，寄呈核定。如蒙　認可，求電示數字，當即召集董事會也。

敬頌　起居

弟張元濟頓首　三月廿五日

編注：本信收入《張元濟全集》，第一卷，書信，第二〇四頁，爲《全集》所收致王雲五第二十三封信。

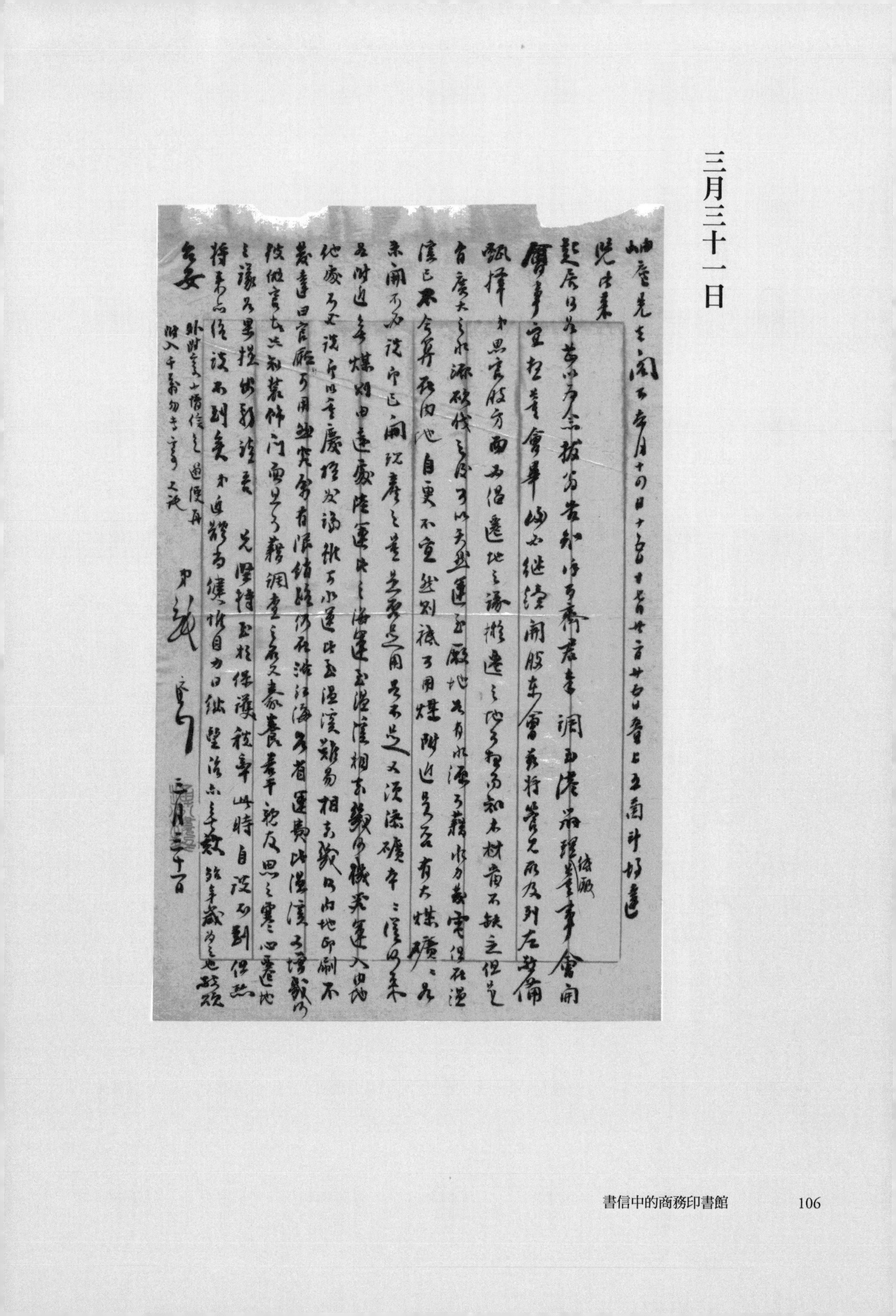

三月三十一日

編輯摘要

•溫州紙廠的籌辦，評估其地理位置與環境資源

點校文字

岫廬先生閣下：本月十四日、十五日、十七日、廿二日、廿五日疊上五函，計均達　覽。比來起居如何，甚以為念。拔翁告知徐百齊君奉調至港，辦理紙廠董事會開會事宜，想董會畢後，必繼續開股東會，茲將管見所及列左，敬備　甄擇。弟思官股方面，必倡遷地之議，擬遷之地，可想而知。木材當不缺乏，但是有廣大之水源，砍伐之後，可以天然運至廠地；如有水源，可藉水力發電。但在溫溪已不合算，在內地自更不宜。然則祇可用煤，附近是否有大煤礦？礦如未開不必說，即已開，現產之量是否足用？如不足，又須添礦本，本從何來？如附近無煤，則由遠處陸運，比之海運至溫溪，相去幾何？機器運入內地，他處不必說，即以重慶、梧州論，雖可水運，比至溫溪，難易相去幾何？內地印刷不發達，曰官廳可用，然究屬有限，銷路仍在沿江海各省，運費比溫溪又增幾何？彼做官者，只知裝飾門面，且可藉調查之名，又豢養若干親友，思之寒心。遷地之議，如果提出，祈請吾　兄堅持。至於保護稅率，此時自談不到，但恐將來亦終談不到矣。弟近體尚健，惟目力日絀，醫治亦無效，殆年歲為之也。敬頌

台安

外附寄小壻信，乞遇便再附入，千萬勿專寄，又託。

弟張元濟頓首　三月三十一日

編注：本信收入《張元濟全集》，第一卷，書信，第二〇四至二〇五頁，爲《全集》所收致王雲五第二十四封信。

四月一日

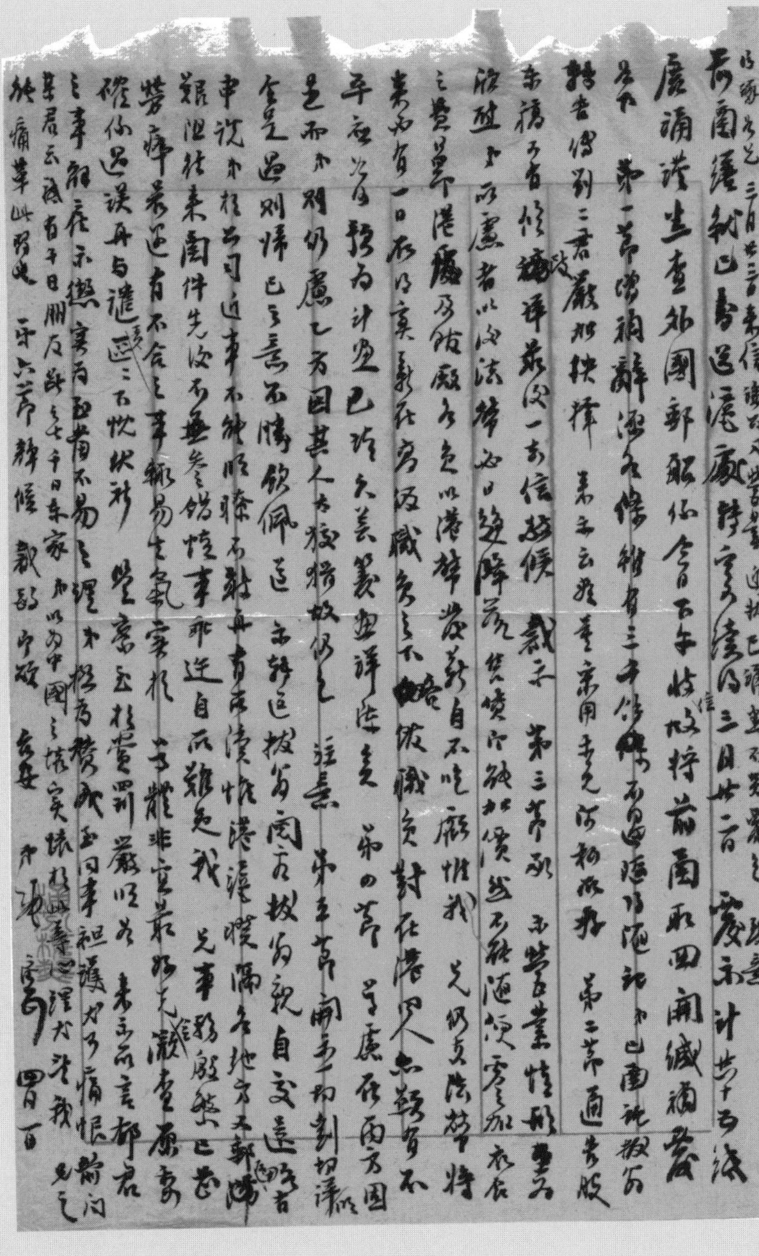

編輯摘要

- 修訂《辭源》
- 修改通告商務股東的文稿
- 法幣日趨貶值等事
- 與各地分館的溝通問題

點校文字

【徐琢如兄三月廿三日來信，論公司營業近況，已誦悉，不另覆，乞　致意。】

前函繕就，已封送滬處轉寄，續得三月廿二日　覆示，計共十五紙，展誦謹悉。查外國郵船係今日下午收信，故將前函取回，開緘補覆如下：第一節，增補《辭源》各條，雖有三千餘●，不過隨得隨記，弟已函託拔翁轉告傅、劉二君，嚴加抉擇。　來示云盡量採用，未免阿私所好。　第二節，通告股東稿，又有修●改，詳最後一去信，敬候　裁示。　第三節，承示營業情形，至為欣慰。弟所慮者，以後法幣必日趨降落，售貨即能加價，然不能隨便零加。衣食之費日昂，港處及館廠各員以港幣發薪，自不吃虧。惟我　兄仍支法幣，將來必有一日，所得實薪在高級職員之下，各館職員對在港同人亦顯有不平，應如何預為計畫，已請久芸籌畫詳陳矣。 第四節， 尊慮在丙方固是，而弟則仍慮乙方，因其人太狡猾，故仍乞 注意。第五節，開示一切，剴切詳明，全是過則歸己之意，不勝欽佩。遵 示轉送拔翁閱看，拔翁親自交還，略有申說，弟於公司近事不能明瞭，不敢再有所瀆。惟港、滬睽隔，各地方又郵●遞艱阻，往來函件先後不無參錯，情事乖迕，自所難免我 兄事務殷繁，已甚勞瘁，若遇有不合之事，輒易生氣，實於 尊體非宜，最好先令徹查原委，確係過誤，再與譴責。區區下忱，伏祈 鑒察。至於賞罰嚴明，如 來示所言郁君之事，解雇示懲，實為至當不易之理，弟極為贊成。至同事袒護，尤可痛恨，前聞某君云：「祇有千日朋友，斷無千日東家」，弟以為中國之壞，實壞於此等心理，尤望我 兄之能痛革此習也。 第六節，靜候裁酌。即頌

台安

弟張元濟頓首 四月一日

編注：本信收入《張元濟全集》，第一卷，書信，第二〇五頁，爲《全集》所收致王雲五第二十五封信。

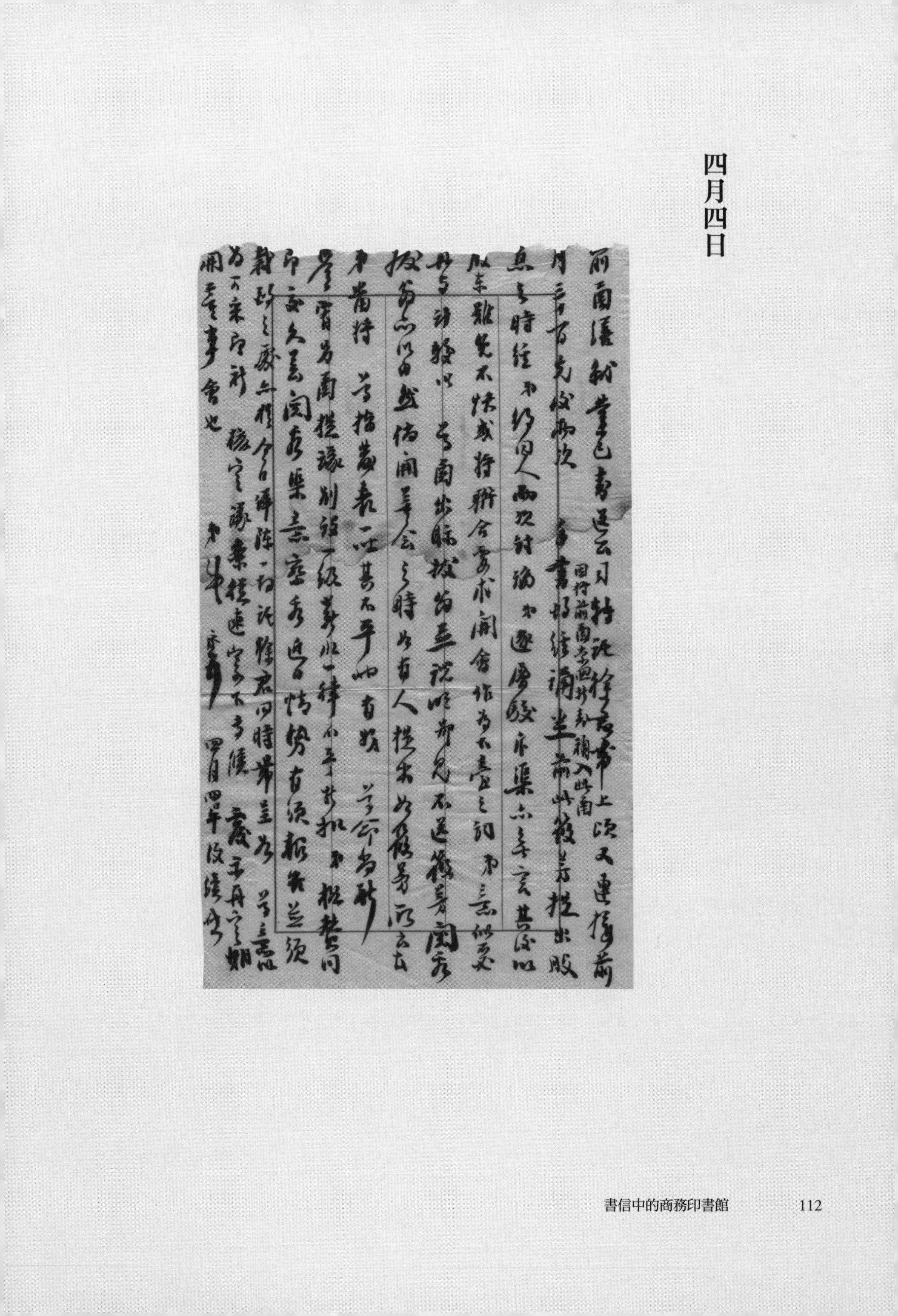

四月四日

編輯摘要

• 有關商務發放股息事
• 贊成商務內部增設一級薪水

點校文字

前函繕就，業已封送公司，轉託徐君帶上。頃又連接前月三十一日先後兩次　手書，均經誦悉【因將前函索回折封，補入此函】。前此筱芳提出股息之時，經弟約同人兩次討論，弟逐層駁斥，渠亦無言。其後以股東雖覺不快，或將聯合要求開會，作為下臺之詞，弟意似不必〔再〕與計較，以　尊函出眎拔翁，並說明鄙見，不送筱芳閱看，拔翁亦以為然。倘開董會之時，如有人提出如筱芳所云者，弟當將　尊指發表，一吐其不平也。有妨　尊命，尚祈　鑒宥。另函提議別設一級薪水，一律不予折扣，弟極贊同，即交久芸閱看，渠意察看近日情勢，有須報告並須裁酌之處，亦於今日詳陳一切，託徐君同時帶呈。如　尊意以為可采，即祈　核定議案，從速寄下。專候　覆示，再定期開董事會也。

弟張元濟頓首　四月四日午後續啟。

編注：本信收入《張元濟全集》，第一卷，書信，第二〇五至二〇六頁，為《全集》所收致王雲五第二十六封信。

四月十六日

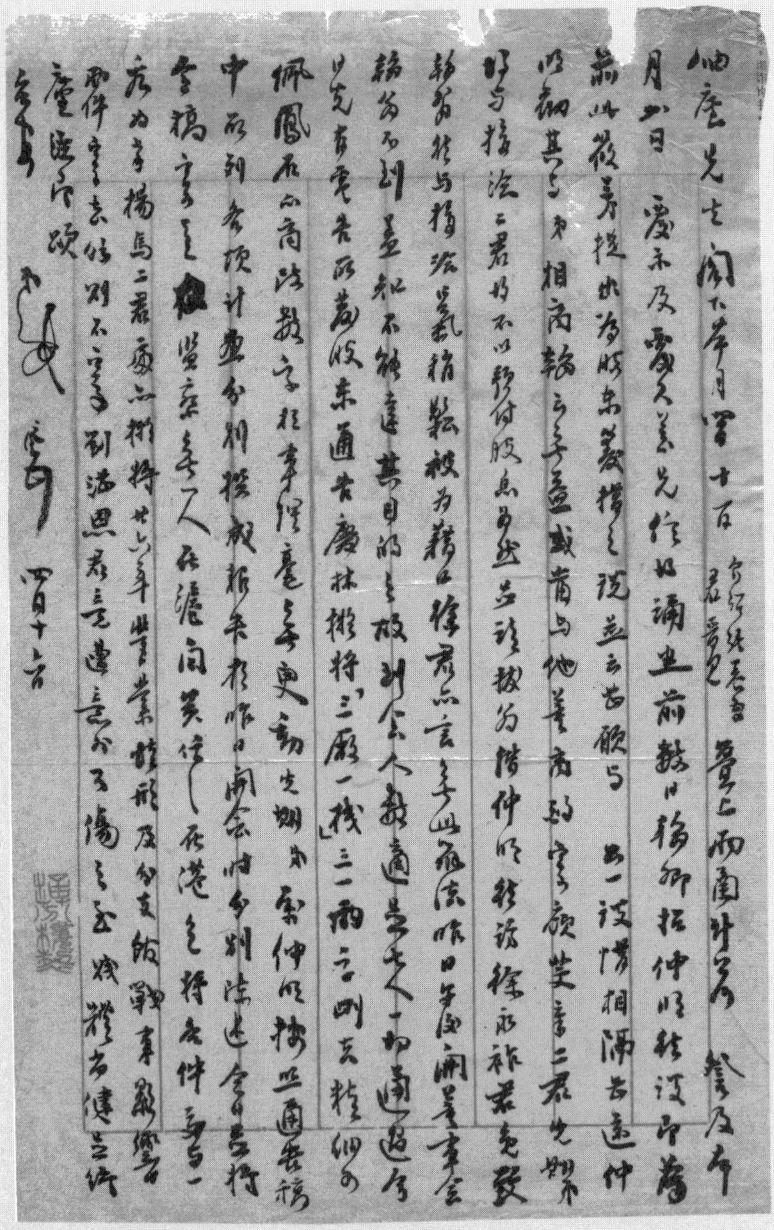

編輯摘要

- 有關商務發放股息事
- 商務董事會開會經過與相關報告

點校文字

岫廬先生閣下：本月四日十一日（介紹張養吾君晉見）疊上兩函，計荷　詧及。本月八日　覆示及覆久芸兄信，均誦悉。前數日翰卿招仲明往談，即為前此筱芳提出為股東籌措之說，並云甚願與　公一談，惜相隔甚遠。仲明勸其與弟相商，翰云無益，或當與他董商酌。寄頤、斐章二君，先期弟均與接洽，二君均不以預付股息為然，並請拔翁偕仲明往訪徐永祚君，免致翰翁往與接洽，口氣稍鬆，被為藉口。徐君亦言無此辦法，昨日午後開董事會，翰翁不到，蓋知不能達其目的之故。到會人數，適足七人，一切通過，今日先有電告。所發股東通告，慶林擬將「三廠一棧」「三」、「一」兩字刪去，精細可佩。鳳石亦商改數字，於事理毫無更動。先期弟囑仲明按照通告稿中所列各項計畫，分別撰成報告，於昨日開會時分別陳述，今日並將全稿寄呈。●監察無一人在滬，聞黃任之在港，乞將各件交與一看為幸。楊、馬二君處，亦擬將〈廿六年營業情形〉及〈分支館戰事影響〉兩件寄去，餘則不寄，劉湛恩君竟遭意外，可傷之至。

賤體尚健，足紓　廑注。即頌

台安

弟張元濟頓首　四月十六日

編注：本信收入《張元濟全集》，第一卷，書信，第二〇六頁，爲《全集》所收致王雲五第二十七封信。

五月十二日

前言未畢，謹再奉達如下。一唯以救爲出而發行所者，標之任公園，亦是要求提高薪水，平心而論，此時宜爲國者所薪水較高者亦同此感覺。其所持理由以爲今日營業雖見拔復，但增易減難，此後情形亦復難料，未能照行一法。不知能否通行？僅之有一轉廓，姑且如下，藉作芻蕘。營業以去年一年之百分爲底數，薪水以去年八一三以前所得爲底數，現在營業者倘與止或可得來，或增減不及一半，與現在暫加倍一次例以後營業增加若干（分爲子級，現增一半，每增百分之十爲一級）薪水亦提高若干，每兩個月（或三個月四個月）決算一次，若兩個月營業增進一級，上兩月薪水亦提高一級，但至十六兩月營業若減四降一級，薪九十兩月薪水亦回復一級，然降以此類推，但營業降至原薪對折以下者，至四折三折，薪水是否亦隨之而降，此是一層；再原料加貴，支出較多，應此國難，應備營業增百分之十，薪水似只能提升百分之七八，此又是一層；燈放時亦可增加營業數，收放時更危險，現款收款與以前不能以廿六年之數爲比例，此又是一層；營業增減應作整个計算，但例自我兄所定，精屬薪爲個別之勸獎，此又是一層。以上所言，均極粗略，於利害方面所籌劃者亦極少，作已告知久芸，請其暫時守秘密。此層薪水於我館之中，我國似未有行之者，歐美不知如何？我兄思想精密，或兼能改，統一言而決也。

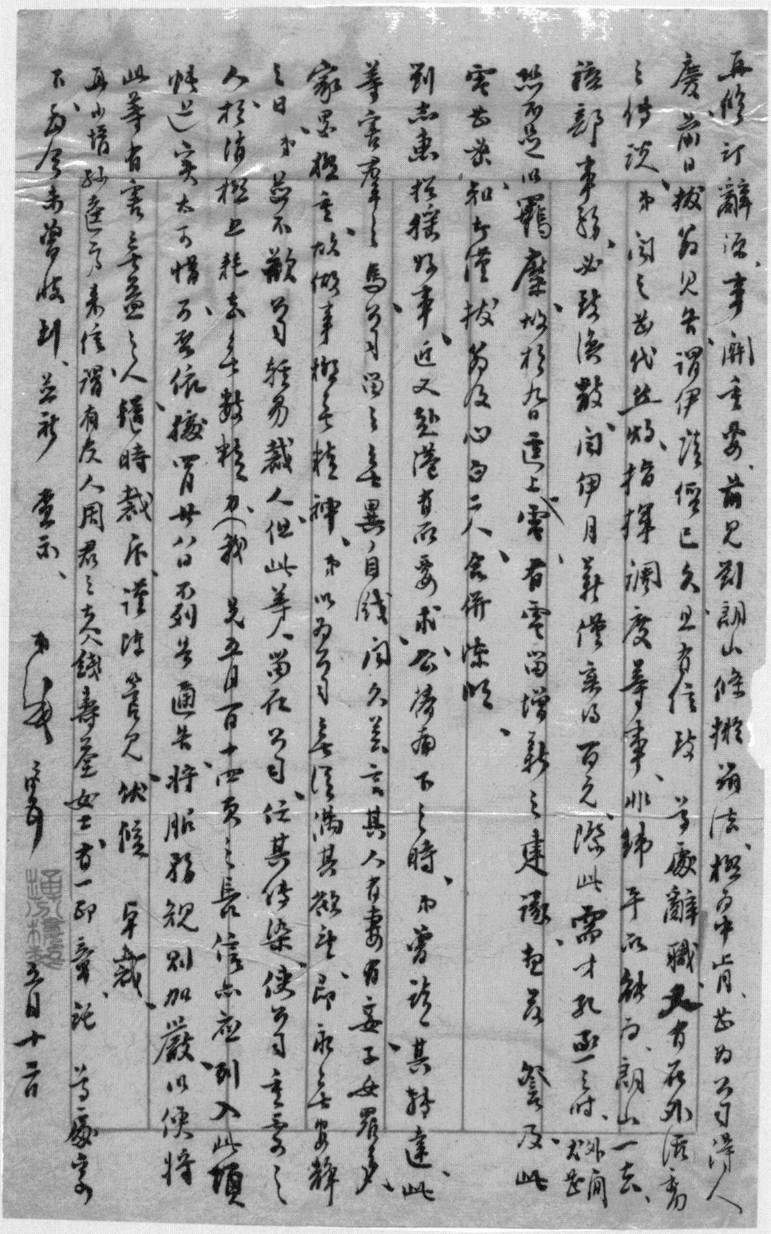

再，修訂辭源事，關係重要。前見劉朗山條擬辦法，極爲中肯，茲爲不可得之人
慶。前日拔可兄告，謂伊談[illegible]已久，且有信致弟處辭職，又有就外洋[illegible]
之傳說。弟聞之甚代惋惜。指揮調度等事，非[illegible]所能，而朗山一去，
該部事務必致渙散。聞伊月薪僅百元，際此需才孔亟之時，外間[illegible]
[illegible]而足以羈縻。擬[illegible]速[illegible]，暫留增薪之建議，想蒙贊及。此
實甚欲知，弟僅拔可及心南二人，余俱[illegible]。
劉志惠[illegible]好事，近又赴港，有所要求，公嘗面示之時，弟嘗諄其轉達。此
等[illegible]無異自[illegible]。聞久矣，言其人有妻妾子女羅列，
家累極重，於辦事極無精神，弟以爲[illegible]滿其欲，並即永無[illegible]
之日。弟甚不欲[illegible]裁人，但此等人當在可[illegible]任其傳染，使可重要之
人[illegible]，[illegible]即是五月百十四元之長信，亦應列入此項
性質，實太可惜。可要依據[illegible]不列等通告，將服務規則加嚴，以便將
此等有害之人隨時裁斥。謹請公意見，[illegible]候采裁。
再，此請[illegible]可來信，謂有友人周君之夫人錢壽[illegible]女士，著一部童話，[illegible]
下，公[illegible]收到，並祈賜示。
弟元濟 五月十二日

編輯摘要

- 建議調整商務員工的薪水
- 修訂《辭源》
- 李拔可擬辭職及內部人事問題

點校文字

前言未盡，謹再奉達如下：一、昨日拔翁出示發行所各櫃主任公函，亦是要求提高薪折。平心而論，此時雖不困苦，即薪水較高者亦同此感覺。其所持理由，以為公司營業稍見恢復，但增易減難，此後情形，正復難料。弟昨思得一法，不知能否通行，僅僅有一輪廓，姑述如下，藉作芻蕘。營業以去年一千二百萬為底數，薪水以去年「八一三」以前所得為底數，現在營業，春銷期止，或可得半，或●尚不及一半，與現在薪水折扣作一比例。以後營業增加若干，（分為五級，現僅一半，每增百分之十為一級）薪折即提高若干，每兩個月（或三個月、四個月）結算一次。如五、六兩月營業增進一級，七、八兩月薪折，亦提高一級；但至七、八兩月，營業如回降一級，●九、十兩月薪折，亦回低一級，以後升降，以此類推。但營業降至●對折以下，甚至四折、三折，薪折是否亦隨之而降，此是一層。再，原料加貴，支出較多，處此國難，應負痛苦，營業增百分之十，薪折似只能提升百分之七八，此又是一層。濫放帳亦可增加營業數，以後放帳更危險，現款帳款，恐亦不能以廿六年之數為比例，此又是一層。營業增減，應作整個計算，但仍用我　兄所定獎勵辦法，為個別之勸懲，此又是一層。以上所言，均極粗略，於利害方面，所想到者亦極少。昨已告知久芸，請其熟思，並守祕密。此寓薪水於花紅之中，我國似未有行之者，歐美不知如何？我　兄思想精密，或棄或取，必能一言而決也。

再，修訂《辭源》，事關重要，前見劉朗山條擬辦法，極為中肯，甚為公司得人慶。前日拔翁見告，謂伊請假已久，且有信致　尊處辭職，又有在外活動之傳說，弟聞之甚代焦灼。指揮調度等事，非緯平所能為，朗山一去，該部事務，必致渙散。聞伊月薪僅實得百元，際此需才孔亟之時，外間尤甚恐不足以羈縻，故於九日逕上一電，有電留增薪之建議，想荷　詧及。此電甚密，知者謹拔翁及心白二人，合併陳明。

劉志惠招搖好事，近又赴港有所要求，公椿南下之時，弟曾請其轉達，此等害群之馬，公司留之無異自戕。聞久芸言其人有妻有妾，子女眾多，家累極重，故做事極無精神。弟以為公司無法滿其欲望，即永無安靜之日。弟並不欲公司輕易裁人，但此等人留在公司，任其傳染，使公司重要之人，於消極上耗去無數精力，（我　兄五月一日十四頁之長信，亦應列入此項帳上）實在太可惜。可否依據四月廿八日不列號通告，將服務規則加嚴，以便將此等有害無益之人，隨時裁斥？謹陳管見，伏候　卓裁。再，小壻孫逵方來信，謂有友人周君之夫人錢壽荃女士，有一印章，託　尊處寄下，至今未曾收到，並祈　查示。

弟張元濟頓首　五月十二日

編注：本信收入《張元濟全集》，第一卷，書信，第二〇六至二〇七頁，爲《全集》所收致王雲五第二十八封信。《全集》編者註明「前缺」。

五月二十五日

編輯摘要

・收到王雲五所擬〈記功給獎暫行辦法〉

・商務內部人事等問題

點校文字

岫廬吾兄惠鑒：本月十二日肅覆寸函，前日拔翁出示十六日　惠書，知前函並未到，屈計郵程，度發信後必當達覽矣。五月十二日　手教，暨十四日第二五六號通告亦已誦悉。所擬〈記功給獎暫行辦法〉，孤詣苦心，為公司為同人面面顧到，至為欽佩。惟望人事科及各部主任，事事留心，勿以一時之喜怒及平日之愛憎，●使寬嚴稍失其平，庶不負我　公之至意耳。劉志惠君輩到港，我　兄不稍寬假，嚴正相待，使其知難而退，一時雲霧，為之消散，聞之欣幸無似。惟若輩返滬以後，據久芸兄見告，曾經見面，語多假借，且有斷章取義之言。久兄業已函陳。鄙見我　公不必親覆，最好由伯嘉兄詳致人事科，將在港指示若輩之語，及其當面承允之語，並人事科以後應如何秉承我　公意旨應付之，宜詳細開列，使若輩無可影射。如有●●爭執，久兄即可以來函相示，未審　卓見以為何如？小婿孫逵方曾託人帶呈印章一方，係其友周君所託者，請　寄敝處，未知已否遞到？甚為繫念。復頌

台安

同人均此問候。

弟張元濟頓首　五月廿五日

連日移出鉛印廠機物，至本日止，已運有百●四車，約本月底可以運完，筱、康二君當有詳報。弟濟又及，康生甚出力，請專函慰勞。筱芳母病甚重，仍竭力籌辦搬廠事務，亦請專函慰問。

編注：本信收入《張元濟全集》，第一卷，書信，第二〇七至二〇八頁，爲《全集》所收致王雲五第二十九封信。

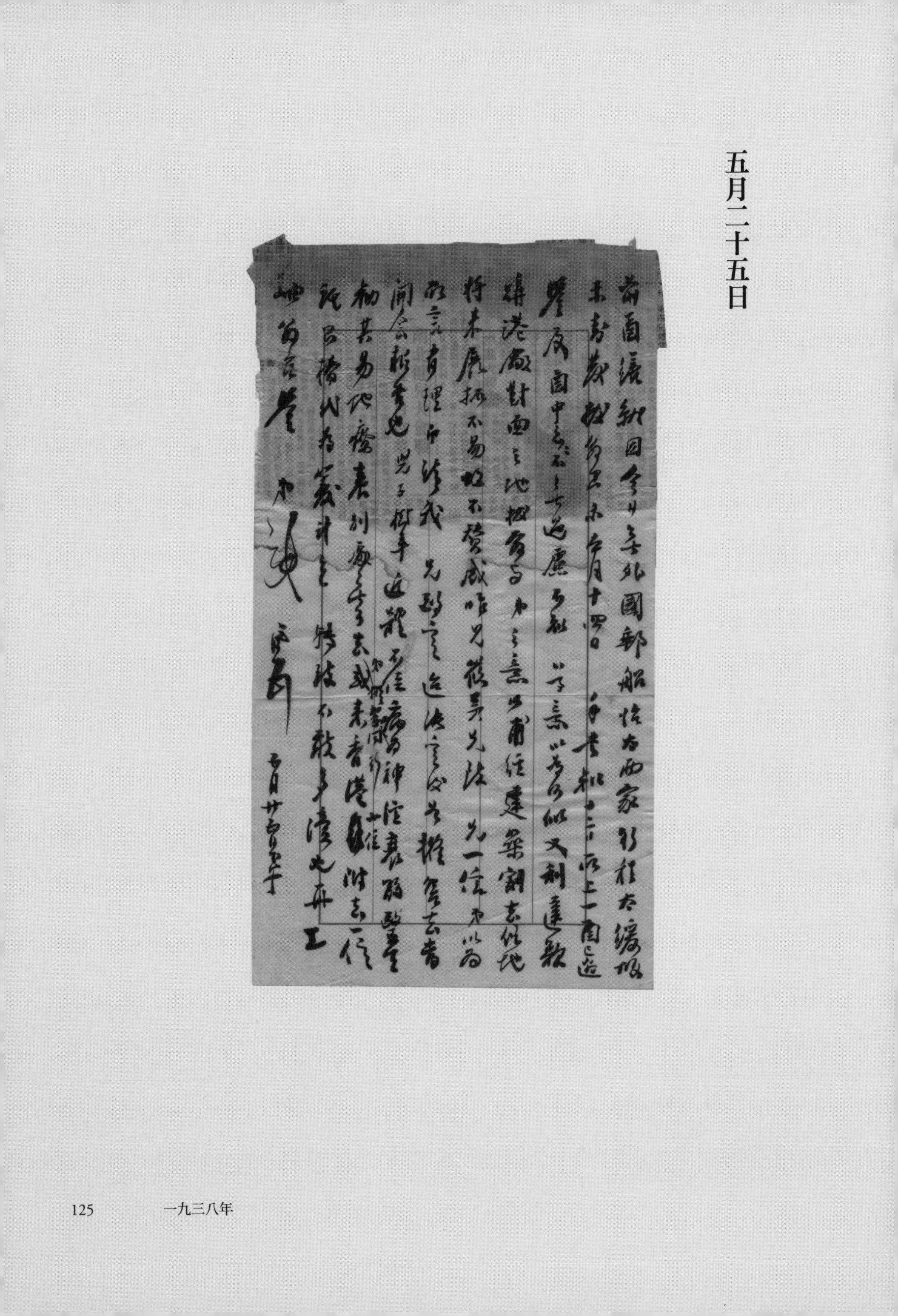

五月二十五日

編輯摘要

- 不建議出售香港分廠對面之地
- 兒子張樹年身體欠佳，擬同來香港小住

點校文字

前函繕就，因今月無外國郵船，怡、太兩家行程太緩，故未封發。拔翁出示本月十四日　手書，知十二日所上一函已邀鑒及。函中云云，不無過慮，不知　尊意以為何似？又，利達欲購港廠對面之地，拔翁與弟之意，以甫經建築割去餘地，將來展拓不易，故不贊成。昨見筱芳兄致　兄一信，弟以為所言有理，即請我　兄酌定。迨決定後如擬售去，當開會報告也。兒子樹年近體不佳，病為神經衰弱，醫生勸其易地療養。別處無可去，弟擬挈同行，或來香港●●小住。附去一信，託公椿代為籌計，乞　轉致。不敢多瀆也。再上

岫翁台鑒

弟張元濟頓首　五月廿五日下午

編注：本信收入《張元濟全集》，第一卷，書信，第二〇八頁，爲《全集》所收致王雲五第三十封信。

五月三十日

岫廬先生閣下：本月廿七日曾上一函，計達。頃奉前日及本月廿六日所發
手示二件，均奉悉。前示前函均謹誦悉。關於工廠會議之事，承
示詳加考慮，甚是甚是。史、王二君優加待遇，並將港幣支薪，觀之
其時滬法幣為協，依前國幣支國幣，依支港幣，此實當
時辦法，現既可慢，其實違當地幣高於國幣之時，早應歸早或
按書面規定辦理。慶云支給國幣之空言，則此時轉為精手。木穀
月前所考慮及勞核者。至廠內及會及早發為調停，然不為晚。本
市有數言，如職員工人調赴外者，舟車費等，若海輪職員，亦應
按今越港往年不宜以國郵船，其亦請言辦你指定公司
而言，恰太二部之言，輪船已加優出，比外國郵船之二等，相差甚遠。
此事萬不及早觀之，此時將來調港之人及工職員，必又有所不平，亦必
已注意及之。二會進步如經成立，是否但止……但性本僅有一
二小前，種種之處則從事於思謹製我，正於此時為思患預防之計。
事事加以糾正，使勝之責，成可慢別異。工會成立方以植自己執、

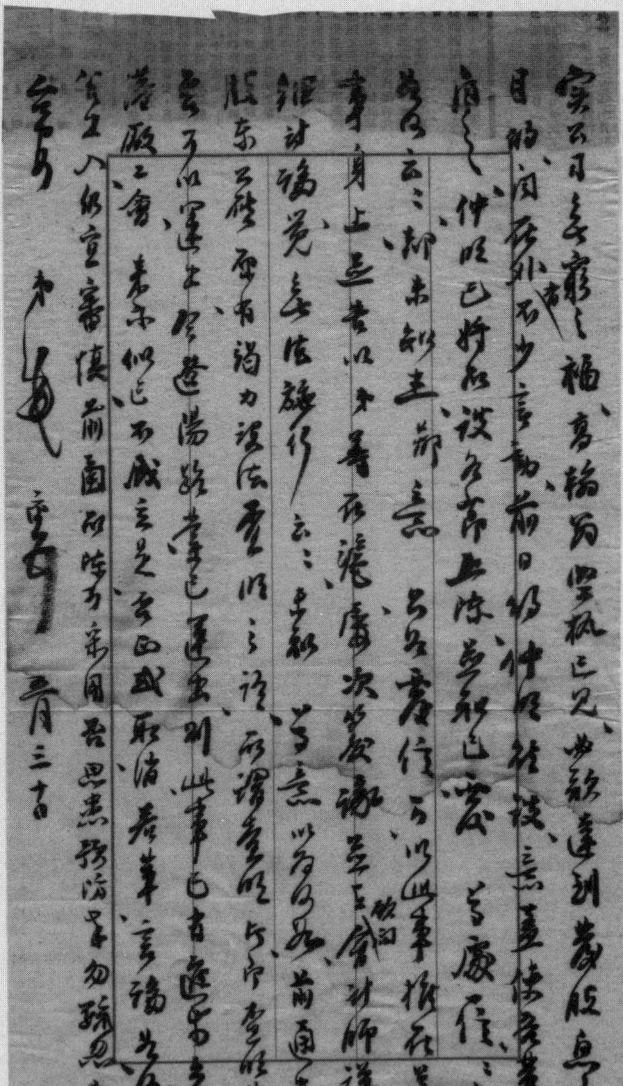

編輯摘要

- 建議用國幣、港幣或本地幣支付薪水
- 建議及早擬定同人出外交通費用規則
- 對於工會成立等事
- 有關商務發放股息事

點校文字

岫廬先生閣下：本月廿五日肅上一函，計達　覽。前日得本月十六日所發　手書，又拔翁出示　尊函，均謹誦悉。仿行工廠會議之事，承　示詳加考慮，甚幸、甚幸。史、王二君優加待遇，並將港幣支薪規定暫時辦法，至為妥協。從前國幣高支國幣，國幣低支本地幣，此實當時疏忽，致成習慣。其實遇本地幣高於國幣之時，早應就單身或攜眷者規定辦法，廢去支給國幣之空言，則此時較易措手。弟數月前亦曾慮及，曾於致　尊處函及之，今及早預為綢繆，猶不為晚。弟尚有欲言者：職員、工人調赴外省，舟車規定等差。海輪職員乘官艙，今赴港者無不乘外國郵船。其實所謂官艙者，係指三公司而言，怡、太二行之官艙，雖已加價，然比外國郵船之二等，相差甚遠。此事若不及早規定，恐將來調港工人，及下級職員，必又有所不平，亦望　公注意及之。工會遲早，必須成立，無可阻止，亦不必阻止。惟本館有「一二八」前種種惡例，彼輩總思沿襲，我　公於此時為思患預防之計，事事加以矯正，使漸漸養成習慣，則異日工會成立，可以循用正軌，實公司無窮之福。高翰翁堅執己見，必欲達到發股息之目的，聞在外有不少言動，前日約仲明往談，意蓋使吾輩聞之。仲明已將所談各節上陳，並知已覆　尊處一信，信中如何云云，卻未知悉。鄙意　公如覆信，可以此事推在董事身上，並告以弟等在滬，屢次籌議，並與顧問、會計師詳細討論，覺無法施行云云。未知　尊意以為何如？前通告股東公啟原有「竭力設法查明」之語，所謂「查明」者，即查明是否可以運出，今遼陽路業已運出，則此事已有進步矣。港廠工會，　來示似已不成立，是否正式取消？若輩言論如何？我公　出入，仍宜審慎。前函所陳，可采用否，思患預防，幸勿疏忽。即頌　台安

弟張元濟頓首　五月三十日

編注：本信收入《張元濟全集》，第一卷，書信，第二〇八至二〇九頁，爲《全集》所收致王雲五第三十一封信。

六月十四日

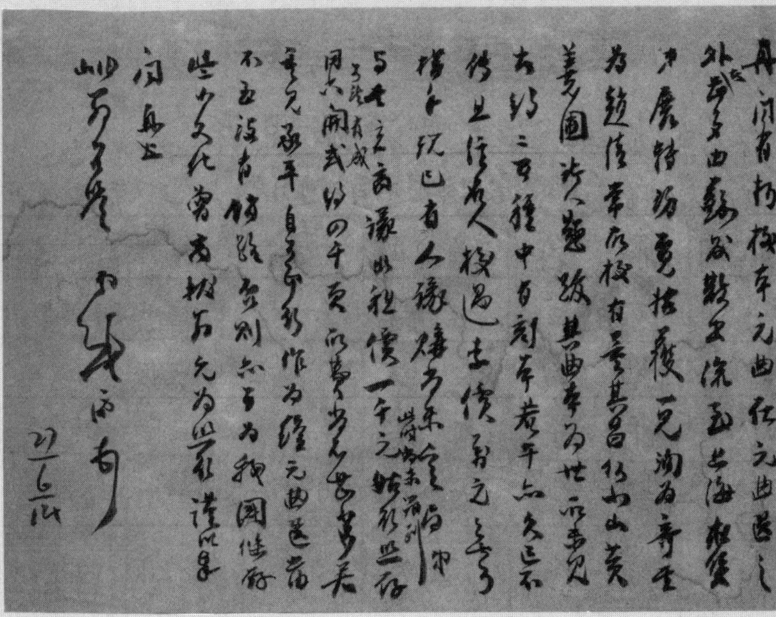

再聞有抄校本元曲在元曲選之外者甚多由蘇州散出流至上
海求售弟展轉訪覓始獲一見洵爲奇書爲趙清常所校有董其
昌何小山黃蕘圃諸人題跋其曲本爲世所未見大約二百種中
有刻本若干亦久已不傳且經名人校過索價萬元無可措手現
已有人議購尚未定局弟與書主商議出租價一千元姑行照存 此時尚未辦到
可望有成
用六開式約四千頁所費尚不甚多若重見承乎自可印行作爲
續元曲選當不至沒有銷路否則亦可爲我國保存些小文化曾
商拔翁允爲照行謹以奉 聞再上

岫翁台鑒

商務印書館啟事用牋

編輯摘要

•關於出版《孤本元明雜劇》的評估

點校文字

再，聞有抄校本元曲，在《元曲選》之外者甚多，由蘇州散出，流至上海求售。弟展轉訪覓，始獲一見，洵為奇書。為趙清常所校，有董其昌、何小山、黃蕘圃諸人題跋。其曲本為世所未見者約二百種，中有刻本若干，亦久已不傳，且經名人校過，索價萬元，無可措手。現已有人議購，尚未定局。弟與書主商議，出租價一千元【此時尚未辦到】，姑行照存，用六開式、約四千頁【可望有成】，所費尚不甚多。若重見承平，自可印行，作為續元曲選，當不至沒有銷路，否則亦可為我國保存些小文化。曾商拔翁，允為照行，謹以奉　聞。再上

岫翁台鑒

弟張元濟頓首　27—6—14

編注：本信收入《張元濟全集》，第一卷，書信，第二〇九頁，爲《全集》所收致王雲五第三十二封信。《全集》編者註明「前缺」。當年商務印書館印行也是園舊藏元明雜劇，上海圖書館藏有線裝七冊相關信札，共手跡三百四十八件、錄副一百二十二件，二〇一八年北京商務印書館曾以《校訂元明雜劇事往來信札》爲名印行。但《信札》所收最早者，爲一九三八年六月二十二日鄭振鐸致張元濟函，則本信又稍早數日。

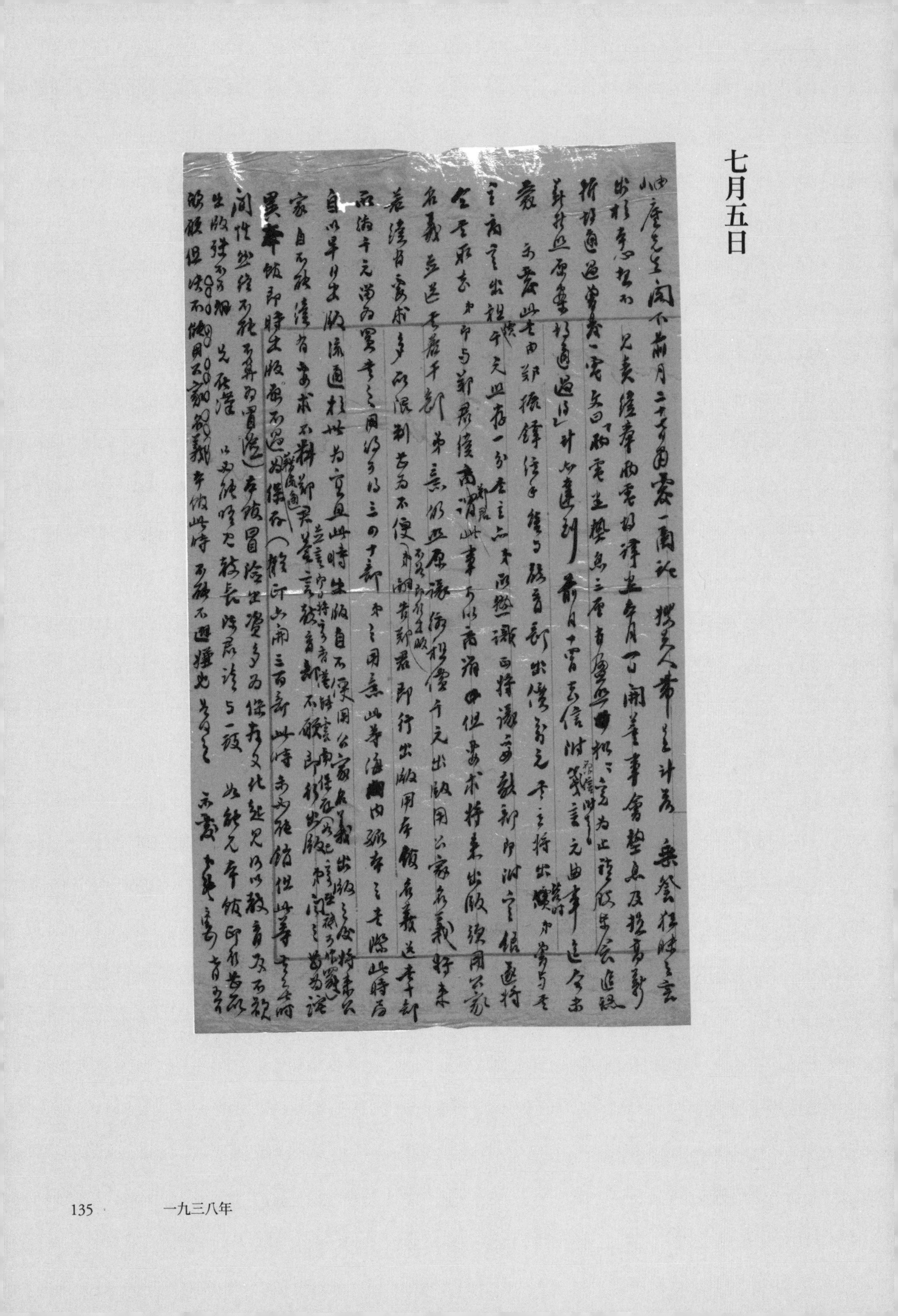

七月五日

岫廬先生閣下：前月二十六日發一函，諒蒙 [illegible]。樸安人常來計議，[illegible]

[illegible]

[illegible]

[illegible]

[illegible] 先 [illegible] [illegible]

編輯摘要

- 告知商務董事會通過墊息及提高薪折
- 關於商議出版《孤本元明雜劇》的經過

點校文字

岫廬先生閣下：前月廿七日肅覆一函，託　嫂夫人帶呈，計荷　垂詧。狂昧之言，出於本心，想不　見責。續奉兩電均譯悉。本月一日開董事會，墊息及提高薪折均通過，曾發一電，文曰：「兩電悉，墊息三厘，有盈照●扣，扣完為止，請股東會追認。薪折照原案，均通過。濟。」計亦達到。前月十四日去信【原信附呈】附箋言元曲事，迄今未蒙　示覆。此書由鄭振鐸經手，售與教育部，出價萬元。書主將出●售時，弟曾與書主商定，出租價千元，照存一分。書主亦弟所熟識，正將議妥，教部即附定銀，遂將全書取去。弟即與鄭君續商，鄭君謂此事可以商辦，●但要求將來出版，須用公家名義，並送書若干部。弟意仍照原議繳租價千元，出版用公家名義，將來若續有要求，多所限制，甚為不便，不如即行出版。弟嗣告鄭君，即行出版，用本館名義，送書十部，所繳千元留為買書之用，約可得三四十部。弟之用意，此等海●內孤本之書，際此時局，自以早日出版，流通於世為宜。且此時出版，自不便用公家名義，出版之後，將來公家自不能續有要求。不料鄭君答言教育部不願即行出版，【並言即日將寄香港轉雲南保存（如已寄出，祇可作罷）】。弟聞之甚為詫異，本館即時出版，原不過藉流通為保存（擬印六開三百部，此時未必能銷，但此等書無時間性，然終不能不算為冒險），本館冒險出資，多為保存文化起見，何以教育〔部〕反不欲出版，殊不可解。兄在漢口，必能晤見教長陳君，請與一談。如能允本館印行，甚所欣願，但決不能用公家名義，本館此時不能不避嫌也。如何？乞　示覆

弟張元濟頓首　七月五日

編注：本信收入《張元濟全集》，第一卷，書信，第二〇九至二一〇頁，爲《全集》所收致王雲五第三十三封信。

八月八日

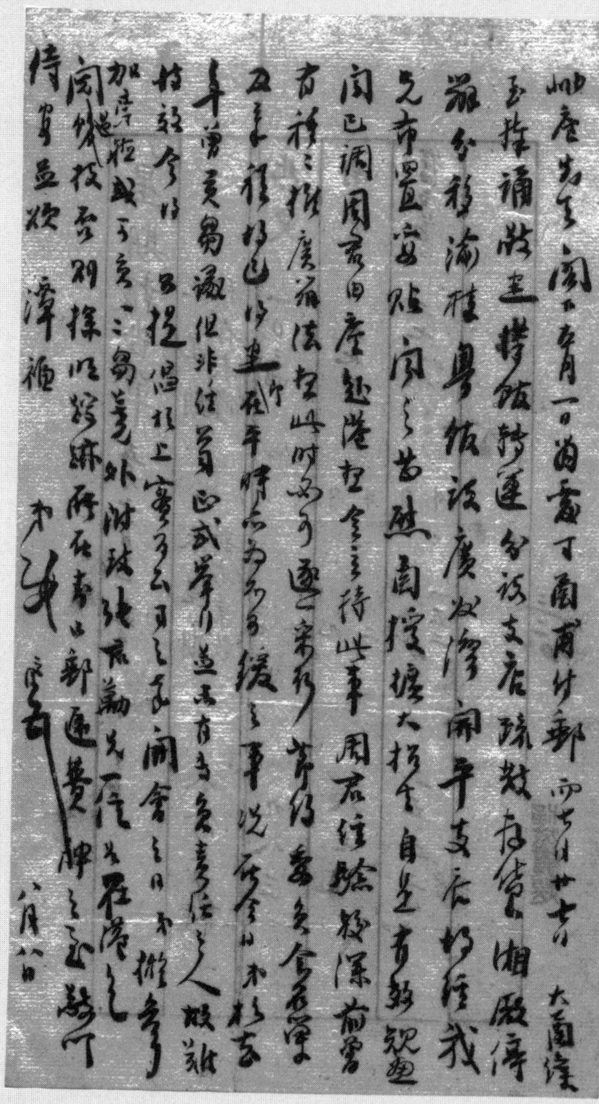

編輯摘要

・商務疏散存貨、開設分店等事
・函授擴大招生
・節約委員會名單及章程

點校文字

岫廬先生閣下：本月一日肅覆寸函，甫付郵，而七月廿七日　大函續至，捧誦敬悉。漢館轉運，分設支店，疏散存貨，湘廠停辦，分移渝、桂，粵館設廣州灣、開平支店，均經我　兄布置妥貼，聞之甚慰。函授擴大招生，自是有效規畫，聞已調周君由廑赴港，想令主持此事。周君經驗較深，前曾有種種推廣辦法，想此時必可逐一采行。節約委員會名單及章程均已得悉，即在平時，亦為不可緩之事，況在今日？弟於去年曾貢芻議，但非經公司正式舉行，並未有專負責任之人，故難收效。今得　公提倡於上，實為公司之幸。開會之日，弟擬參加旁聽，或可貢一二芻蕘。外附致張君勱兄一信，如在港，乞　閱過飭投。否則探明踪跡所在，封口郵遞，費神之至。敬叩

侍安，並頌　潭福

弟張元濟頓首　八月八日

編注：本信收入《張元濟全集》，第一卷，書信，第二一〇頁，爲《全集》所收致王雲五第三十四封信。

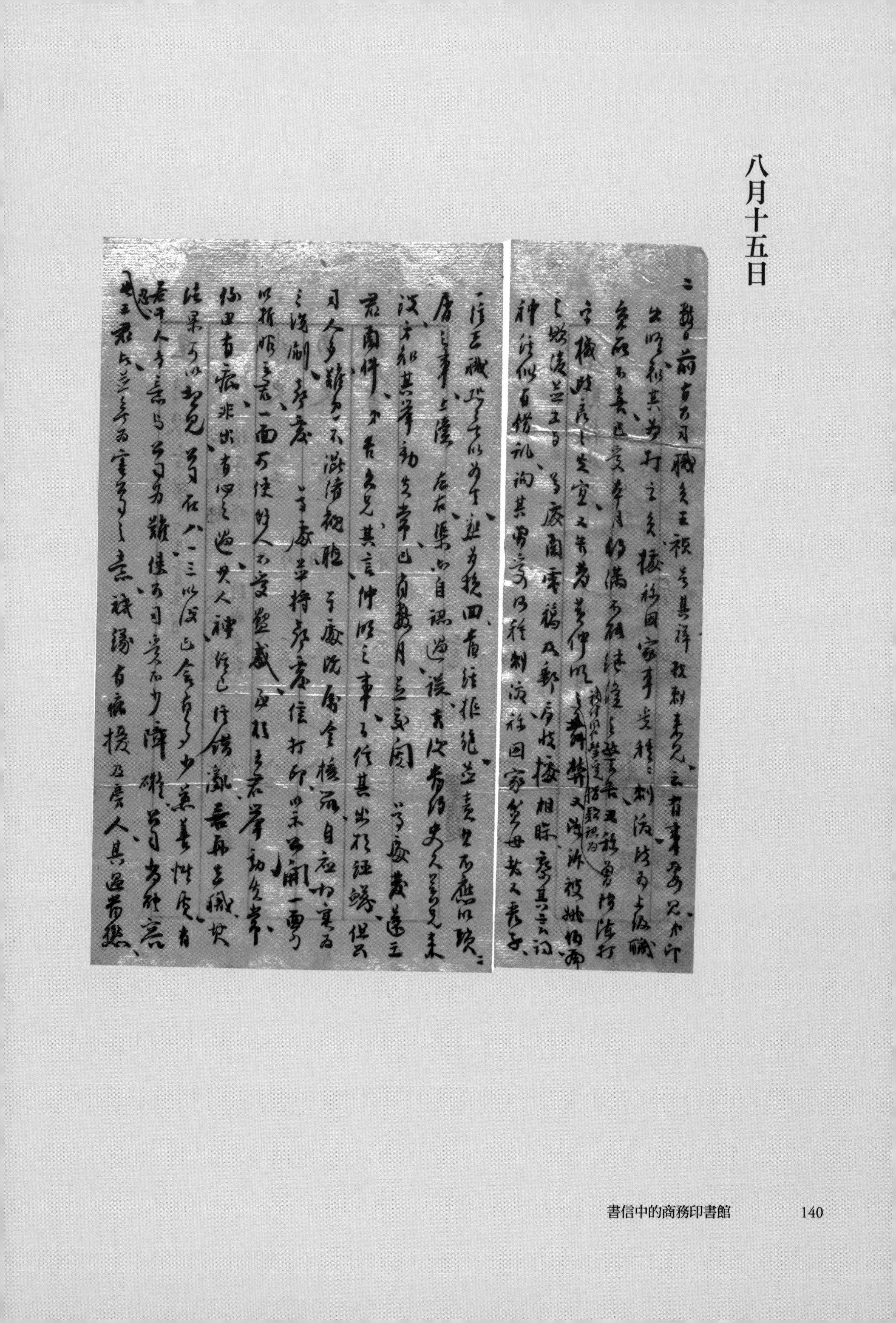

八月十五日

編輯摘要

・商務員工王禎問題
・李拔可患病住院

點校文字

二、數日前有公司職員王禎號其祥投刺來見，云有事要見，弟即出晤。知其為打字員，據稱因家事受種種刺激，致為上級職員所不喜，已受本月約滿不能繼續之警告。又稱曾指陳打字機改良之失宜，又告發黃仲明之【付同人醫院借款，認為】舞弊，又陳訴被姚伯南之欺凌，並出與　尊處函電稿及郵局收據相眎。察其言詞，神經似有錯亂。詢其曾受何種刺激，稱因家貧母老又喪子，一經去職恐無以為生，懇為挽回。當經拒絕，並責其不應以瑣瑣屑之事，上瀆　左右，渠亦自認過誤。去後當約史久芸兄來談，方知其舉動失常，已有數月，並交閱　尊處發還王君函件。弟告久兄，其言仲明知事，可信其出於誣衊，但公司人多，難免不混淆視聽。　尊處既屬令核辦，自應切實為之洗刷，聲覆　尊處，並將聲覆信打印，以示公開，一面可以折服王君，一面可使餘人不受蠱惑。至於王君舉動失常，係由有病，非出有心之過。其人神經已經錯亂，若再去職，其結果可以想見。公司在「八一三」以後，已含有多少慈善性質，有若干人專意與公司為難，使公司受不少障礙，公司尚能容忍；如王君者，並無危害公司之意，祇緣有病，擾及旁人，其過當懲，其情卻屬可憫。現在舉動如此，誠難容其再在公司辦事，鄙意可暫令其回家養病，病痊許其復來，不必遽行斷絕，令其希望全無，走上死路。在若干時期以內，仍照公司章程酌予扶助，與公司近來參用慈善之意，似亦相合。已請久兄與在事諸君商酌，此係　尊處屬令查辦之件，故特函陳，敬乞　台督。再，拔翁前數日患病，來勢甚劇，即入紅十字會醫院，次日即見輕減，現可無憂。聞其弟直士兄云，病源仍在糖尿，現在尚須調養，公司當有詳報，茲不贅述。即頌　台安

弟張元濟頓首　八月十五日

筱芳兄均此，同人均此致意。

正封發時，復奉八月八日　手教，謹悉，容後覆。

張元濟謹注。

編注：本信收入《張元濟全集》，第一卷，書信，第二一〇至第二一一頁，爲《全集》所收致王雲五第三十五封信。

八月二十二日

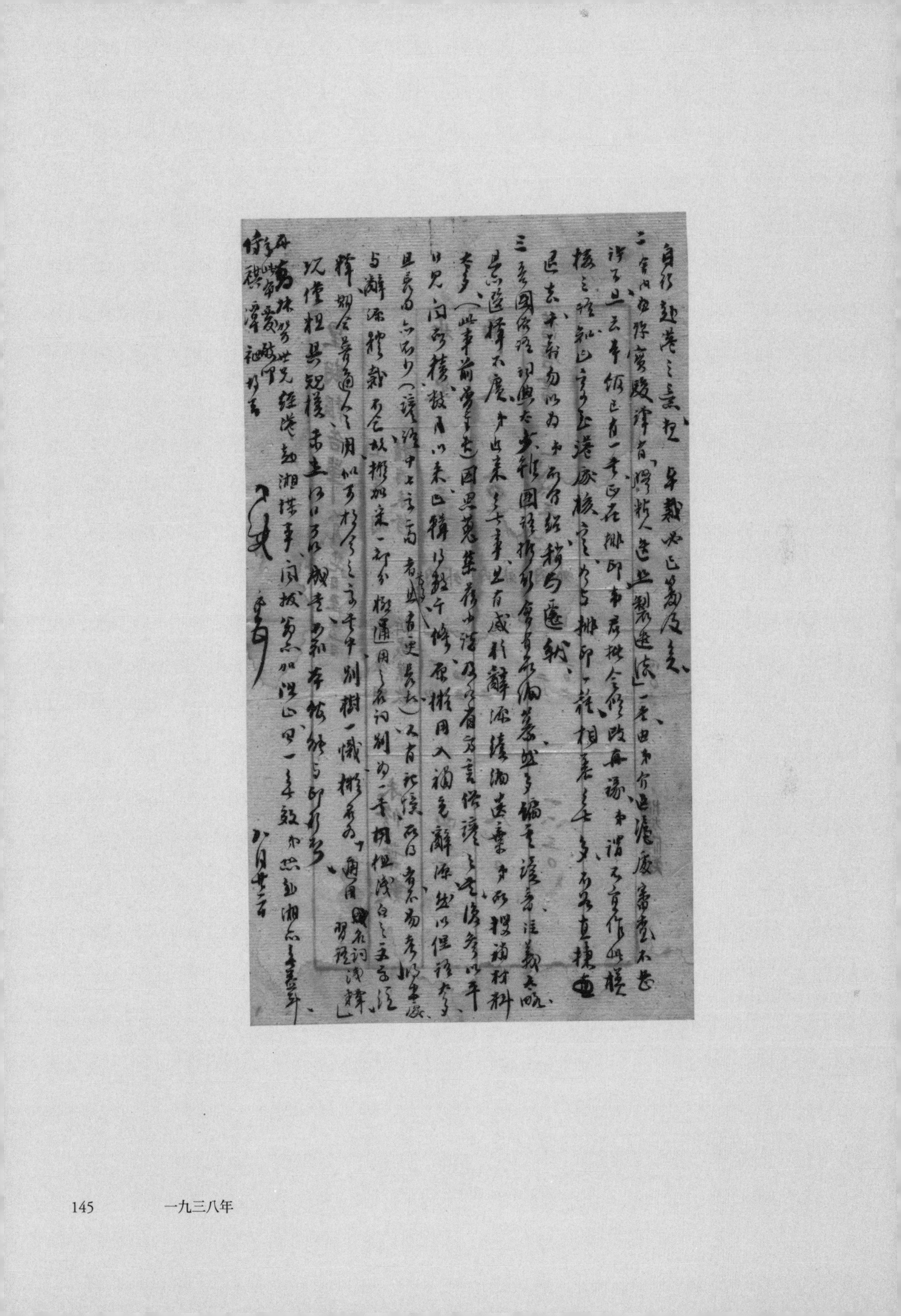

[illegible]

編輯摘要

- 商務員工節約等事
- 商務員工被捕與押送出境
- 姪子許寶俊譯書出版審查事
- 擬編纂《通用名詞習語淺釋》

點校文字

岫廬先生閣下：本月十五日寄上一函，計先達到。前日得本月十七日　手教，展誦謹悉。節約之舉，即在平時，亦應厲行，況在今日？　尊意注重私人方面，尤為扼要。但此事在港行之，必能收效，在滬則恐難。我　公能以一身為模範，故人易景從，此間殊少以身作則之人也。即以公家方面言，在滬亦殊有斟酌，前日開會，弟曾參加旁聽，各人條議，均多可采之言，但席上曾有人言，此等事言易而行難，必須有實行監督之人，此可謂一言破的。人不能耐煩，不肯做惡人，便不能勝監督之任。此等人才，亦豈易言者，且亦不能求之中下級也，此層唯望我　兄隨時加以考察耳。港處今歲開支，可望平衡，聞之甚慰。弟意加價一層，亦宜未雨綢繆，明加不易，只可隨時暗加，想早在　藎籌中矣。茲有數事，奉達如左：

一、本館同人有節約會之議，前月在某中學開會，捕房捕去，羈押多時，結果有二人押送出境，係送至溫州，本人要求調至港廠，人事科當有詳報。據史久翁稱，此輩確無別項目●的，弟已面告節約委員會，此十餘人完全為私人節約運動，致受無妄之災，本會應加以獎慰。至於蔣、宋二人，被逐出境，聞有自行赴港之意，想　卓裁必已籌及矣。

二、舍內侄許寶駿譯有《膠粘人造絲製造法》一書，由弟介送滬處審查，不甚許可，且云本館已有一書，正在排印，韋君批令修改再議。弟謂不宜作此模稜之語。知已寄至港處核定，如與排印一種，相差無多，不如直捷退●去，千萬勿以為弟所介紹，稍與遷就。

三、吾國俗語詞典太少，雖國語推行會有所編纂，然多偏重讀音，注義太略，且亦選擇不廣。弟近來無事，且有感於《辭源續編》遺棄弟所搜補材料太多，（此事前曾奉告）因思蒐集舊小說及各省方言、俗諺之書，復參以平日見聞所積，數月以來，已輯得數千條。原擬用入補充辭源，然以俚語太多，且長句亦不少，（諺語中七字二句者甚多，且有更長者。）又有記憶所得者，不易考得出處，與《辭源》體裁不合，故擬加采一部分極通用之名詞，別為一書，用極淺白之文字注釋，期合普通人之用，似可於今之字書中，別樹一幟，擬名為《通用●名詞習語淺釋》。現僅粗具規模，未悉何日可以成書，不知本館能與印行否？再，高叔哿世兄經港赴湘謀事，聞拔翁亦加阻止，同一無效，弟恐赴湘亦無益耳。

手此布覆，敬叩

侍祺　潭祉均吉

弟張元濟頓首　八月廿二日

十月十日

編輯摘要

- 信件寄送遲滯
- 商務員工節約方案相關事情
- 商務員工辭職與慰留
- 公司財產，股息、分紅等事
- 兒子張樹年身體狀況

點校文字

岫廬先生閣下：前月廿八日肅覆一函，弟親攜至公司，屬令即日交外國郵船，時距該船收信時期，尚有一、二點鐘，不應趕寄不及。昨奉本月三日　手書，展誦祇悉，前信已有五日，何以尚未達到？已請拔翁向分莊科及收發處嚴查，亦乞　尊處檢出該號信信封係由何船遞寄，是為至禱。寄示同人節約方案，捧讀一過，覺甚平凡。弟個人日常生活，數年以來，除居住以外現亦已交浙江興業銀行地產部招賣矣，實行已久，而不意到此艱困之時，同人尚有待於勸勉，瞻望吾國前途，不勝悲痛。弟已就來稿附注管見，無非再求緊縮，已送拔翁閱過，再轉送滬會【將來由滬會寄呈　左右】。必有人以為苛刻，然實是君子愛人以德之義，祇好憑各人之良心而已。茲尚有數事奉達如左：

一、前信漏寄張豫泉君信，茲補呈，乞出版科逕覆陳良士君，打印副本寄下，原信發還。

二、伯恆來信云病體不支，年終約滿即辭職，弟心緒太劣，無暇作覆，已請拔翁去信勸阻，覆信未允，處此時節，覓替人甚不易，鄙見擬請吾　兄據拔翁函告，切實挽留。

三、公司財產，現除美安棧房存貨外，此外均●可計算，此時應否試算，或於年終行之，乞酌。資本規復五百萬元，股東先得股息七厘，每年如盈餘四十萬元，同人花紅衹得萬元，如何得了？想吾　兄必已籌劃及之，尚祈　示及。再，兒子病狀不過如是，醫者均勸作長期旅行，變易環境，此時談何容易？惟有付之命運而已。知　念附及。敬頌　台安，並叩

老伯母大人萬福　闔譚均吉

弟張元濟頓首　十月十日

編注：本信收入《張元濟全集》，第一卷，書信，第二一一至二一二頁，爲《全集》所收致王雲五第三十六封信。

十月

編輯摘要

・商務戰時營業狀況與員工糾紛

・商務內部節約問題

點校文字

惟積壓重版及添印之普通書，鄙意此後此類之書，銷數必大減，故以工代賑之事，恐亦不能久長。公司本係營業性質，自「八一三」後，已攙入慈善性質，時局若無轉機，將來粘連不解，必有同歸於盡之日，未知我　兄能有辦法，使其分一先後，若後者幸而不盡，則先盡者或尚有復生之法，此則純屬弟之妄想。近日此間已有「一二八」後停工之西字部，及「八一三」後停工之照相班，來此糾纏。後者尚屬客氣，前者則無理取鬧，恐此後●愈出愈多，想人事科亦必有報告矣。節約通告，弟已捧讀，同人方面，我　兄不如弟之喜唱高調，自是平易近人，但能做到，亦甚有益，此則全憑個人之良心矣。聞丁穀音君尚對人言：公司尚大賺錢，但仍剋薄同人云云，殊為可歎。再，公司自用品，弟曾向庶務股調查，據李克坤君開來報告，為數令人可驚，即外國橡皮圈一項，今年九個月已用去一百十餘元，茲將該報告及往來各信計共十餘紙附上，得便請　台閱，閱過仍乞　發還。　此後想能節省，或可改用國貨也。謹軒事遵　示，當函達適之。

編注：本信收入《張元濟全集》，第一卷，書信，第二一二頁，爲《全集》所收致王雲五第三十七封信。《全集》繫於一九三八年十月，今從之。《全集》編者註明「前缺」、「下缺」，然檢視原件，實遭人刻意裁去，但不知出自張元濟或王雲五之手。

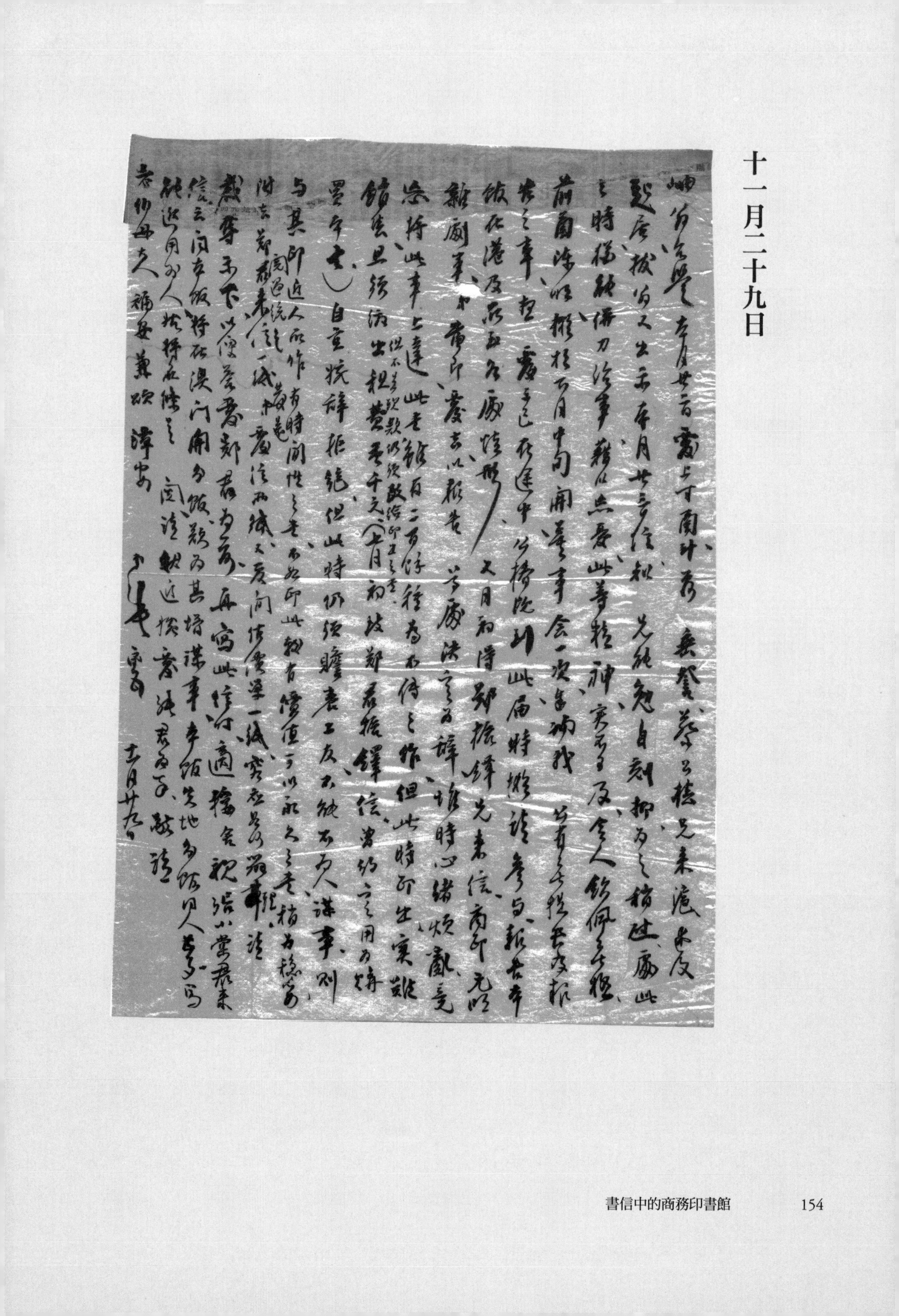

十一月二十九日

編輯摘要

- 詢問商務董事會開會事宜
- 關於出版《孤本元明雜劇》的後續評估
- 張元濟為親友謀職

點校文字

岫翁台鑒：本月廿二日覆上寸函，計荷　垂督。蔡公椿兄來滬，述及　起居，拔翁又出示本月廿三日信，知　兄能勉自刻抑，為之稍慰。處此之時，猶能併力治事，藉以忘憂，此等精神，實不可及，令人欽佩無極。前函陳明，擬於下月中旬開董事會一次，奉詢我　公有無提告及報告之事，想覆示已在途中。公椿既到此，屆時擬請參與，報告本館在港及所至各處情形。又，月初得鄭振鐸兄來信，商印《元明雜劇事》，弟當即覆去，以報告　尊處決定為辭。惟時心緒煩亂，竟忘將此事上達。此書雖有二百餘種為不傳之作，但此時印出，實難銷售。且須繳出租費壹千元，【但不是現款，仍須改給印出之書】（七月初致鄭君振鐸信，曾約定用為購買本書），自宜婉辭拒絕。但此時仍須贍養工友，不能不為人謀事，則與其印近人所作有時間性之書，不如印此較有價值可以永久之書，稍為穩妥。附去鄭君來信一紙【閱過統乞　發還】、弟覆信兩紙，又夏間估價單一紙，究應如何辦●理，請裁奪　示下，以便答覆鄭君為荷。再，寫此信時，適接舍親張小棠君來信，云聞本館將在澳門開分館，欲為其壻謀事。本館失地分館同人甚多，焉能進用外人？姑將名條呈　閱，請就近婉覆張君為幸。敬請

老伯母大人福安，兼頌　潭安

弟張元濟頓首　十一月廿九日

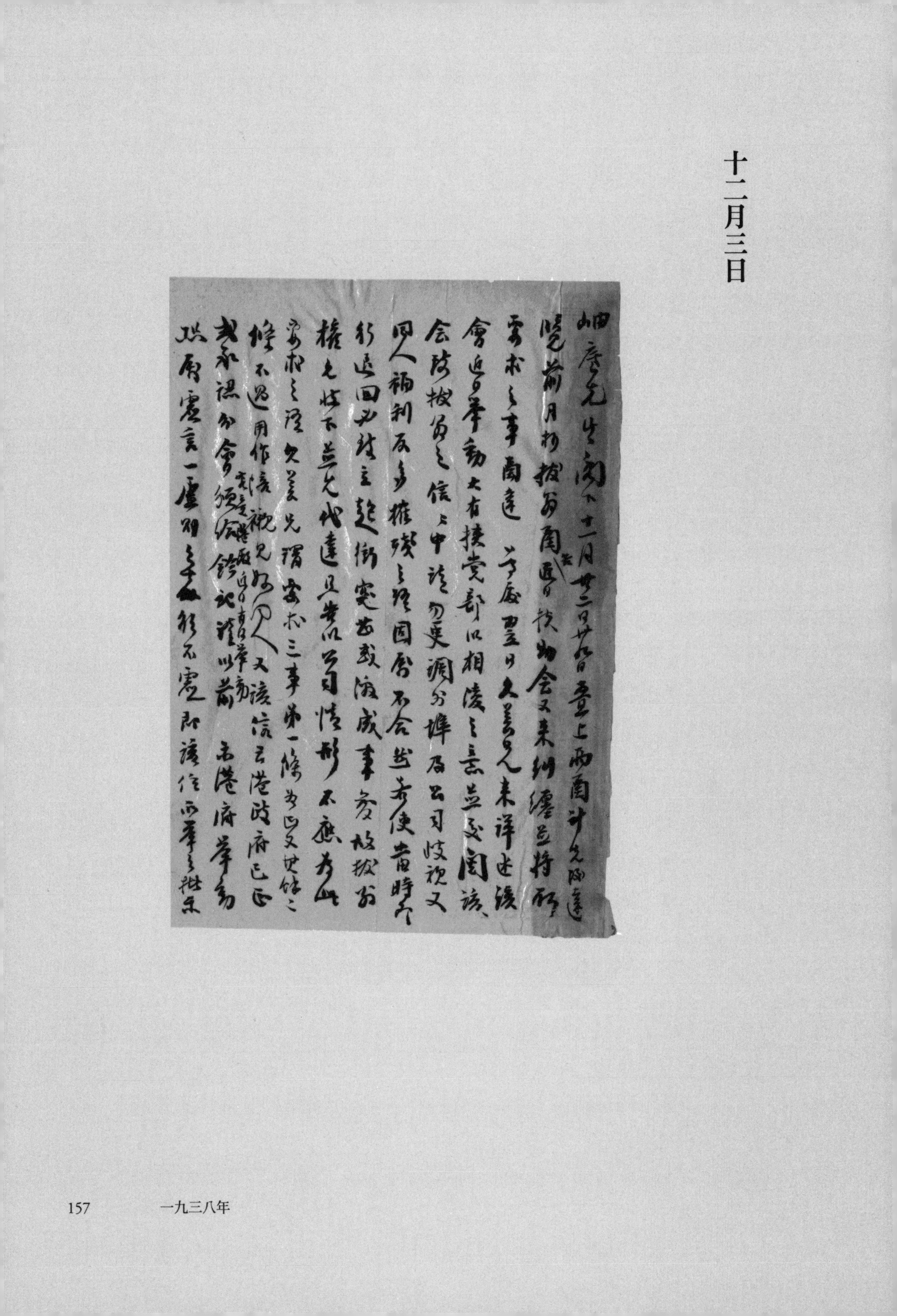

十二月三日

拔翁想亦不足置信，即令不靈而本館是否來接洽，
予以便利之商，自可不認。今有來函是否可以接受，亦大
費考慮之餘地，亦望 我兄轉拔翁信中時為留意，而
該會來信若以處置一特之方，接而則該信當存
檔中，似已默認該會，不免更多糾纏，故於昨日電陳敬懇
兄向拔翁商陳[illegible]人處，不事請續發函詳說。計
當達到，亦無推諉哉。兄將該信逐層駁斥，並請拔
翁將該信退回。前此拔翁之囑，收正可見經理之不欲
專擅，將來我兄之退回原信，見諒經理之正當主張，
特此權衡，正自為得，拔翁如不段有底，該會是非[illegible]
應付，拔翁亦更易於措置，此是鄙意，[illegible]數之。
率叢數頃，浮補並請
老伯母大人 頤安
弟 張元濟 頓首
十二月二日

編輯摘要

・關於商務員工組成組織，欲爭取福利、提出要求一事

點校文字

岫廬先生閣下：十一月廿二日、廿九日疊上兩函，計先後達　覽。前月杪拔翁函告，近日扶助會又來糾纏，並將所要求之事函達　尊處。翌日久芸兄來，詳述該會近日舉動，大有挾黨部以相凌之意，並交閱該會致拔翁之信。信中請勿更調外埠及公司歧視，又同人福利反多摧殘之語，固屬不合，然若使當時即行退回，必致立起衝突，甚或激成事變，故拔翁權允收下，並允代達，且告以公司情形，不應為此要求之語。久芸兄謂要求三事：第一條為正，又其餘二條不過用作陪襯，見好同人。又該信云港政府已正式承認分會【究竟港廠近日有何舉動？】，頒給鈐記證。以前　示港府舉動，恐屬虛言，一虛則無●往不虛，即該信所舉之批示、批令，恐亦不足置信。即令不虛，而本館並未接到予以便利之函，自可不認；即有來函，是否可以接受，亦大有考慮之餘地。弟恐　尊處接拔翁信即時答覆，而該會來信如何處置，一時無所指示，則該信留存館中，似已默認，該會不免更多糾纏。故於昨日電陳數語，文曰：「拔，艷日函，陳同人要求事，請緩覆。函詳。濟。」計當達到。鄙意擬請我　兄將該信逐層

駁斥，並請拔翁將該信退回。前日拔翁之暫收，正可見經理之不欲專擅，將來我　兄之退回，亦可見總經理之正當主張，彼此權責正自分明，拔翁必不致有所誤會，且此後應付，拔翁亦更易於措置也。是否有當，敬乞　卓裁。敬頌　潭福，並請

老伯母大人頤安

弟張元濟頓首　十二月三日

十二月四日

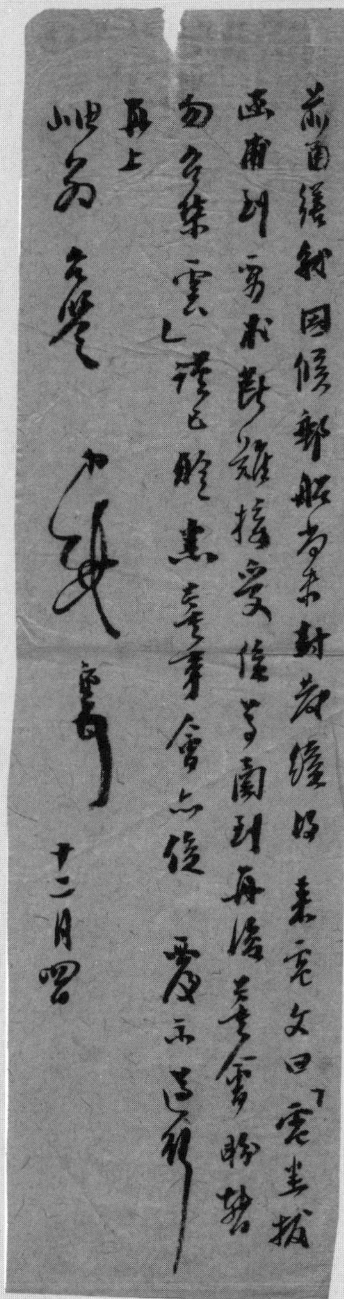

編輯摘要

・收到王雲五回覆電文

點校文字

前函繕就，因候郵船，尚未封發，續得來電，文曰：「電悉。拔函甫到，要求斷難接受，俟尊函到再復。董會盼暫勿召集。雲。」謹已聆悉，董事會亦俟　覆示遵行。再上

岫翁台鑒

弟張元濟頓首　十二月四日

編注：本信收入《張元濟全集》，第一卷，書信，第二一二至二一三頁，爲《全集》所收致王雲五第三十九封信。

十二月五日

編輯摘要

• 商務董事會暫緩召開
• 商務年終結帳、董監事車馬費等事

點校文字

再，上屆董事會係在夏間舉行，幾及半年，個中人稍有閒話。此數月中變動卻不少，似不能不報告一次，　尊意暫緩召集，想係因總管理處無法處置之故，鄙意祇可暫時懸宕，或由總經理就所在處執行，應請　指示。又，結帳之事，是否準於年終舉行？又，年終應送董、監夫馬費，鄙意擬提出本年停送，股東尚在借息、同人久已減薪，亦聊表歉疚之意，想　尊意亦以為然。擬於十五日後召集，統祈　速示。如有應行提議及報告之事，並乞　開告。再上

岫廬先生　台鑒

弟張元濟頓首　27—12—5

編注：本信收入《張元濟全集》，第一卷，書信，第二一三頁，《全集》編者並列爲致王雲五第三十九封信。

十二月十六日

編輯摘要

- 夏筱芳辭職事
- 詢問如何回覆鄭振鐸關於出版《孤本元明雜劇》一事
- 擬請王雲五發通告，禁止商務同人在辦公時抽煙
- 有關商務內部印製《節約手冊》事情

點校文字

岫廬先生閣下：十一月廿二日、廿九日，十二月三日，疊上三函，本月七、八日間，又寄一信，述筱芳來弟處，非正式的辭職事，昨晚得　電示，知已遞到，電文如下：「函悉。筱兄辭職，倘無法留，鄙意擬由總處聘為顧問，勿用董會名義。繼任人擬暫不提。函詳。」，謹已聆悉。筱芳對弟所言，不過轉陳所見，係非正式的。渠係請假半年，此時假期尚遠，渠似別有營謀，看去似未成熟，一時不至提出董會，好在時日尚為從容。此時即開董事會，亦絕不可道及此事。至弟前函所云留一空名，亦仍是不敷衍中之敷衍耳。鄭振鐸來商影印《元明雜劇》事，應如何答覆之處，乞即示覆。弟曾問史久芸兄，私人節約，有何效果？據云辦公時吃煙，並未改動。　尊處能否發一通告，直捷禁止？若僅僅勸告，終歸無益也。又聞

尊處印有《節約手冊》，云將紙版寄滬印分，候至月餘，尚未寄到。想出版科忘卻，是否弟所誤聞，亦乞　一查。再，前託轉致桂林胡久忠君信，已得覆電，其住宅可以租借，心為一安。承　公代託，不勝感謝之至。專此，敬請

老伯母大人福安，並頌　潭福

弟張元濟頓首　十二月十六日

十二月二十七日

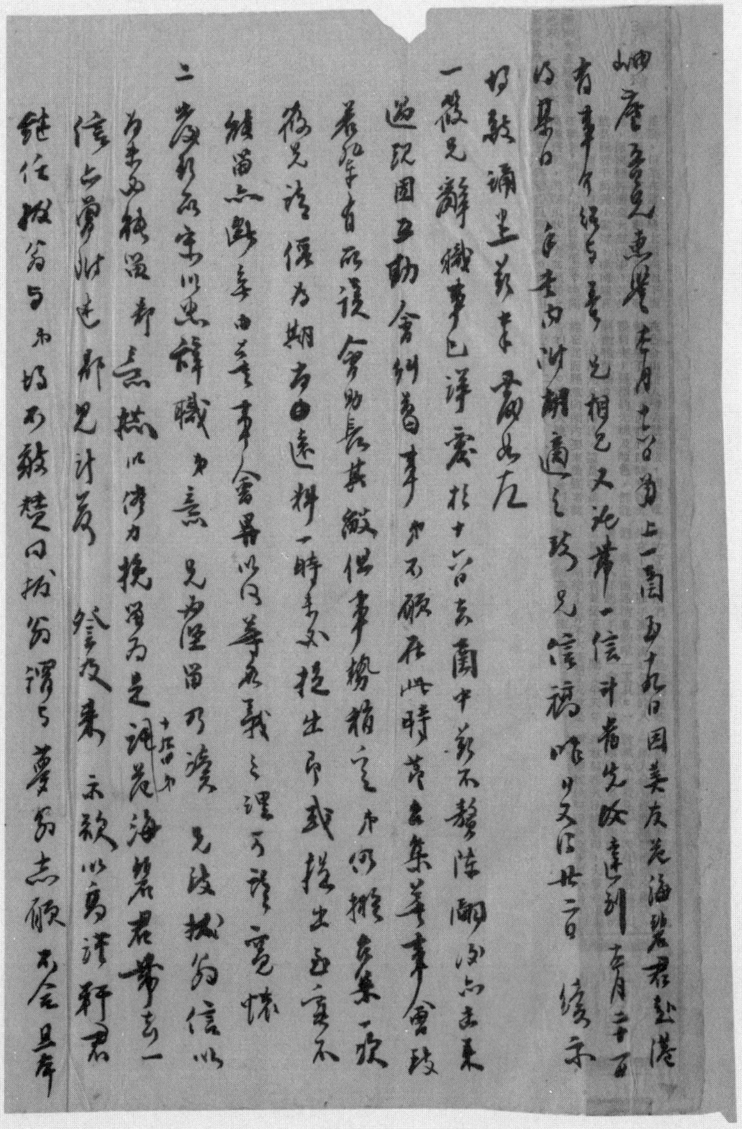

人如來必肯來，乃則以為於公司太長，實極驟膺重任，再論

鍊重膺任，然不足以展其職之人（蓋一則惠不克挽，留于名已）

成以豪不措，德之渠眷，賣於吾此間，或有所厭，但於港所任

職務，切當重要，飭吾離開，再與各方面斟酌，不能有確，等候

反請，弟即成埽（聞公館亦有妻，俱俞先生亦）此則不在此間之候，總須

先接衛之示耳。

三長兩短也。是園元曲事，素來謂可承辦，並將全三冊與鄭振

鐸君懇求從作體之例（遠）校刊，當可圖再震鄭君後與

商，應付即頗困，再行奉達。原書符款若干，其外再已有

付來之前，鄭君言擬一律辦出，如以其言為然，後來遇望

其後再行決之，如近來於遠處事與不能再接付此（處已備得來人，前信索又須自己要用，現在尚未覓之）

事（另不當重難處可為之）請至鄭君擔任，可逕報後亦

實為要生

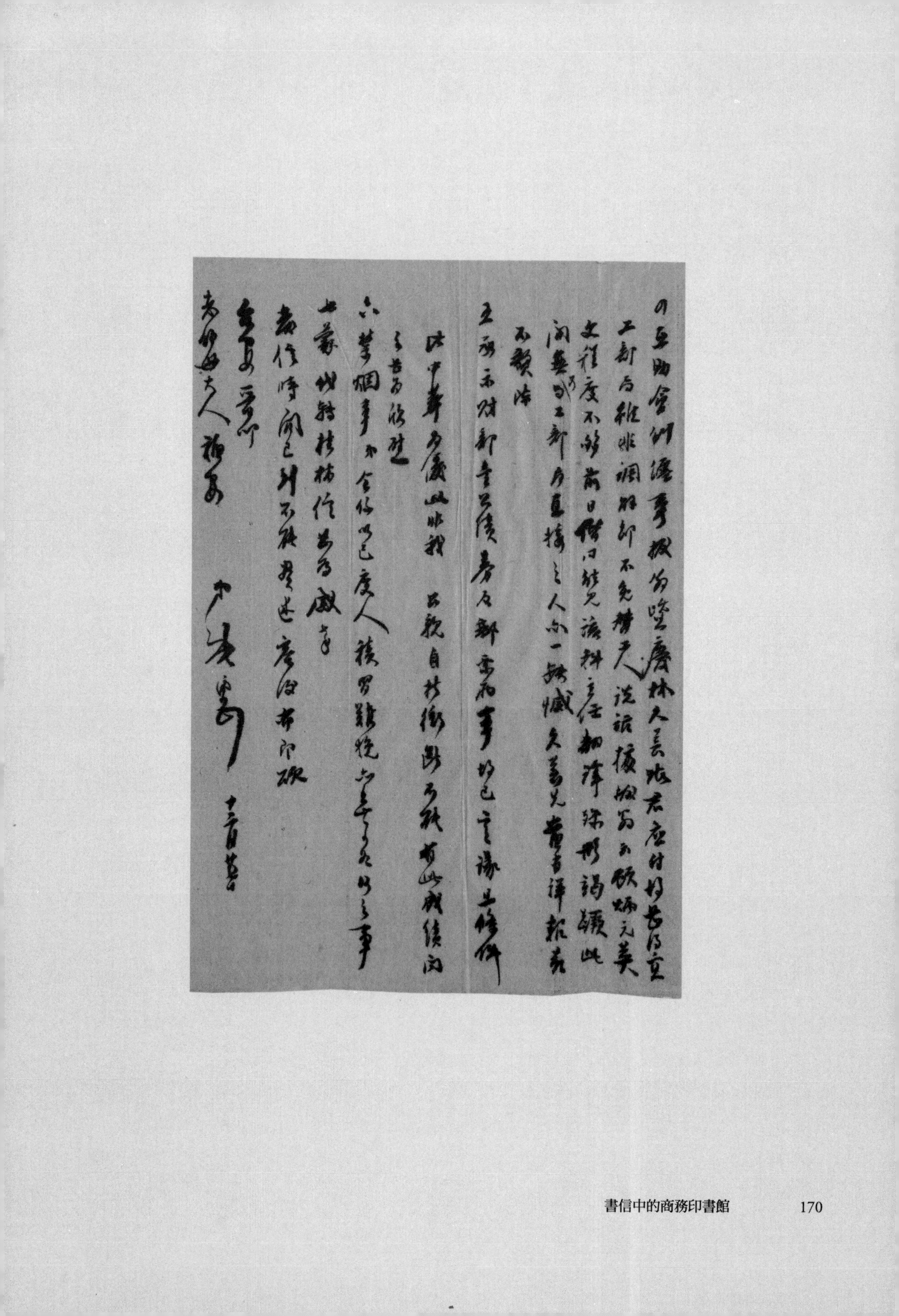

具承賜中山先生辭典一部，當翻閱一過，以云廣博，不[illegible]
其後加但可備檢查，而於研習上用則[illegible]甚便，
取材過富，[illegible]辭內些存備考多數，於新兄以為普通
年之世此部可為佛大之作，惟以國民經濟大見[illegible]絀，此中山
二字辭價大減，即印此冊當一[illegible]之紀念品，尚乞
宣亮 弟凡以為何氏 [illegible] 謝 [illegible]

編輯摘要

- 夏筱芳辭職事
- 宋川忠辭職事
- 關於出版《孤本元明雜劇》後續安排
- 對於工潮、互助會等問題
- 商務承接印刷公債與郵票業務
- 商務內部實施禁菸
- 對於《中山大辭典一字長編》的意見

點校文字

岫廬吾兄惠鑒：本月十六日另上一函，至十九日因美友范海碧君赴港，有幸介紹與吾　兄相見，又託帶一信，計當先後達到。十二月二十一日得某日　手書，內附胡適之致　兄信稿，昨日又得廿二日　續示，均敬誦悉。茲奉覆如左：

一、筱兄辭職事已詳覆於十六日去函中，茲不贅陳，嗣後亦未來過。現因互助會糾葛事，弟不願在此時節召集董事會，致若輩所誤會，助長其燄。但事勢稍定，弟仍擬召集一次。筱兄請假為期尚遠，料一時未必提出，即或提出，至實不能留，亦斷無由董事會畀以何等名義之理，可望寬懷。

二、發行所宋以忠辭職，弟意　兄必堅留，乃讀　兄致拔翁信，以為未必能留，鄙意想以儘力挽留為是。十九日弟託范海碧君帶去一信，亦曾附述鄙見，計荷　詧及。來　示欲以高謹軒君繼任，拔翁與弟均不敢贊同。拔翁謂與夢翁志願不合，且本人亦未必肯來；弟則以為於公司太無資格，驟膺重任，無福能否勝任，恐不足以服在職同人。萬一以忠不克挽留，必不得已，或以蔡公椿繼之，渠眷屬均在此間，或有所願。但在港所任職務均甚重要，能否離開？再，與各方面關係，不知有無誤會，反致弄巧成拙聞公椿亦有去志，伯俞密告於弟。此則弟在館外，無從揣測，惟兄權衡之可耳。

三、景印也是園元曲事，　來示謂可承辦，並將弟前與鄭振鐸君往來信件交●還，均已收到。當即函覆●鄭君，俟與商定付印程序，再行奉達。原書種類甚多，其外面已有傳本者，前鄭君言擬一律剔出，弟以其言為然，俟看過全書，再行決定。弟近來忙於遷居事【屋已借得，本人有信來，又須自己留用，現在尚未覓定】，恐不能再擔任此事（如不甚繁難，尚可為之），祇可望鄭君擔任，酌送報酬，亦容後奉告。

四、互助會糾纏事，拔翁暨慶林、久芸、張君，應付均甚得宜。工部局雖非調解，卻不免替工人說話。據拔翁云，顧炳元美文程度不夠，前日偕同往見該科主任，翻譯殊形竭蹶，此間無可與工部局直接之人，亦一缺憾。久芸兄當有詳報，茲不贅陳。

五、承示財部呈公債及郵票兩事，均已定議，且條件比中華為優，此非我　公親自折衝，斷不能有此成績，聞之甚為欣慰。

六、禁烟事弟全係以己度人，積習難挽，亦無可如何之事。

七、蒙　代轉桂林信，甚為感。奉

發信時聞已到，不能盡述，容後布。即頌

台安　晉叩

老伯母大人福安

弟張元濟　十二月廿七日

再，承示《中山大辭典一字長編》，略●翻一過，以云廣埒，可稱無以復加。但祇可備檢查，而於研習之用，則尚居其次。緣取材過富，辭句冷僻且反佔居多數。故鄙見以為，若遇承平之世，此卻可為偉大之作，惟以後國民經濟，大見損絀，且「中山」二字聲價大減，即印此一冊，留一有餘不盡之紀念，亦甚合宜。未知　卓見以為何如？並此　布謝

濟再啟

編注：本信寫於長約五十七公分、寬約二十四公分之紙張，中間並無任何接黏，「再，承示《中山大辭典一字長編》」一段位於全幅之末。由於排版緣故，不得不將本信分爲四頁，敬請讀者注意。又，仔細觀察本信四周邊緣，當爲全信書寫完畢後，張元濟再自行裁割紙張。而本信約每七公分即有一折痕，由此亦可以想見信封大小。

一九三九年

岫庐先生閣下：……

……卅八年元月三日

編輯摘要

- 對於工潮、互助會等問題
- 請王雲五擬信與工部局溝通
- 關於簽訂《孤本元明雜劇》出版合約事宜

點校文字

岫廬先生閣下：十二月十九日介紹美人范海碧君託帶一函，至廿七日又覆上一函，計先後達到。互助會糾葛事，前於廿七日信略陳管見。其後工部局邢女士又來訪拔翁，並呈一信，信中全為工人說話，茲由史久芸兄寄呈。鄙意駁覆之信，最好用英文配帶漢文，免致繙譯有所不達。又，本館進用全部工人實非必需，半為顧全工人生計，此●間於答覆邢女士時，似未特別注重，鄙見針鋒相對，正在此點，未知卓見以為何如？竊有慮者，工部局既經干預，且該局近來但求無事之心理甚重，以後必甚煩難，但我處拏定主意，彼亦無可如何，只須臨時應付得法耳。我　兄來信，務望　詳細指示【一切未盡事宜，統託公椿兄面罄】，俾同人有所遵循，至禱至盼。景印也是園元曲事，　尊意以為可行，當即函達鄭君，並擬具正式契約，送與閱看。保險萬元、租期十五年【鄭君要求保三萬元，請　兄酌定。或簽定契約，

開示　尊意，空出一字，再與磋商】，係新增之條件，其餘則已見於去年七月二日弟致鄭君
信中，統祈　核定，即繕具正式契約交下。專此
敬叩
老伯母大人新歲大喜，並頌
潭福

弟張元濟頓首　廿八年元月三日

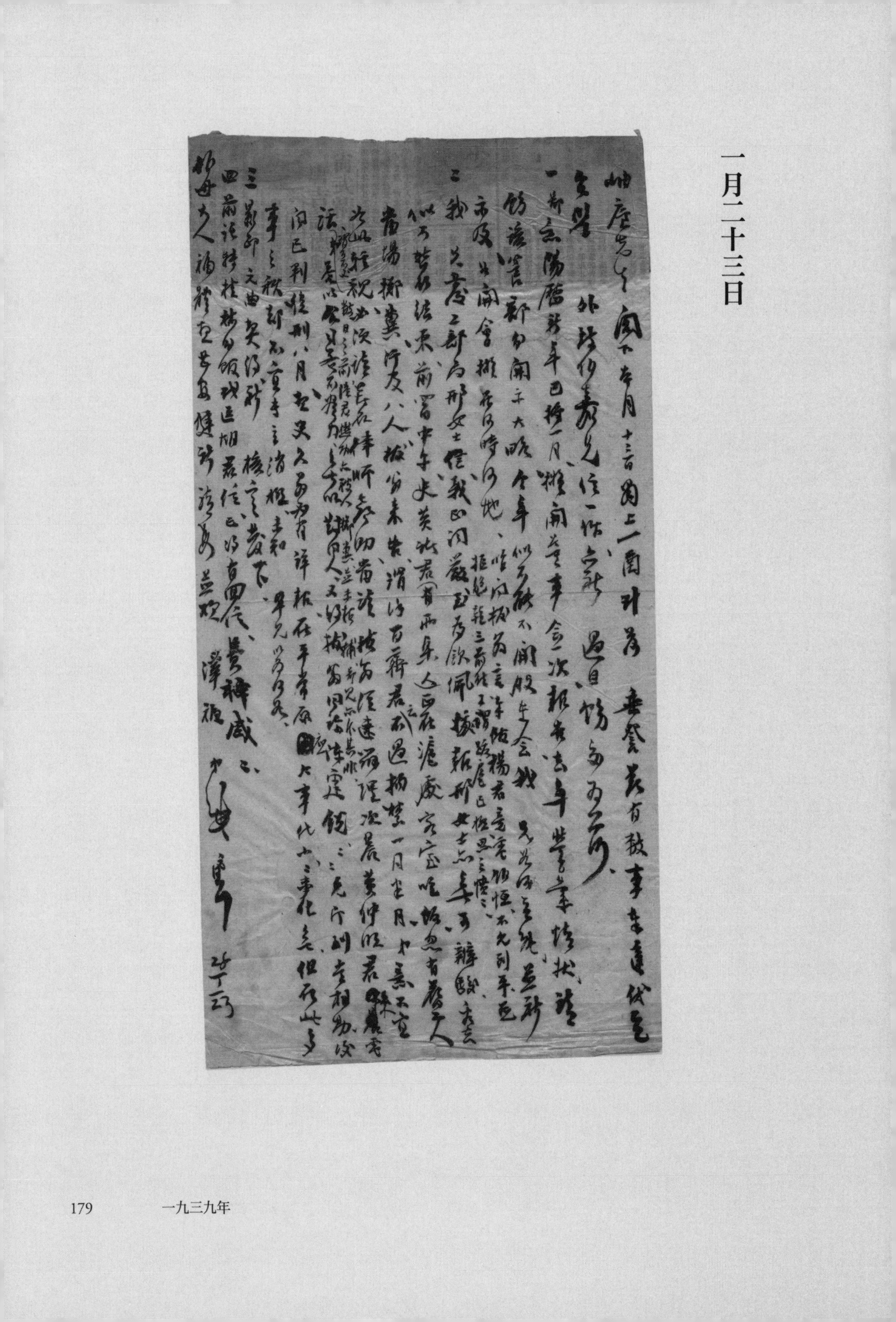

一月二十三日

編輯摘要

- 擬開董事會報告營業情狀
- 接到王雲五所寫致工部局信，甚為欽佩
- 商務工人在公司會客室鬧事
- 關於《孤本元明雜劇》出版合約的簽核

點校文字

岫廬先生閣下：本月十三日肅上一函，計荷　垂督。茲有數事奉達，伏乞　台鑒　外，致伯嘉兄信一件，亦祈　過目飭交為荷。

一、鄙意陽曆新年已將一月，擬開董事會一次，報告去年營業情狀，請　飭該管部分開示大略。今年似不能不開股東會，我　兄如何主張，並祈　示及。如開會，擬在何時何地？

昨聞拔翁言，奉館楊君竟電伯恆，不允到平，並拒絕乾三前往。可謂跋扈已極，思之憤憤。

二、我　兄覆工部局邢女士信，義正詞嚴，至為欽佩。據報邢女士無可辯駁，看去似可暫行結束。前四日中午，史、黃諸君（有兩桌人）正在滬處客室吃飯，忽有舊工人當場擲糞，污及八人。拔翁來告，謂徐百齊君云，不過拘禁一月、半月。弟意不宜如此輕視，必須請著名律師聲助，當請拔翁從速辦理。次晨黃仲明君●●來電話，謂可不必，弟答以公司若不盡力，無以對同人【數日之前，陸君懋功亦被人擲糞，並未報捕，鄙見亦斥其非】。又約拔翁同訪陳霆銳，霆銳允即到堂相助。後聞已判徒刑八月，想史久翁當有詳報。在平常原●應大事化小，小事化無，但在此多事之秋，卻不宜專主消極，未知　卓見以為如何？

三、影印元曲契約，祈　核定發下。

四、前託轉桂林分館代送胡君信，已得有回信，費神感感。

伯母大人福體想甚安健，祈　請安，並頌潭福

弟張元濟頓首　28—1—23

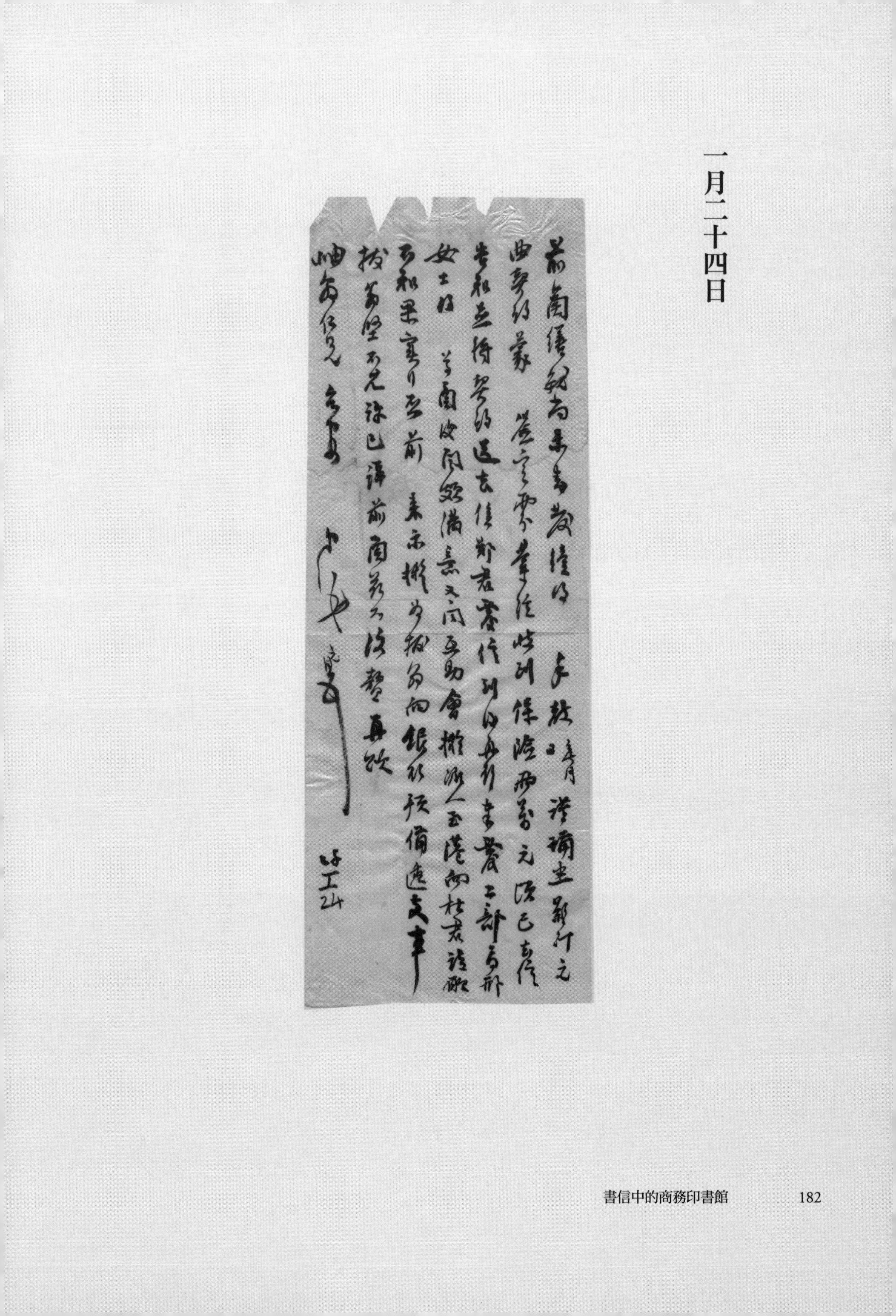

一月二十四日

編輯摘要

- 關於《孤本元明雜劇》合約簽訂與費用
- 工部局收到王雲五的信後反應滿意
- 互助會擬派人到香港請願
- 商務向銀行預備透支問題

點校文字

岫翁仁兄　台安

前函繕就，尚未封發，續得　手教無月日，謹誦悉。影印元曲契約，蒙　簽定兩份，業經收到。保險兩萬元，頃已去信告知，並將契約送去，俟鄭君覆信到後，再行奉覆。工部局邢女士得尊函後，聞頗滿意。又聞互助會擬派人至港，向杜君請願，不知果實行否？前　來示擬為拔翁向銀行預備透支事，拔翁堅不允許，已詳前函，茲不復贅。再頌

弟張元濟頓首　28—1—24

二月三日

編輯摘要

- 商務向銀行預備透支問題
- 商務在香港人事問題
- 互助會派人到香港請願
- 召開董事會問題

點校文字

岫翁如晤：前月廿四肅覆寸函，計荷　詧及。廿七日又奉到廿一日　手書，謹誦悉，茲奉覆如下。

一、為拔翁預備透支一事，遵照　尊意轉達。拔翁堅執如前，謂良心不許，環境亦不能。並言出租之屋，可躉收租金一年，水泥公司亦分派積金數千，目前可以敷衍。屬為詳達，心領盛意。

二、蔡公椿君是否不致他往，步宋君之後塵，甚為懸念。港處事繁，得力人亦無多，如蔡君他去，我　兄未免太勞，不知有無相當之人可以作為後備否？

三、互助會先後兩班有人來港，並聞黨部之范君亦偕來，不知興何風浪，甚念、甚念。

四、前函擬開董事會，未知　尊意以為何？現在已屆二月，或索性再遲一個月，報告去年帳略能同時決定開股東會最好，否則開會日期下次再定，未知　尊意以為然否？統祈　核示。開股東會頗有問題，　公不在此，弟思之不禁徬徨無計。

近日忙於遷居之預備，不克多述。敬叩

特福，並頌　潭祉

弟張元濟頓首　二月三日

前寄呈影印《也是園元明雜劇》估價單，乞錄存後發還為荷。

三月二十日

編輯摘要

・商務緩開董事會

・商務員工薪水調整問題

・商務現在內部的風氣

點校文字

岫廬先生閣下：十七日得　電示，知十三日所發一函，已荷　督及。屬緩開董會，遵候我　兄提案寄到再定期。久芸兄昨日來寓，云奉　電召赴港，想必為工人之事，或即考慮升折之事。弟語久芸兄，如議及此事，最好請從緩。久兄云我　公已允工人代表，俟過春銷後考慮。現在滬上生活，實在艱難，且中華自今年起，已一律恢復原數，世界書局始終並未減折云云。中華將上海工廠易名改業，且●在滬產業並未受損；至世界則所有工人，改為館外代做，與我公司情形不同，何能援以為例？滬館春銷，今歲尚好，弟未見與去年之比較，但弟意以全公司計，必有減無增，就使無減或有增。今年秋銷必缺貨，明年春銷更不知如何，升折一定，無再降之理。弟又想到去年曾建一議，同人薪工以廿六年「八一三」以前為標準，營業減額與薪工減折為比例，隔幾個月一算，或升或降。此議極為粗略，未蒙　采取，弟亦未曾細想，不知此時尚值得考慮否？姑妄言之。又，今歲股東如再借息，或同時對於同人亦有一樣點綴，似比逕行升折亦稍活動。姑陳管●見，藉備　裁酌。人到病危之時，旁觀總盼其多活一日好一日，以後國人苦況恐不堪言，弟亦盼其提早吃苦，免得公司完了吃苦更甚。聞同人在辦事時，照常吃烟，遇喜慶事仍不肯改茶點，奈何、奈何。

弟張元濟頓首　28—3—20

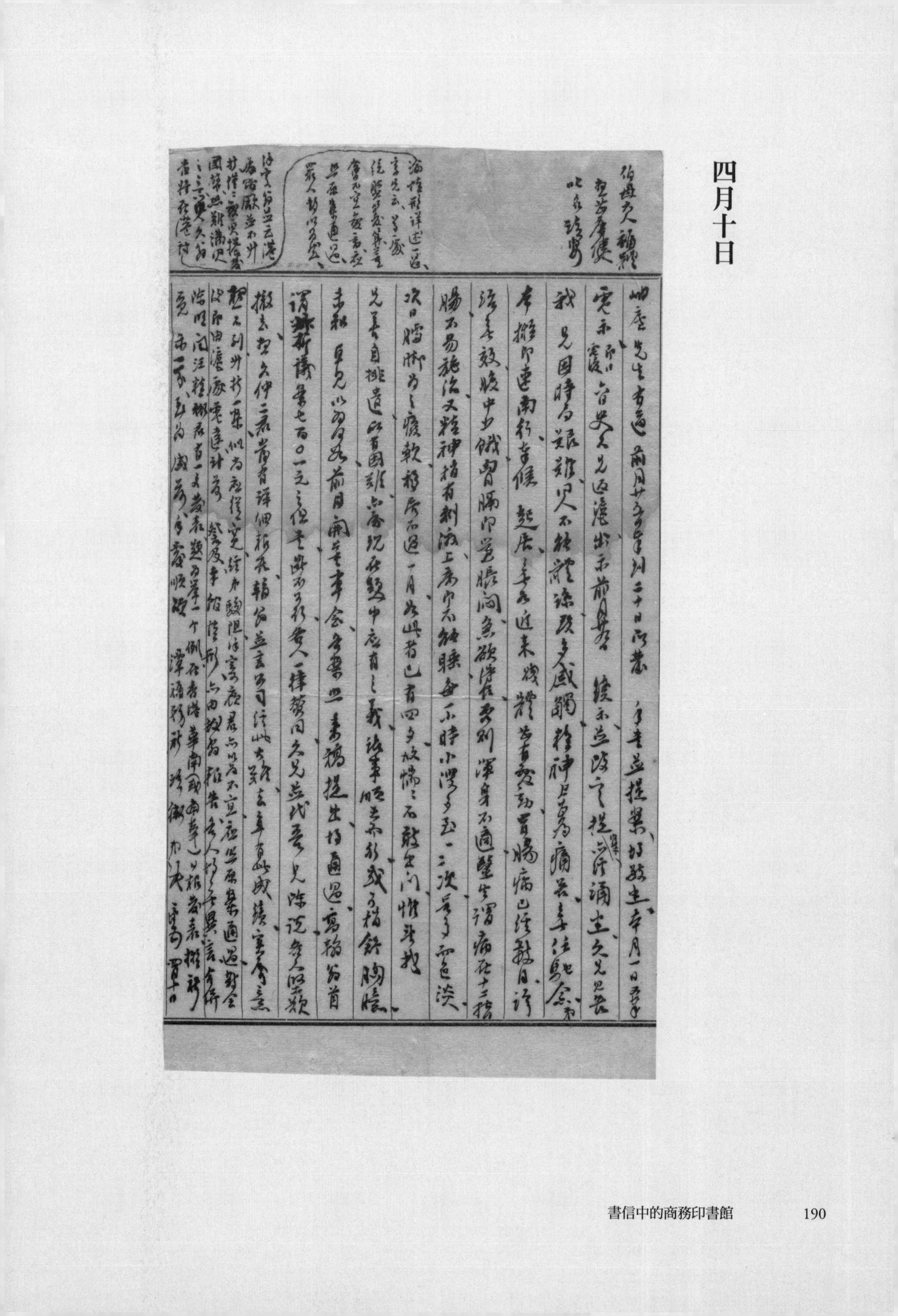

四月十日

編輯摘要

- 自己因患腸胃病不能前去香港
- 商務董事會通過來稿提出各案
- 請王雲武代找汪精衛文章

點校文字

岫廬先生有道：前月廿五日奉到二十日所發　手書並提案，均敬悉。本月一日又奉電示，即日電復。六日史久兄返滬，出示前月廿九日　續示，並改定提案，亦經誦悉。久兄見告我　兄因時局艱難，同人不能體諒，致多感觸，精神上甚為痛苦，無任馳念。弟本擬即速南行，奉候　起居，無如近來賤體甚有變動，胃腸病已經數月，診治無效，腹中少餓，胷膈即覺脹悶，急欲得食，否則渾身不適，醫生謂病在十二指腸，不易施治。又精神稍有刺激，上床即不能睡，每一小時小溲多至一、二次，量多而色淡，次日腰腳為之痠軟。移居不過一月，如此者已有四夕，故惴惴不敢出門。惟望我　兄善自排遣，所有困難，亦屬現在題中應有之義，諸事順天而行，或可稍舒胸臆，未知　卓見以為何如？前日開董事會，各案照來稿提出，均通過。高翰翁首謂升折議案七百〇一元之但書，斷不可行，各人一律贊同。久兄並代吾　兄陳說，各人堅欲撤去，想久、仲二君當有詳細報告。翰翁並言公司經此大難，去年有此成績，實屬意想不到，升折一案，似尚應從寬。經弟駁阻，徐寄廎君亦以為不宜，應照原案通過，散會後即由滬處電達，計荷　詧及。奉館情形，亦由拔翁報告，各人均無異言，合併陳明。聞汪精衛君有一文發表，題為「舉一個例」，在香港華南（或南華）日報發表，擬祈覓示一分，至為感荷。手覆，順頌　潭福，務祈　珍衛

弟張元濟頓首　四月十日

伯母大人福體想甚康健，叱名請安。

徐寄翁並云，港處館廠並不升折，僅僅變更搭發國幣，恐難滿同人之意。●●久翁當將在港討論情形詳述一遍。寄兄云：　尊處統盤籌算，董會不宜變動，應照原案通過。眾人均以為然。

編注：汪精衛〈舉一個例〉發表於一九三九年三月二十七日《南華日報》。

五月四日

岫廬先生如晤：前月十七日奉十一日書，今午又誦手書。國甫於四月十日嘗上
一函，諒未即發於豪。暑宵迭來，貴體安康健如恆，堂上起居亦必
納福，至為馳念。前日得悉[illegible]建設公債所件業經擬請大同緣於信和
上湖，如已平息，為之頌祝。聞今年天氣要南省生活程度增高，若能於此日人
鼓小本低效，乃形窘迫，勇與撥為言，可參調查當地物價（指如前表）與滬
港比較，如實在節省下來，或者勞與臨時津貼，想已蒙洽。前於[illegible]決定借所
出之國之經雜劇，已向郵表揚作廢停新刊，另檢查一過，照補[illegible]排印
國原書校訂之處甚為複雜，且所費太為考慮，若於每篇亦各整[illegible]不
宜以整理所費，訂已格式，非彼家不能。館中之十此大材與撥為商，擬請王
君九如擔任（前印書處地或面書內請代校對）[illegible]匡潤資三百至五百元，撥為照亦甚適宜，惟君見
已有著作，並能於是輒城之教，擬請匡四百元，未知尊意以為何如？乞詳復
[illegible]
老伯母大人福安，並祝
潭福
下走[illegible]
五月四日

編輯摘要

- 商務營業狀況
- 工潮平息
- 各地生活物價與員工薪水
- 關於《孤本元明雜劇》校對排版等規畫

點校文字

岫廬先生如晤：前月十七日奉十一日發　手書，謹誦悉。因甫於四月十日覆上一函，故未即覆，想蒙　鑒宥。邇來　貴體想康健如恆，堂上起居，亦必納福，至為馳念。前日晤公椿，知建設公債印件業經接得，又閱琢如信，知工潮亦已平息，為之欣慰。聞奉天及西南各省，生活程度增高甚鉅，分館同人薪水本低，頗形窘迫。曾與拔翁言，可否調查當地物價（指必需品），與滬、港比較，如實在昂貴，可否酌與臨時津貼？想已函陳，不知有辦法否？又，借印《也是園元明雜劇》，已向鄭君振鐸處領到半部，弟檢查一過，恐祇能排印。因原書校訂之處，甚為複雜，且行款尤為參差，抄筆亦欠工整，石印殊屬不宜。如整理行款、訂正格式，非行家不辦，館中無此人材，與拔翁商，擬請王君九兄擔任，前印《奢摩他室曲叢》即請伊校對總送潤資三百至五百元。拔翁想亦函達。昨君兄已有覆信，茲託打呈。報酬之數，擬總送四百元，未知 尊意以為可行否？謹候示遵。外寄小壻信一件，祈 飭附寄渝館。賤體近稍強，並紓 厪注，敬叩

老伯母大人福安，並祝 潭福

弟張元濟頓首 五月四日

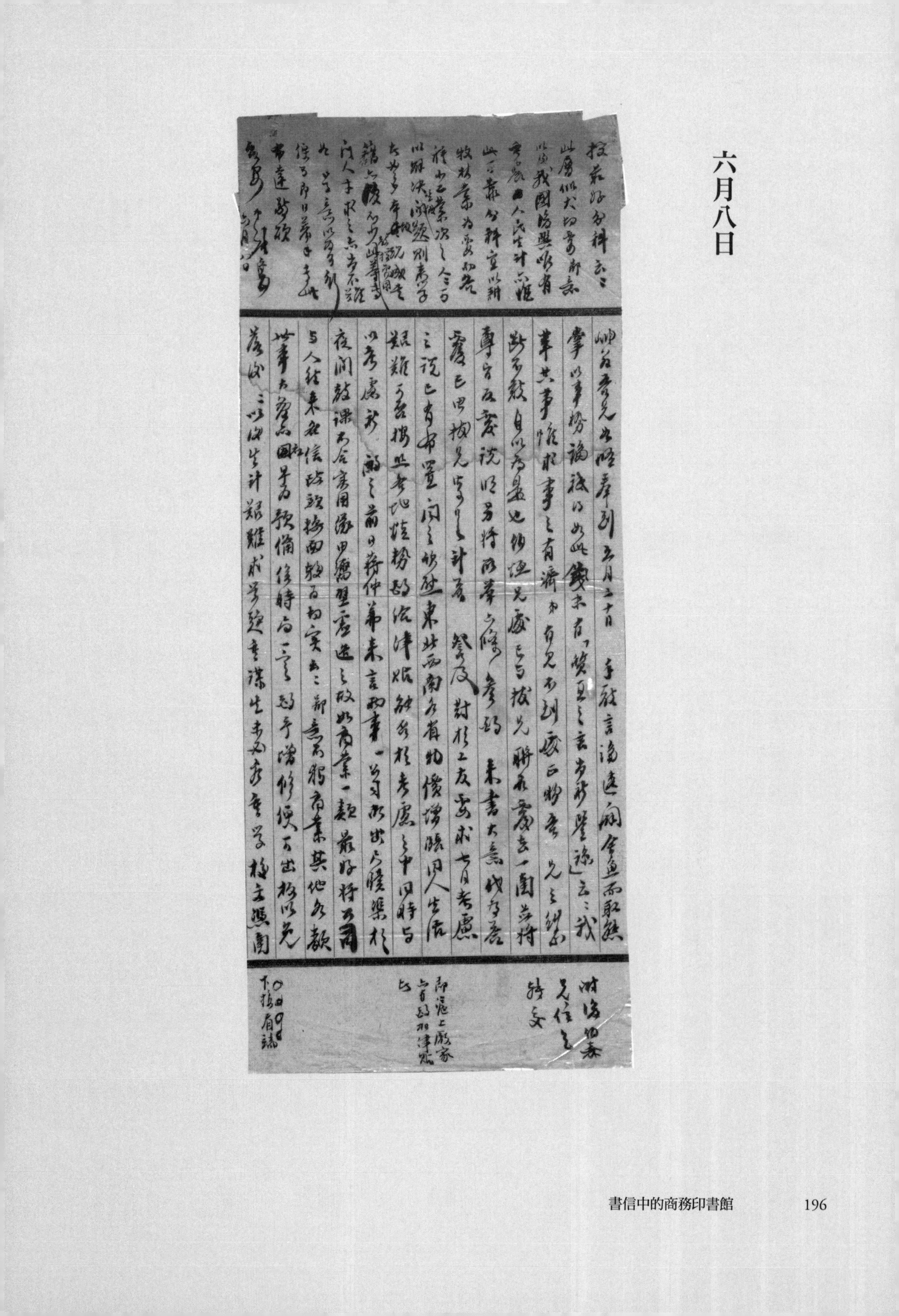

六月八日

編輯摘要

・各地生活物價與員工薪水

・建議增修商務出版的書信

・建議出版及函授書籍，並應注重農科

點校文字

岫廬吾兄如晤：奉到五月三十日　手教，言論透闢，舍魚而取熊掌，以事勢論，祇得如此。箋末有「質直之言，尚祈鑒諒」云云，我輩共事，惟求事之有濟，弟有見不到處，正盼吾　兄之糾正，斷不敢自以為是也。伯恆兄處已與拔兄聯名覆去一函，並將　尊旨反覆說明。另將所舉六條，參酌　來書大意，代為答覆，已由拔兄寄呈，計荷　詧及。對於工友要求七月考慮之說，已有布置，聞之欣慰。東北、西南各省物價增漲，同人生活艱難，可否按照各地情勢，酌給津貼【即滬上廠家，亦有酌加津貼者】？能否於考慮之中，同時與以考慮，祈　酌之。前日蔣仲茀來言兩事：一、公司所出尺牘，渠於夜間教課，不合實用，緣由嚮壁虛造之故。如商業一類，最好將公司與人往來各信，改頭換面，較為切實云云。鄙意不獨商業，其他各類，世事大變，亦●應早為預備。俟時局一定，酌予增修，便可出板〔版〕，以免落後。二、以後生計艱難，求學趨重謀生，未必看重學校文憑，函【下接眉端】授最好分科云云。此層似尤切要，鄙意以後我國復興，唯有重農，●人民生計，亦惟此可靠。分科宜以耕牧林業為要，而各種小工業次之。人人可以解決吃飯問題，則來學者必多。本●館現成書籍亦復不少，教授需用此等專門人才，求之亦尚不難，如　尊意以為可行，便可即日著手。專此布達，敬頌

台安

弟張元濟頓首　六月八日

附覆伯嘉兄信，乞轉交。

六月二十九日

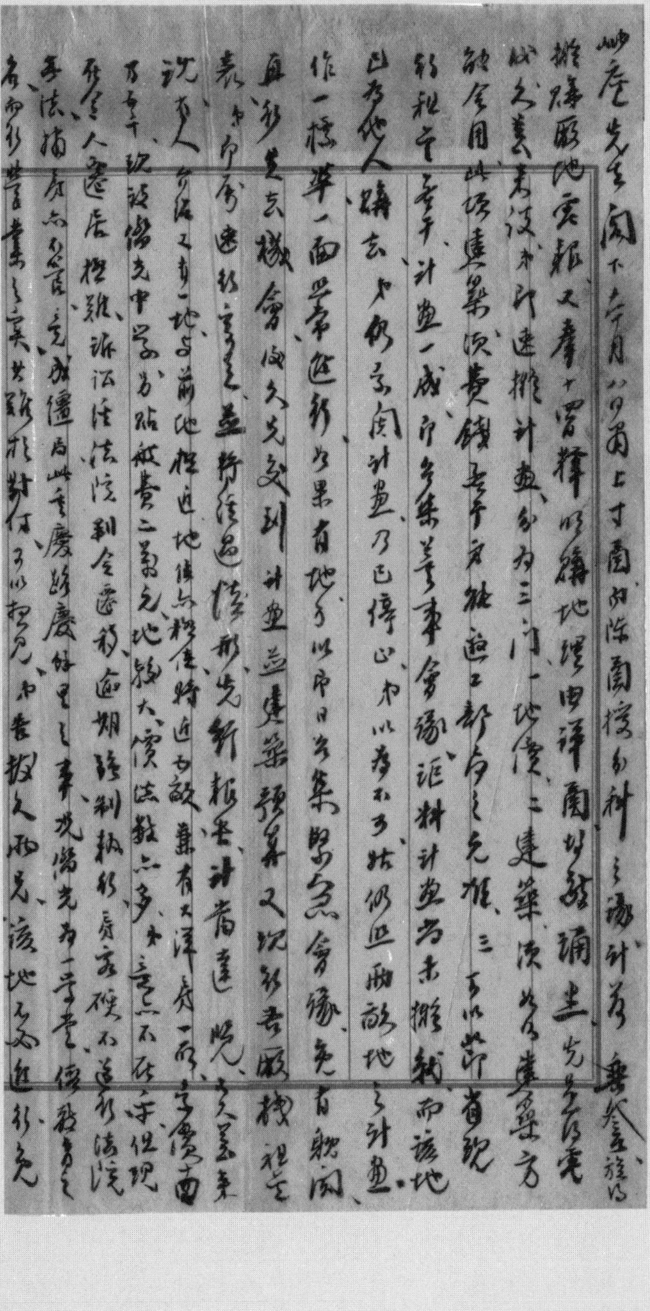

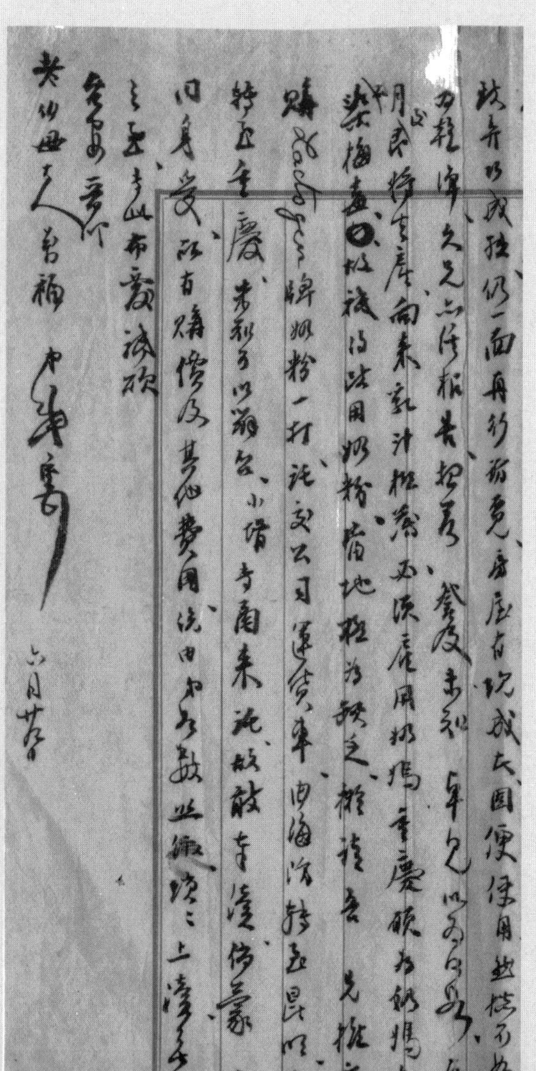

編輯摘要

・商務在香港購買廠房用地一事

・請王雲五代購奶粉

點校文字

岫廬先生閣下：本月八日肅上寸函，內陳函授分科之議，計荷　垂詧。旋得擬購廠地電報，又奉十四日釋明購地理由詳函，均敬誦悉。先是得電後，久芸來談，弟即速擬計畫，分為三門：一、地價；二、建築，須如何建築方能合用？此項建築，須費錢若干方能邀工部局之允准？三、可以節省現行租金若干。計畫一成，即召集董事會議，詎料計畫尚未擬就，而該地已為他人購去。弟仍索閱計畫，乃已停止，弟以為不可，姑仍照兩畝地之計畫，作一標準，一面照常進行，如果有地，可以即日召集緊急會議，免有躭閣〔耽擱〕，再行失去機會。後久兄交到計畫，並建築預算，又現行各廠棧租金表，弟即屬速行寄呈，並將經過情形，先行報告，計當達　覽。又，久芸來說，有人介紹又有一地，與前地極近，地位亦極佳，將近五畝，兼有大洋房一所，索價十四萬五千。現設僑光中學，另貼般〔搬〕費二萬元。地較大，價總數亦多，弟意亦不在乎，但現在令人遷居極難。訴訟經法院判令遷移，逾期強制執行，房客硬不遵行，法院無法，捕房亦不管，竟成僵局，此重慶路慶餘里之事。況僑光為一學堂，假教育之名，而行營業之實，其難於對付，可以想見。弟告拔、久兩兄，該地不必進行，免致弄巧成拙，仍一面再行訪覓。房屋有現成者，固便使用，然總不如空地之較為乾淨。久兄亦經報告，想荷　詧及，未知　卓見以為何如？再，小女兩個月後即將生產，向來乳汁極薄，必須雇用奶媽。重慶願為奶媽者，幾無一人不染梅毒，●故祇得改用奶粉，當地極為缺乏。擬請吾　兄推愛，在港代購 Lactogen 牌奶粉一打，託交公司運貨車，由海防轉至昆明，再由昆明轉至重慶，未知可以辦否？小婿專函來託，故敢奉瀆，倘蒙　俯允，感同身受。所有購價及其他費用，統由弟如數照繳。瑣瑣上瀆，無任惶悚之至。專此布覆，祇頌

台安，晉叩

老伯母大人萬福

弟張元濟頓首　六月廿九日

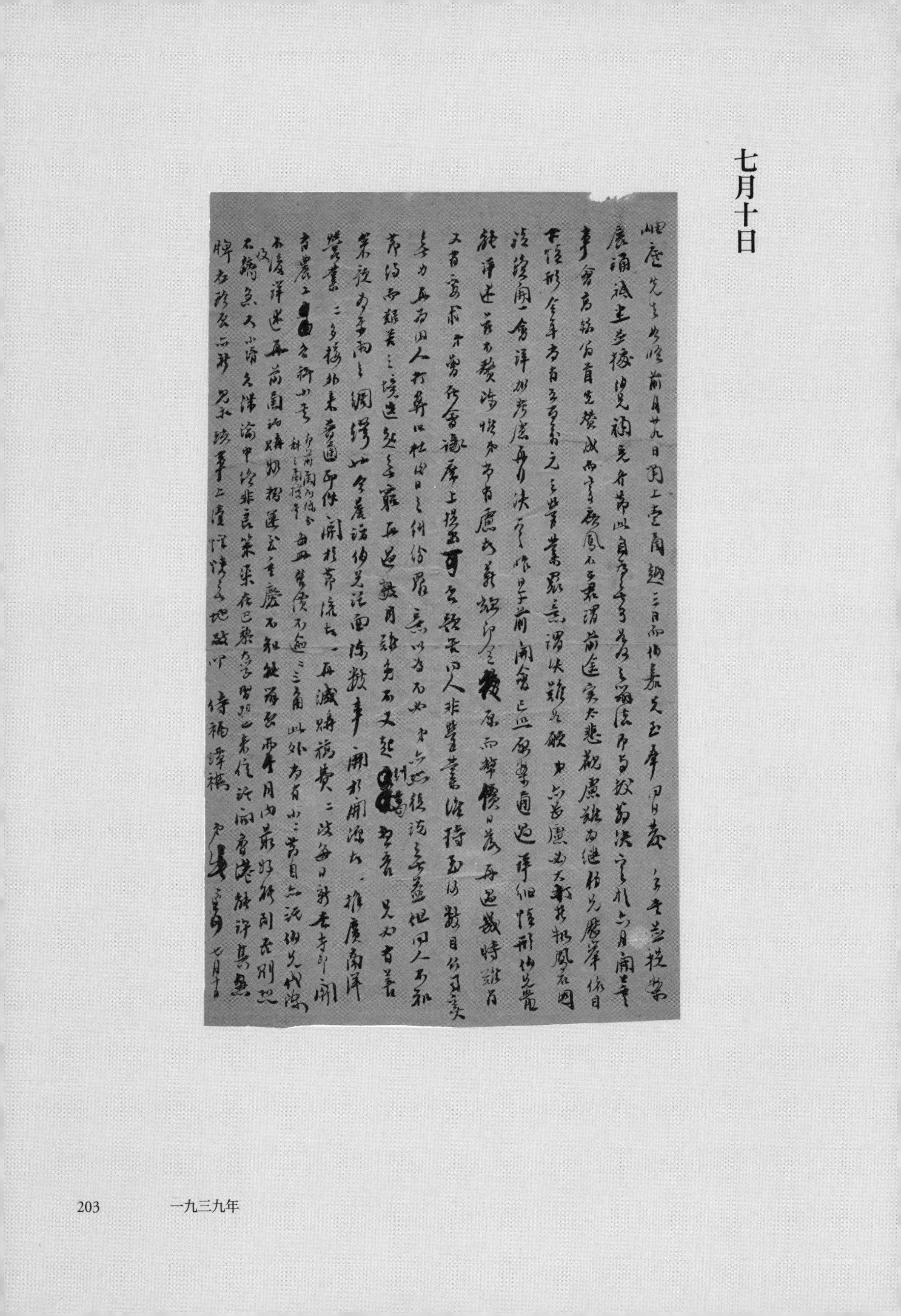

七月十日

編輯摘要

- 商務董事會開會情形
- 幣值下跌與員工薪水的問題
- 商務經營方面開源節流的建議
- 請王雲五代購奶粉

點校文字

岫廬先生如晤：前月廿九日曾上壹函，越三日而伯嘉兄至，奉同日發　手書並提案，展誦祇悉。並據伯兄補充各節，此自為無可如何之辦法，即與拔翁決定於六日開董事會。高翰翁首先贊成，而寄廎、鳳石二君，謂前途實太悲觀，慮難為繼。伯兄歷舉，依目下情形，今年尚有五百萬元之營業，眾意謂絕難如願，弟亦甚慮必大打折扣。鳳石因請續開一會，詳加考慮，再行決定。昨日午前開會，已照原案通過，詳細情形，伯兄當能詳述，茲不贅陳。惟弟尚有慮者，薪額即令復原，而幣價日落，再過幾時，難有又有要求。弟曾在會議席上提出，可否預告同人，非營業維持至何數目，公司實無力再為同人打算，以杜後日之糾紛。眾意以為不必，弟亦恐徒說無益，但同人不知節約，而艱苦之境，迭起無窮，再過數月，難免不又起

●●糾葛，想吾　兄必有善策，預為未雨之綢繆也。今晨訪伯兄，託面陳數事，關於開源者：一、推廣南洋營業，二、多接外來普通印件。關於節流者：一、再減購稿費，二、改每日新書，專印關有農工●●各科小書（即前函所陳分科之函授書），每冊售價不逾二、三角。此外尚有小小節目，亦託伯兄代陳，不復詳述。再，前函託購奶粉，運至重慶，不知能辦否？兩個月內最好能到，否則恐不及濟急。又，小壻久滯渝中，終非良策，渠在巴黎大學習醫，來信託問香港能許其懸牌應診否？亦祈　見示。瑣事上瀆，惶悚無地，

敬叩　侍福潭祺

弟張元濟頓首　七月十日

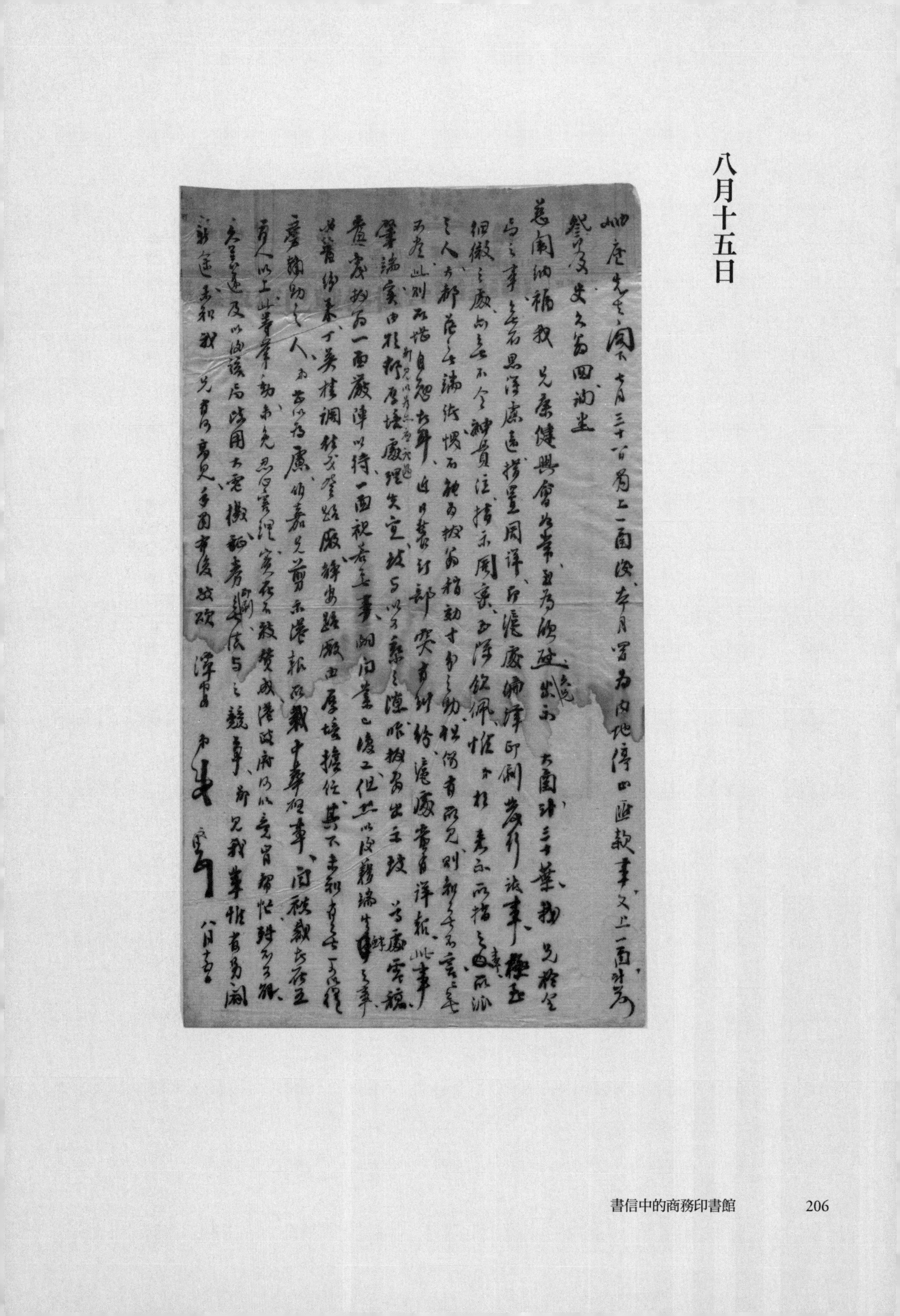

八月十五日

編輯摘要

・讀到王雲五對於商務印書館的計畫書
・商務裝訂部發生糾紛
・有關中華書局的營業狀況

點校文字

岫廬先生閣下：七月三十一日曾上一函後，本月四日為內地停止匯款事，又上一函，計荷 詧及。史、久翁回，詢悉 慈闈納福，我 兄康健，興會如常，至為欣慰。久兄出示 大函，計三十葉，我 兄於全局之事，無不思深慮遠，措置周詳。即滬處編譯、印刷、發行諸事，極至細微之處，亦無不全神貫注，指示周密，至深欽佩。惟弟於 來示所指之●事、所派之人，大都茫無端緒，愧不能為拔翁稍効寸分之助，但偶有所見，則知無不言，言無不盡，此則所堪自勉者耳。近日裝訂部突有糾紛，滬處當有詳報，此事肇端，實由於郁厚培處理失宜【鄙見以為亦應記過】，致與以可乘之隙。昨拔翁出示致 尊處電稿，當覆拔翁一面嚴陣以待，一面視若無事。嗣聞業已復工，但恐以後藉端生●衅之事，必當紛來。丁英桂調往戈登路廠，靜安路廠由厚培擔任，其下未知有無可以從旁輔助之人，弟甚以為慮。伯嘉兄剪示港報所載中華啟事，聞被裁者在五百人以上。此等舉動，未免忍心害理，實在不敢贊成，港政府何以竟肯幫忙？殊不可解。久芸述及以後該局改用大電機，證券印刷，無法與之競爭，鄙見我輩惟有另闢新途，未知我　兄有何高見？手肅布復，敬頌　潭安

弟張元濟頓首　八月十五日

八月十五日

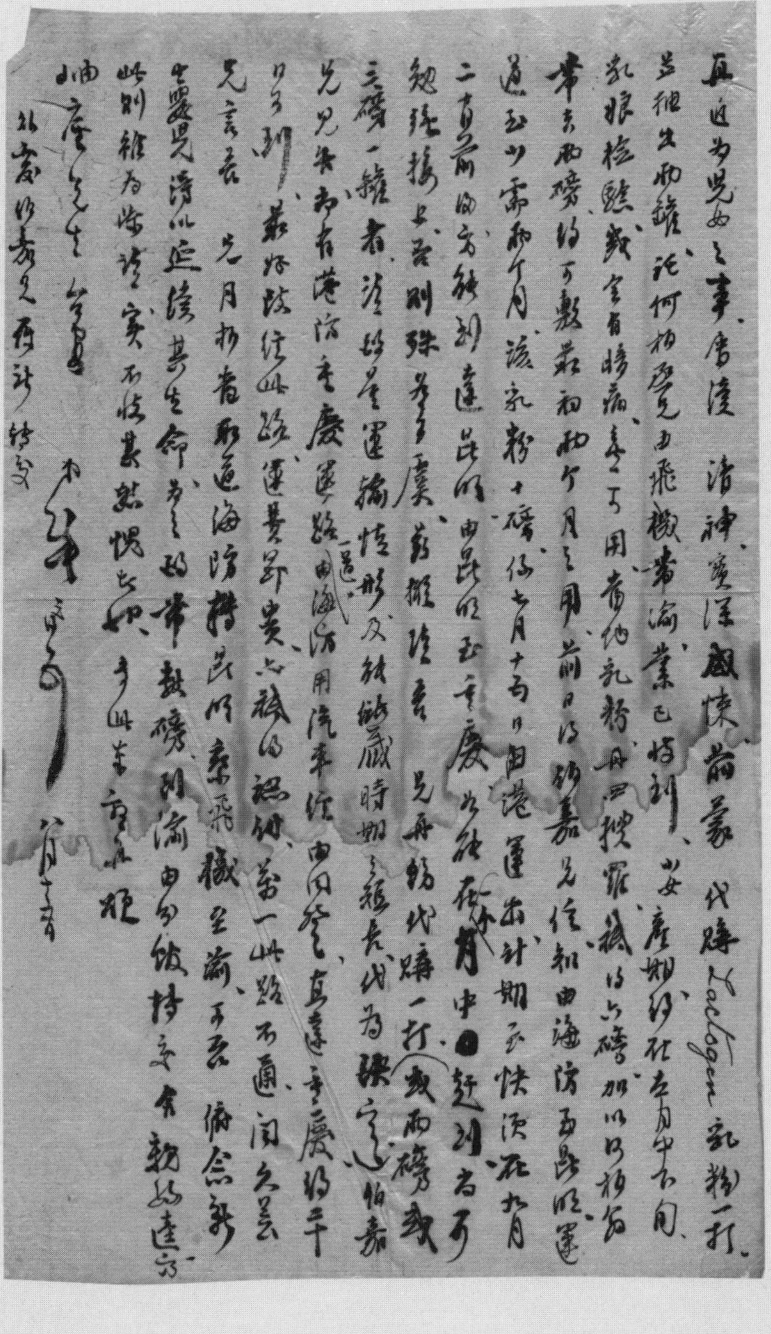

編輯摘要

・請王雲五代購奶粉細節

點校文字

再，近為兒女之事，屢瀆　清神，實深感悚。前蒙　代購 Lactogen 乳粉一打，並抽出兩罐，託何柏丞兄由飛機帶渝，業已收到。小女產期，約在本月中下旬，乳娘檢驗，幾全有暗病，無一可用。當地乳粉，再四搜羅，祇得六磅，加以何柏翁帶去兩磅，約可敷最初兩個月之用。前日得伯嘉兄信，知由海防至昆明，運道至少需兩個月，該乳粉十磅，系七月十五日由港運出，計期至快須在九月二十日前後，方能到達昆明。由昆明至重慶，如能在一個月中●趕到，尚可勉強接上，否則殊為可慮。茲擬請吾　兄再飭代購一打，（或兩磅、或三磅一罐者，請酌量運輸情形，及能儲藏時期之短長，代為決定。）伯嘉兄見告，尚有港防、重慶運路一道，由海防用汽車經由同登，直達重慶，約二十日可到，最好改經此路，運費昂貴，亦祇得認付。萬一此路不通，聞久芸兄言吾　兄月杪當取道海防，轉昆明乘飛機至渝，可否　俯念新生嬰兒得以延續其生命，為之酌帶數磅，到渝由分館轉交舍親孫逵方。此則雖為陳請，實不收甚慚愧者也。專此奉懇，再頌

岫廬先生　台安

外覆伯嘉兄一件，祈　轉交。

弟張元濟頓首　八月十五日

八月二十二日

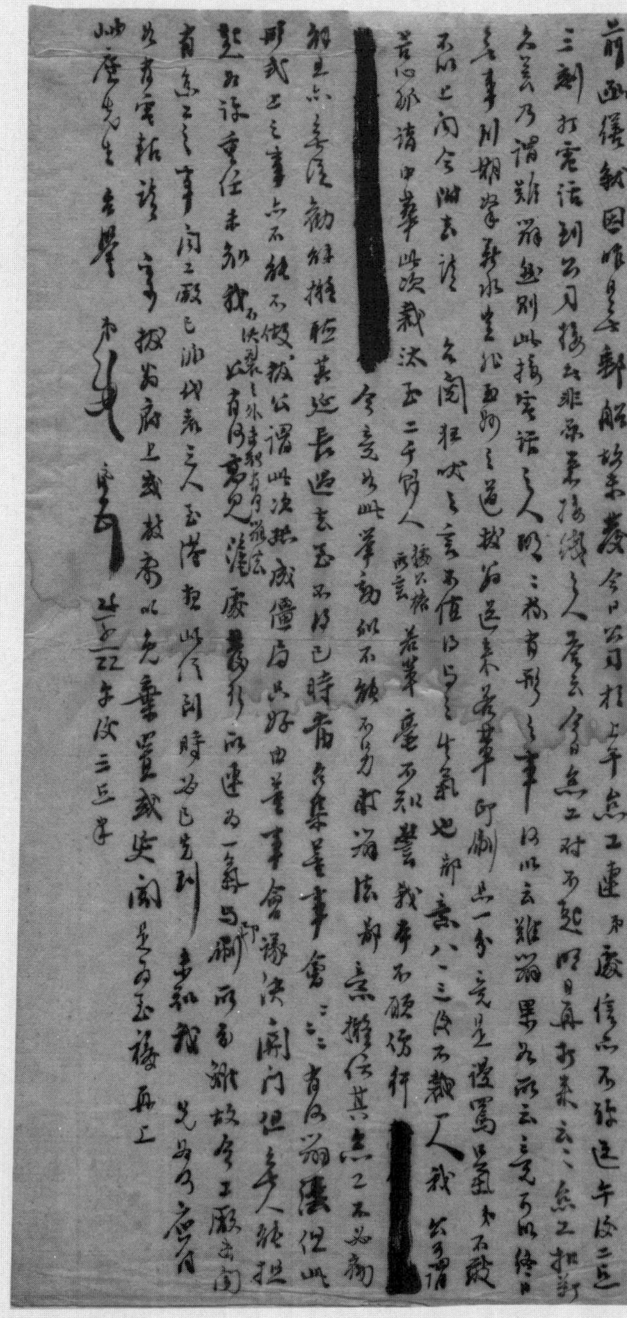

編輯摘要

・商務員工怠工

點校文字

前函繕就，因昨日無郵船，故未發。今日公司於上午怠工，連弟處信亦不許送。午後二點三刻打電話到公司，接者非原來接線之人，答云：「今日怠工，對不起，明日再打來」云云。怠工扣薪，久芸乃謂難辦，然則此接電話之人，明明係有形之事，何以云難辦？果如所云，竟可以終日無事，到期挈薪水，豈非至妙之道？拔翁送來若輩印刷品一分，竟是謾罵口氣，弟不敢不以上聞，今附去，請　台閱。狂吠之言，不值得與之生氣也。鄙意「八一三」後，不裁一人，我　公可謂苦心孤詣，中華此次裁汰至二千餘人（據公椿所言），若輩毫不知警。我本不願仿行，■■■■■■■■■■■■■■今竟如此舉動，似不能不另求辦法。鄙意擬任其怠工，不必勸解，且亦無從勸解，擬聽其延長過去。至不得已時，當召集董事會。董事會有何辦法？但此形式上之事，亦不能不做。拔公謂此次恐成僵局，只好由董事會議決關門，但無人能擔起如許重任，未知我　公有何高見？【不決裂之外，未知有何辦法？】滬處發行所連為一氣，與印刷所分離，故今工廠未聞有怠工之事。聞工廠已派代表三人至港，想此信

到時，必已先到，未知我　兄如何應付？如有電報，請寄拔翁府上或敝寓，以免棄置或延閣，是為至禱。再上

岫盧先生台鑒

弟張元濟頓首　28－8－22午後三點半

八月二十二日

編輯摘要

・商務墊發股息

點校文字

再，丁斐章君於墊●發股息事，持論甚正，力言其利多害少，會議時屢駁翰卿之言，殊為可佩。聞即日來港，必訪我　兄，晤時乞提及前事，兼致謝意為幸。再上

岫廬先生台鑒

弟張元濟頓首　八月廿二日

九月七日

編輯摘要

・商務員工第二次怠工
・商務平糴辦法
・張元濟對怠工的態度轉變

點校文字

岫廬先生閣下：本月四日曾覆寸函，託公椿帶呈，嗣知其所乘之船，在碼頭逗遛兩日，計達到必在今晚或明晨矣。我　兄冬電【亦係急電】，是日（即四日）傍晚始到，電局聲明係被華線躭閣〔耽擱〕所致。先是得　兄二日第二次急電遥致拔翁者，其時處所第二次怠工，形勢紛擾，處所同人竭力向廠方煽惑。弟意必須先向廠方畀以安慰之方，於三日【午後】即約拔翁、久芸來寓，屬其先招顧兆剛，密告以已定有平糴辦法，一俟冬日函中附來辦法到後【其時處所尚在怠工】，即行先向廠方發表。拔、久二人均以為然。迨四日下午，我　兄冬信仍不見到，是日有船進口，知必誤期。伯嘉又得我　兄澳門來電，知所發之信，被郵局折回，不知下次郵船，又須躭閣〔耽擱〕幾日，恐廠方迫不及待，又生變故，因●●於●五日與伯嘉商定，將所擬平糴辦法，作為　尊處不及寫信，只匆匆附入伯嘉函中【作為四日進口之船遞來】，屬其交弟，●於五日傍晚收到，弟即於六日清晨攜示拔翁，聲明係附在伯嘉信中寄來，因郵船期迫，不及寫信與弟，此中經過情形如此。今日復接吾　兄二日所發一信，係致弟與拔翁者，函中並附來平糶辦法，因有以上提前已將原稿交出之經過，此信只可由弟捺住，務祈接洽。拔翁昨日邀伯嘉、慶林、久芸、仲明諸人，詳擬關於平糶手續。弟意近日米價已跌，最低跌至二十餘元，近又升至三十餘元，此辦法，如於米價漲至五十元之時發表，同人必可翕然，現已跌至二、三十元之間，似以二十元作為底價，稍嫌於救濟二字之意，略有欠缺。鄙意擬改為十五元，至超出之數，弟擬以三十為額，而同人仍主四十元，弟不願多爭，此層業經決定，此外略有補充，並無更變，定於明日即行發表。第二次處所●怠工，現已復工，仍本不咎既往之旨，一體待遇，想伯嘉諸　君，必有詳報，茲不贅述。再，第二次怠工，弟主張與前不同，主硬不主軟，無如拔翁軟之又軟。一日所發扣薪通告，弟意怠工執委組長，即無恥肯來聲明，亦仍照扣，其先拔翁尚在游移，以為果來聲明，只好故作癡聾。其後並定為無論來聲明與否【疑是仲明獻議】，一律暫照　尊處一日免扣之電辦理，但仍候　尊處解決。不是此二字，弟記不得。錢已發出，如何能再行追回？恩則歸己，怨則歸人，弟再四力爭，謂無異飲鴆解渴，終不肯聽。來信與弟等於決裂，弟復託伯嘉進最後之忠告，仍不見聽，弟只得知難而退，此事甚愧對吾　兄也。覆頌　大安

弟張元濟頓首　九月七日

編注：依韻目代日，「冬電」即二日。

九月九日

岫廬先生閣下：本月七日寄上一函，仍由 尊處送[illegible]，計先達 覽。頃始奉到
八月三十日所發 手教，展誦祇悉。此信前後十日始達，可謂遲極。第二次出
工作內，弟力主從嚴，[illegible]長股長出來調解，其下司長亦依法[illegible]自減薪水福（他人代簽）
賬係級司人，因筆代表造謂拔為，弟意實欲拔為排斥編入者，時云納從
臨來[illegible]過二小時再過電話，弟即以拒為擔見，[illegible]收長代表，顧長似仍其委証
知以內部備接兄，弟同時並將慶林來函告以此事，慶林亦不甚了解，弟意次月
拔為又接兄代表（[illegible]之）並到漢房談時，頗這言外似以弟昨日電告之言為非，其時
弟之次亦已滿之，弟談及調薪之事，故為[illegible]為主張，果然通告同來意，所可不同只
他，弟力主極要組告所無恥，省來親[illegible]說須再和，誰信力爭，不意次日又要仰照
撥一函告，所不聽股長亦不批，為慶林仍嘉撥來拔為又親筆繕就，弟一函謂
設有第三次（弟十次百次亦有可言，屋弟既可久以察）無工作可具名，攀掃地之證，其他離內全，弟從為難處，一切情形仍嘉者代
詳告。弟於本月亦後亦晚言及，蔡不勝詳，弟於此事無法貫徹其主張，愧對
先生，深負委托，又慎為知利袁，恢曾言之手人，目為撐持撥為，弟於此當無所愧
知矣。表 先生亦同此意，且察大勢，努力再圖補救。專此 敬頌
安。弟[illegible]頓首 九月九日

編輯摘要

・商務員工第二次怠工後處理辦法與相關問題

點校文字

岫廬先生閣下：本月七日覆上一函，係由敝處逕寄，計先達　覽。頃始奉到八月三十日所發手教，展誦祇悉。此信前後十日始達，可謂遲極。第二次怠工以後，弟力主從嚴，科長、股長出來調解，如公司無辦法，願自減薪水補貼低級同人。聞舉代表進謁拔翁，弟急電告拔翁，拒勿接見。當時他人代接，云飯後臥床，屬隔二小時再通電話。弟即以拒勿接見科、股長代表，聽者似係其妾，詎知以後仍舊接見。弟同時並約慶林來寓，告以此事，慶林亦不甚了解弟意。次日拔翁又接見怠工代表，並到弟寓說明經過，言外似以弟昨日電告之言為非。其時第二次亦已復工，弟談及扣薪之事，●●拔翁尚主張果照通告肯來聲明，可以不問其他。弟力主執委組長即無恥肯來聲明，總須照●扣，又去信力爭。不意次日又由仲明擬一通告，即不聲明者亦不扣，屬慶林、伯嘉攜來。拔翁又親筆繕致弟一函，謂設有第三次怠工，公司名譽掃地之語。【即十次、百次亦有何羞？弟恐不久仍要再來】其他辭句，令弟甚為難堪。一切情形，伯嘉當代詳告，弟於七日去信，亦略言及，茲不贅陳。弟於此事無法貫徹其主張，愧對吾　兄，負疚無極。久芸尚知利害，惟曾言無人肯為撐持，拔翁對弟，尚且如此，他可知矣。吾 兄亦不必焦慮，且看大勢如何，再圖補救。手覆，

敬請 大安

弟張元濟頓首 九月九日

九月十一日

雲五先生閣下：啟者，時局艱難，本公司處此危殆之境，駐滬辦事處及發行所竟乘秋節之際，發生怠工事件，且復工之後，繼又怠工，誠堪痛惜。在滬當局秉承我先生意，不咎既往，諸從寬大，近又頒布平糶辦法，竊冀從此可以安寧，不意若輩狂妄性成，愈越恆軌，又印發告股東及社會人士書，弟鳳池於本月九日接得一分。弟元濟於翌日由某股東交到一分，其中一件專對我光國人肆行誣毀，中元濟意謂同人等擁安玉此不被選舉因而，因代表董事會往訪陳霆銳律師請其追問具名之同人會，並令交出損及個人名譽之證據，又於本年發召集董事會後，即將印刷物除朱鳳池、元濟外均未獲見，因於開會後被此傳觀，均以為此等不負責任之言無足措意，並於我

二

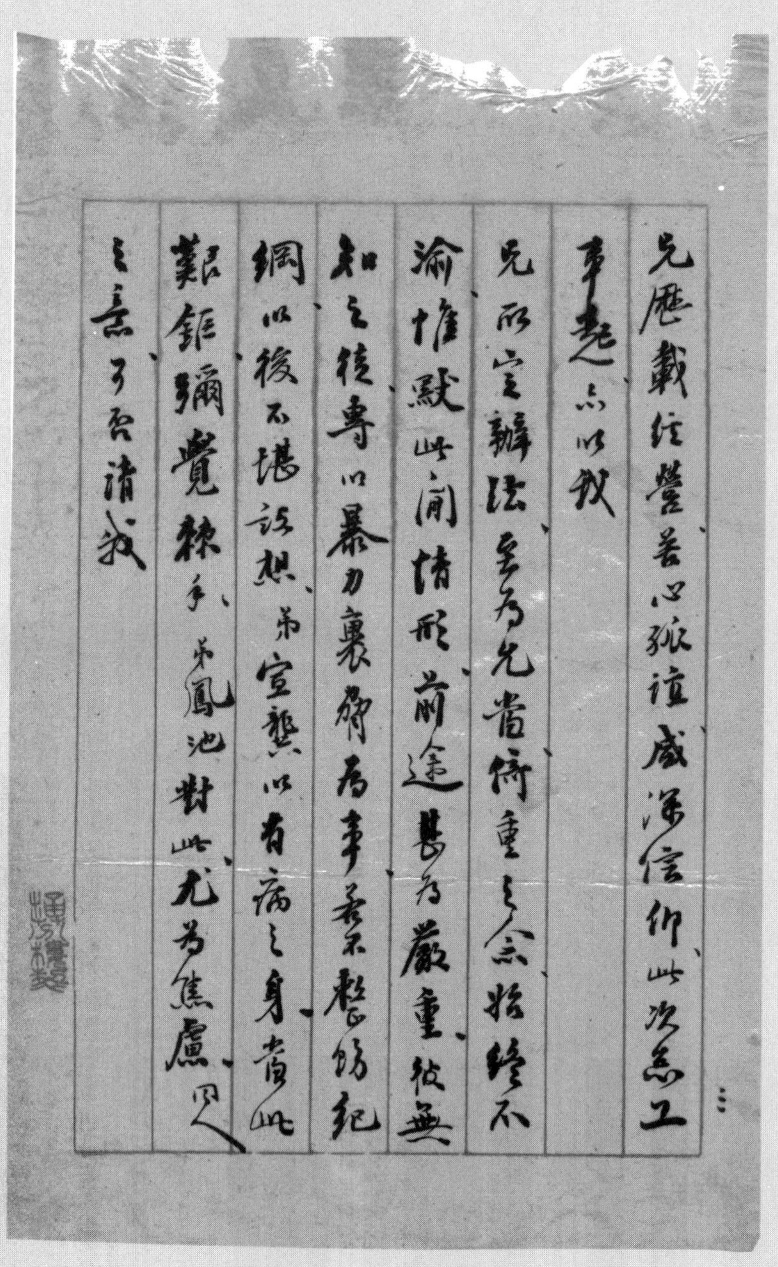

兄歷載經營，苦心孤詣，感深信仰，此次為工潮起，亦以我兄所定辦法，要為先當倚重之人，始終不渝，惟默此間情形，前途甚為嚴重，彼無知之徒專以暴力裹脅為事，若不整飭紀綱，以後不堪設想，弟宣龔以有病之身，當此艱鉅，彌覺棘手，弟鳳池對此尤為焦慮，因之意可否請我

兄務營籌滬報，此時擇過，有困難可略
機立斷，但滬上近來特甚恐怖，仍為且港處
事務繁重，或有羈絆，不能遠離。弟等不
敢堅請，務祈
慎重斟酌，設或不克抽身，此後應如何
區處，示之。
妥為布置。總之寄之事，惟兄仰仗
大力，冀得渡此難關，徐圖興復。至禱即叩

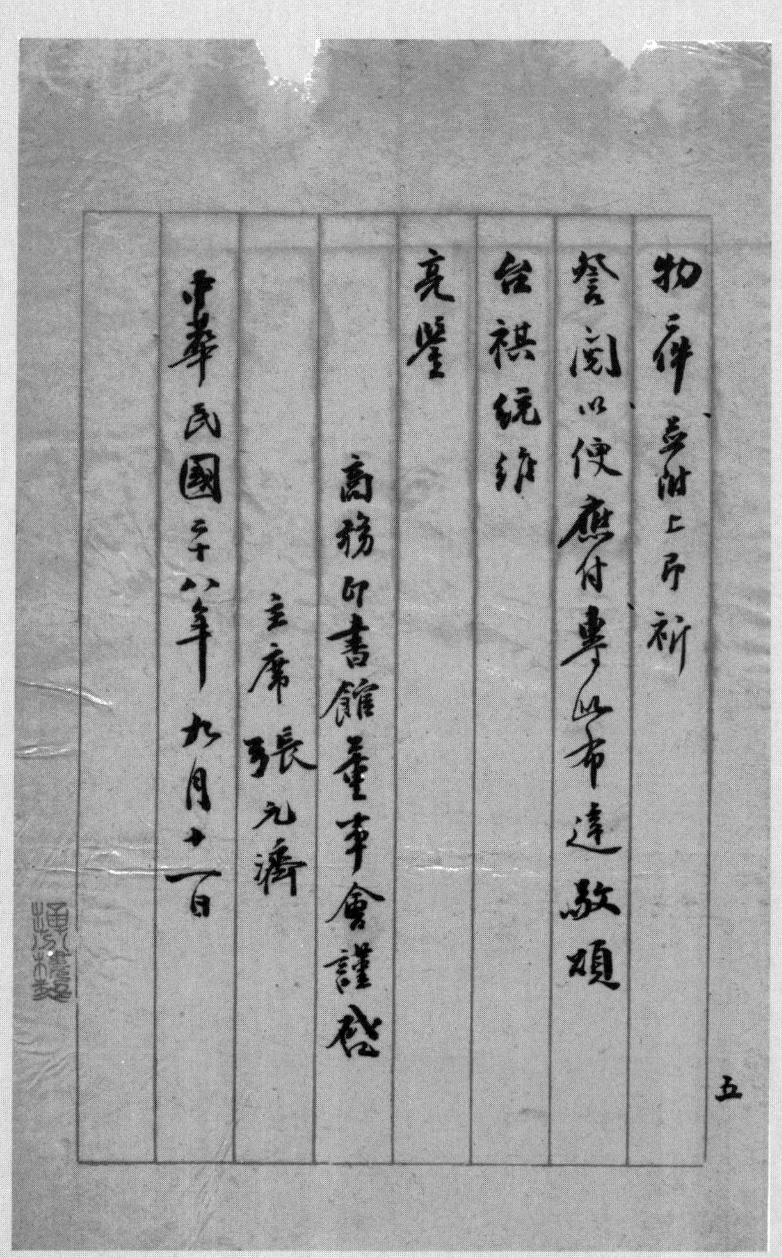
物件並附上所祈
詧閱以便應付專此布達敬頌
台祺統希
亮鑒
商務印書館董事會謹啟
主席張元濟
中華民國二十八年九月十一日
五

編輯摘要

・工會印發告商務股東及社會人士書詆毀王雲五名譽，張元濟以董事會主席名義來函，表示董事會全體仍信任之

點校文字

雲五先生閣下：敬啟者，時局艱難，本公司處此危殆之境，駐滬辦事處及發行所，竟乘秋銷之際，發生怠工事件，且復工之後，繼又怠工，誠堪痛惜。在滬當局，秉承我　兄志意，不咎既往，諸從寬大，近又頒布平糶辦法，竊冀從此可以安定。不意若輩狂妄性成，愈越恆軌，又印發告股東及社會人士書，弟鳳池於本月九日接得一分，弟元濟於翌日由某股東交到一分，其中一件，專對我　兄個人肆行詆毀。弟元濟意該同人等謬妄至此，不能置若罔聞，因代表董事會往訪陳霆銳律師，請其追問具名之同人會，並令交出損及個人名譽之證據。又於本日午後召集董事會，該印刷物，除弟鳳池、弟元濟外，均未獲見，因於開會後，彼此傳觀，均以為此等不負責任之言，無足措意。並稱我　兄歷載經營，苦心孤詣，感深信仰；此次怠工事起，亦以我　兄所定辦法，至為允當，倚重之念，始終不渝。惟默此間情形，前途甚為嚴重，彼無知之徒，專以暴力裹脅為事，若不整飭紀綱，以後不堪設想。弟宣龔以有病之身，當此艱鉅，

彌覺棘手，弟鳳池對此，尤為焦慮。同人之意，可否請我　兄移駕蒞滬，就近指揮？遇有困難，可以當機立斷。但滬上邇來時有恐怖行為，且港處事務繁重，或有羈絏，不能遠離，弟等不敢堅請，務祈　慎重斟酌，設或不克抽身，此後應如何區處，亦乞　妥為布置。總之公司之事，惟有仰仗　大力，冀得度此難關，徐圖興復。至該印刷物二件，並附上即祈　詧閱，以便應付。專此布達，敬頌　台祺，統維

亮鑒

商務印書館董事會謹啟

主席張元濟

中華民國二十八年九月十一日

編注：本信收入《張元濟全集》，第一卷，書信，第二一三頁，《全集》編者並列爲致王雲五第四十封信。

九月十二日

編輯摘要

・請王雲五代購奶粉

點校文字

岫廬先生閣下：九月九日肅覆寸函，交由伯嘉兄轉寄，昨日開董事會一切詳情，伯嘉想能●代達，茲不贅陳。拔翁辦事不肯負責，素所深知，但邇來舉動如此，殊出意料之外，恐係身體衰弱，性情因而改變。惟時局如此艱難，而左右者又不能為　公之助，殊可憾也。前託續購「勒克吐靂」乳粉二磅或三磅一罐者一打，設法運至重慶，交與小壻孫逵方，未知已否購定運出？前日得逵方來信，除前蒙　代購一磅罐一打之外，尚須用三磅罐一打半，合共有五十四磅，如此可以足用。統祈　轉飭館員，代為核准購就，設法運渝，該賬即轉至上海，無任企禱之至。【除去最前一磅罐一打之數，恐以後無貨或太貴，故欲於此時躉數購足】本日董事會有公函，託伯嘉帶呈，表示信任之意。伏乞　垂詧，敬叩

侍福

弟張元濟頓首　九月十二日

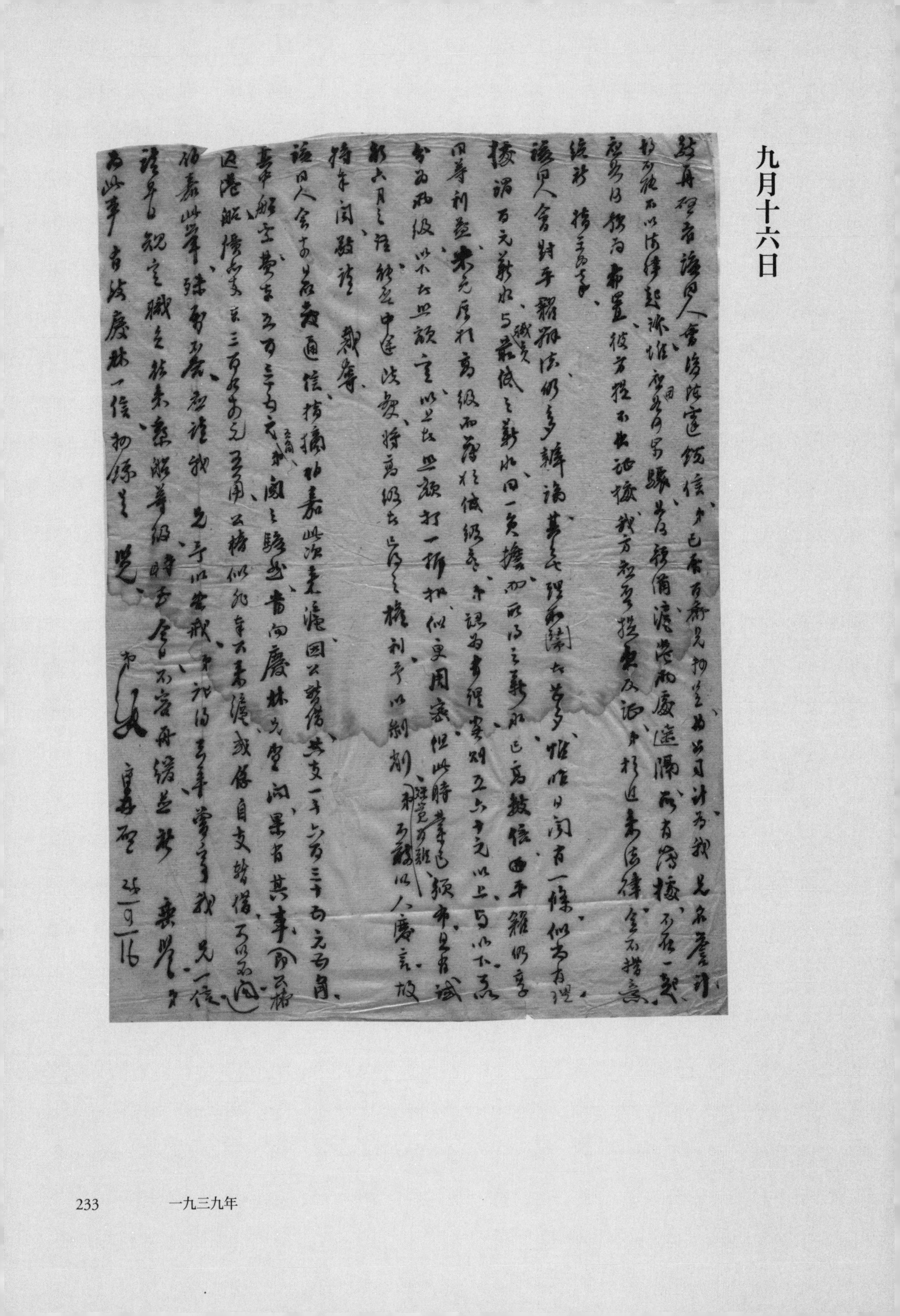

九月十六日

編輯摘要

- 建議王雲五以法律保護名譽
- 同人會對商務平糶辦法多有意見
- 商務高級職員濫支船費

點校文字

敬再啟者：該同人會復陳霆銳信，弟已屬百齊兄抄呈。為公司計、為我　兄名譽計，均不能不以法律起訴。惟應用如何步驟、如何預備？滬、港兩處遙隔，所有簿據，不在一起，應如何預為布置？彼方提不出證據，我方應否提出反證？弟於近來法律，全不措意，統祈　指示為幸。

該同人會對平糶辦法，仍多辯論，其無理取鬧者甚多。惟昨日聞有一條，似尚有理，據謂：「百元薪水，與職員最低之薪水，同一負擔，而所得之薪水，已高數倍，●平糶仍享同等利益，未免厚於高級而薄於低級」云云。弟認為有理，實則五六十元以上、與以下，可以分為兩級：以下者照額定，以上者照額打一折扣，似更周密。但此時業已頒布，且有試行六月之語，能否中途改變，將高級者已得之權利，予以剗削，殊覺為難。弟不敢以人廢言，故特奉聞，敬

請　裁奪。

該同人會十四日所發通信，指摘伯嘉此次來滬，因公暫借，共支一千六百三十五元五角，其中船票費，支五百三十五元五角。弟閱之駭然，當向慶林兄查問，果有其事。（即公椿返港，船價亦支出三百九十四元五角，公椿似非奉公來滬，或係自支暫借，可以不問。）伯嘉此舉，殊屬不合，應請我　兄予以告戒。弟記得去年曾寄我　兄一信，請早日規定職員往來乘船等級，時至今日，不容再緩。並祈　垂鑒。弟為此事有致慶林一信，抄錄呈　覽。

弟張元濟再啟　28—9—16

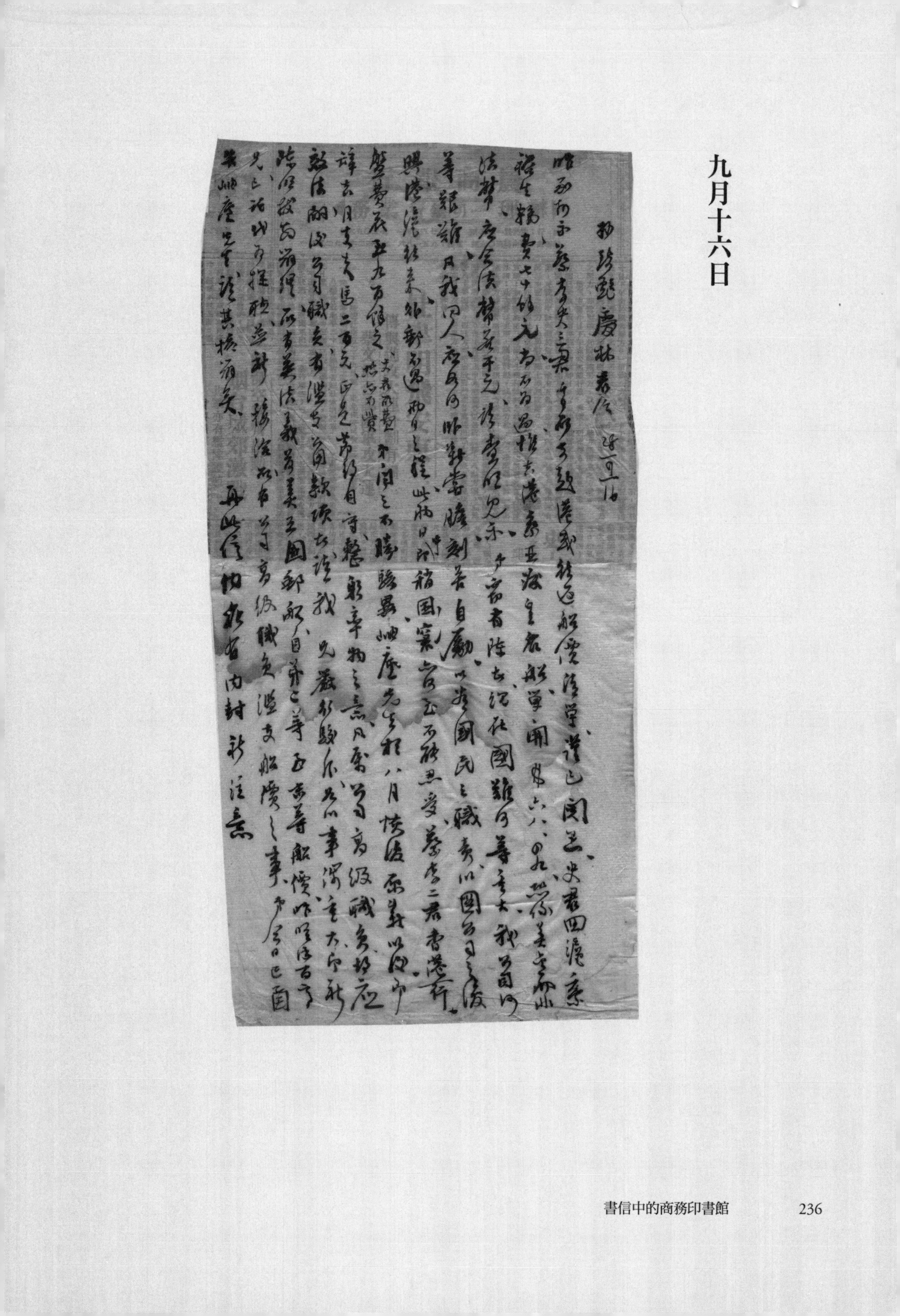

九月十六日

編輯摘要

・張元濟抄致鮑慶林信，有關高級職員濫支船費

點校文字

抄致鮑慶林君信　28—9—16

昨承抄示蔡、李、史三君近日所支赴港或往返船價清單，謹已閱悉。史君回滬乘裕生輪，費七十餘元，尚不為過，惟去港乘亞洲皇后船，單開$六八・四九，恐係美金而非法幣，應合法幣若干元，請查明見示。弟竊有陳者，現在國難何等重大，我公司何等艱難，凡我同人，應如何臥薪嘗膽，刻苦自勵，以盡國民之職責，以圖公司之復興？港、滬往來，外郵不過兩日之程，此兩日中即稍窘困，亦何至不能忍受？蔡、李二君香港之行，盤費花至九百餘元，史君所費恐亦不貲。弟聞之不勝駭異。岫廬先生於八月恢復原薪以後，即辭去月支車馬二百元，正是節約自守，整躬率物之意，凡屬公司高級職員，均應效法。嗣後公司職員，有濫支公用款項者，請我　兄嚴行駁斥。如以事涉重大，即祈陳明拔翁辦理。所有英、法、義、荷、美五國郵船，自第二等至末等船價，昨晤徐百齊兄，已託代為探聽，並祈　接洽。如有公司高級職員濫支船價之事，弟今日已函告岫廬先生，請其核辦矣。再，此信內有內封，祈注意。

九月十六日

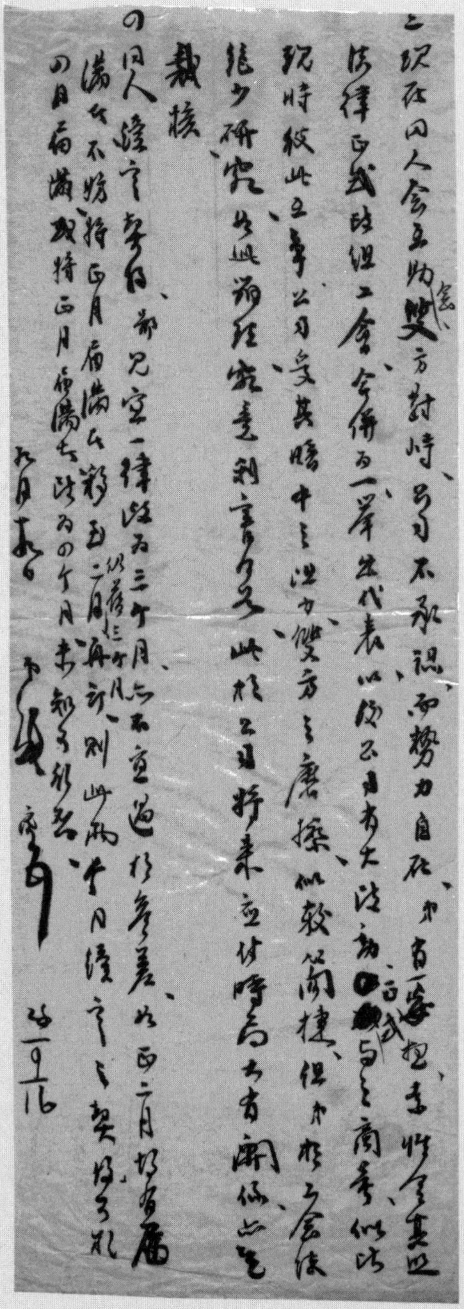

編輯摘要

- 向董事會提交商務分館損失報告與一般報告
- 同人會、互助會雙方對峙
- 商務員工契約續訂問題

點校文字

〔前缺〕

三、現在同人會、互助會，雙方對峙，公司不承認，而勢力自在。弟有一妄想，索性令其照法律正式改組工會，合併為一，舉出代表，以後公司有大改動，●●正式與之商量似比現時彼此互爭，公司受其暗中之阻力，雙方之磨擦，似較簡捷。但弟於工會法絕少研究，如此辦法，究竟利害何如，此於公司將來應付時局大有關係，亦乞　裁核。

四、同人續定契約，鄙見宜一律改為三個月，亦不宜過於參差。如正、二月均有屆滿者，不妨將正月屆滿者移至二月再訂【仍舊三個月】。則此兩個月續定之契約，可於四月屆滿，或將正月屆滿者改為四個月，未知可行否？

弟張元濟頓首　28—9—16

九月十九日

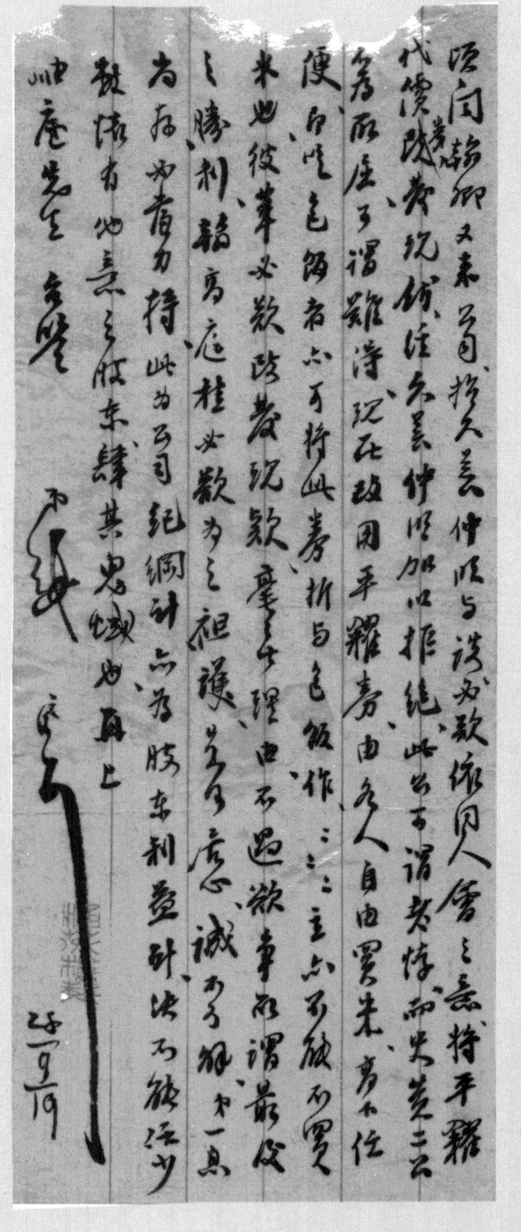

編輯摘要

・商務平糶辦法由代價券改發現金

點校文字

頃聞翰卿又來公司，招久芸、仲明與談，必欲依同人會之意，將平糶代價券改發現錢，經久芸、仲明加以拒絕。此公司謂老悖，而史、黃二公，不為所屈，可謂難得。現在改用平糶券，由各人自由買米，高下任便。即吃包飯者亦可將此券折與包飯作，包飯作主亦不能不買米也。彼輩必欲改發現款，毫無理由，不過欲爭所謂最後之勝利。翰高、庭桂必欲為之袒護，是何居心，誠不可解。弟一息尚存，必當力持。此為公司紀綱計，亦為股東利益計，決不能任少數懷有他意之股東，肆其鬼蜮也。再上　岫廬先生

台鑒

弟張元濟頓首　28—9—19

編注：翰卿即高翰卿，「翰高」或由此致誤。《張元濟年譜長編》編者已注出，參見《長編》「一九三九年（己卯　民國二十八年）七十三歲九月十九日」條，第一一一八頁。

九月二十二日

再慶林於滬文方面甚不夠用、仲明可兼、慶林不能分身為華

可惜、兄能來固無問題、若有可能、必須全份眷屬同來方可、

又日人誹謗之事、陳霆銳律師有信致弟、據該日人曾有信、

可以起訴、但此等日人不值與之計較、云云、弟意我兄

必須起訴、即於華美會同意、已交施派陳霆銳君具狀、弟

甚憑兄信、今年華美會由華美公學來勸洪蘭次華會、

通方多顧、本來此類文言不值一談、華會又有信給不渝之理、弟仰

難本此意、請華美會勸其打消訴訟之意、別事由華美來函

其他位亦仍堅強、未知尊兄以為然否、

弟 林語堂

七．廿二

編輯摘要

- 商務高級職員紛爭
- 建議王雲五聲明「自述」保護名譽
- 商務發放平糴代價券時的混亂

點校文字

昨日無外郵，故信寫好，未能封發。今晨聞知昨日分發平糴代價券，總處及發行所填報調查表者，原祇有數十人，（據稱有三四百人，其餘未填。）人事科依表發給。該同人會恃眾強索，已得者亦即交出，惟出版科有二人不允，該會派人坐守其旁。又聚有多人在會客室地方助威，揚言不交要打，該兩人與同人會人大聲爭辯。拔翁今日來弟處，反言鄒尚熊君不制止其部下之聲張，而於該會之舉動，則佯作痴聾，自言形如木雞。似此星星之火已成燎原之勢【聞有王永榜君被毆】，工廠於平價券，已無問題。若見公司如此懦弱，難免別有舉動，恐長此拖延，勢將不可收拾。故頃發去一電，（電局登報：香港可收華文電，聞 尊處來電，亦用華文。）文曰：「昨發平糴價券，彼等恃強搶奪，聞有被毆者，當局束手，非駕來恐難收拾，盼覆。濟。養。」想已達到。似此情形，非將為首滋事之人，盡數開除不可。弟本不敢懇請大駕來滬，但恐慶林兄回滬，我 兄即委以大權，恐亦人手不轂。祇有久芸可以相助。即令伯嘉〔同〕來，恐亦呼應不靈，弟故謬然陳請，恐愈拖長愈難辦也。拔翁對弟言，即日辭職，弟答以慶林不在此，無他言，拔翁旋言再等數日。鄙見拔翁果辭職，當開董事會，請其告假休養，一面請慶林代理。慶林行時，弟告以主持怠工諸人，必須嚴辦，渠意不必太急，弟請其將鄙見代達左右，請　兄裁奪。但有昨日之事，似恐不能不辦矣。【辦後尚須有長時之鎮壓，亦恐不易。】

再，慶林於漢文方面，恐不夠用，仲明不可靠，慶林不能動筆，甚為可危。如　兄能來固無問題，若有不能，必須令伯嘉回來方可。又，同人誹謗之事，陳霆銳律師有信致弟：據該同人會覆信，可以起訴，但●●此等妄人，不值與之計較云云。弟意我　兄立場，必須起訴，即於覆董會內聲明，已委託陳霆銳君具狀，弟當憑　兄信召集董事會，由董事會出來勸阻。前次董會，徐寄廎本有「此種妄言，不值一看」之言，董會又有信任不渝之語，弟即擬本此意，請董會勸　公打消訴訟之意，則事由董事起意，於　公地位亦仍堅強，未知卓見以為何如？

弟張元濟頓首　28—9—22

九月底

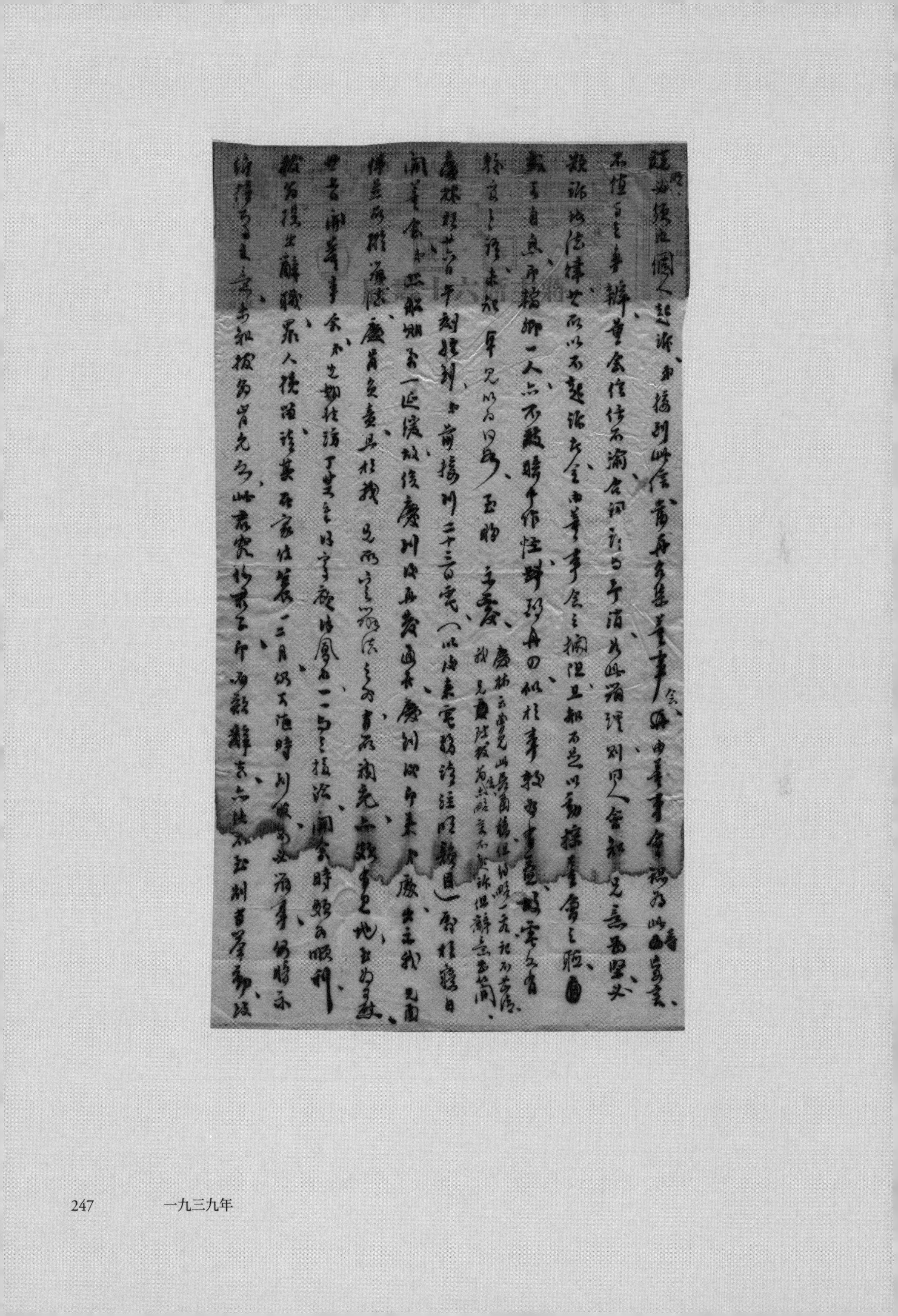

5 若有據、但其病之性情有變、亦與從話必須格外審慎、此外尚須對付翰卿、尤
為要事、慶林談論之間翰卿常因此種往訪晤之事、僅能與而無疏通、應請同人會同商之、
深覺深為可歎、而翰卿無不得不與翰卿周旋一次、與之辯論三小時、應請前段來加以處置刺刺不休、
尤亦於每一次、此等之謂之周旋、最為難過、然之皆受、誠為之賜也、
廿一日發平糶代價券、同人會時張擾奪、性勢若為先、橫拔當次日到、亦處自言形同不雅、當時
在有之人是否前來、亦由內書時同人會用汽車由公司送往棧房、並未所謂考日語多人、預備
示威鬧事、強爭奪、竟在三層樓會客室附近大呼要子以不受者「打死他」、「咬死他」、又有
人出路斜循及耕及其之二人、交出平價券、云人不允、強言衝突、拔而當第之言云人不受
則已不應大聲相爭、並以此言鬧為應不加阻止、其可知其何用意、聞王永椿云、浮券繳先到
停止收[illegible]新出發之王御中、將伊截回、隨後多人並將王君毆擊、回收收其存根、
先不許又堂不識好歹之人妄擊、強之交出、又他不法之舉、不一而足、使我等果指之據、因作不到者
排擠決不至此、仲明不善輔佐、幫手可辭、慶林值此混亂之際、而不知如何收拾、而再三勸其
人手太少、而同人會而最人善指、郭梅生是指示之可云最深、其他高級職員、指揮亦恐不甚少。

編輯摘要

- 商務發放平糴代價券時的混亂
- 商務高級職員紛爭
- 建議王雲五聲明「自述」保護名譽

點校文字

岫廬先生閣下：九月廿一日寄上一函，又寄同人會印刷品一卷，計荷　詧及。以上係由敝寓直寄，此後託滬處附寄之信，信封內均加內封，信封外均加貼弟名印章，以防私拆，務祈於拆閱之前，先行察究一過。本月廿五發上有電，文如下：「有電悉。拔屢辭，擬給假。長函到，某君與慶至戚，恐礙慶面，擬不差出，乞改繕飛寄。誹謗事，請於函內聲明自訴，由董會覆，請取消，似較妥。慶寢到。」想已遞達，但未奉　覆電，甚為懸念。長函中所指某君，必係筱芳，惟其建議租賃房屋，將閘北製版廠遷移，弟已不甚記憶。又云誹謗之事，背後有人唆使，看去亦似暗指某君。鄙見渠與慶林至戚，現在正值借重慶林之時，恐不免傷其情感。且翰卿性成陰險，難免不借此挑唆，活動慶林，且激動筱芳，勢必別生枝節。又，同人誹謗事，函中有暫時隱忍之語，弟意亦覺有未妥。該同人會覆陳律師信，語氣兇橫，翰卿居心叵測，

渠見我　兄不與計較，此君素以小人之腹，度君子之心，難免不認為事屬有因，不知與同人會又有何種勾結，致愈演而愈甚，將來仍不免終於起訴。弟故換一辦法，請　兄聲明自訴，於覆董會函中說明，必須由個人起訴，弟接到此信，當再召集董事會，●由董事會認為此●等妄言，不值與之爭辯，董會信任不渝，合詞請與予〔取〕消。如此辦理，則同人會知　兄意甚堅，必欲訴諸法律，其所以不起訴者，全由董事會之攔阻。且知不足以動搖董會之聽●，或可自息。即翰卿一人，亦不敢暗中作怪。斟酌再四，似於事較為有益，故電文有較妥之語，未知　卓見以為何如？至盼　示覆。慶林云曾見此長函稿，但約略一究，記不甚清。我　兄●致拔翁信，亦略言不起訴，但辭意甚簡。慶林於廿六日午刻始到，弟前接到二十三日電（以後來電務請注明韻目），屬於寢日開董會，弟恐船期萬一延緩，故候慶到後再發通告。慶到後即來弟處，出示我　兄函件並所疑辦法。慶肯負責，且於我　兄所定辦法之外，有所補充，亦頗有見地，至為可慰。廿七日開董事會，弟先往訪丁斐章、徐寄廎、徐鳳石，一一與之接洽，開會時頗為順利。拔翁提出辭職，眾人挽留，請其在家休養一、二月，仍可隨時到館，不必辦事，仍暗示維持公司之意，未知拔翁肯允否？此君究係君子，即必欲辭去，亦決不至別有舉動，致與公司有損。但久病之後，性情有變，弟與說話必須格外審慎。此外尚須對付翰卿，尤為苦事。慶林離滬之後，翰卿帶同廷桂往訪徐寄廎，託其向弟疏通，容許同人會之要求，寄廎漂亮，不為所惑，弟於是不得不向翰卿周旋一次，與之辯論三小時；庭桂前後來弟寓三次，剌剌不休，弟亦往答一次。此等無謂之周旋，最為難過，總之皆受拔翁之賜也。

廿一日發平羅代價券，同人會恃強搶奪，情勢甚為兇橫。拔翁次日至弟處，自言形如木雞，當時左右無人，毫無辦法。弟●聞當時同人會用汽車由戈登路棧房裝來所謂老司務多人，預備示威。鬧至總務處，竟在三層樓會客室附近，大呼票子如不交出，「打死他」、「咬死他」；又有人至出版科，偪令科員某某二人交出平價券，二人不允，語言衝突。拔翁告弟，竟言二人不交則已，不應大聲相爭，並以此責鄒尚熊不加阻止，真不知是何用意。有王永榜者，得券後，先打鐘出館，主計部朱慰宣走至街中，將伊截回，隨從多人，並將王君毆擊。回館後，朱君婉勸，先不許，又受不識姓名之人拳擊，始交出。其他不法之舉，不一而足。使拔翁果稍稍振●作，不至事事推諉，決不至此。仲明不善輔佐，咎無可辭。慶林值此混亂之後，正不知如何收拾，而為之助者人手太少。聞同人會向眾人募捐，郭梅生竟捐五元，可云荒謬，其他高級職員，捐輸者恐不甚少。

〔後缺〕

編注：本信前次出版時，誤與九月二十二日信合爲一封，《張元濟年譜長編》編者已注出，茲從改正。參見《長編》「一九三九年（己卯　民國二十八年）七十三歲末」條，第一一二〇頁。

十月九日

編輯摘要

- 李拔可堅持辭職與人事問題
- 詢問平羅代價券發放後公司內部情形
- 有關香港工潮傳聞

點校文字

岫廬先生閣下：本月四日寄上一函，由館附入號信寄呈，計荷　詧及。此信仍有內封，係弟親筆，外封封口處仍貼私人印章方紙，請　注意。茲有數事，奉達如左：

慶林代小芳職，查小芳月薪六百元，代理通例支半薪，是否加送百元？已足，乞速覆。

拔可堅辭，自遞董事會信後，即未到館，料去必不復來。慶林於拔可舊管各事，多不接洽，且亦非所長，勢必大權旁落，甚為可虞。似非伯嘉來此相助不可，然公司現尚平靖，若伯嘉突如其來，慶林難免誤會，奈何、奈何。

聞平羅代價券，已經接受，然尚有要求，究竟不知如何。數日未見公司中人，咸云可告一段落，然乎？否乎？

同人會印刷品，自本月一日起，弟不復寄，已託久芸逕寄，不知曾收到否？此間喧傳港廠開

除一工人，其人手持鐵棍，將毆伯嘉，乃收●回成命，改為記過。弟聞之不信，然言者確鑿，

同人會聞之必大悅。敬叩

老伯母大人福安，並頌　潭福

弟張元濟頓首　28—10—9

十月十四日

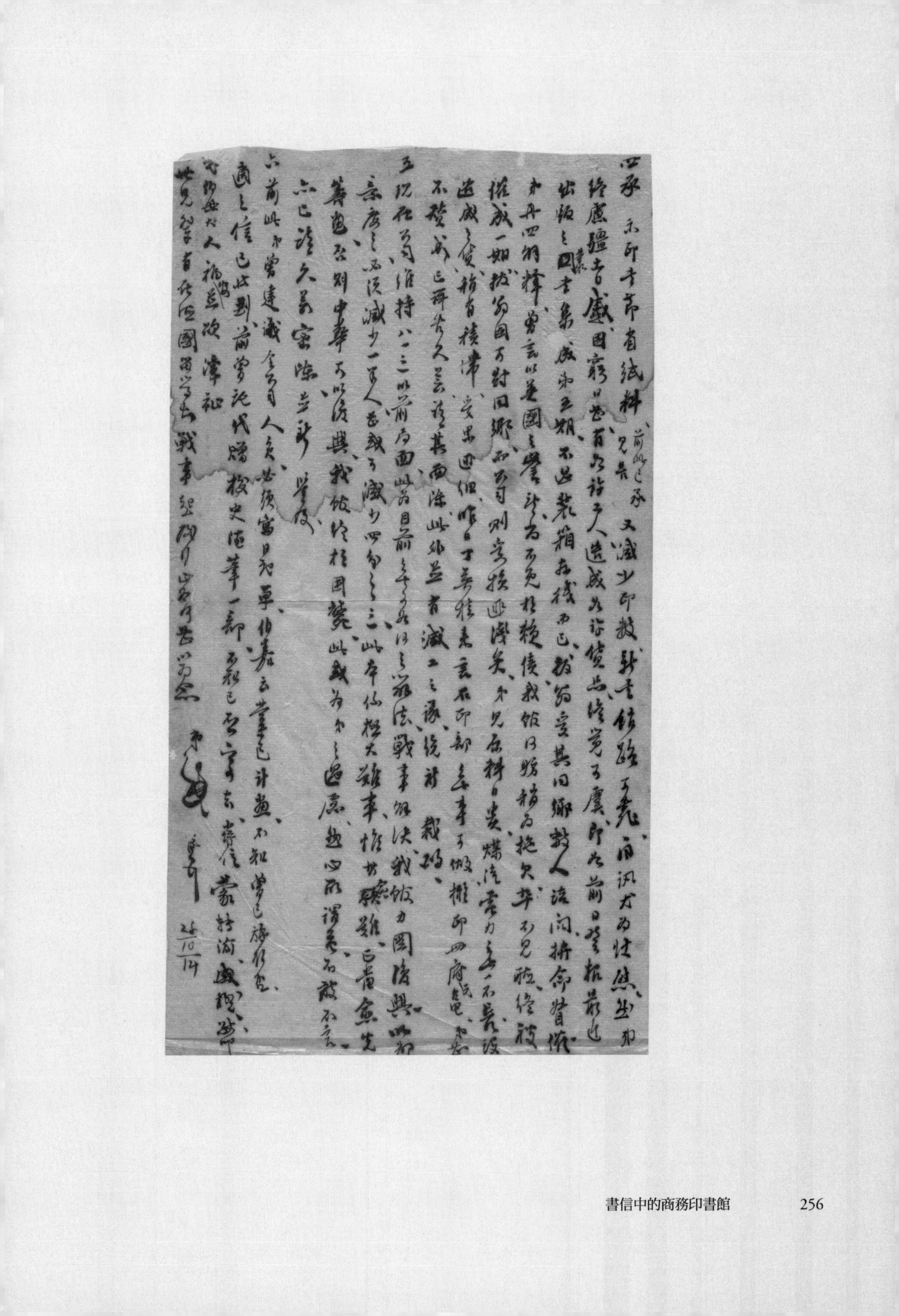

編輯摘要

- 商務高級職員薪資與津貼規定
- 香港分廠糾紛解決與高級職員問題
- 提議節省紙張、減少印數計畫，以符合商務現在經營情況

點校文字

岫廬先生閣下：昨日奉到本月六日　手教，傍晚又接覃電，均敬誦悉。謹奉覆如下：〔一〕、慶林薪水，原係四百元，小芳則六百元，弟九日去信言及多出之二百元，照代理通例，減半致送，則為壹百元，合之本職四百元為五百元，徵取我　兄意見。後始查知久芸、康生月薪，均已支至四百元，另加車費五十元，則五百元之數，似有未合。與拔翁談及，拔翁意必須照小芳薪數致送，故以覃電奉達。今得覆電，正與　尊意相合，即由弟函知滬處，我　兄可不必再來信，續開董會時，當請追認可也。（此信亦有內封並印記，外封亦有印記。）

〔二〕、前月十九日長函，蒙　重繕發下，業已收到。弟仍不欲傳觀，恐翰卿出示他人。擬俟有機會開董會時，再於席上傳閱。翰卿、延桂經弟屢駁，啞口無言，煽惑股東，恐無甚效力。

〔三〕、港廠忽生糾紛，業經消弭，聞之甚為欣慰。弟九日去函言及此事，係聞之仲明，弟殊

不信，據云係輔卿來信如是云云。昨得　大函，詳細見告，即向久芸查究，仲明之言究從何來？據云翰卿之信即係致久芸者，並無先已開除後因行兇重行收回改作記過之語，不知仲明何以誤看？弟不敢謂其有意造謠，大約係戴有有色眼鏡所致。倘使其對他人亦如此云云，則不免有所影響矣。港處如尚印通訊錄，鄙意似可將經過詳細登載，俾眾周知。

四、承　示印書節省紙料，前此已承見告又減少印數，新書銷路可靠，聞訊尤為快慰。然弟終慮疆土日蹙，困窮日甚，有如許工人，造成如許貨品，終覺可虞。即如前日登報最近出版之《叢書集成》第五期，不過裝箱存棧而已。拔翁受其同鄉數人詰問，拚命督催，弟再四解釋，曾言以英國之譽望，尚不免於賴債，我館何妨稍為拖欠？卒不見聽，終被催成一期。拔翁固可對同鄉，而公司則受損匪淺矣。弟見原料日貴，煤汽、電力，無一不長〔漲〕，設造成之貨，稍有積滯，受累匪細。昨日丁英桂來言，石印部無事可做，擬印《冊府元龜》。弟甚不贊成，已詳告久芸，請其面陳。此外並有減工之議，統祈　裁酌。

五、現在公司維持「八一三」以前局面，此為目前無可如何之辦法。戰事解決，我館力圖復興，以鄙意度之，必須減少一半人，甚或減少四分之三。此本係極大難事，惟其愈●難，正當愈●先籌劃，否則中華可以復興，我館終於困斃。此或為弟之過慮，然心所謂危，不敢不言。亦已請久芸密陳，並祈　鑒及。

六、前此弟曾建議全公司人員，必須寫日記單，伯嘉云業已計畫，不知曾已施行否？適之信

已收到，前曾託代贈《校史隨筆》一部，不知已否寄去？小壻信蒙轉渝，感極、感極。敬叩

老伯母大人福安，並頌潭祉

世兄輩有在德國留學者，戰事起後，行止如何，甚以為念。

弟張元濟　28—10—14

編注：依韻目代日，「覃電」即十三日。高鳳池字翰卿，信中「輔卿」應爲筆誤。

十一月四日

編輯摘要

・討論《百納本廿四史》以及楊守敬《水經注疏》排版規格及出版安排

點校文字

岫廬先生大鑒：前月廿九日奉廿三日　手教，誦悉。　世兄劬學，兼肯任事，曷勝欽仰，有是父必有是子，可為　德門賀也。論分送平糶辦法與股東一事，弟因彼輩宣傳甚力，公司太過靜默，無論股東、非股東，多不直公司之所為，弟接觸過多，故與　尊見有所不同。今既不發，亦不再詳瀆矣。久芸兄回，誦前月三十日　續示，並聆久兄詳述一切，敬悉。縮印《衲史》，弟覺此書未免過於委屈，然為公司營業計，未敢阻止。但全書字形大小各各不同，即欲縮印，鄙見亦應分為數種：《四史》將來或可單售，擬從寬廣；《七史》字最大，擬照來樣；《晉書》、《新舊唐書》字太小，最難布置。已屬英桂君分別縮成數種格式，印行寄上，以備　參酌。楊氏《水經注》弟認為確有價值，可以影印，望速與書主商議辦法。旬日後擬開董事會，提出拔翁屢次堅辭之信，傳觀我　兄答覆同人誣指各件之信，餘不多述，敬請

老伯母大人福安。並祝　潭福

弟張元濟頓首　28—11—4

此信無內封，但外封仍粘名章，伯嘉兄均此不另。

十一月八日

編輯摘要

- **商務高級職員留任問題**
- **《孤本元明雜劇》抄本校對問題**

點校文字

岫廬先生閣下：本月四日曾上一函，由分莊科附呈，計已先達。函中陳明，擬旬日【此信有內封有印章，祈 注意。】後開董事會，報告拔翁堅辭，並傳觀我 兄駁覆同人會誣指十款之信。近聞拔翁迭接我 兄堅留之信，似有活動之意。以弟觀之，館事由慶林一人擔任，漢文方面，恐亦不能放心，我 兄如以為拔翁仍可留任館事，應否以董事名義致董事一函，表示 尊意？弟當於開會時，同時提出，是否可行，敬祈 裁奪示下【並盼速覆】。前數日交英桂君籌畫縮印《衲史》事，至今未覆來，想籌畫亦非易事。前者弟建議影印元明劇本，不料抄本錯字太多，行款又甚參差，現雖請王君九君校閱，然求人之事，祇能適可而止。此次照相底子，因為省錢，係用藍色印紙，弟不能不抽取覆看。然近來目力太差，每看數頁，便須罷手，出版又有期限，不勝焦●急。公司竟無可以相助之人，奈何、奈何。外信一紙，乞轉交伯嘉兄為荷。敬叩

老伯母大人福安，並頌 潭福

弟張元濟頓首 28—11—8

十一月十二日

編輯摘要

•提案出版《馬相伯先生年譜》，但須評估作者要求

點校文字

岫廬先生大鑒：本月四日、八日疊上兩函，均由公司轉寄，計荷　詧入。前日《中美日報》張君若谷來信，言輯有《馬相伯先生年譜》，欲以版權讓與本館。弟覆以收稿之事由　兄主持，當為代達，覆信及來信，均屬公司錄呈　台詧，計已先達。弟思此書當有銷路，但出版必須迅速，弟當代看書稿。如果合用，　尊意以為可以付印者，即便付排，從速出版。張君昨晚已將書稿送來，自言係震旦學生，曾親炙馬君甚久。前在《大美晚報》，現在《中美日報》任編輯。其所編年譜，多穿插國內外大事，文字亦尚妥順，所采材料，均註明出處。但稿字太小，弟目力不及，不能細究全書。是否可用，不敢決定，祇可由公司可以勝任者，任審查之事。又，張君開出三條件：一、迅速出版，二、要印四開本，用中國書式，三、每千字五元，全書約十萬字云。弟意二、三兩項稍覺難行，　尊意如何，請　速示。如欲購印，如何磋商，能電示畀以全權，則可免耽閣，亦乞　裁酌。無論函、電，均請覆至敝處，因館員辦事恐有疏忽也。專此　即頌　台安

弟張元濟頓首　十一月十二日早

同人會所出之《半月瞭望》，館中已寄呈否？可云混帳。

十一月十二日

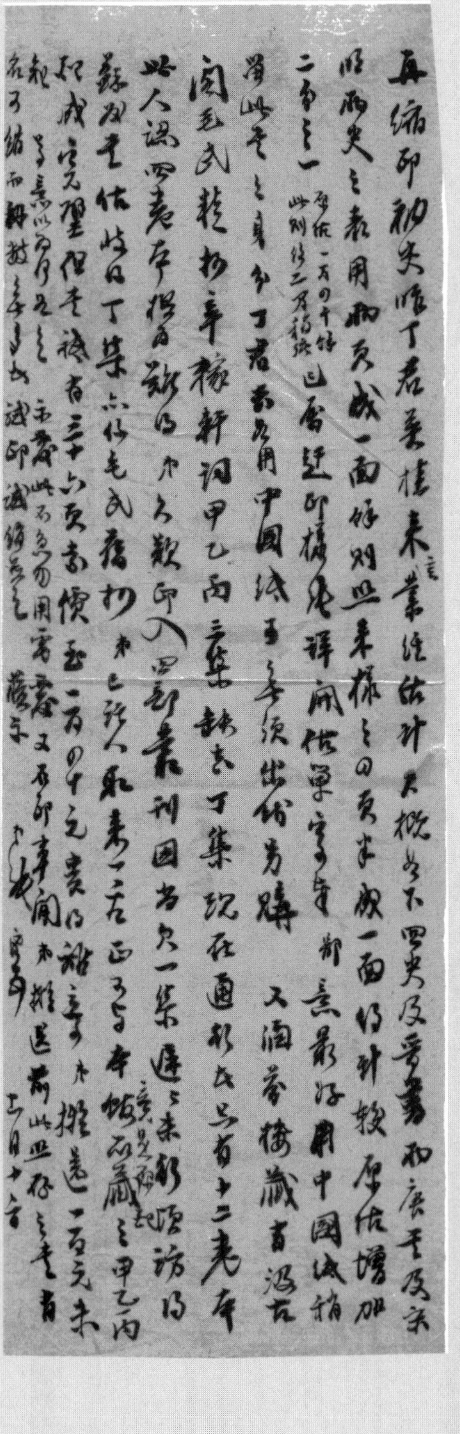

編輯摘要

・出版《百納本廿四史》的排版、頁數和用紙

・涵芬樓藏毛氏汲古閣精抄《辛稼軒詞》出版事宜

點校文字

再，縮印《衲史》，昨丁君英桂來言，業經估計，大概如下：《四史》及《晉書》，《兩唐書》及《宋》、《明》兩史之表，用兩頁成一面，餘則照來樣之四頁半成一面。約計較原估增加二分之一，（原估一萬四千餘，此則約二萬稍強）已屬趕印樣張，詳開估單寄奉。鄙意最好用中國紙，稍留此書之身分，丁君云如用中國紙，可無須出錢另購。又，涵芬樓藏有汲古閣毛氏精抄《辛稼軒詞》甲、乙、丙三集，缺去丁集，現在通行者只有十二卷本。世人認此四本極為難得，弟久欲印入《四部叢刊》，因尚欠一集，遲遲未行。頃訪得蘇州書估收得丁集，亦係毛氏舊抄，弟已託人取來一看，正可與本館所藏之甲、乙、丙【竟是原配】配成完璧。但書祇有三十六頁，索價一百四十元，貴得離奇，弟擬還一百元，未知 尊意以為如何？乞 示覆。此不急，勿用電覆。又，石印事閒，弟擬選前此照存之書，有名可銷而冊數無多者，試印試銷，並乞 核示。

弟張元濟頓首 十一月十二日

十一月二十五日

編輯摘要

- 商務董事會開會過程
- 商務員工會擬正式成立同人會與相關問題
- 與作者溝通《馬相伯先生年譜》的印刷規格與版稅

點校文字

岫廬先生閣下：十五日得刪電，即於十八日召集董事會。拔翁已將辭意打消。我　兄九月十九日辨駁所謂同人會誣指各節詳函，亦經傳觀，並宣讀一過，眾意咸謂不值計較，已有公函奉覆，計荷　督及。翰翁又言，已見《半月瞭望》，謂若輩不知輕重，終非佳兆。弟當言服役於公司之人，與公司成一敵對之局，甚為不好。當告慶林，務必整飭綱紀，但不知能否實行耳。據慶林某日來告，同人會擬正式成立，徧發志願書。伊已約各科長等，告知不能入會，聞已有填寫志願書者，次日即收回云云。此等科長，竟貿●然填寫志願書，可謂溺職。究竟細情不知若何，人事科有無報告？星星之火，可以燎原，凡事之始，總不能躲懶怕事也。《馬相伯年譜》事，得　尊電後，已去信告作者：一、可以速出版；二、祇能照本館已出各種年譜版式（但鄙意不照小六開本）；三、允給版稅百分之十五。但尚未有回信。如不允版稅，再與磋商●售價數目。原稿尚須略加修改。前日又得十六日　來示，謹誦悉。賤體已痊，承注感謝。縮印《衲史》，今日已寄去樣張三份，分大小三種版式，又中華、開明比較樣張各兩紙，又已廢《晉書》樣張一紙，又清單一紙，由館逕寄，想已先到。將來《四史》於全部預約完成後，或可繼續單行，統祈核奪。估價單英桂允午前交來，俟到再封發【另紙附呈請看背面】，敬請

老伯母大人福安，並頌　潭祉

弟張元濟頓首　十一月廿五日

外寄小壻信一件，乞　附入渝館號信。

編注：依韻目代日，「刪電」即十五日。

十二月五日

編輯摘要

・談妥《馬相伯先生年譜》的出版

・購入毛氏汲古閣精抄《辛稼軒詞》丁集，與商務的涵芬樓藏版本配齊，並決定即日付印

點校文字

岫廬先生閣下：前月廿五日寄上一函，同時又另寄《衲史》縮印樣本，計均達覽。《馬相伯年譜》業與著作人商妥，給與版●稅，不出稿費，用本館以前出版各種年譜版式。弟略加繙●閱，需有稍加修改之處，又由館員加校，已交還本人修正，速即送來排印。一切已由滬處詳報，茲不贅陳。前次函中曾告知，弟於三十年前為公司收得舊抄《辛稼軒詞》甲、乙、丙三集【精抄本】，缺去丁集，久思印行，以無從配補，祇可作罷。近訪得蘇州書估收得丁集，前日取到，竟是原配，連裝訂均屬相同，已以一百二十元購入。此為吾國詞學大家之著作，四集本又為海內孤本，已與拔翁商定，即日付印，用《叢刊》版式，手工連史紙，藉救石印工荒。此外亦選得數書，均係小種可望有銷路之書，同付石印。拔翁當有函詳述，亦不贅陳。接重慶孫壻來信，言渝館兒童用書甚為缺乏，乞 屬該管員注意。專此，敬叩

老伯母大人福安，並頌 潭祉

弟張元濟頓首 十二月五日

此信無內封。

十二月十五日

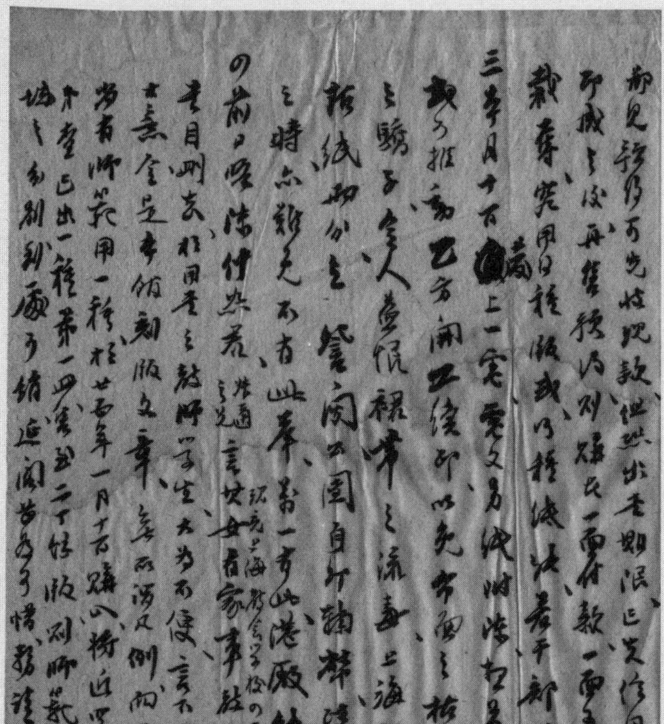

編輯摘要

- 影印出版汲古閣精抄《辛稼軒詞》的印量與定價
- 《百納本廿四史》的縮印、用紙、成本與銷售考量
- 商務出版的《家事》教科書相關問題

點校文字

岫廬仁兄閣下：本月十一日奉到前月三十日發，十四日又奉到本月六日發兩次 手書，均敬誦悉。近來外國郵船減少，郵程稽遞，即此可見。茲將各事奉達於後：

一、毛氏精抄《稼軒詞》，已以一百二十元購入，擬即付印。部數約在三、四百部，售價單尚未見。

二、縮印《衲史》，弟本意並不贊成。六日來示，言用華紙印，可稍維持原書之●身分，鄙見認為可以不必。前函贊成丁君華紙之議者，因可售去積存華紙，又可省去添買洋紙之費耳。今聞連史紙有數無多，且不患無用處。鄙見用洋紙售價，總可稍賤，且此等版式，總以洋裝為宜，故弟未敢即行決定。又，拔翁不主張全部縮印，只縮印《四史》，用九開本式，此卻

可以稍維持原書之身分。但成本甚昂，銷路亦恐無多，（留待將來，此事可做）且與全部縮印銷路有礙。但弟因此卻又有所觸引，目下儘管影印全史，而將《四史》留存中縫，備他日印九開本時，省去一番縮照工價。雖版式與後《廿史》不同，然購用此等縮印本者，於版式未必講究。姑陳所見，敬備　采擇。　來示又言預約或特價？鄙見預約可先收現款，但恐出書期限，已失信用，未必能為人所信任。或將第一批書印成之後，再售預約，則購者一面付款，一面可取一部分書，於心亦可少饜。一切統祈　裁奪。究用何種版式、何種紙張、若干部數，決定後，即●徑開印單付出版科。

三、本月十一日●發上一電，電文另紙附陳，想荷　詧及。明知攬印無策，不過借此或可推動乙方開工續印，以免市面之枯竭，不知　尊意以為如何？彼方真天之驕子，令人益恨裙帶之流毒，上海報紙，於此事紛紛議論，今剪呈報紙兩分，乞　詧閱。公團自印輔幣，政府決不能允准，然延至市面大不了之時，亦難免不有此舉。萬一有此，港廠能承辦否？此亦無聊中之一想法耳。

四、前日晤陳仲恕君，（叔通之兄）言其女有《家事》教科書兩種，【現充上海教會學校四處教授】由本館發行。言出版時將其凡例及參考書目刪去，於用書之教師學生，大為不便，言下甚為不滿。弟取閱已出之一種，●其編輯大意，全是本館刻版文章，無所謂凡例。向出版科查問情形，云須向港處查問。尚有師範用一種，於廿五年一月十一日購入，將近四年，教育部審定，即有耽閣〔擱〕，何以不向追問？弟查已出一種第一冊，售至二十餘版，則師範用本，當亦必有銷路。且此等書無地域之分別，到處可銷，延閣甚為可惜，務請查明催印為幸。

弟張元濟頓首　十二月十五日

一九四〇年

一月二十一日

三、所謂只人，曾又起糾紛，報紙日日宣傳，吾可不發一言，弟甚覺不平，適逢庭桂君來信，又爲着華僑浣誤，弟遂擇此間所不敢言、不留言者借題發揮，今寄上所稿一分，並來信（附朱君一信，[illegible]朱君於去年八月間發呈[illegible]出力，此文入目[illegible]我只）閣[illegible]。

四、兄仲很言運輸見銀難，弟記得一二十年前，成都貨物均由[illegible]城起挑，此時若須恢復此種古舊運法，我想比汽車運費或可廉幾之弱換。

五、又兄仲很言港方地位極爲擁擠，生意亦不壞，近日中華在封門開設門面，貌爲寬廣云云，弟思港方生意近兩三月一定要舒分，[illegible]地位求吉，太殺擁出之言頗，甚爲可惜，務遷回初，可望於學校蕭條之處設一支店，[illegible]龍以及館，[illegible]行，未出乎爲我出力，將該處好以備需擇。

六、又兄仲很言編所所同人本世の頁我 天已兄用洋紙，[illegible]の頁亦可留中續，甚爲欣慰。

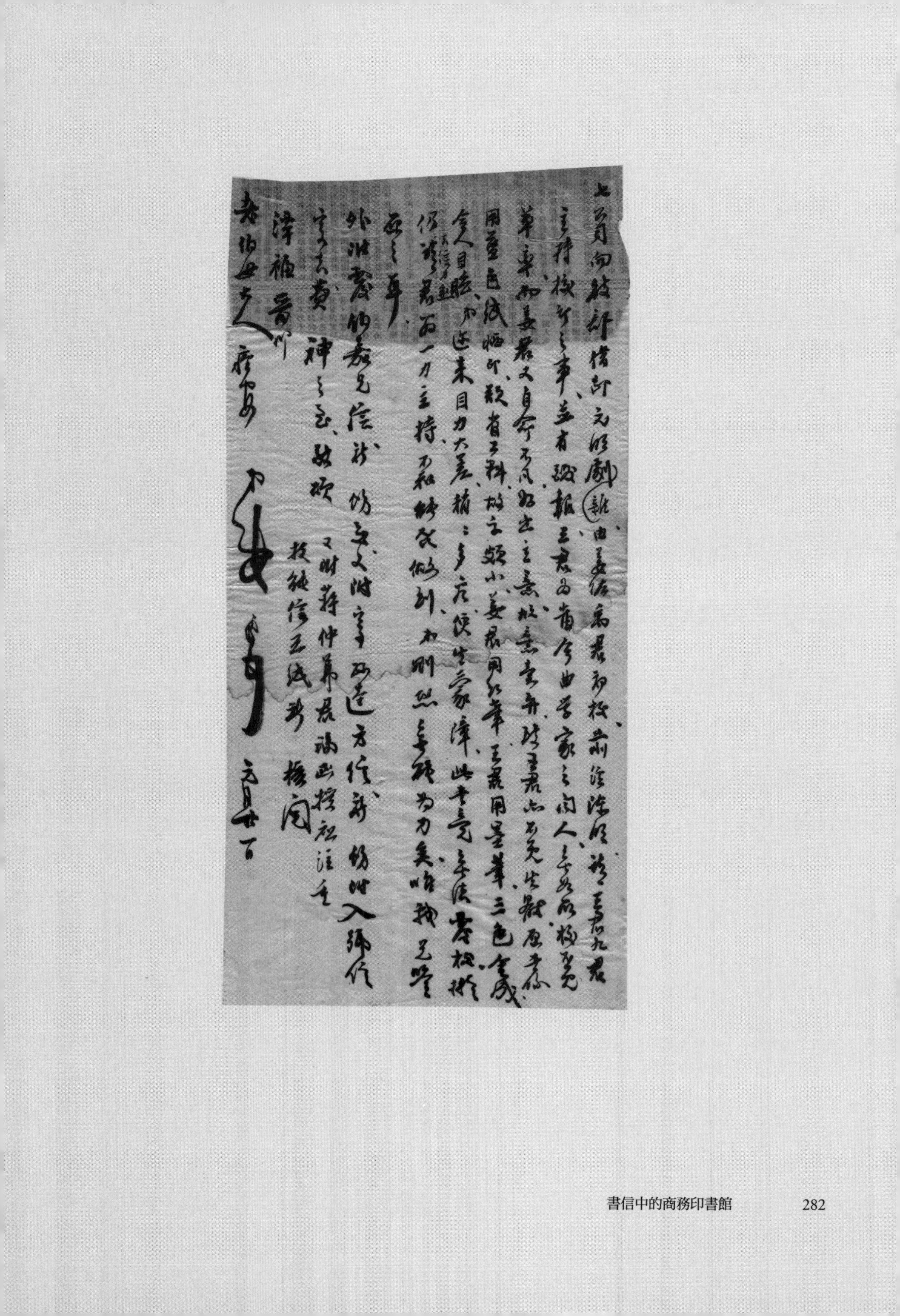

編輯摘要

- 香港舉行廣東文物展覽會，出借商務與自己舊藏書籍、字畫
- 公司與同人會發生糾紛
- 公司貨物運輸日漸困難
- 香港分館店面擁擠，建議開支館
- 《百納本廿四史》的縮印
- 《孤本元明雜劇》的校對

點校文字

岫廬先生閣下：疊上數函，計均達　覽。黃仲明君歸自香港，昨來寓，詢知　起居康適，甚慰。惟聞〔老〕伯母大人稍有清恙，近日已痊癒否？敬念無似。茲有數事，奉達如下：

一、蔣慰堂君來，云擬辦之事，已與我　兄談過。弟未能擔任，茲有覆蔣君信稿一紙，寄呈台閱，乞　閱過發還。

二、葉玉虎君寄來在港舉行廣東文物展覽會徵品簡章，並列　大名，本館祇有番禺《崔清獻公全錄》一書可以應徵，（明本亦罕見）已將首尾兩冊，託蔣慰堂帶　呈；弟又有家藏澹歸

和尚所書立軸一幅，為先八世祖壽辰撰詞致賀，極為珍貴。澹師為　貴省流寓，且有盛名，玉虎鄭重徵求，兼以我　兄贊助，故願出家珍陳列。亦託慰兄帶　呈，請　兄詧收，並　飭妥送。

三、所謂同人會又起糾紛，報紙日日宣傳，公司不發一言，弟甚覺不平。適張庭桂君來信，又為若輩說話，弟遂將此間所不敢言、不肯言者，借題發揮，今寄　呈印稿一分，並來信附朱君一信，朱君於去年八月間，【並非親自動手】發行所打人時，甚為出力，恐無人肯告我　公　呈閱。

四、聞仲明言，運輸日見艱難，弟記得一二十年前，成都貨物，均由萬縣起挑，此時恐須恢復此種古舊運法，我想比汽車運費，或可廉賤，乞　酌核。

五、又聞仲明言，港館地位極為擁擠，生意卻不壞。近日中華在對門開設，門面較為寬廣云云。弟思港館生意，近為公司一重要部分，營業旺而地位窄，必有被擠出之主顧，甚為可惜。喬遷不易，可否於學校叢集之處，設一支店，在九龍何如？雖有同行，未必專為我出力，姑陳所見，以備采擇。

六、又聞仲明言縮印《百衲本廿四史》，我　兄已允用洋紙，前《四史》亦　允留中縫，甚為欣慰。

七、公司向教部借印《元明雜劇》，由姜佐禹君初校，前經陳明。請王君九君主持校訂之事，並有酬報。王君為當今曲學家之聞人，無如所校不免草率，而姜君又自命不凡，好出主意，故意賣弄，致王君亦不免生厭。原書係用藍色紙曬印，欲省工料，故字頗小，姜君用紅筆，王君用墨筆，三色合成，令人目眩。弟邇來目力大差，稍稍多看，便生蒙障，此書竟無法覆校。擬仍請君翁一力主持【去信力邀】，不知能否做到，弟則恐無能為力矣，唯我 兄鑒原之耳。外附覆伯嘉兄信，祈 飭交。又附寄孫逵方信，祈 飭附入號信寄去，費神之至。敬頌

潭福，晉叩

老伯母大人痊安

弟張元濟頓首 元月廿一日

又附蔣仲茀君議函授應注重技能信五紙，祈 核閱。

二月十九日

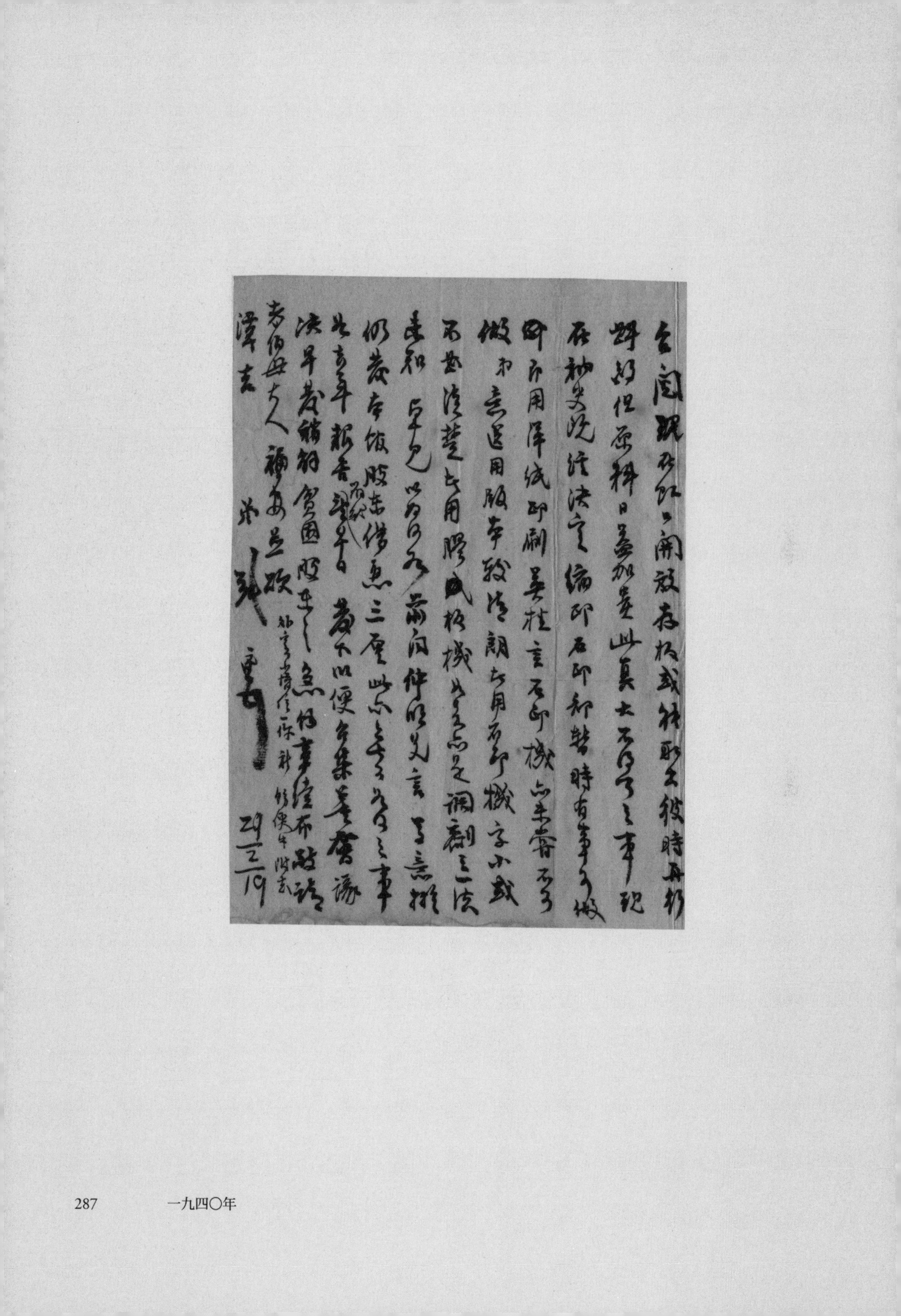

編輯摘要

- 《太平御覽》的售價與銷路評估
- 《百納本廿四史》的印刷方式考量

點校文字

岫廬先生閣下：疊奉一月十九日又三十一日兩次　手教，藉悉老伯母大人福體康復，我　兄每月絕食數次，體重減而精神倍增，欣慰無似。承　示與勞工代表折衝經過，並統籌各館臨時加薪辦法，又設法領●得外滙，並開設九龍●館【支店】，打通內地運輸，　苦心孤詣，尤深佩慰。《衲史》縮印方法已請拔翁轉告印廠及英桂君。《太平御覽》前月即屬英桂估價，遲遲始行交到。分估六開、九開兩種，即九開售價亦不能與市上木板書競爭，鄙見印成恐無銷路。已將估單送與拔翁閱看，請其逕寄　台閱。現在虹口開放，存板或能取出，彼時再行斟酌。但原料日益加貴，此真大不得了之事。現在《衲史》既經決定縮印，石印部暫時有事可做。即用洋紙印刷，英桂言石印機亦未嘗不可做，弟意選用版本較清朗者用石印機，字小或不甚清楚者用膠●板機，如是亦是調劑之一法，未知　卓見以為何如？前聞仲明兄言　尊意擬仍發本館股東借息三厘，此亦無可如何之事。如去年報告

辦就，望早日發下，以便召集董會議決早發，稍解貧困股東之急。餘事續布，敬請

老伯母大人福安，並頌

潭吉

弟張元濟頓首　29—2—19

外寄小壻信一件，祈　飭便中附去。

二月二十七日

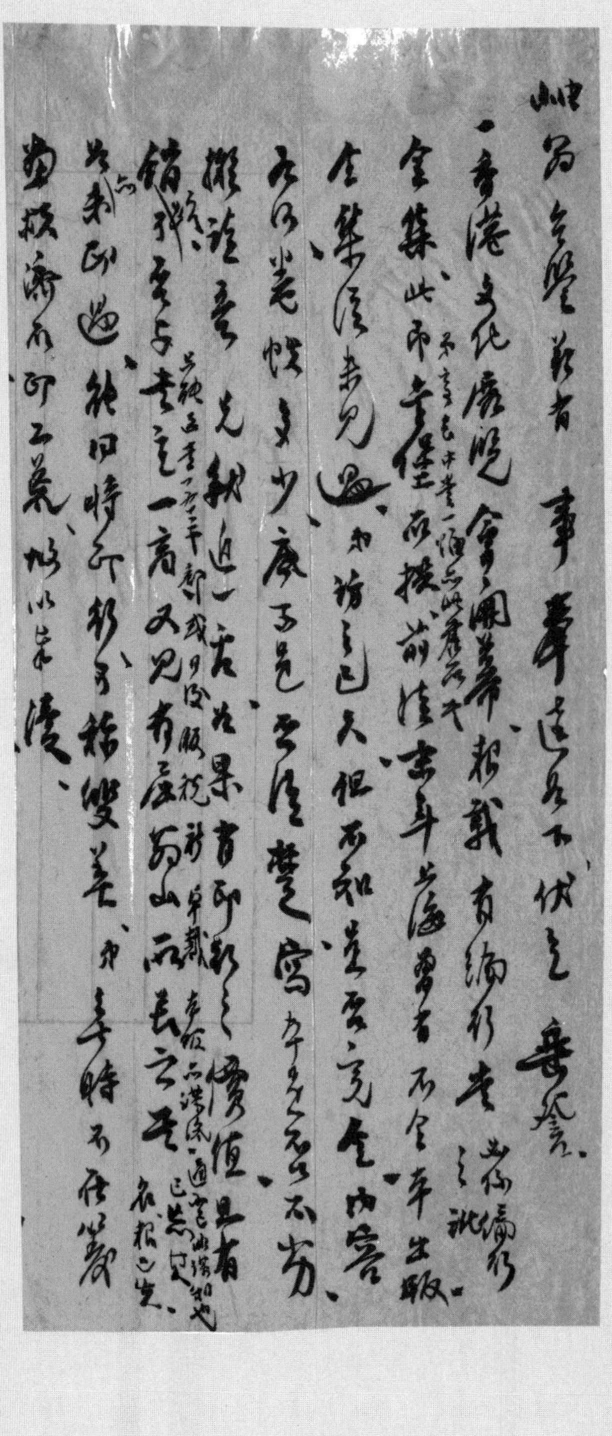

二、弟於楊君近況、兼及其新書數事、已函到總領事館、此由我
先不念舊惡、處於破格拔擢、另又時加提攜、且語人設法指示
匯款方法、楊君盡忠施力國際宣傳、鄭彥棻兄最好寫
與數行、加以獎勉、似於該報前途亦有裨益、乞酌裁。
三、舍內姪許寶騤（前嘗譯有開明書店、近仍十數書、由商務出版）在浙江大學化學系畢業、輯譯「桐油之化
學與工業」一書、得有大好評論、擬託公司出版、抽取版
稅、茲奉上全目及緒論、前言、可以郵閱、價值茲
觀、寄示處若可承印、即請將該書目緒論發還、
為盼。專此敬請
芳伯母大人福安、並頌閤潭安吉

29.3.27

編輯摘要

・請調查《徧行堂集》有無印行價值

・審查許寶駿著作是否值得出版

點校文字

岫翁台鑒：茲有　事奉達如下，伏乞　垂詧。

一、香港文化展覽會開幕，報載有《編行堂（必係「徧行」之訛）全集》，此即金堡所撰【弟寄去中堂一幅，亦此君所書】。前清末年上海曾有不全本出版，全集從未見過。弟訪之已久，但不知是否完全、內容如何、卷帙多少、底子是否清楚、寫本是否不劣？擬請吾　兄就近一看，如果有印行之價值，且有銷路，可否與書主一商？【只能送書若干部或日後版稅，祈　卓裁。本館亦謀流通而已，非謀利也】又見有屈翁山所著之書，（已忘其名，報已失。）如亦未印過，能同時印行，可稱雙善。弟無時不在籌劃救濟石印工荒，故以奉瀆。

二、奉館楊君，近能發奮自新，有數萬金匯到滬館，此由我　兄不念舊惡感格所致。拔翁亦時加撫慰，且託人設法指示匯款方法，楊君●亦能力圖晚〔挽〕羞。鄙意我　兄最好寄以數行，加以獎勉，似於該館前途，必有裨益，乞　酌裁。

三、舍內姪許寶駿在浙江大學化學系畢業【前曾譯有關於人造絲，約十萬言一書，由本館出版】，輯譯《桐油之化學與工業》一書，約有十餘萬言，擬託公司出版，抽取版稅。茲寄上全目及緒論，有無可以印行之價值，敬乞裁定示覆。如不願承印，即請將該全目、緒論發還為幸。專此，敬請

老伯母大人福安，並頌　闔潭安吉

弟張元濟頓首　29—2—27

編注：屈大均（一六三〇—一六九六），號翁山。雖不知張元濟所指何書，但一年後、即一九四〇年，商務印書館確實就印行了屈大均《翁山文鈔》，並收入《廣東叢書》。

三月六日

編輯摘要

・蔡元培後事相關建議

點校文字

茲將蔡隺翁善後管見，開列如下，祈　鑒督，並乞　代陳蔡夫人，更與治喪處諸君子商之。

運柩回紹興，此時斷做不到。即運回上海，亦無停厝之處；即可覓得尺寸之地，亦甚危險。華人所辦公墓，此時均不能通行，唯有工部局虹橋路公墓，可以任便出入，但非耶教不能購地入葬。鄙見祇有在港暫行浮厝，但地土卑濕，數年之後，不知能否遷出？

蔡夫人●●不知有無回滬之意？港地戚友無多，過於岑寂，且語言亦不方便。鄙見擬勸其回滬，此時覓屋頗難，但隺翁前在海格路之屋，此時尚用蔡氏名義，轉租與何德奎君，第二層樓，仍為蔡氏用堆什物。不收●回何氏所租之屋，恐不敷用；如需收回，必須速告何君，屬其覓屋，此事亦非旦夕可能辦到。

該屋月租已加至二百餘元，現亦售與他人。下月租約滿期，聞尚須加租，蔡夫人如嫌貴，需另覓屋者，則更宜從速設法。

張元濟　29—3—6

三月十一日

編輯摘要

- 蔡元培後事相關建議
- 商務借發股息
- 評估出版《太平御覽》的銷量、成本和庫存

點校文字

岫翁台鑒：本月五日得電告知蔡隺翁噩耗，次日即覆一函，計荷　詧及。中有託轉蔡夫人各事，未知曾否代達？見報知隺翁靈柩，昨日已移厝東華義莊，想係暫停而並非浮葬。運滬一節，此時祇可從緩。滬地殯儀館雖多，然房屋毗連，火患最為可虞，務請切告蔡夫人為幸。又，上海舊屋是否有回居之意？中多周折者，另紙開陳，亦祈　閱過轉致。如無忌世兄已來港，則請招來告之，　兄可不勞駕往面蔡夫人也。又有館事二則列下：

一、本公司借發股息，鄙見本屆仍以三厘為宜。亟宜早日開董事會，望將去年報告及議案從速發下為盼。

二、重印《太平御覽》，鄙見市價甚廉，本館定價難與競爭，前函曾經詳陳，未蒙　示覆。茲有管見：此書外間有木板●【清代亦尚有二、三刻，現時亦可見】，《叢刊》又已印過，

似係子部卷帙甚繁，需要不廣。不如《冊府元龜》較為有望，雖有明末清初之木板書，然甚少，買一抄本，非數百金不辦。本館前曾照存宋本，有五百餘卷，餘以明末板配足。此時不必遽印，但工人無事之時，可令先行製板，將來視可以出書之時，再行印刷，如此則既救工荒，而工資亦不虛糜。弟最慮者，印成之書不銷，既耗工料，尚須裝箱存棧，實太不合算耳。如何之處，祈　核奪見　示。

弟張元濟頓首　29—3—11

編注：一九四〇年三月五日蔡元培逝於香港。

三月十一日

請 村莛蔡先生 如晤 並祈 速予回音

蔡氏所租之屋現租與何德奎君（蔡氏向用第二層樓）前日小兒樹年往訪何德奎君，據何君云去年自十二月起加租十五元，理應由原租人及分租人分擔其半，但現在崔君已故，未便多讀(?)，即由何氏全數擔任。現在該廠房產已經易主，改由通和洋行經租，前訂租約於四月滿期，聞通和洋行有加租之說，蔡氏若仍願留用，此仍分租一層與何氏，或全行收回，或另行全宅按收，何氏均可遵命，但請早日通知。再蔡氏如願繼續租約，應從速與通和洋行接洽，加租一節是否可以承認，多少有無限數，何君與該洋行亦相識，可以代為介紹接洽，續祈 決之

弟 張元濟 頓首 三月十日

編輯摘要

・蔡元培在上海所租房屋的處理問題

點校文字

請　轉達蔡夫人各節，並祈　速示回音。

蔡氏所租之屋，現租與何德奎君，【蔡氏留用第二層樓】，前日小兒樹年往訪何德奎君，極為客氣，據云去年自十一月起加租十五元，理應由原租人及●分租人各認其半，但現在隺翁已故，未便多瀆，即由何氏全數擔任。

現在●該處房產，已經易主，改由通和洋行經租。前訂租約，於四月滿期，聞通和洋行有加租之說，蔡氏是否仍願留用？如仍分租一層與何氏，或全行收回，或另行全宅招頂，何氏均可遵命，但請早日通知。再，蔡氏如須繼續租約，應從速與通和洋行接洽。加租一節，是否可以承認？多少有無●●限數？何君與該洋行亦相識，可以代為介紹。統祈　決定辦法。

張元濟拜託　三月十一日

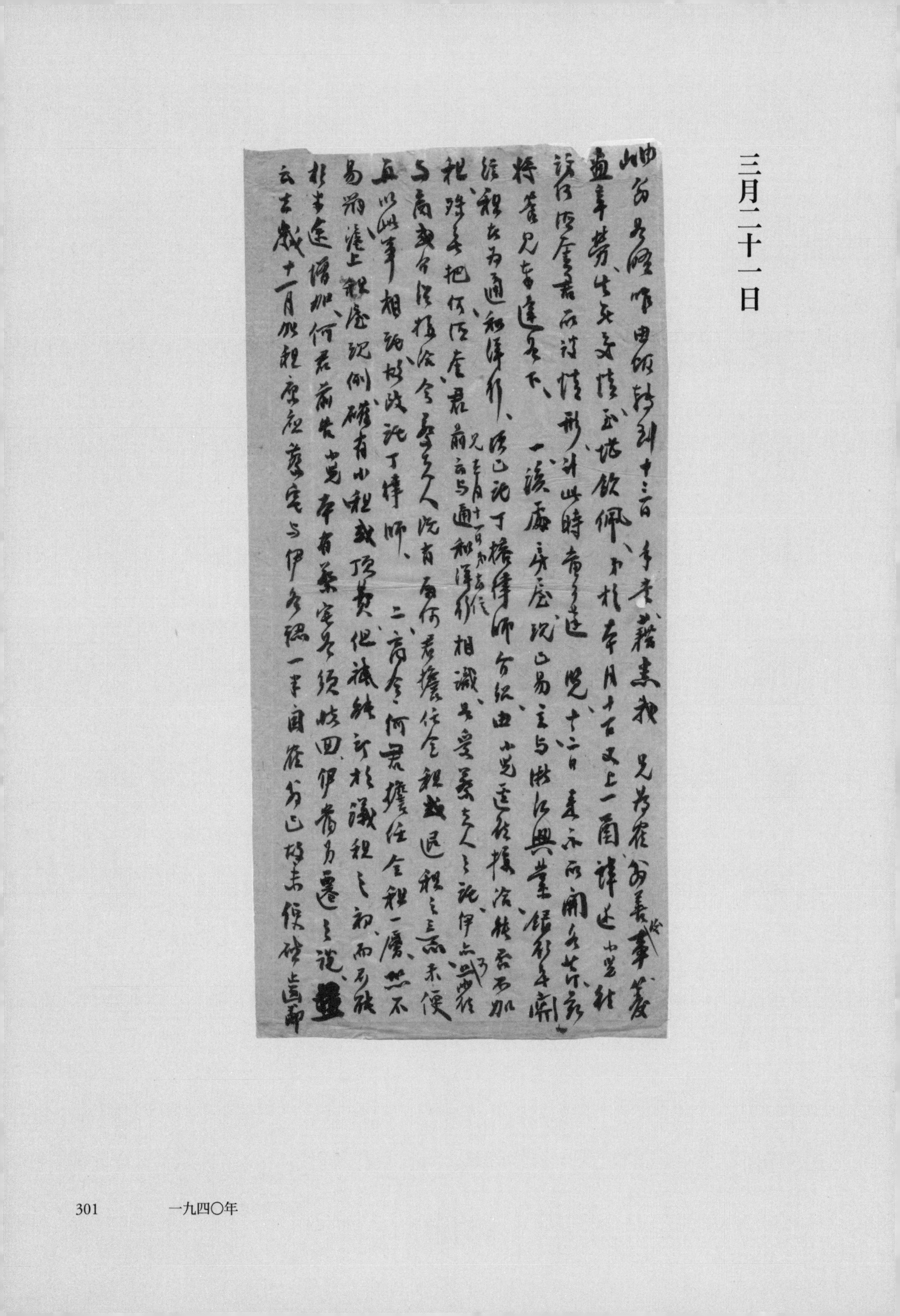

三月二十一日

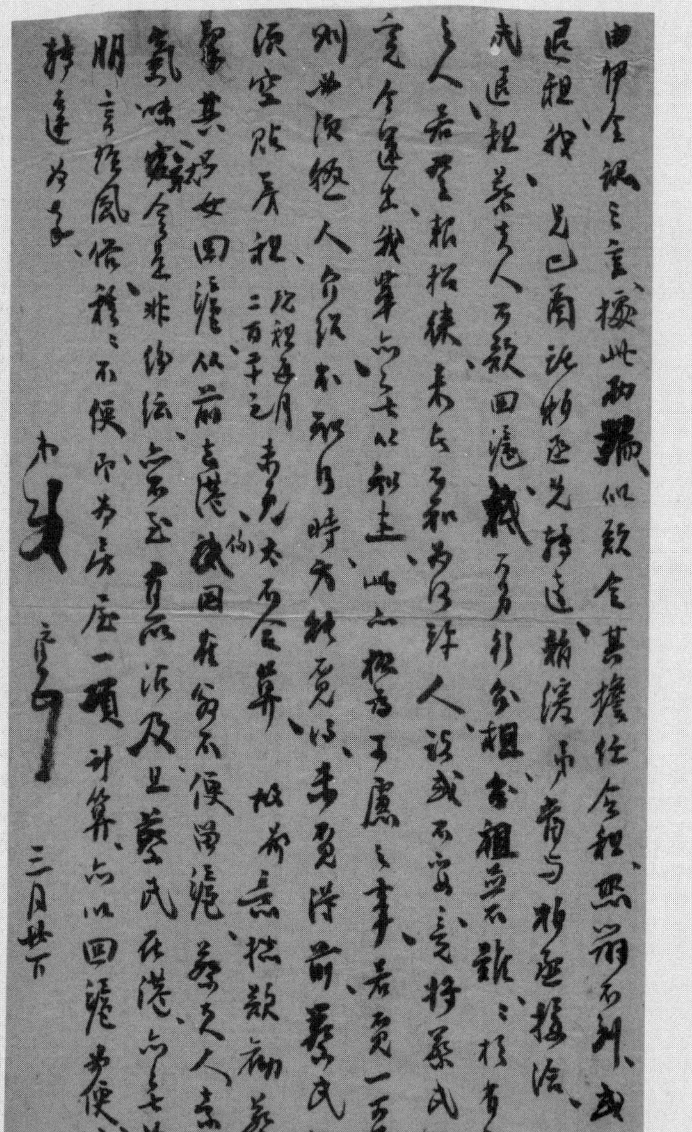

編輯摘要

- 蔡元培在上海所租房屋的處理問題
- 建議勸告蔡元培夫人攜子女回上海

點校文字

岫翁如晤：昨由館轉到十三日　手書，藉悉我　兄為隺翁善後事，籌畫辛勞，生死交情，至堪欽佩。弟於本月十一日又上一函，詳述小兒往訪何德奎君所談情形，計此時當可達　覽。十三日　來示所開各節，茲將管見奉達如下：一、該處房屋，現已易主，與浙江興業銀行無關，經租者為通和洋行。頃已託丁榕律師介紹，由小兒逕往接洽，能否不加租，殊無把握。何德奎君前云與通和洋行相識，【見本月十一日弟去信】如受蔡夫人之託，伊亦可前往與商或介紹接洽。今蔡夫人既有屬何君擔任全租或退租之意，未便再以此事相託，故改託丁律師。二、商令何君擔任全租一層，恐不易辦，滬上租屋現例，確有小租或頂費，但祇能訂於議租之初，而不能於半途增加。何君前告小兒，本有蔡宅如須收回，伊當另遷之說。並云去歲十一月加租，原應蔡宅與伊各認一半，因隺翁已故，未便啟齒，即由伊全認之言。據此兩端，似欲令其擔任全租，恐辦不到，或轉而為退租。我　兄已函託柏丞兄轉達，稍緩弟當與柏丞接洽。三、如何氏退租，蔡夫人不欲回滬，祇可另行分租。分租並不難，難於有可靠之人，若登報招徠，來者不知為何許人。設或不妥，竟將蔡氏所存什物完全運出，我輩亦無從知悉，此亦極為可慮之事。若覓一可靠之人，則必須熟人介紹，不知何時，方能覓得？未覓得前，蔡氏須每月空貼房租，（現租每月二百二十元）未免太不合算。故（鄙）意總欲勸蔡夫人挈其子女回滬。從前去港，●係因隺翁不便留滬，蔡夫人素無政治氣味，●就令是非紛紜，亦不至有所沾及。且蔡氏在港，亦無甚多親朋，言語風俗，種種不便，即為房屋一項計算，亦以回滬為便。統祈　轉達為幸。

（弟）張元濟頓首　三月廿一日

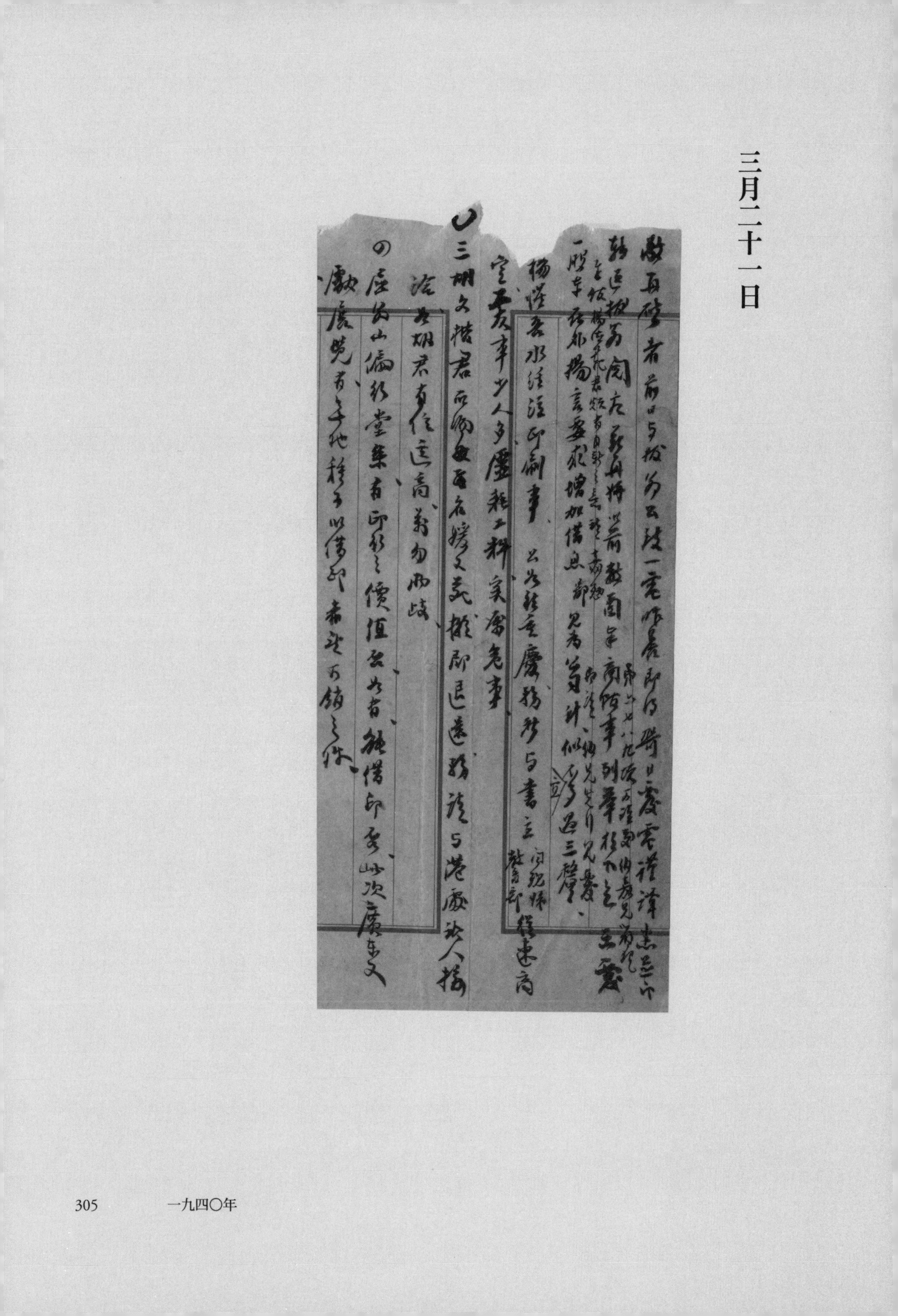

三月二十一日

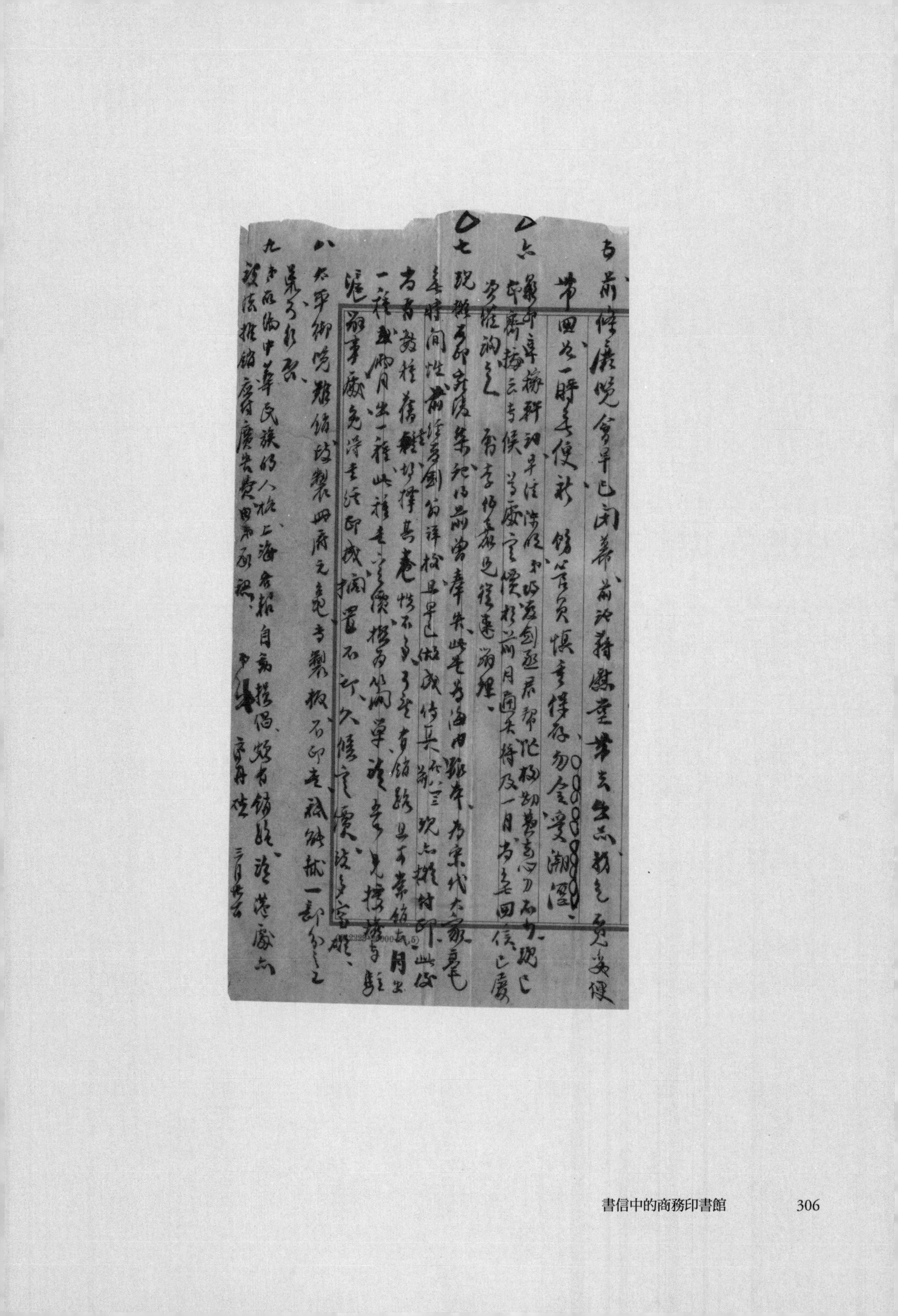

編輯摘要

・提出九點有關商務出版規畫（楊守敬《水經注疏》、《名媛文苑》、《徧行堂集》等書），以及有關廣東文獻展覽會借出展品的歸還

點校文字

敬再啟者：前日與拔翁致一電，昨晨即得哿日覆電，謹譯悉，並即轉送拔翁閱究，茲再將以前數函奉商館事列舉於下，乞　示覆。【第六、七、八、九項，可請交伯嘉兄辦理。】【奉館楊德範君頗有自新之意，請嘉勉。】

一、股東在外揚言，要求增加借息，鄙見為公司計，似不宜多過三釐。【即請伯兄先行見覆】

二、楊惺吾《水經注》印刷事，　公如往重慶，務祈與書主（聞現歸教育部）從速商定。工友事少人多，廢耗工料，實屬危事。

○三、胡文楷君所編●●《名媛文苑》，擬即退還，務請與港處諸人接洽。如胡君有信逕商，萬勿兩歧。

四、屈翁山《徧行堂集》，有印行之價值否？如有，能借印否？此次廣東文獻展覽，有無他種可以借印、希望可銷之件？

五、前條展覽會早已閉幕，前託蔣慰堂帶去出品，務乞覓妥便帶回。如一時無便，祈　飭管員慎重保存，勿令受潮濕。

△六、影印《辛稼軒詞》，早經陳明，弟約夏劍丞君幫忙校勘，費去心力不少。現已印齊，據云專候　尊處定價，於前月通告，將及一月，尚無回信，已屢次催詢，乞　屬李伯嘉兄從速辦理。

△七、現擬石印《宛陵集》，記得前曾奉告，此書為海內孤本，為宋代大家，毫無時間性。前經夏劍翁詳校，且早已做成傳真，在八一三前 現亦擬付印。此後尚有數種舊●書，均擇其卷帙不多，可望有銷路且可常銷者，月出一種或兩月出一種。此種書定價，極為簡單，請吾　兄授權與駐滬辦事處，免得書經即成，擱置不印，久候定價，致多窒礙。

八、《太平御覽》難銷，改製《冊府元龜》。專製板、不印書，祇能救一部分之工荒，可行否？

九、弟所編《中華民族的人格》，上海各報自動提倡，頗有銷路，請港處亦設法推銷。應付廣告費，由弟承認。

弟張元濟再啟　三月廿一日

編注：依韻目代日，「箇日覆電」即二十日。

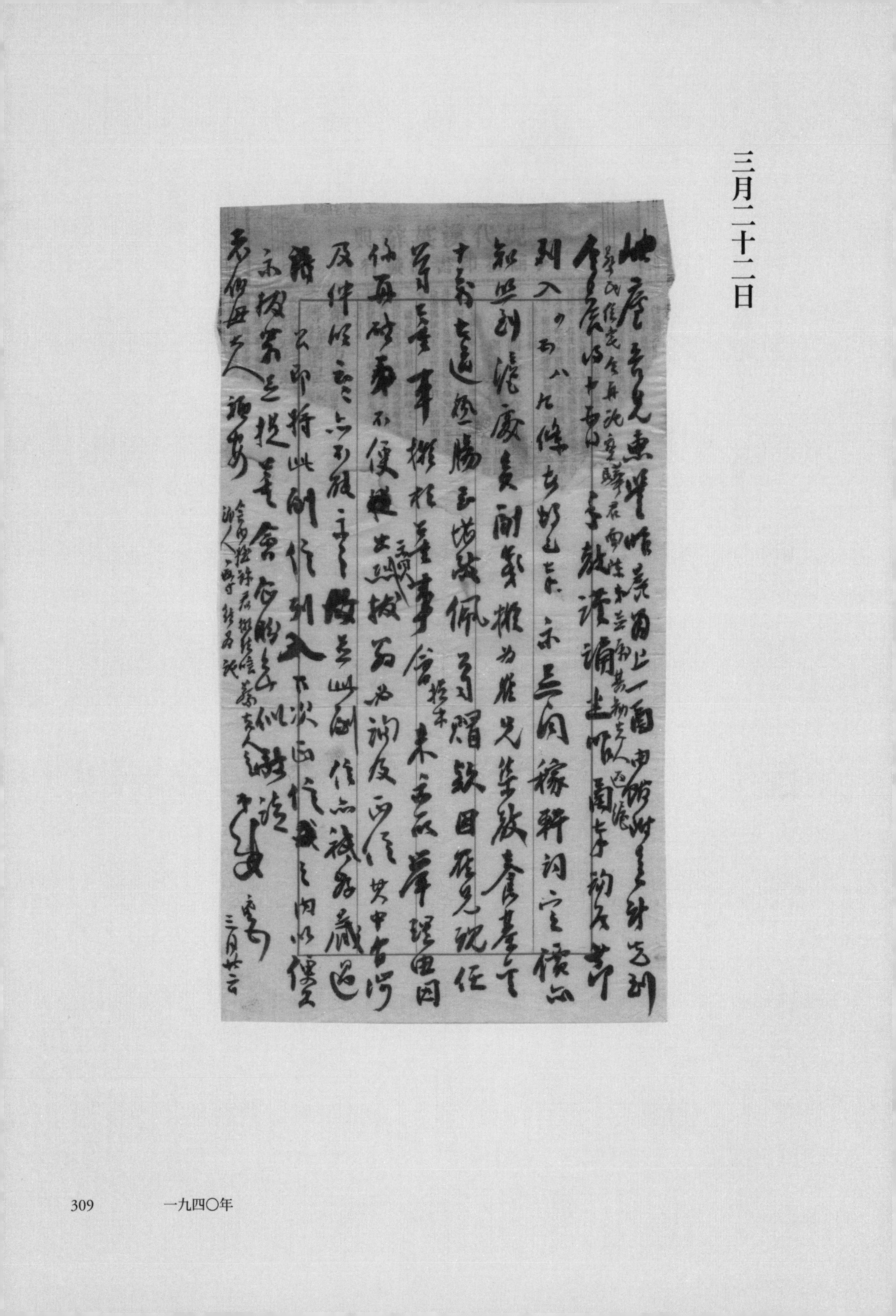

三月二十二日

編輯摘要

- 蔡元培在上海所租房屋的處理問題
- 與王雲五商議如何為蔡元培子女成立教養基金

點校文字

岫廬吾兄惠鑒：昨晨曾上一函，由館附呈，計先到。今晨得十五日　手教，敬謹誦悉。【蔡氏住宅今再託寶驊君面陳，弟並屬其勸夫人返滬】昨函奉詢各節，列入四、五、八、九條者均已奉　示，並聞《稼軒詞》定價亦知照到滬處矣。副箋擬為隺兄集教養基金十萬，古道熱腸，至堪敬佩。公司贈款，因隺兄現任公司董事，擬於董事會提出。　來示所舉理由，因係再啟，弟不便出示同人，恐拔翁必詢及正信，其中有涉及仲明云云，亦不能示之。故並此副信亦祇為藏過，請　公即將此副信列入下次正信●之內，以便出示拔翁，並提董會。企盼無似，敬請

老伯母大人福安

弟張元濟頓首　三月廿二日

舍內侄許君擬往唁蔡夫人，乞派人導往為託。

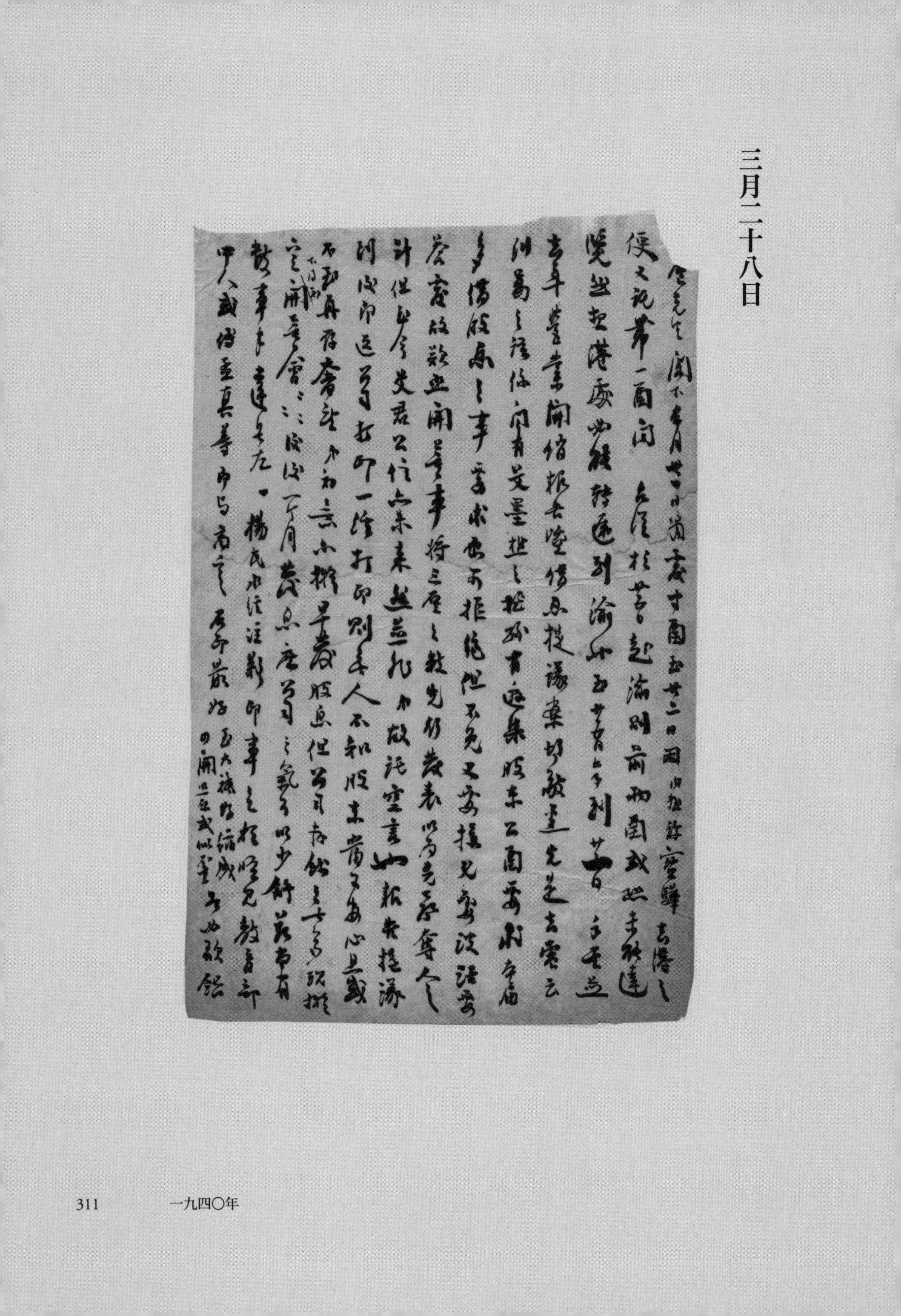

三月二十八日

印亦吾兄：二、陳仲恕女公子所編家事技科書一部，早出再版之次為
有一部，許陳君託為催問，據[illegible]移由敝部審查就閱，本館購入亦佇
數年，現本擬置非小學女子認識上海據性教育[illegible]家
事講席，前年學生再版後，請書館之便中一併提前並求稽核
商酌。三、弟所撥「中華民族的英雄」，際此人格淪喪之時，我為少年之
模範，近來上海各報頗加鼓吹，為中學生讀物，出版界中
人如何也。陽明嗜誦，似於青年不無裨益，[illegible]
用特由弟承認之。倘能彙集，曾否查明，可否發行，並請
此次廣東文化展覽會中類似之書[illegible]，弟見竊以為是時閱性而又
為普通人所不能之書[illegible]，殊覺流之如，而於本年御覽承示。
而言詩無府先生儀製，頗不可量，弟行否。六、[illegible]軒詞意[illegible]
弟素閱[illegible]草兄濡毫[illegible]
之，與[illegible]通七，在滬獻[illegible]之，好為妙訓。
再，[illegible]夫人曾商程度事，已達與一函，託仲嘉先生轉送，並託[illegible]
覽。茲不另陳。弟近來特患胸膈，間日有數次，已積兩月，近日稍
減，亦[illegible]
台安。弟[illegible]頓首
黃任之、[illegible]、君勱、王[illegible]、鄒韜奮[illegible]頓首
三月廿八日

編輯摘要

- 有關商務股東會要求多借股息等事
- 提出六點有關商務出版，如楊守敬《水經注疏》、《家事》教科書等書的建議
- 有關蔡元培的喪事及其夫人相關事情

點校文字

〔岫廬〕先生閣下：本月廿一日肅覆寸函，至廿二日因內姪許寶驊去港之便，又託帶一函。聞台從於廿五日赴渝，則前兩函或恐未能達覽，然想港處必能轉遞到渝也。至廿五日奉到廿一日　手書，並去年營業開銷報告暨借息提議案，均敬悉。先是去電云糾葛之語，係聞有艾墨樵之侄孫，有邀集股東公函，要求本屆多借股息之事。要求原可拒絕，但不免又要接見、要談話、要答覆，故欲亟開董事，將三厘之數，先行發表，以為先聲奪人之計。但至今艾君公信亦未來，然並非弟故託空言也。報告、提議到後，即送公司打印，一經打印則無人不知，股東當可安心，且或不至再存奢望。弟初意亦擬早發股息，但公司存錢無多，現擬定下月初開董會，董會會後一個月發息，庶公司之氣，可以少舒。茲尚有數事，奉達如左：一、楊氏《水經注》影印事，乞於晤見教育部中人或傅孟真等，即與商定。石印最好，至大，祇好縮成四開，照原式似不宜如必欲鉛印，亦無不可。二、陳仲恕女公子所編《家事》教科書一部早出，再版多次。尚有一部經

陳君託弟催問，據覆稱由教部審查躭閣〔耽擱〕，本館購入已經數年，成本擱置非小。陳女士現在上海擔任教會四大學校合設之家事講席，前書屢經再版，續編當有銷路，乞便中一催教部，並求體恤商艱。三、弟所撰《中華民族的人格》，際此人格墮落之時，或可為少年之藥石，近來上海各報頗加鼓吹，有中丞公學已選為學生讀物。 公晤學界中人必多，乞 賜以噓拂，似於德育上不無裨育〔益〕。登本館雜誌所有費用，應由弟承認。四、《徧行堂集》曾否查明？可否印行？書之能否借印？此次廣東文化展覽會中，類似之書有否？鄙見竊以為無時間性而又為普通人可看之書，於此時較宜，故貢此壞流之見也。五、《太平御覽》承示作罷，前函所言，將《冊府元龜》僅製版不印書，可行否？六、《稼軒詞》定價知照已到，弟索閱發書單，見滬館無有，云奉 尊處知照。此等書不涉政治，乞與變通。七、《崔清獻錄》、澹歸字均已收到。

再，蔡夫人屬商租屋事，已逕與一函，託伯嘉兄轉送，並託錄副呈 覽，恕不另陳。弟邇來時患胸膈脹悶，日有數次，已積兩旬，近日稍減，亦衰老之徵也。手布，敬頌

台安

弟張元濟頓首　三月廿八日

黃任之、張君勱、王亮疇、鄒韜奮諸君，乞為我致候。

再， 尊意擬厚賻蔡崔翁一事，廿二日去函，請來正式信，擬提出董會；如 尊函未來，弟在董會暫勿提。又及。

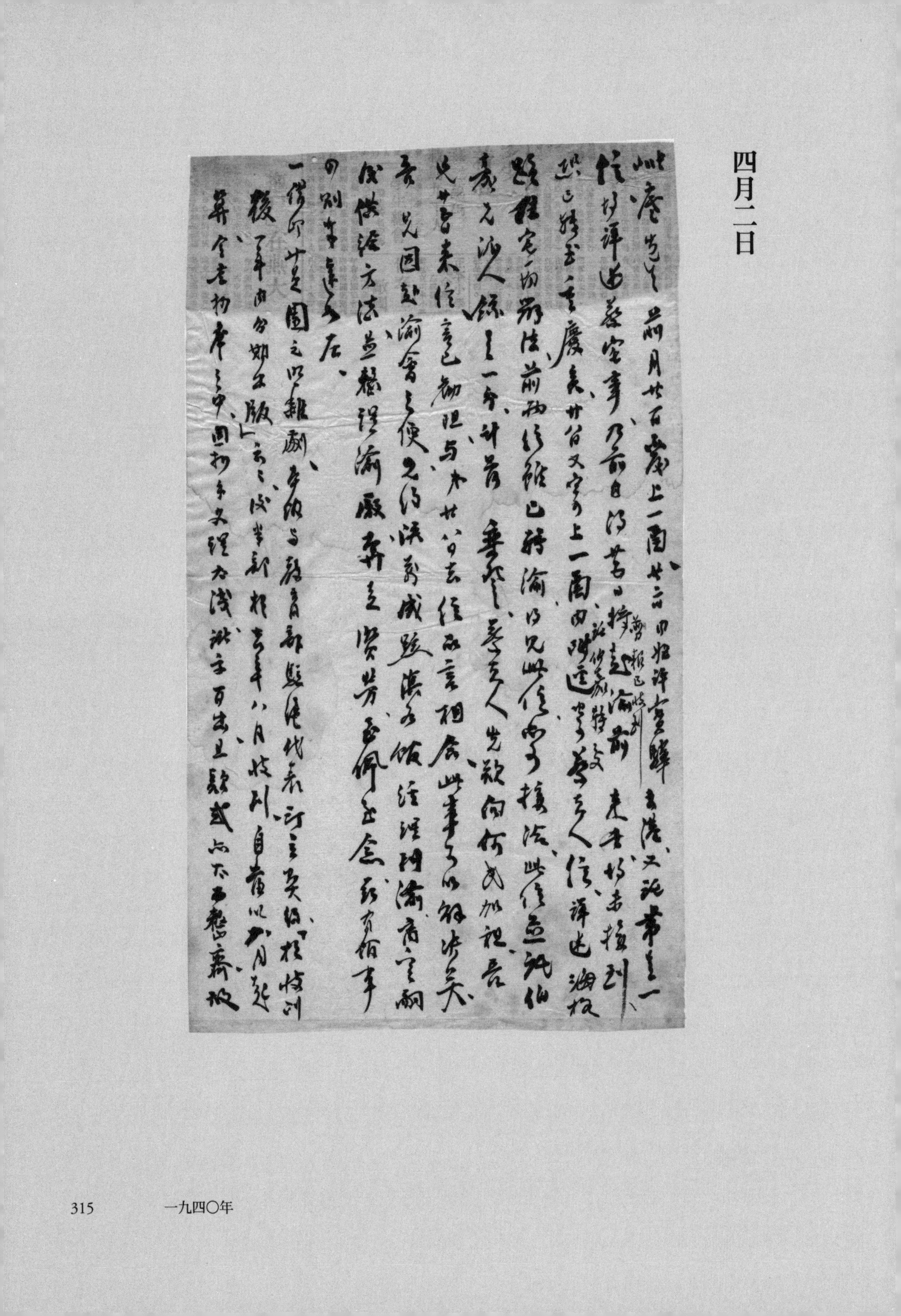

四月二日

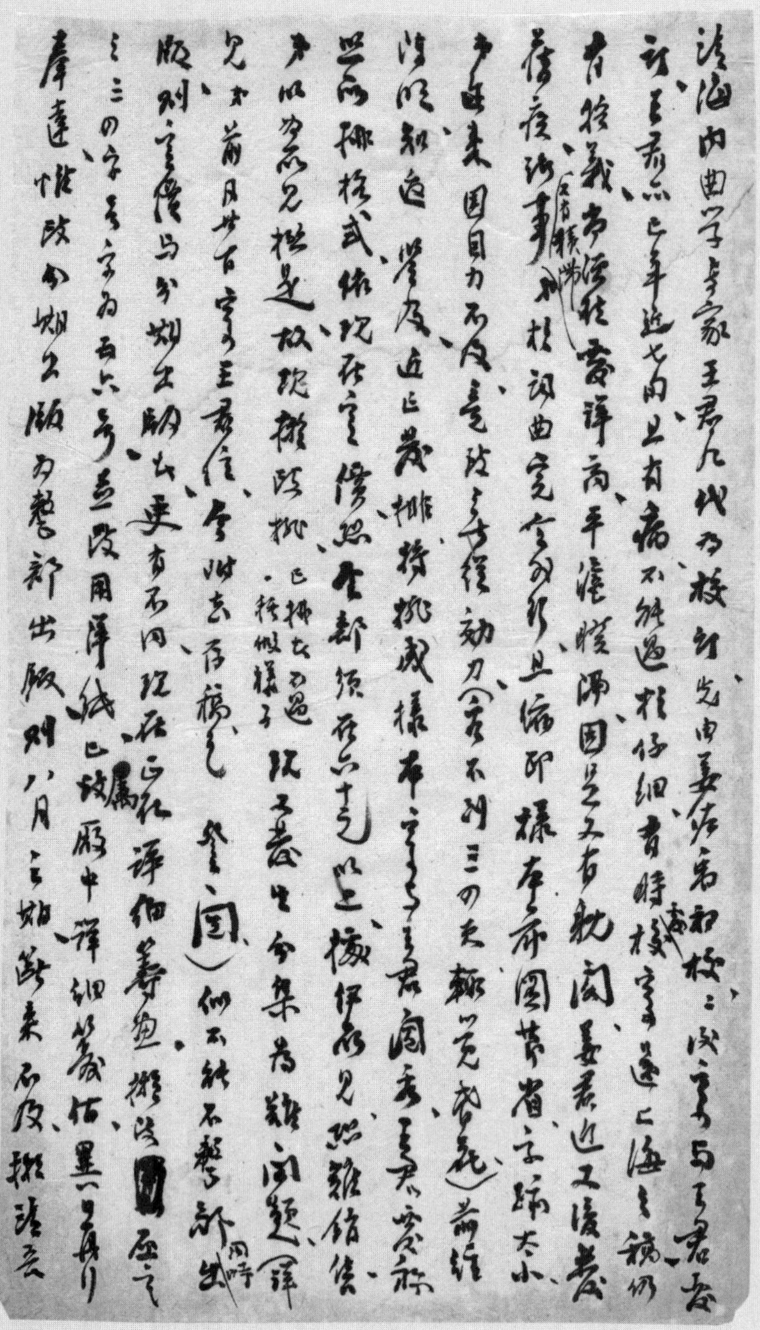

兄來在渝之便，與鼓鄭、汪經、虞如及本年之庚本館印售出版事
並本校西成本年之如華勢所限，此意鼓鄭前亦曾言，虞如之事
在雙方備具正式公函，務請汪處原訂要約，另續辦之。

二、楊某負責承修經費，先在渝與鄭中及前閣之人士修查其事，
前之發印對之法最好全數由公家擔任，其[illegible]以已本所不擔任若
干成。兄必有善策，並不贅陳。前閣亦已處理矣。

三、先在渝擬多接洽代印工作，所得尤多。

四、殘字庫存及集，能否今年為本國內所之本，印與人合別詳校。
四百元擬以付印，此外四一存名查檢，查可以存即收，晚時好再言。
工氣一可慮者也。

餘事容後再陳。
今日來渝，所有人此間候
見倘蒙任之張君勱、傅孟真、王亮疇、鄭毅生諸兄，請代問訊。

弟 [illegible]
四月五日

編輯摘要

- 蔡元培在上海所租房屋的處理問題
- 《孤本元明雜劇》的契約、校對、出版成本等問題
- 影印出版楊守敬《水經注疏》、宋本《宛陵集》的建議
- 請王雲五在重慶能多找代印工作

點校文字

岫廬先生：前月廿一日覆上一函，廿二日內姪許寶驊去港，又託帶呈一信，均詳述蔡宅事，乃前自得廿五日將赴渝前　來書，【剪報已收到】均未接到，恐已轉至重慶矣。廿八日又寄上一函，內附逕寄蔡夫人信，【託伯嘉轉交】詳述海格路住宅一切辦法，前兩信雖已轉渝，得見此信，亦可接洽。此信並託伯嘉兄派人錄呈一分，計荷　垂詧。蔡夫人先欲向何氏加租，吾兄廿五日來信，言已勸阻，與弟廿八日去信所言相合，此事可以解決矣。吾　兄因赴渝會之便，先約陝、萬、成、黔、滇各館經理到渝，商定嗣後供給方法，並整理渝廠，奔走賢勞，至佩至念。茲有館事四則，奉達如左：

一、借印《也是園元明雜劇》，本館與教育部駐滬代表訂立契約：「於收到後一年內分期出

版」云云，後半部於去年八月收到，自當以八月起算。全書抄奉之中，因抄手文理太淺，訛字百出，且款式亦太不整齊，故請海內曲學專家王君九代為校訂。先由姜佐禹初校，校後寄與王君覆訂，王君亦已年近七旬，且有病，不能過於仔細。有時覆校寄還上海之稿，仍有疑義，尚須往覆詳商，平、滬睽隔，因是又有耽閣〔擱〕。姜君近又復發舊疾，諸事又有積滯。弟於詞曲完全外行，且縮印樣本，希圖節省，字跡太小，弟邇來因目力不及，竟致無從効力，（看不到三、四天，輒覺昏花。）前經陳明，知邀鑒及。近正發排，特排成樣本寄與王君閱看，王君覆稱照所排格式，依現在定價，恐全部須在六十元以上。據伊所見，恐難銷售，弟以為所見極是，故現擬改排。已排者不過一種，做樣子 現又發生分集為難問題，（詳見弟前月廿一日寄王君信，今附去存稿，乞　督閱。）似不能不整部同時出版，則定價與分期出版者，更有不同。現在正在詳細籌劃，擬改●●原定之三四字號字為五六號，並改用洋紙，已致屬廠中詳細籌估，異日再行奉達。惟改分期出版為整部出版，則八月之期，斷來不及，擬請吾　兄乘在渝之便，與教部說明，展期至本年年底。本館印售，亦甚願早日出書，收回成本，無如為事勢所限，此意教部當亦明了。展期之事，應雙方備具正式公函，務祈　注意。原訂契約，另紙錄呈。

二、楊惺吾注《水經注》，甚望吾　兄在渝，與部中及有關之人如傅孟真輩，商定如何印行之法。最好全數由公家擔任，必●不得已，本館可擔任若干。我　兄必有善策，茲不贅陳，前函亦已屢陳矣。

三、尤望吾　兄在渝，能多拉些代印工作，石印尤要。

四、殘宋本《宛陵集》雖不全，然為本國內所無之本，弟與同人分別詳校，全書約四百頁，擬即付印。此外照存各書，檢查可以石印者，現時均不宜印，工荒可慮，奈何、奈何！餘事續布，即頌

台安　，渝館同人均此問候。

弟張元濟頓首　29—4—2

如晤黃任之、張君勱、傅孟真、王亮疇、鄒韜奮諸君，祈代問訊。

四月十八日

編輯摘要

・報告商務股東借息一事，並擔憂商務的財政狀況

點校文字

岫廬先生青鑒：本月十三日聞　台從返港，即曾上一函。前日沈百英君去港，又託帶致《編行堂集》一部、林琴南《淺深遞進國文讀本》一部，又蔣仲茀君所擬〈補習國文意見書〉等，一切詳致伯嘉兄信中，計先後可以達　覽。昨日持篠電，為股東聯益社電請加發股息事，謹已譯悉。董會係十七日召集，得電時尚在上午，細繹來電「暫勿發表」之語，似有通融之意。弟以為公司財政窘迫至此，斷難遷就，拔翁意亦甚堅決。午後復接該社來信，今以附●陳。●●開會時弟將該社來信提出，翰卿主改為五厘，拔翁答覆「如此則公司現有之存款，一掃而空」，鮑君亦稱難於籌措，丁斐章主張斷然停止，寄廎、鳳石折衷其間，主從我　兄原議仍借三釐，遂以多數決定。今日亦已答覆王完白、董景安二君【覆信錄稿呈閱】。該社來信具名者昨日開會時，寄、鳳二君以公司開銷如此鉅大，戰局復將延長，循此以往，公司必不能支持，僉稱亟宜設法自救。弟向來意見主張節約，冀可維持生命，拖過難關。現在歐戰擴大，拖字訣恐不能行。拔、慶二君於財政方面，甚為焦急，彼此睽隔，〔又〕不能當面晤商，因此昨

夕竟不能成睡，神疲目瞀，不能再述。順頌　潭福，晉叩

老伯母大人福安

弟張元濟頓首　29—4—18

昨日董事會議事錄，當由滬處詳陳，不贅述。排印《元明雜劇》樣張，請即核定發下。又，展期出版事，請速與部中商定。濟又託。

編注：依韻目代日，「篠電」即十七日。

六月七日

編輯摘要

・聽聞商務某職員存款忽然增加，可能有舞弊情形，請王雲五祕密調查

點校文字

再密啟者：慶林昨日談及，楊君守〔仁〕向來景況甚窘，近來存款忽焉加增，旋聞人言，進貨有舞弊情事，且通同者不止一人。渠又言曾得　兄信，謂某貨（渠曾指出，弟已忘記）原係六元，忽長〔漲〕至十三元，其時　兄正在渝，或即由此發生云云。拔翁亦有所聞，今晨見告。人心難測，況當生計極艱之時，誠不敢謂其必無。既有所聞，理合上達，務祈　密查，冀得水落石出，無任祈禱之至。

岫廬先生再鑒

弟張元濟頓首　29—6—7

六月十四日

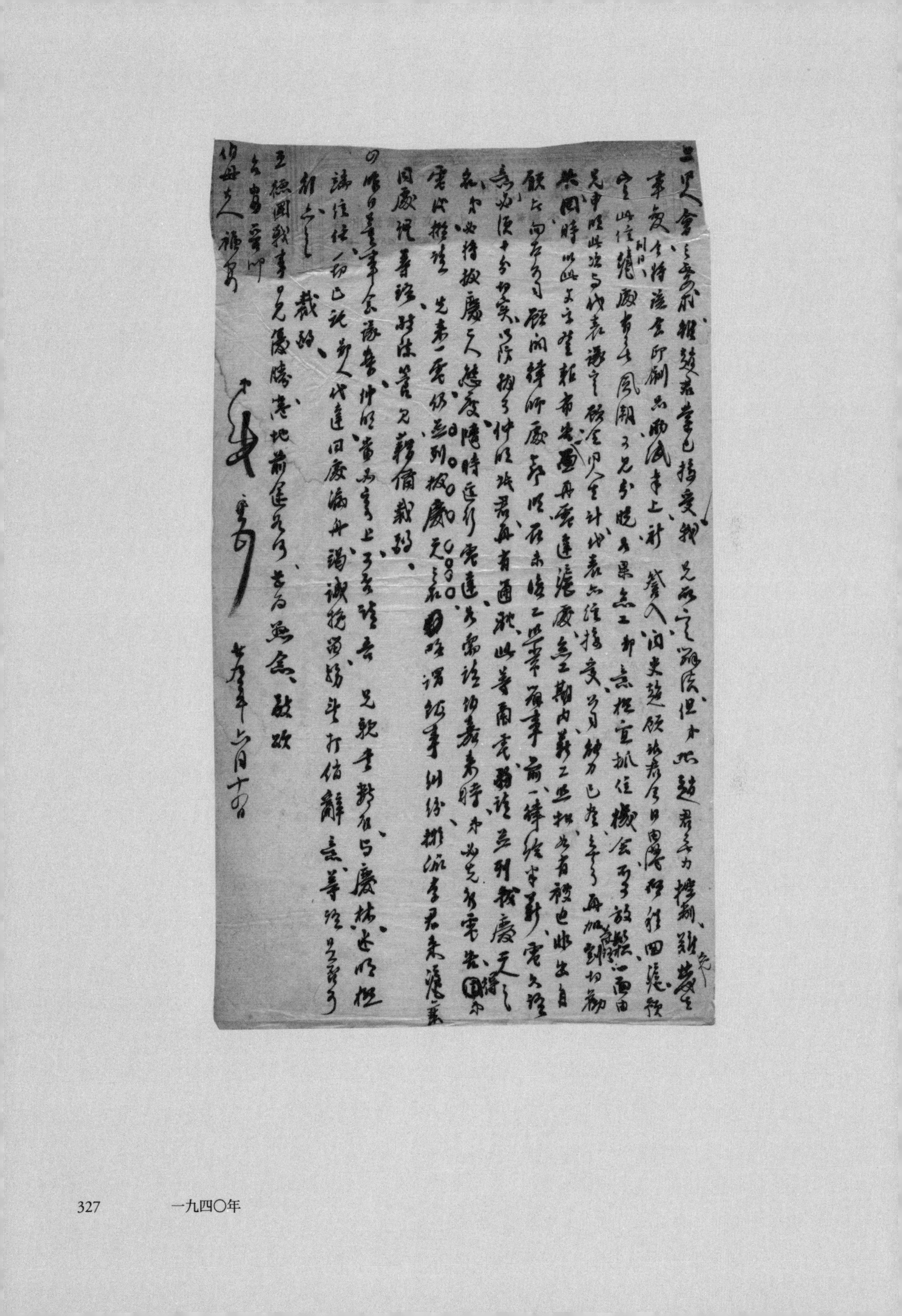

[illegible]

編輯摘要

- 商務股東借息一事
- 鮑慶林的辭職與慰留
- 對同人會要求將引起糾紛的擔憂

點校文字

岫翁如晤：返滬後於本月七日肅上一函，在寓逕發。至十日又寄上《寶禮堂宋本書錄》四本，計當先後到達。茲有近事奉達如下：

一、本月十二至翰卿寓中晤談，先略述港館廠營業，及我　兄對於館事之辛勤，並處置之大要，略述一番。最後告以本年股東借息，伊提出五厘之說，我　兄頗為贊成，惟董會業經決議，且經宣布，無可更動，只要國內外無大變動，明歲擬●如其所望，提出議案。渠聞言似頗感動，此意未告知拔翁。

二、慶林辭職信，弟屬仲明返還，並親致兩函挽留。據仲明來言，該信往返數次，最後慶林聲言，公司如必將該信退回，伊祇可將信登報。弟思不如先開董事會，【伊信本致董會】將此事本末報告。昨日午後開會，慶林亦到，弟將其所以辭職緣由，暨吾　兄所言之進貨、人事兩項範圍，並屬代表竭誠挽留之意，申述一偏，慶林亦自行聲辯。在座諸君，一致勸其打銷辭意，有責其不應者，亦有加以撫慰者。弟復言吾　兄諄屬，申明極端信任，並云斷不能允其辭去。而慶林始終堅持，謂去志已決，斷難更變。董會今日仍擬去信慰留，並將伊原信繳去。但弟默察其詞意，似無可轉圜，且看如何變化，再行奉達。鄙意暫時祇可懸宕，好在人事方面，小事可由久芸辦理，大事由吾　兄主持。至於買紙之事，吾　兄儘管不認其辭職，仍舊託伊辦理，但在此時期之內，所有因公事之函電，仍請並列拔、慶二人之名。如進貨之事，慶林置之不理，拔翁必能奉達，彼時祇可請吾　兄在港辦理。

三、同人會之要求，雖趙君業已接受我　兄所定之辦法，但弟恐趙君無力控制，難免發生事變，今將該會印刷品兩紙奉上，祈　詧入。聞史、趙、顧諸君今日由港啟程回滬，預定此信到日，滬處有無風潮，可見分曉。如果怠工，鄙意極宜抓住機會，不可放鬆。一面由　兄申明此次與代表議定，顧全同人生計，代表亦經接受，公司能力已盡，無可再加等語，剴切勸告，同時以此文字登報布告；一面再電達滬處，怠工期內，薪工照扣，如有被迫非出自願者，向本公司顧問律師處聲明，在未復工照常辦事前，一律給半薪。電文語意，必須十分切實，以防拔可、仲明諸君，再有通融。此等函電，務請並列拔、慶二人之名，弟必將拔、慶二人態度，隨時逕行電達。如需請伯嘉來時，弟必先行電告，●得弟電後，擬請　先來一電，仍並列拔、慶二人之名，●略謂館事糾紛，擬派李君來滬，襄同處理等語。敬陳管見，藉備裁酌。

四、昨日董事會議案，仲明當必寄上。可否請吾　兄親書數行，與慶林，述明極端信任，一切已託鄙人代達，同處漏舟，竭誠挽留，務望打銷辭意等語？是否可行，亦乞　裁酌。

五、德國戰事日見優勝，港地前途如何，甚為懸念。敬頌

台安，晉叩

伯母大人福安

弟張元濟頓首　廿九年六月十四日

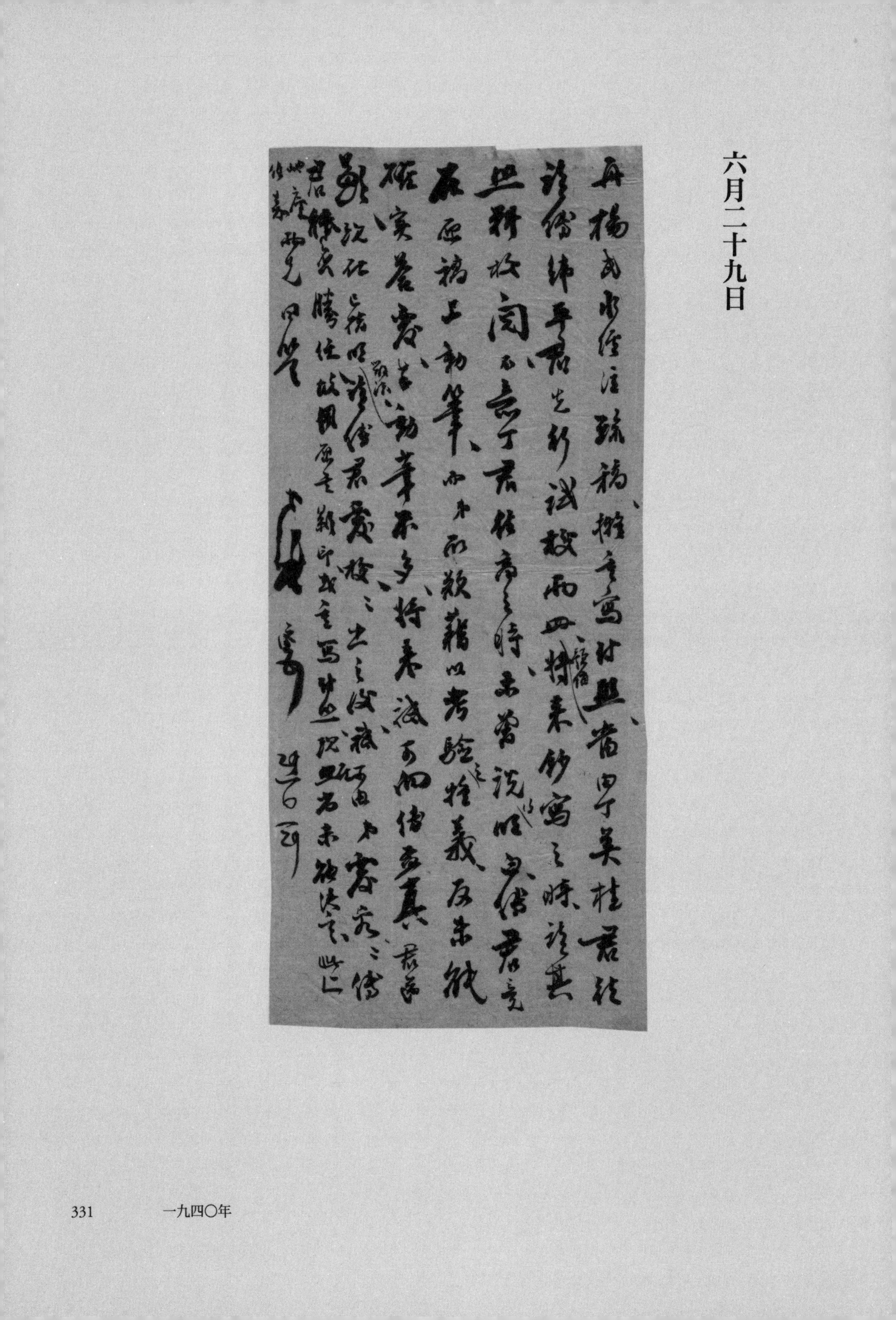

六月二十九日

編輯摘要

・校閱楊守敬《水經注疏》的問題

點校文字

再，楊氏《水經注》疏稿，擬重寫付照，當由丁英桂君往請傅緯平君先行試校兩冊，預備將來抄寫之時，請其照料校閱。不意丁君往商之時，未曾說得明白，傅君竟在原稿上動筆，而弟所欲藉以考驗之權義，反未能確實答覆。幸動筆不多，將來祇可向傅孟真君道歉。現在已指明辦法，請傅君覆校，校出之後，祇可由弟覆看，看傅君能否勝任。故用原書影印或重寫付照，現●在尚未能決定。此上

岫廬、伯嘉兩兄同鑒

弟張元濟頓首　29—6—29

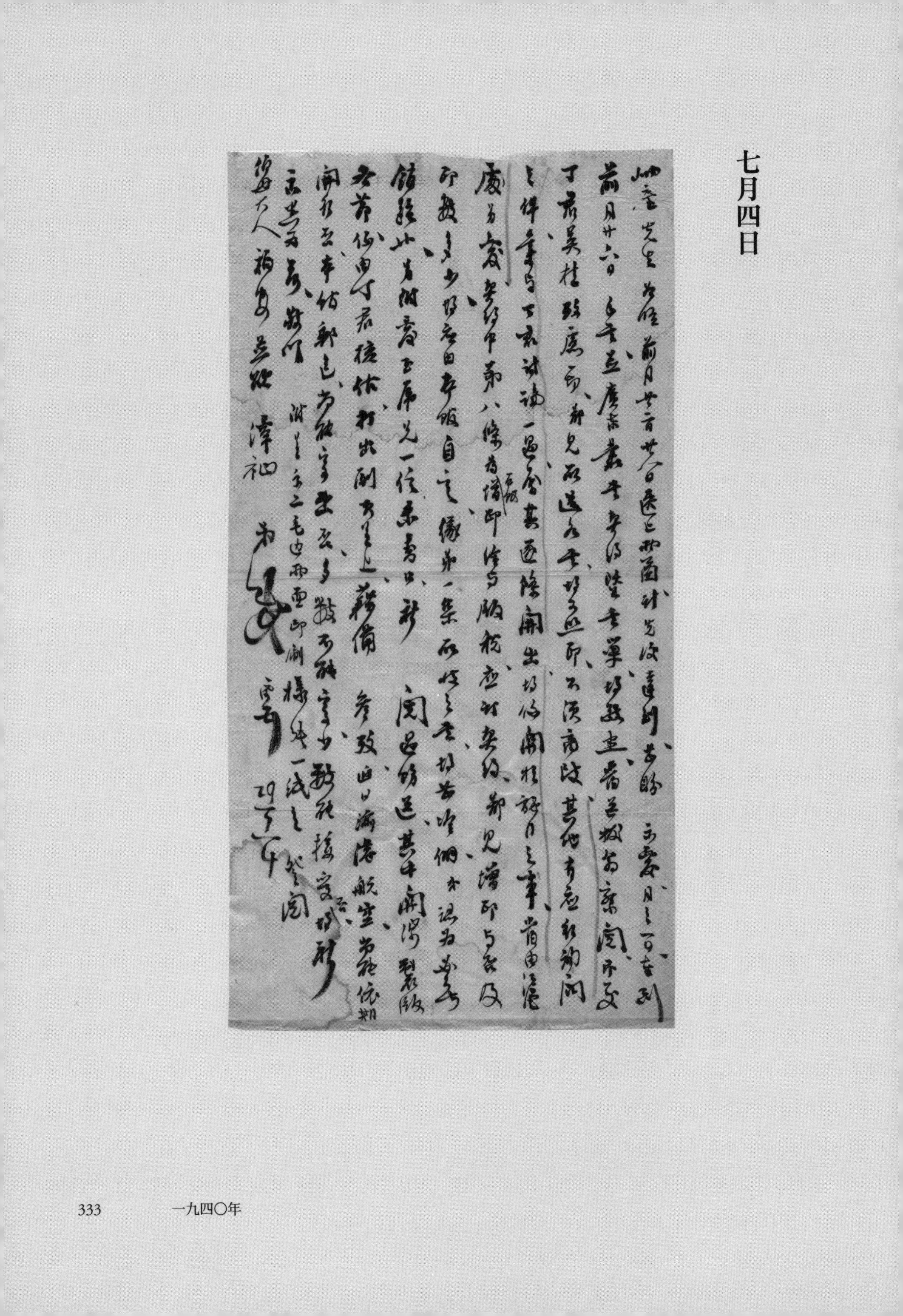

七月四日

編輯摘要

•《廣東叢書》的合約細節與出版規畫

點校文字

岫廬先生如晤：前月廿二日、廿八日迭上兩函，計先後達到，甚盼　示覆。月之一日，奉到前月廿六日　手書，並《廣東叢書》契約暨書單，均敬悉。當送拔翁察閱，即交丁君英桂考慮一切。鄙見所選各書，均可照印，不須商改。其他有應行詢問之件，業與丁君討論一過，屬其逐條開出。均係關於施行之事，當由滬處另覆。契約中第八條為本館增印給與版稅，應訂契約，鄙見增印與否及印數多少，均應由本館自定。緣第一集所收之書，均甚冷僻，弟認為必無銷路也。另附覆玉虎兄一信，未封口，祈　閱過飭送。其中關涉製版各節，係由丁君核估，打出副頁呈上，藉備　參考。近日渝、港航空，尚能依期開行否？本館郵包，尚能寄出否？多數不能寄，少數能接受否？均祈　示悉為荷。敬叩

伯母大人福安，並頌　潭祉

弟張元濟頓首　29—7—4

附呈手工毛邊兩面印刷樣張一紙，乞　詧閱。

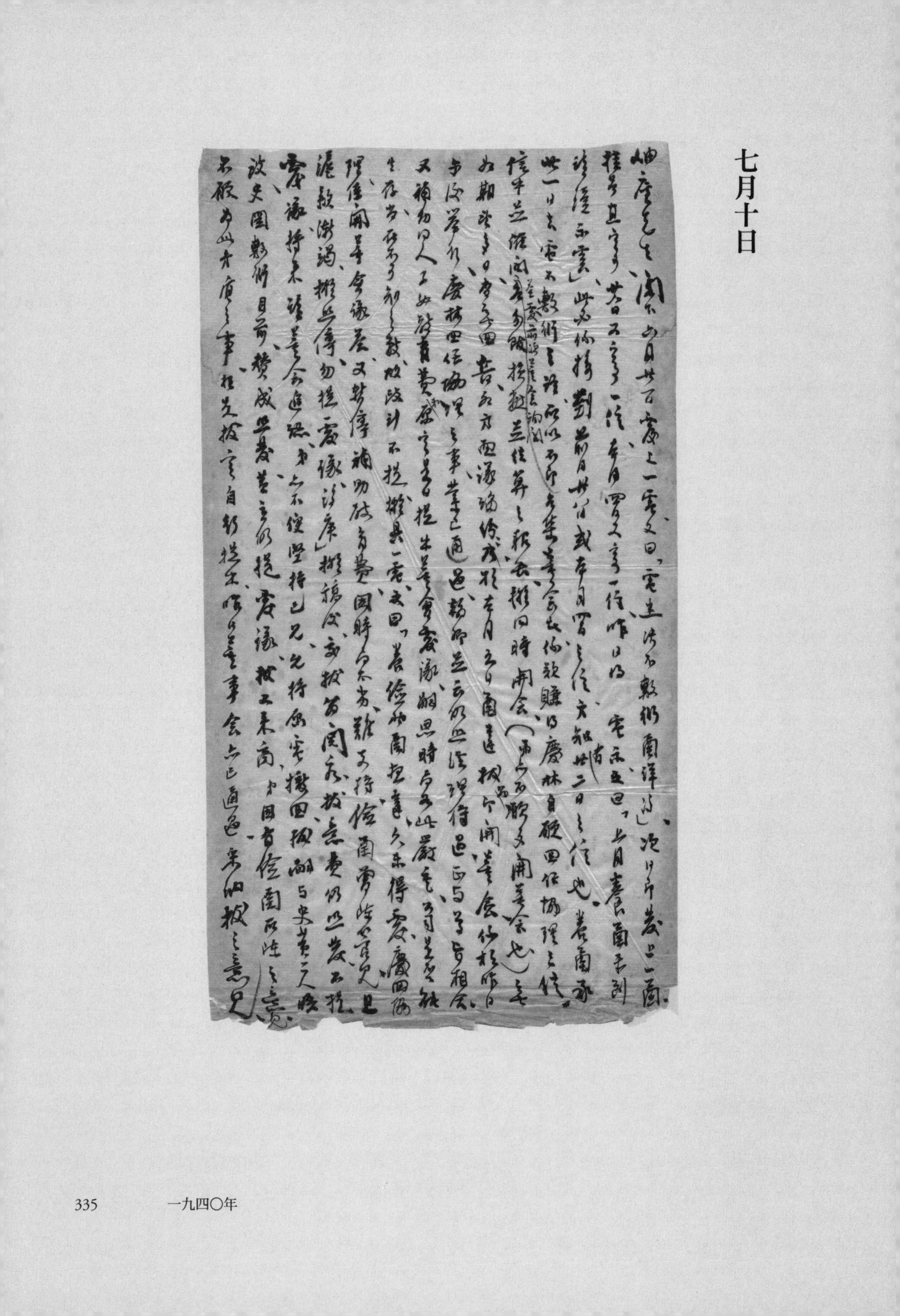

七月十日

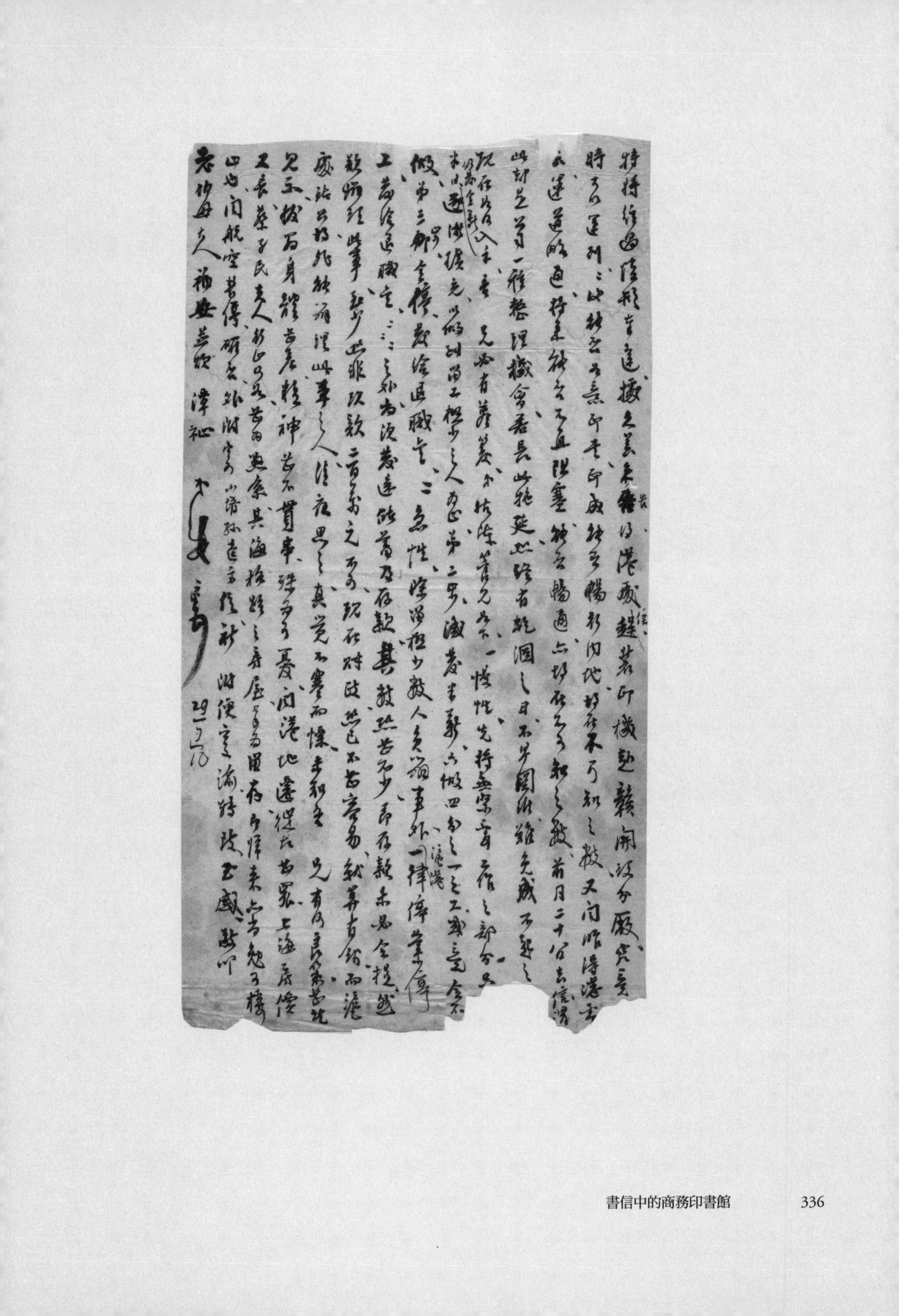

編輯摘要

- 鮑慶林回任協理之職
- 補助同人子女教育費相關問題
- 對商務未來經營環境提出「慢性」、「急性」兩方面的建議

點校文字

岫廬先生閣下：六月廿一日覆上一電，文曰：「電悉。決不敷衍。函詳。濟。」次日即發出一函，掛號直寄。廿八日又寄一信，本月四日又寄一信。昨日得　電示，文曰：「上月養函未到，請續示。雲。」此必係接到前月廿八日或本月四日之信，方知有廿二日之信也。養函承廿一日去電不敷衍之語，所以不即召集董會者，係欲賺得慶林自願回任協理之信，信中並催問答覆前次董會詢問各分館損數並結算之報告，擬同時開會。（弟亦不願多開董會也。）無如期望多日，杳無回音，各方面議論紛紛，乃於本月五日函達拔翁，即開董會。係於昨日午後舉行，慶林回任協理之事，業已通過，翰卿並云仍照經理待遇，正與　尊旨相合。又，補助同人子女教育費，弟原定是日提出董會覆議，嗣思時局如此嚴重，公司是否能生存，尚在不可知之數，故改計不提。擬具一電，文曰：「養、儉兩函想達，久未得覆。慶回協理，

係開董會議答。又，暫停補助教育費，因時局太劣，難支持。儉函曾陳管見，且滬款漸竭，擬照停，勿提覆議。濟。庚。」，擬稿後，交拔翁閱看，拔意費仍照發，不提覆議，將來請董會追認，弟亦不便堅持己見，允將原電撤回。拔嗣與史、黃二人晤談，史圖敷衍目前，贊成照發，黃主仍提覆議，拔又來商。弟因有儉函所陳之意見，不願為此矛盾之事，於是拔定自行提出。昨日董事會亦已通過，采納拔之意見，特將經過情形奉達。據久芸來●告，得港處信，趕裝印機赴贛開設分廠，究竟〔何〕時可以運到，到後能否如意印書，印成能否暢行內地，均在不可知之數。又聞昨得港電云，運道略通，將來能否不再阻塞，能否暢通，亦均在不可知之數。前月二十八日去信，謂此卻是公司一種整理機會，若長此拖延，恐終有乾涸之日，不早圖維，難免成不起之□□。現在如何入手，吾兄必有　藎籌，弟姑陳管見如下：

一、慢性，先將無緊要工作之部分，只□半日，仍發全薪，逐漸擴充，以做到留工極少之人為止；第二步，減發半薪，只做四分之一之工，或竟全不做；第三步，全停，發給退職金。

二、急性，除留極少數人員辦事外，滬、港一律停業停工，發給退職金；退職金之外，尚須發還儲蓄及存款，其數恐甚不少。即存款未必全提，然欲辦理此事，至少恐非二百萬元不可。

現在財政，恐已不甚容易，就算有錢，而滬處諸公，均非能辦理此事之人，清夜思之，真覺不寒而慄。未知吾　兄有何良策，甚望見示。拔翁身體甚差，精神甚不貫串，殊為可憂。聞港地遷徙者甚眾，上海房價又長〔漲〕，蔡孑民夫人行止何如，甚為懸系。其海格路之房屋，

幸為留存，即歸來亦尚勉可棲止也。聞航空暫停，確否？外附寄小壻孫逵方信，祈　附便寄渝轉致，至感。敬叩

老伯母大人福安，並頌　潭祉

弟張元濟頓首　29—7—10

編注：依韻目代日，「養函」即二十二日，「儉函」即二十八日，「庚」即八日。

七月十日

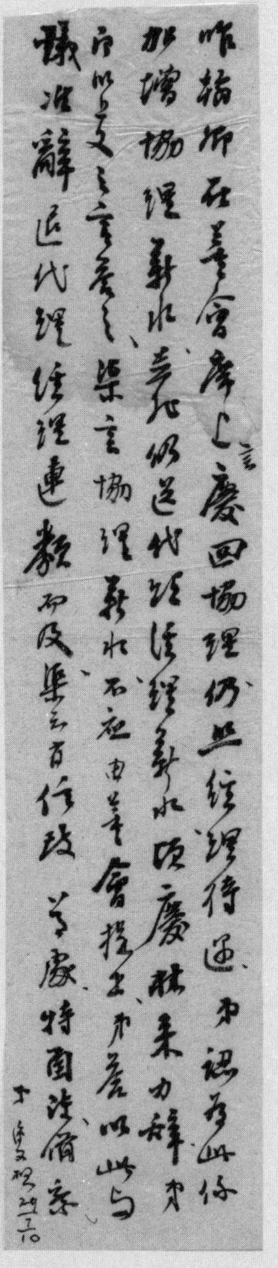

編輯摘要

・鮑慶林回任協理後的待遇

點校文字

翰卿在董會席上言，慶回協理，仍照經理待遇。弟認為此係加增協理薪水，並非仍送代理經理薪水。頃慶林來力辭，弟即以上文之言答之。渠言協理薪水，不應由董會提出，弟答以此與議准辭退代理經理連類而及。渠云有信致　尊處，特函陳，備察。

弟濟又啟　29—7—10

八月十日

然去一函，諒可二君有時亦能主持正論、體諒前事人之苦衷，加以疏解，於本捐案此聯絡、
接受其所提方法，未示條款，因有頗多案數，應提出討論，都只似可不必盡此
事本不求其有效也。是以提方案多屬於公司情形本無隔膜，然不免橫生議論，反致
不利，不若順水推舟，就此了結。何嘉來港代表出席，諒必公司接受之及推算
詳情與所欲聆者，於健蕃籌備一事，前此所提協議寫出之，不可妥善矣。此和弟兄以
為是，此間一切情形，何嘉雖在此詳加察度，於為前途必有裨益，於其來時、
可要於代表出席報告，接受之外，聯昇以調查港廠實際情狀之名，同時參考可
以免去者，另之種種揣測。又周蓮仙所證據，何嘉來，如可察其來港當事之前向
蓮仙面加譴責，使彼可服。再進該員，俾何嘉返港以後，再予蓮仙廢除[illegible]，依債
弟我國者，往者何嘉常來港之經營合約，嘗去一電，又回覆此呈請，俾便其任到後
再行將它轉達 荃度、
伯母大人近體自前康適，是否仍居澳門，抑已返港，數念之。外附候函，請遞交，代為轉
便中收回，倘行相信轉達，至感。專此奉達，敬頌
台安，並致
譚祕書 弟 張[illegible] 八月 吉

[illegible]

編輯摘要

・商務內部營運與人事問題，以及對若干董事之評價

點校文字

岫盧先生有道：前月三十一日肅上寸函，內附致伯嘉兄信一紙，又孫逵方信一件，託附寄渝館轉交，計荷　垂詧。本月初奉到前月廿九日　手書，尚未裁覆，昨又奉到七月五日（七月想係八月之誤）續示，均謹誦悉。賤體仰荷　垂注，不勝感謝。弟於前月中旬因飲食不慎染恙，至今已將一月，而腸胃、腳力，尚未復元，或係年衰體弱所致，然不久必可恢復，幸祈　釋念。學武世兄過訪兩次，未能延接，甚為歉疚。南行過港，想晤及矣。抄示為京華書局事致史、黃二君信稿，亦經誦悉。史君致力於人事，祇能在範圍之內，盡其職守，而欲其肆●應旁及，籌劃未來，則其才識尚有未逮；仲明行事，前函已言之，茲不贅述。此間局面，　公即不目覩，亦可想見其情景矣。承　示近又領到外匯數目，此非仰仗鼎力，斷難獲得。弟恐招各方嫉忌，絕不向任何人言及，想荷　鑒許。至儲蓄準備一事，以前寄廎亦曾提過，渠蓋鑒於通一信託公司，自身被控數年幾至破產之痛苦，故為此憂患之言。彼時不過閒談，並未成立，此次復行提出，斐章從旁贊助，且加評論。當時所擬辦法，弟亦知是自騙自，並無實效，

然依照辦理，於公司目前，亦不至有何窒礙。且董事中，翰卿蓄意搗亂，遇事挑剔，鳳石亦偏向彼方，慶林邇來趨向，可以想見。拔翁遇事，默無一言，徐、丁二君有時尚能主持正論，體諒辦事人之為難，加以疏解，故弟擬乘此聯絡，接受其所提方法。來　示稱另擬●有效方案數種，提出討論，鄙見似可不必，蓋此事本不求其有效也。若另提方案，各董於公司情形，本甚隔膜，恐不免橫生議論，反致不妙。不若順水推舟，就此了結。伯嘉來滬代表吾　兄出席，說明公司損失及核算詳情，至所欣盼。至於儲蓄準備一事，最好以輕描淡寫出之，不必著意，未知　卓見以為何如？此間一切情形，伯嘉能在此詳加察度，於公司前途，必有裨益。於其來時，可否於代表出席報告損失之外，兼畀以調查滬廠實際情況之名，同時發表，可以免去各方之種種揣測。又，周蓮仙誣衊伯嘉事，亦可乘其來滬，當李、鮑之前，向蓮仙面加詰責，使彼不敢再造謠言，俟伯嘉返港以後，再予蓮仙處分。敢貢管見，伏候卓裁。因來信有伯嘉中旬來滬之語，故今晨發出一電，文曰：「歌函悉。請伯候覆信到後再行。濟。」想邀　鑒及。伯母大人近體想甚康適，是否仍寓澳門，抑已返港，敬念無似。外附致孫逵方信一件，乞　便中附入渝館號信轉遞，至慰。專此奉達，敬頌

台安，並祝　潭祉

弟張元濟頓首　八月十日

再，孫逵方擬託在香港購藥【渠另有信寄　尊處】，購到之後，如無妥便，一面告知，一面暫存本館，渠當託便人來取。屬為陳明，謹代祈　懇。

弟元濟又及。

編注：依韻目代日，「歌函」即五日。

八月二十八日

如屢承 閣下無限量的承助，即楊守敬、熊會貞注疏，承撥據原稿所印，但因
原稿傳過多，曾經汪辟疆先生建議撥注引疑重寫編印，下冊節省多數不少，並需成樣
給一冊分到漢處，並委撥行後，待王先生校一過，再行發寫，當由丁、姜諸君面託傳君
識其此冊，擬即送來，請求 賓閱。有許多懸而未條解列，再送傳君詳閱，或送收粗校
一過，以資傳此傳君所撰總續，並行預備重寫，並庸下冊整備於後，前日又承請求賓
玉藻兄，傳君所撰刪繳補校，最後條辨，滋廣並有未經寫定之處，據原稿有傍注
者有批示節並為糾正，書所據所注標語或云據大典本，或云據明抄本，或云據黃
本，有時用會貞名，有時不標之人，亦有時用子慶之言，又用硃筆將子慶之言
塗去，又注明先生未見大典本明抄本，不過據 先生之言云云。此當是會貞注氣（見第一四第
十七頁）。此則有批旁注必係會貞所加，但傳君核出所引大典卷五（所據本館藏書即今本
大典殘卷一部，並未另別本）又不相符，但此則會貞亦非真見大典本。此則所撰所注，不然如傍
貴君撰稿，加刪節，但其中亦有時少大字，部有關刪節亦留不寫，人所據明抄本，不能存何
本，今屢此對此版不論所據黃本，甚而圖有其書，本不可靠，待但令新遞傳 賓閱。再加以所

編輯摘要

•校閱楊守敬《水經注疏》遇到查證、校對等困難

•請教《孤本元明雜劇》是否開放預購或上市優惠

點校文字

岫廬先生閣下：敬啟者，本館承印楊守敬君《水經注疏》，原擬據原稿石印，但因篇幅過多，曾經伯嘉兄建議，擬改行款重寫縮印，可以節省頁數不少，並製成樣張一頁交到滬處。尊意擬請傅緯平君先校一過，再行發寫。當由丁英桂君面託傅君試看兩冊，校畢送來，經弟覆閱，有許多疑問，逐條開列，再送傅君詳閱。交還後粗看一過，似可依照傅君所擬，繼續進行，預備重寫，並屬丁君製備格紙。前日弟又取該書覆看，發覺傅君所擬刪●節補校辦法，終難澈底，且有未能妥洽之處。緣原稿有旁注、有眉批各節，最為糾葛。查所批所注按語，或云「據《大典》本」，或云「據明抄本」，或云「據黃本」；有時用守敬名，有時用會貞名，有時又於二人之外，改用子奎二字，又用硃筆將子奎二字塗去，又註明「先生未見《大典》本、明抄本，不得屬之先生」云云，此當是會貞語氣（見第一冊第十七頁）。然則眉批旁注，必係會貞所加，但傅君校出所引《大典》各點，（即據本館重印之本，《大典》祇此一部，並無別本。）又不相符，似此則會貞亦非真見《大典》本。然則所批所注，不妨照傅君所擬，酌加刪節，但其中亦有許多文字，卻有關係，刪節亦屬不妥。又所據明抄本，不知為何本，無從比對，此姑不論。所據黃本，世間固有其書，未必不可訪借，但全部逐條覆閱，再加以

所引《大典》，亦非經年累月不可。且原書塗改，甚為紊亂，（因此之故，即完全照原書影印，恐亦不妥。）恐非傅君目力所及。即今可以全部看完，【是否妥洽，尚不可知】以傅君之薪水計之，恐亦在數千金以上。全書印價，本館所收不過數千元，乃賠墊之數，有過而無不及，似不值得。且傅君所校，就前二本之成績觀之，實有未能盡信之處，將來恐反受書主之責備，弟亦無此精力，再為相助。（去年建議●借印《元明雜劇》，雖請王君九君擔任校閱，適值姜佐禹君多病，原書亦實在錯誤甚多，不易整理。王君究●係外人，許多不能解決之處，仍須歸於敝處，【弟與王君為此書往來之信，已積至兩本之多】弟目力大遜，精神不濟，將來出版，必有許多缺點，且恐不免錯誤。每一思及，時深悚懼。）再四思維，覺楊氏此書，照原稿石印，或重寫照相，均有難於辦理之處，蓋此書實係未成之稿，必須先行整理一過，方可印行也。弟深愧未能相助，謹特陳明，伏祈　察核。至傅君已校之二冊，又被動筆塗改，本館對書主亦有不易交代之處。此實由丁君交去之時，未能詳細說明，有欠周到。此節當由丁英桂自行陳明，恕不備述，專此布達，敬頌　台安

弟張元濟頓首

再，《元明雜劇》現已發排，弟意儘十一月排完，儘年內出版。前經丁英桂君約估全書頁數，略計成本，仲明已經寄呈　左右。是書應否發售預約，抑或出版之後，發售特價，統祈　核示。又，本月十一日、廿二日來示，已收到，謹悉一切。

廿九年八月廿八日

伯嘉先生均此。

九月二十日

編輯摘要

- 欣聞商務增印郵票
- 確認《孤本元明雜劇》的出版規畫
- 為女婿孫逵方託購西藥

點校文字

□□館廠被災後，承　示善後辦法，並　示知增印郵票事，聞之甚慰。

□《〔元〕明雜劇》排印事，弟當隨時督促，冀勿誤展改本年年底出版之期，可請□□，承示勿售預約，出版後再售特價，甚善、甚善。

□□孫逵方託購西藥，屢瀆　清神，不勝感悚。藥價港幣七十餘元，已如數□□還滬處。專此敬謝，敬叩萬福，並頌

潭安

弟張元濟頓首　廿九年九月廿日

□□兄昆仲已否抵渝？途中想甚安吉，甚念念之。

編注：按覈文義，除申悃語不受影響外，本信上緣殘損，均約佚去二字左右。

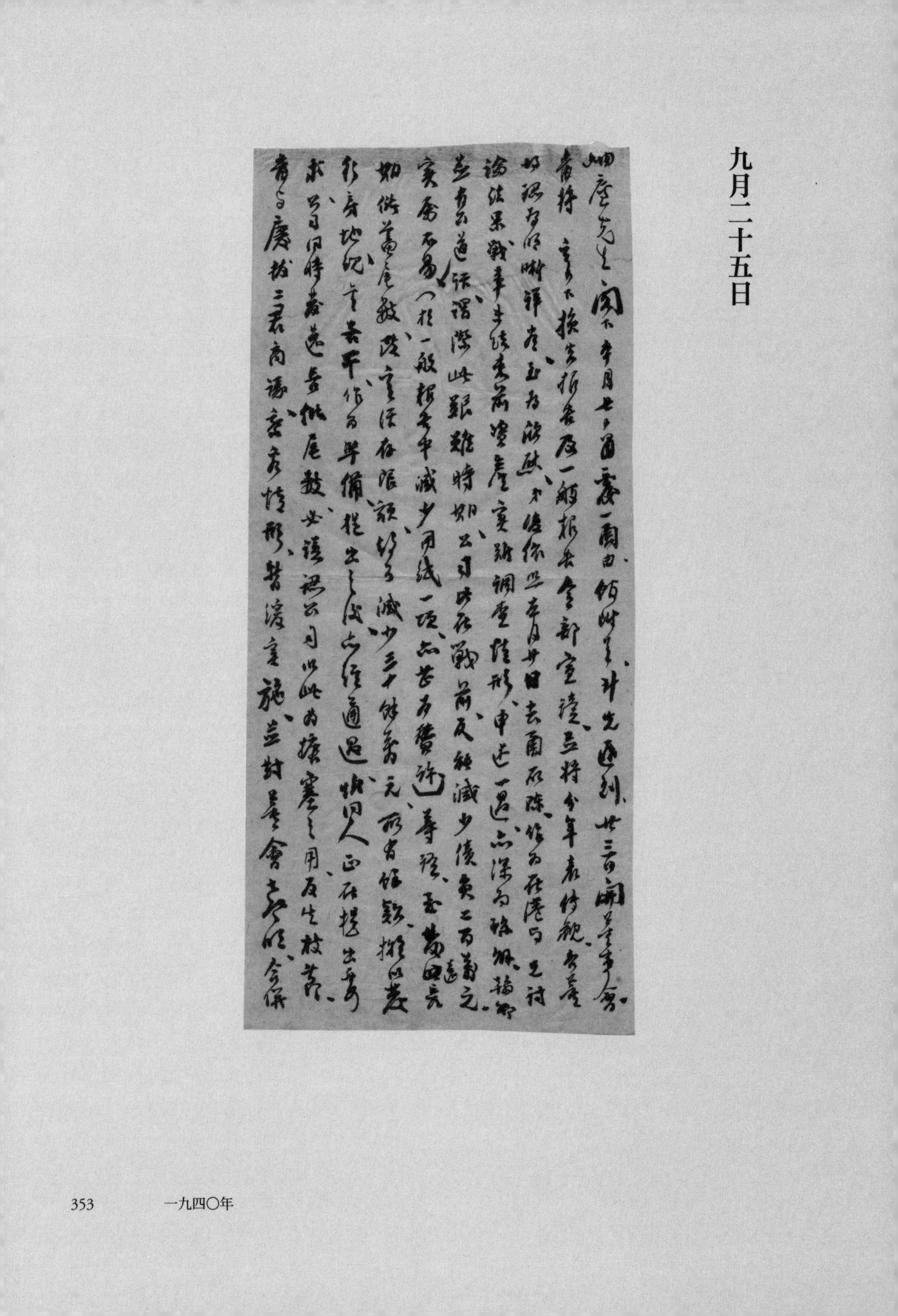

九月二十五日

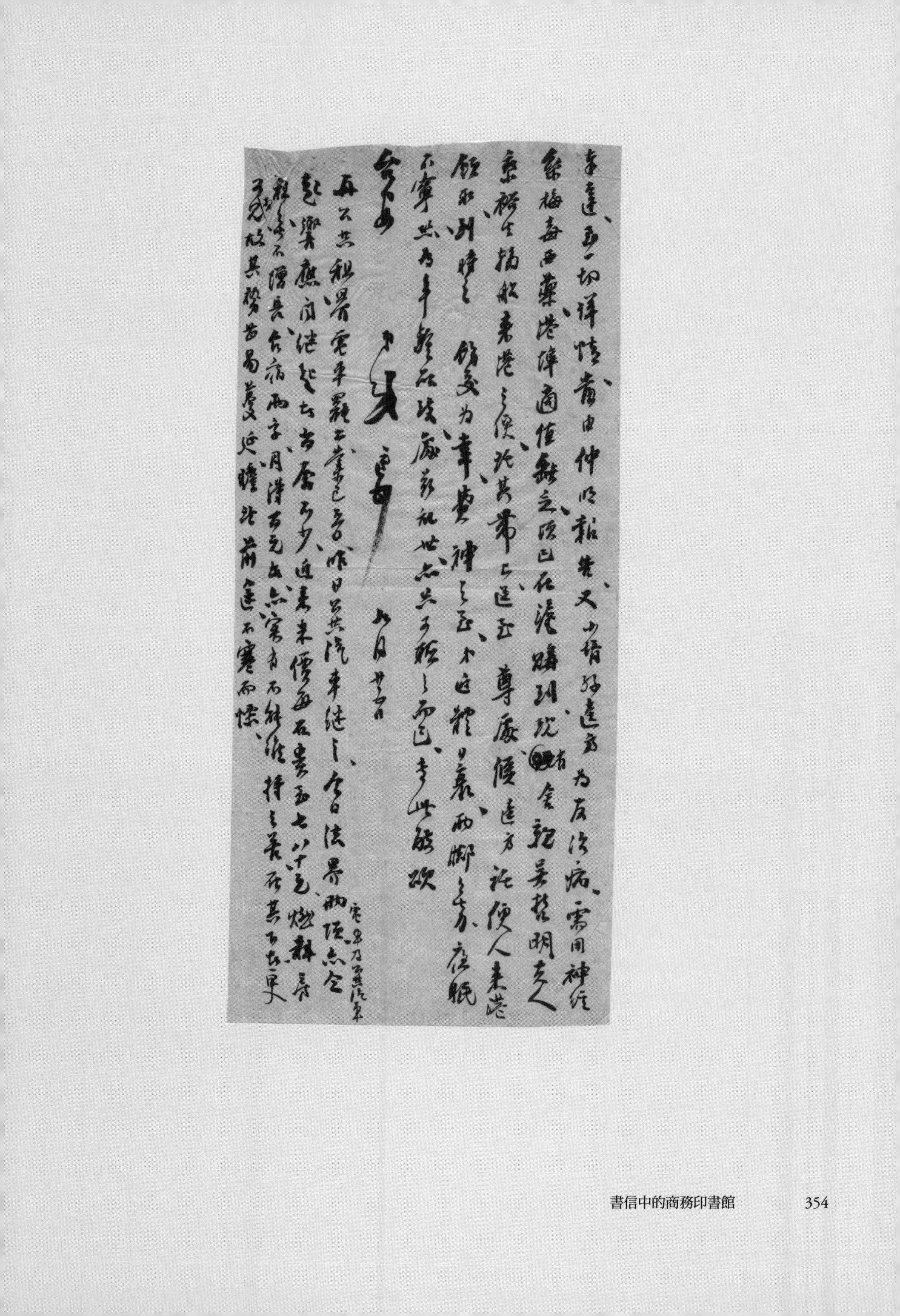

編輯摘要

- 在董事會報告商務經營損失情形，以及發還同人長期儲蓄尾款問題
- 為女婿孫逵方託購西藥
- 上海公共租界罷工，物價增長

點校文字

岫廬先生閣下：本月七日曾覆一函，由館附呈，計先遞到。廿三日開董事會，當將　寄下損失報告及一般報告全部宣讀，並將分年表傳觀，各董均認為明晰詳盡，至為欣慰。弟復依照本月廿日去函所陳，作為在港與　兄討論結果，戰事未結束前資產實難調查情形，申述一過，亦深為諒解。翰卿並有公道話，謂際此艱難時期，公司比在戰前，反能減少債負二百萬元，實屬不易（於一般報告中減少用紙一項，亦甚為贊許。）等語。至發●還長期儲蓄尾數，改定活存限額，約可減少三十餘萬元。所有餘款，擬以發行房地現金若干，作為準備，提出之後，亦經通過。惟同人正在提出要求，公司同時發還長儲尾數，必誤認公司以此為搪塞之用，反生枝節，當與慶、拔二君商議，察看情形，暫緩實施，並對董會聲明，合併奉達。至一切詳情，當由仲明報告。又，小婿孫逵方為友治病，需用神經系梅毒西藥，港埠適值缺乏，頃已在

滬購到，現●有舍親吳哲明夫人乘裕生輪船來港之便，託其帶上，送至　尊處，候遠方託便人來港領取，到時乞　飭交為幸。費神之至。弟近體日衰，兩腳無力，夜眠不寧，恐為年齡所致，處茲亂世，亦只可聽之而已。專此，敬頌

台安

弟張元濟頓首　九月廿五日

再，公共租界電車罷工，業已五日，昨日公共汽車繼之，今日法界，【電車及公共汽車】兩項亦仝起響應，聞繼起者尚屬不少。近來米價每石貴至七八十元，燃料、房租，無不增長，食宿兩字，月得百元者，亦實有不能維持之苦，在其下者，更可想見，故其勢甚易蔓延。瞻望前途，不寒而慄。

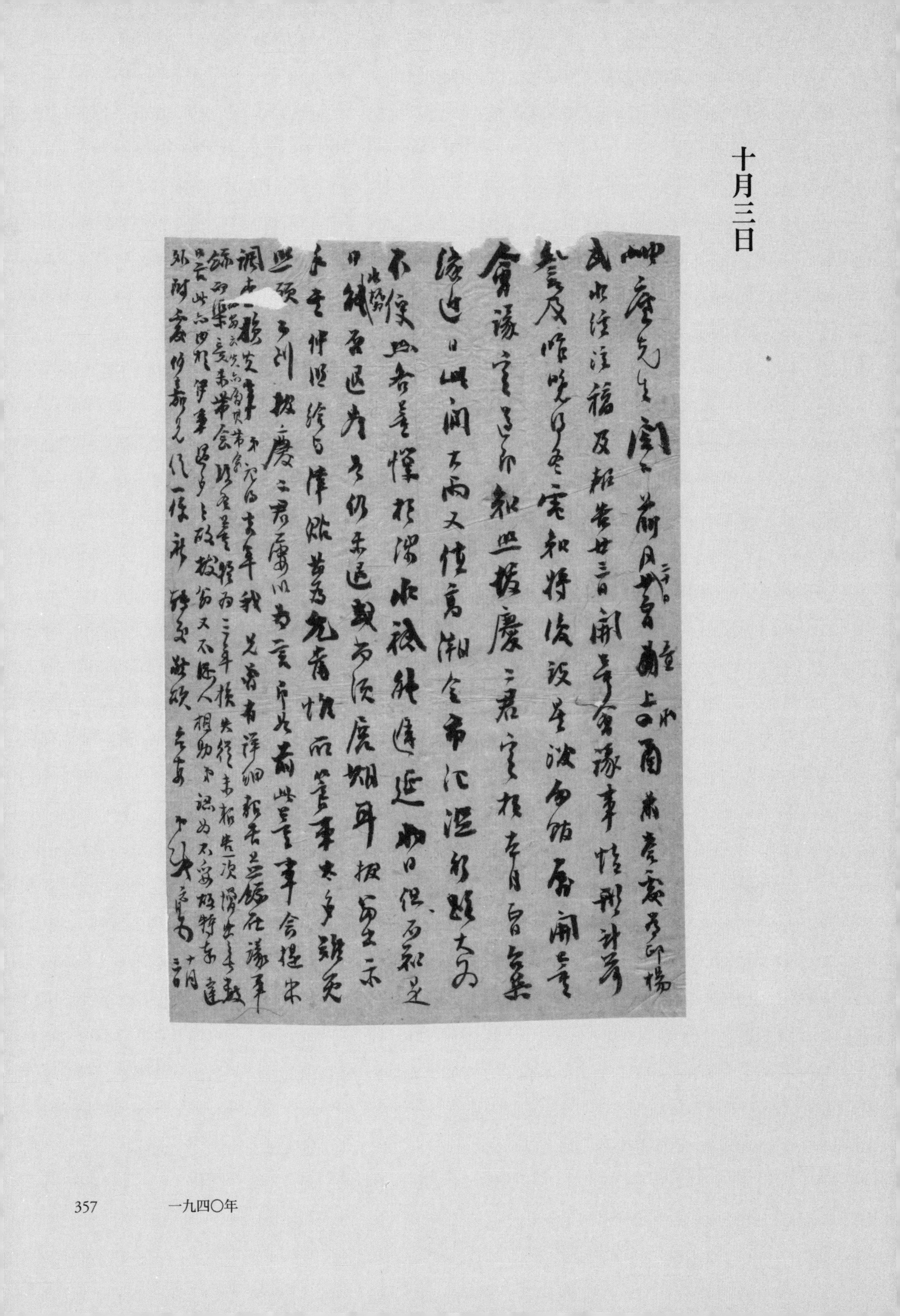

十月三日

編輯摘要

• 上海大雨，商務董事會因此改期
• 調查商務經營損失相關問題

點校文字

岫廬先生閣下：前月二十日、廿五日疊●上兩●函，前答覆為印楊氏《水經注稿》及報告廿三日開董會議事情形，計荷　詧及。昨晚得冬電，知將復星洲分館，屬開董會議定，遵即知照拔、慶二君，定於本月五日召集。緣近日此間大雨，又值高潮，全市氾濫，行路大為不便，恐各董憚於涉水，祇能遲延兩日。但不知是日水勢能否退盡，如仍未退，或尚須展期耳。拔翁出示　手書，仲明給與津貼，甚為允當。惟所管事太多，難免照顧不到，拔、慶二君屢以為言。即如前此董事會提出調〔查〕損失事，弟記得去年我　兄曾有詳細報告，並錄在議事錄，而渠竟未帶會，【拔翁云先亦屬其帶會】致各董疑為三年損失，從未報告一次，增出無數口舌。此亦由於伊事過多之故，拔翁又不添人相助，弟認為不妥，故特奉達。外附覆伯嘉兄信一件，祈　轉交。敬頌　台安

弟張元濟頓首　十月三日

十月三日

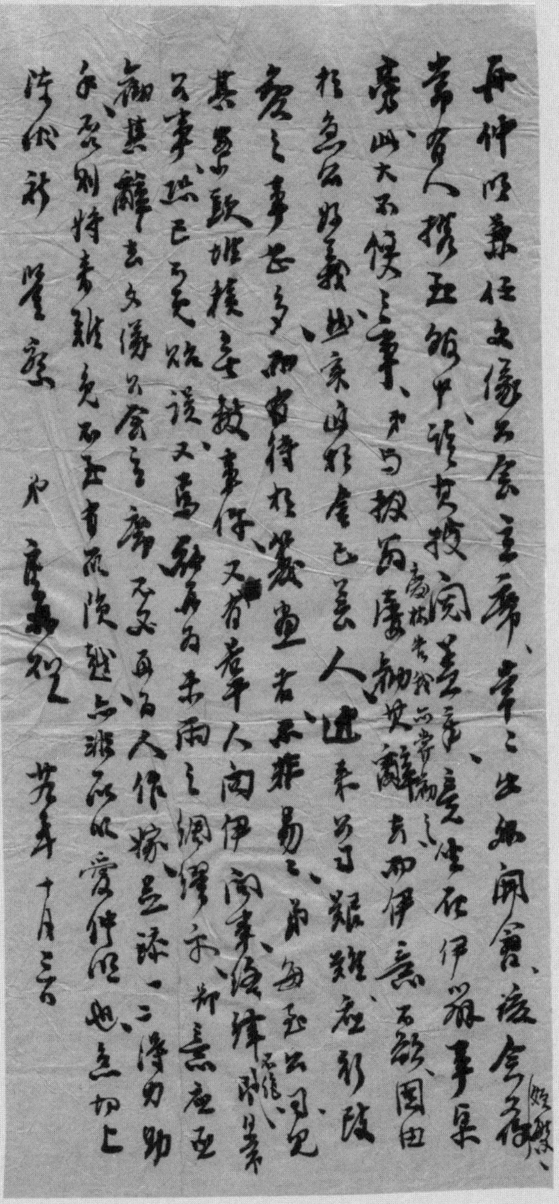

編輯摘要

・建議黃仲明辭去文儀公會主席

點校文字

再，仲明兼文儀公會主席，常常出外開會。該會文件頗繁，常有人攜至館中，請其披閱蓋章，竟坐在伊辦事桌旁，此大不便之事。弟與拔翁屢勸其辭去，【慶林告我，亦常勸之。】伊意不欲，固由於急公好義，然實近於舍己益人。邇來公司艱難，應行改變之事甚多，而有待於籌畫者，亦非易易。弟每至公司，見其案頭堆積無數事件，又有若干人向伊問事，絡繹不絕。即日常公事，恐已不免貽誤，又焉能再為未雨之綢繆乎？鄙意應亟勸其辭去文儀公會主席，不必再為人作嫁，並添一二得力助手，否則將來難免不至有所隕越，亦非所以愛仲明也。急切上陳，伏祈　鑒察

弟濟再啟　廿九年十月三日

十月十二日

編輯摘要

- 董事會通過復設新加坡分館
- 為女婿孫逵方託購西藥等私事

點校文字

岫廬先生閣下：本月三日覆上寸函，【邇來內地運輸如何情形，乞　屬承管人見示大概，至盼、至盼。】，五日開董事會，決如　尊議，通過復設星洲分館，翌日覆上一電，計先後達覽。昨日復奉到　五日　手書，謹誦悉。五日董事會紀錄，仲明當已抄呈，茲不贅述。第二次臨時加薪發表後，自然暫時安靜，當時租界中形勢卻甚嚴重，此間無一肯負責、有擔當之人，亦屬無可如何之事。發還長期儲蓄尾數及限制活存，　尊意認為可以施行，想已逕達滬處，弟亦已將　尊意達知拔翁矣。舍親張君小棠請為其外孫女補廠工之缺，蒙　慨允，甚感。小婿孫逵方在港購藥，屢費　清神。近日由滬地購得之藥，託吳哲明夫人帶去，此在港求之而不得者。知已送到，並蒙　代存，乞　飭切勿受熱，瑣瀆惶悚。賤體蒙　注，極感，近亦乞靈於藥物，不知結果如何耳。復請老伯母大人福安，並頌　潭福

弟張元濟頓首　廿九年十月十二日

兩位世兄安抵渝中，甚慰。前託學武世兄帶去藥物，小女來信已收到，屬謝。

一九四二年

三月二十三日

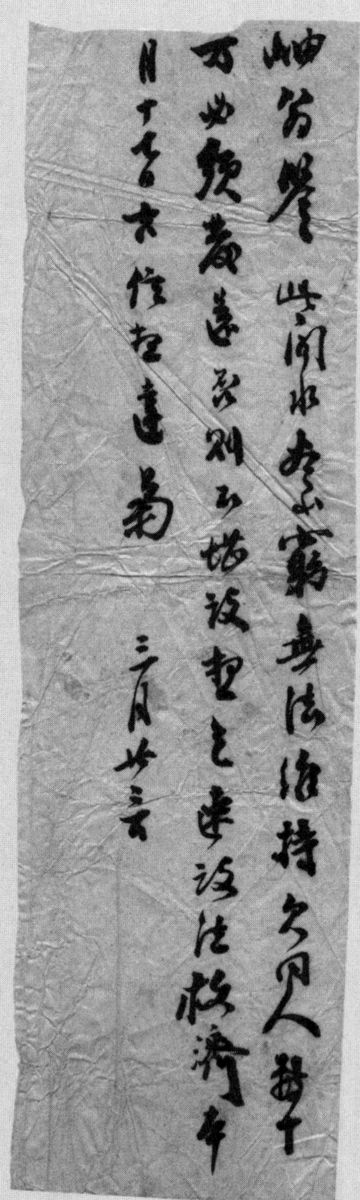

岫翁鑒：此間北京窮無法維持，欠人數十萬，如須發薪遣散，則工場設法趕速設法救濟。本月十五大作想達。菊 三月廿三

編輯摘要

・謂商務在上海的經營狀況已山窮水盡無法維持，請王雲五盡快設法救濟

點校文字

岫翁鑒：此間水盡山窮，無法維持。欠同人數十萬，必須發還，否則不堪設想，乞速設法救濟。本月十七日去信想達。

菊　三月廿三日

編注：本信無年分，據《張元濟年譜長編》編者考證，當爲一九四二年，茲從改正。參見《長編》「一九四二年（壬午　民國三十一年）七十六歲三月二十三日」條，第一一七七頁。

六月二十七日

編輯摘要

•請王雲五協助、介紹姪孫女工作

點校文字

岫盧先生閣下：本月六日肅覆寸函，計荷　垂詧。瀛眷當經到達，途中安善，懽敘一堂，至為企念。慕周至今未到，想在中途有所阻滯，甚矣，行路之難也。前因姪孫女欲在內地謀生，曾函懇　提挈，計已達到。渠在〔聖〕約翰大學畢業，專習經濟、會計，英文亦尚通順，不知我兄能為汲引否？渠將由內地前來，或到在此信之前，亦未可知。到後必來晉謁，務乞　予以教誨，指示一切，並為之介紹於載生、志希諸君，二君於弟亦極相關愛也。再，渠所攜旅費無多，並祈　酌與接濟，將來由弟撥還。種種拜託，無任感戴之至。賤體日就衰羸，此間無淑可述，專此，敬頌　潭安

弟張元濟頓首　三十一年六月廿七日

編注：張元濟姪孫女張祥保（一九一七－二〇二〇）畢業於上海聖約翰大學，茲補上「聖」字。

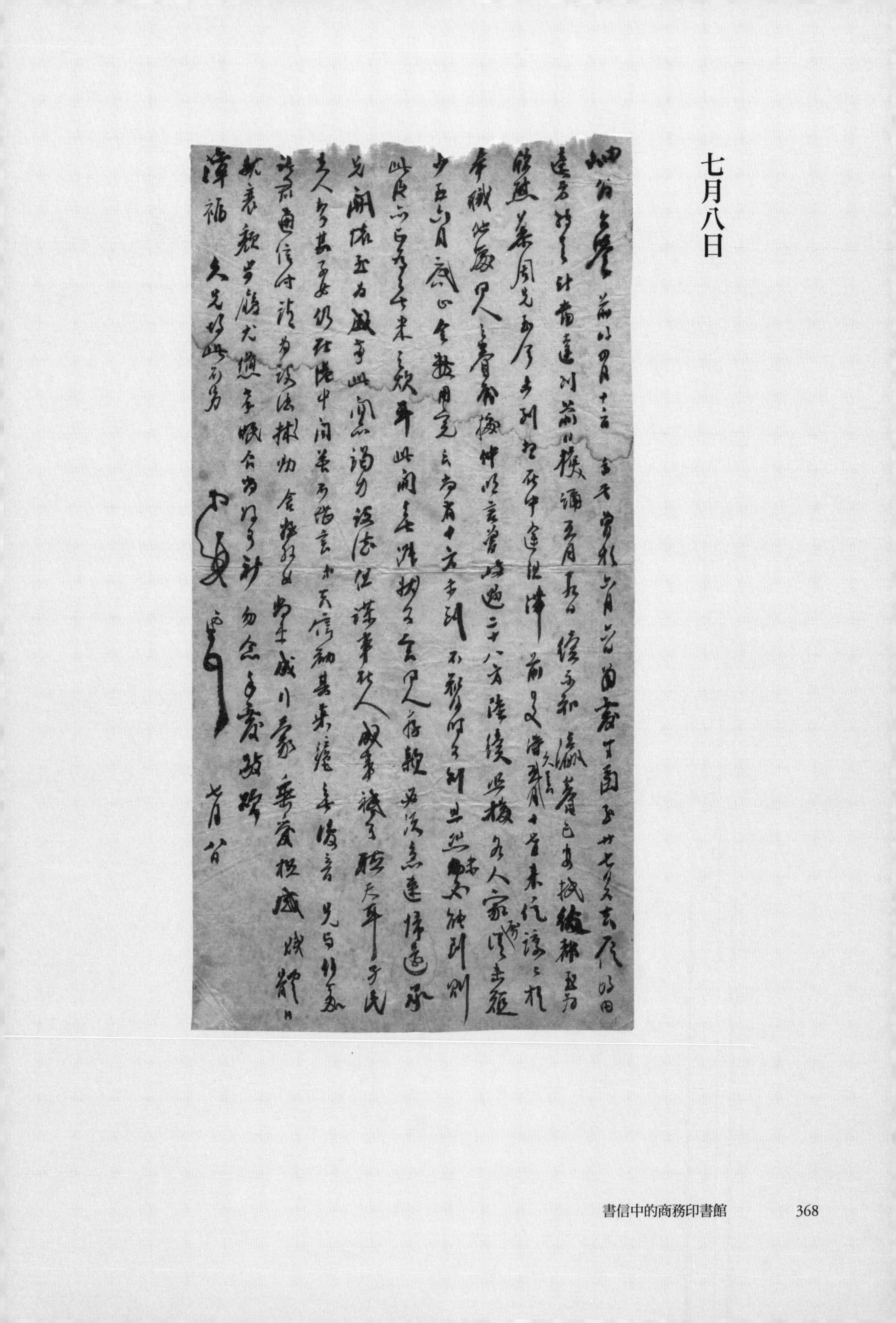

七月八日

編輯摘要

- 賣書以及歸還商務同人存款等事情
- 聽聞蔡元培夫人在香港生活非常艱苦

點校文字

岫翁台鑒：前得四月十二日　手書，曾於六月六日肅覆寸函，至廿七日又去一信，均由遠方轉呈，計當達到。前日獲誦五月十九日　續示，知　瀛眷已安抵彼都，至為欣慰。慕周兄至今未到，想在中途阻滯。前日又得久芸五月十七日來信，諄諄於奉職。他處同人之眷屬，據仲明言，曾收過二十八方，陸續照撥各人家屬，從未短少，至六月底止全數用完。云尚有十方未到，不知何時可到，且恐●未必能到，則以後亦正為無米之炊耳。此間無淑狀可言，同人存款必須急速歸還，承　兄關懷，至為感幸。此間亦竭力設法，但謀事在人，成事祇可聽天耳。孑民夫人挈其子女仍在港中，聞苦不堪言，弟去信勸其來滬，無復音，　兄與伯嘉諸君通信時，請為設法救助。舍姪孫女尚未成行，蒙　垂愛，極感。賤體日就衰頹，步履尤憊，幸眠食尚好，可祈　勿念。手覆，敬頌

潭福

弟張元濟頓首　七月八日

久兄均此，不另。

十一月十八日

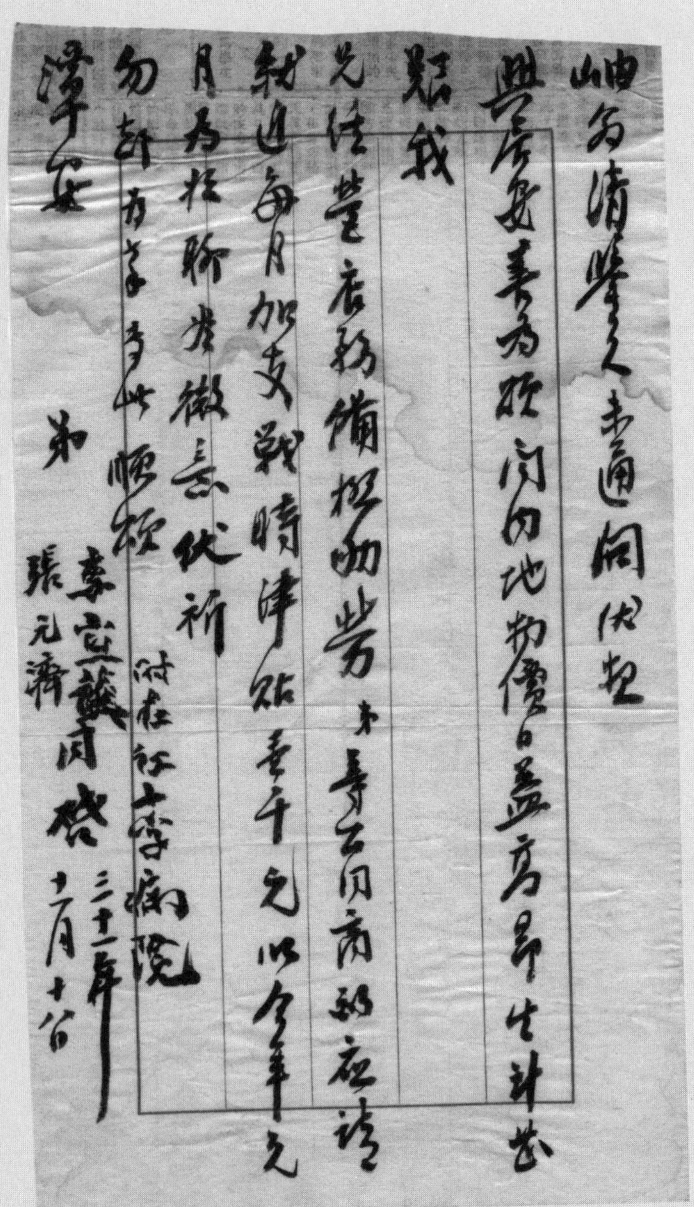

岫公清鑒：久未通問，伏想
興居安善為頌。閩內地物價日益高昂，生計艱
難。我
先生主[?]商務，備極勤勞。本年云[?]同商務應請
酌[?]進每月加支戰時津貼壹千元，以今年元
月為始，聊表微意。伏祈
勿卻為幸。專此，順頌
潭安
弟 李宣龔 張元濟 同啓
附在[illegible]大學病院
三十二年十一月十八日

編輯摘要

- 張元濟聽聞中國內地物價高漲，與李拔可聯名致函王雲五，請自加支戰時津貼一千元

點校文字

岫翁清鑒：久未通問，伏想

興居安善為頌。聞內地物價日益高昂，生計甚艱，我

兄經營店務，備極劬勞。弟等公同商酌，應請就近每月加支戰時津貼壹千元，以今年元月為始，聊盡微意。伏祈

勿卻為幸。專此，順頌

潭安

弟 李宣龔 張元濟 同啟 三十一年十一月十八日

【時在紅十字病院】

一九四五年

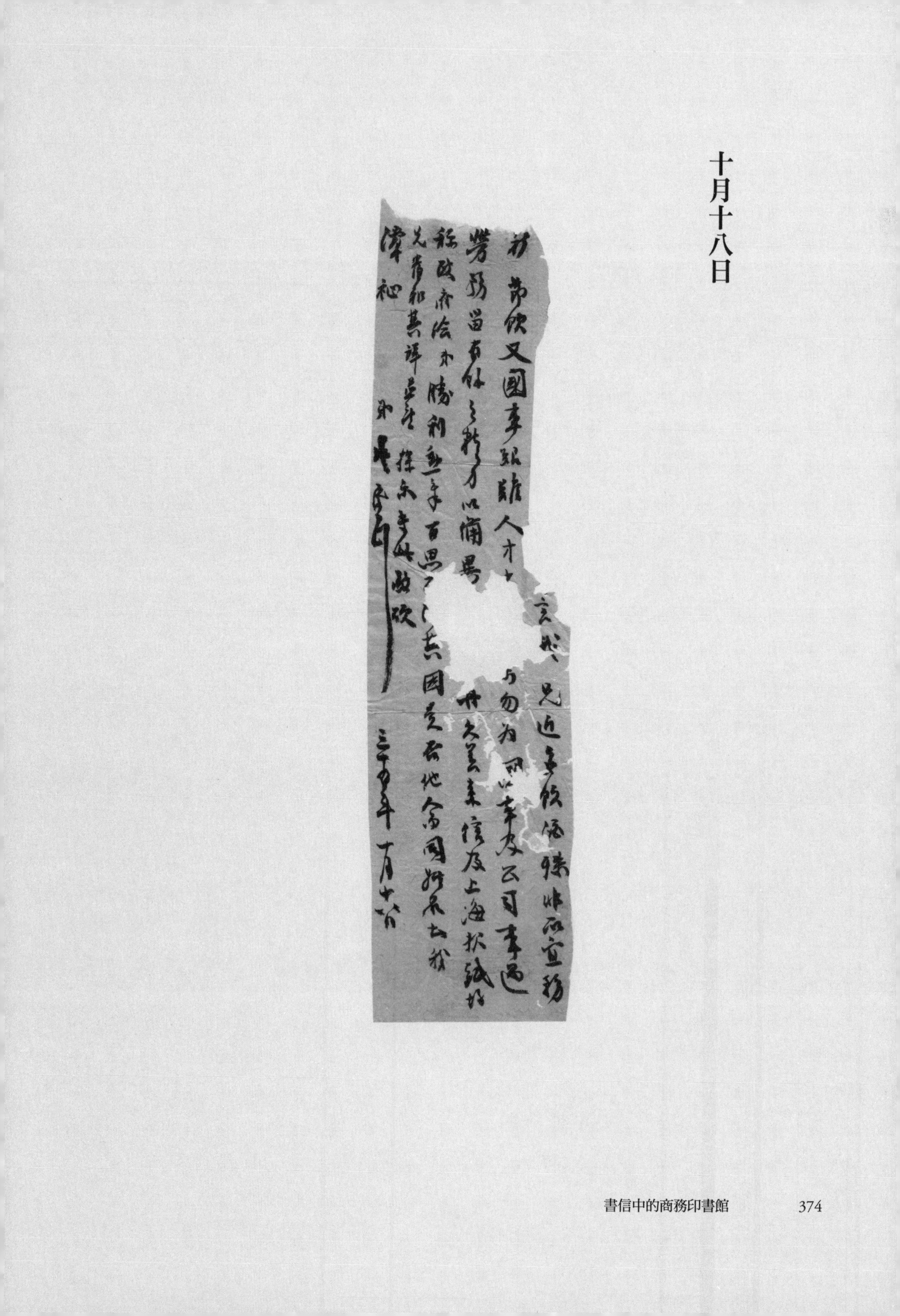

十月十八日

編輯摘要

- 勸戒王雲五少飲酒
- 對於自己獲頒勝利勳章的疑問

點校文字

〖前缺〗言我　兄近多飲酒，殊非所宜，務祈　節飲。又國事艱難，人才〖約缺三字〗勿為國事及公司事過勞，預留有餘之體力，以備異〖約缺三字〗。再，久芸來信，及上海報紙均稱政府給弟勝利勳章，百思〔不得〕其因，是否他人而同姓名者？我　兄當知其詳，並祈　詳示。

專此，敬頌　潭祉

弟張元濟　叩首　三十四年十月十八日

十月十八日

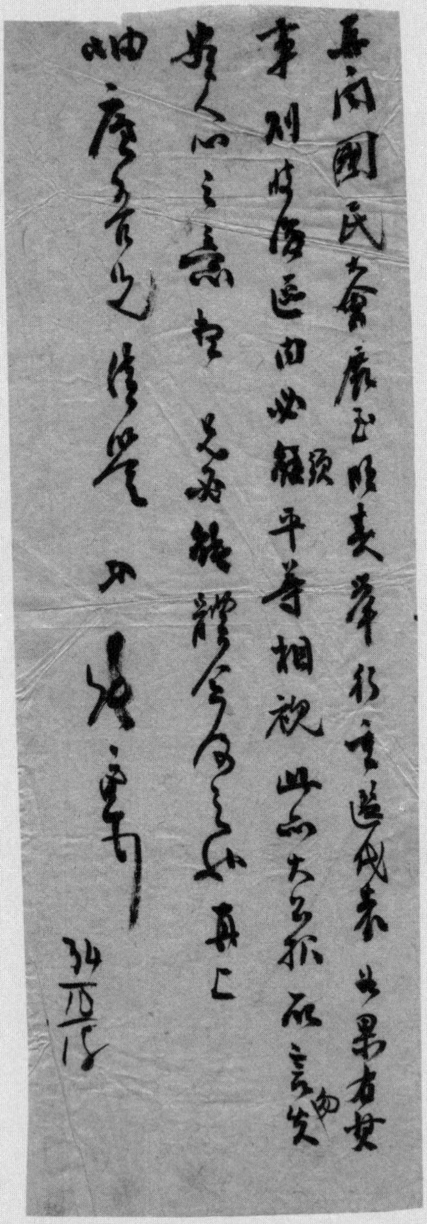

編輯摘要

・國民大會重選代表，延期舉行，建議必須平等待遇收復區

點校文字

再，聞國民大會展至明春舉行，重選代表。如果有其事，則收復區內，必●須平等相視，此亦《大公報》所言勿失盡人心之意，想　兄必能體會及之也。再上

岫廬吾兄清鑒

弟張元濟頓首　34—10—18

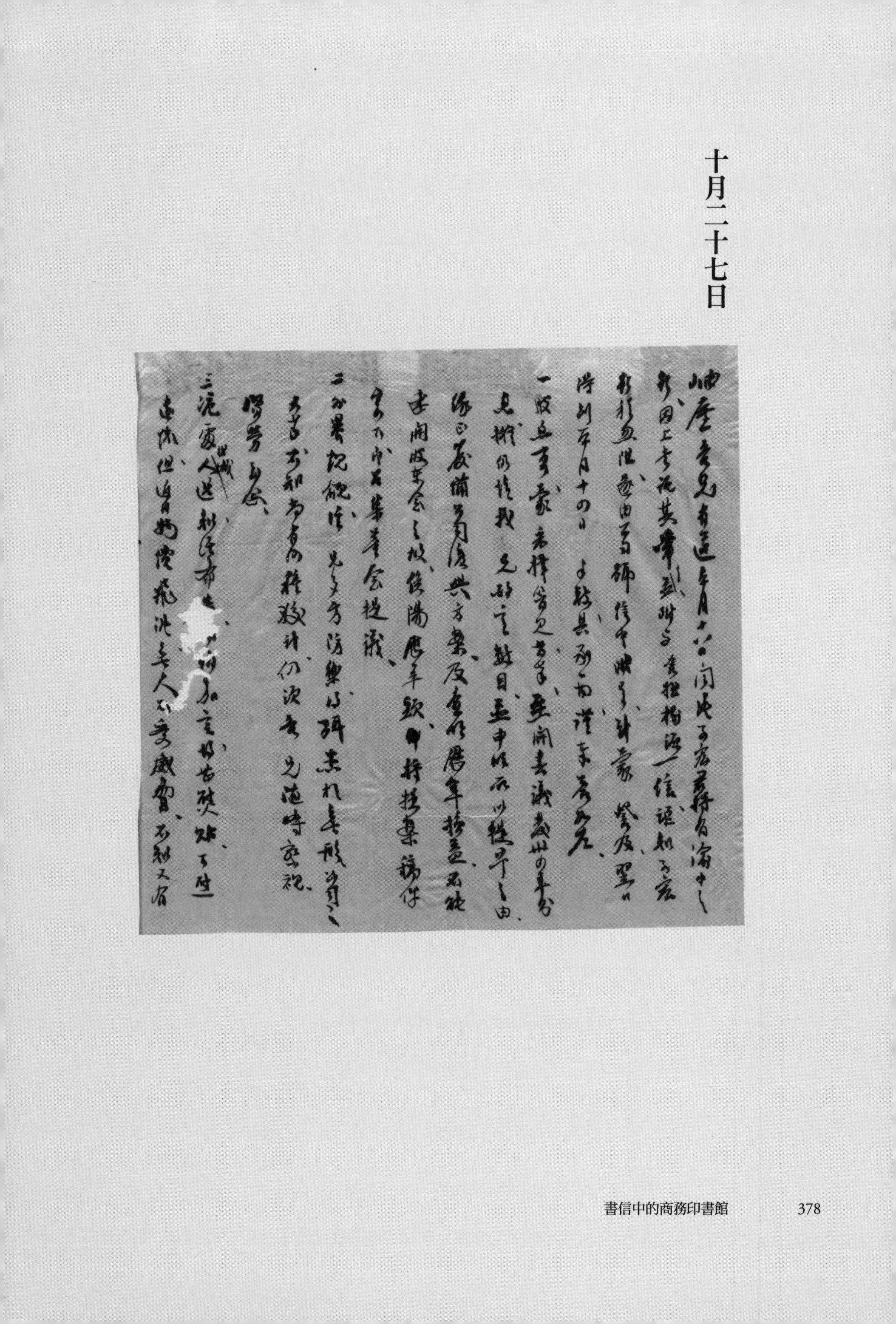

十月二十七日

免見字獄不復發生者備一面，近日國民黨在滬
督勸大學，指摘黨言之一字，數於行用掃地，國事之
不能明辨，此為一大障礙，我輩僅[illegible]欲察其所[illegible]
一旦鎔鑄既成，既去而未獲，何將各黨派一律平視
預料其竟有絕恆，有一抵達其故，即起而清
議之為國人所共知，果可集衆流於一爐，此地[illegible]
應不若近觀之切者，先[illegible]切勿以一言為前信
所需，又曾死其路矣，謂若身體之有一說不欲
一條常之言，不可以輕議焉，如[illegible]，臨[illegible]常似
也謝寬恕，而不則罰，暨及墟且者律之之難，未知
尊見以為何如。
再者，前寄來之[illegible]得，本季自有信，此等月日，[illegible]
說係近任大連市長，常有一信，內附之參議[illegible]源山墳達之信
一併來函中，未嘗述及，而山安來信則云與達方信

編輯摘要

- 商務發放股息、組織經營等事宜
- 張元濟的侄孫女解除婚約
- 對國共問題的觀察
- 祝賀王雲五的兒子王學哲結婚
- 為侄子張樹源請託事情

點校文字

岫廬吾兄有道：本月十八日聞張子宏君將有渝中之行，因上書託其代呈，並附與舍拙樹源一信，詎知子宏行程忽阻，遂由公司號信中附呈，計蒙　詧及。翌日得到本月十四日　手教，具承一切，謹奉答如左：

一、股息事，蒙采管見，甚幸。至開春議發卅四年分息，擬仍請我　兄酌定數目，並申明所以提早之由。緣正籌備公司復興方案，及查明歷年損益，不能逮開股東會之故。候陽歷年頭，●將提案稿件寄下，即召集董會提議。

二、外界覬覦，經　兄多方防禦，得弭患於無形，公司之大幸。不知尚有何種狡計，仍須吾兄隨時察視，賢勞至念。

三、滬處組織人選，知經布〔置，聞伯〕嘉言，均甚熨貼，可慰遺懷。但近日物價飛漲，無人不受威脅，不知又有何請求耳。

四、去年　託轉適之一信，越一年有半始到，每念日寇，又不禁為之切齒。發信後一兩●月，舍侄孫女婚約，即無條件解除，在現行民法上，此並不認為有過。所謂訂婚，不過隨意契約，並無秉持，可憐今之青年男女，紛紛登報訂婚，尚未將民法細讀也。此事正成昨日黃花，與適之信，即相左亦無損，惟勞　兄轉遞，有費清神，甚愧感耳。

五、傅卿　視察東南各省分館，料於公司定有裨益。

六、我輩總望國事可以好轉、晏然，則文化至為重要，我館所負職則尤大，我　兄當引為己任。復興之事，斷非一年所能成，脫身云云，非惟弟不敢贊同，恐亦為全國人所不容也。昨日報載傅作義與毛澤東電，似國共衝突，總恐難免。凡事斷不能專責備一面，近日國民黨在滬舉動，大受指責，「黨」之一字，幾於信用掃地。國事之不能好轉，此為一大障礙。我輩從旁觀察，幸祈倘能一旦豁然，●脫去向來羈絆，將各黨派一律平視，預料共●黨當能感悟。萬一執迷如故，即起而消滅之，必為國人所共與，且可告無罪於天下後事。但遠看不如近視之尚，吾　兄能痛切為之一言否？前傅卿西行，弟曾託其致意，謂昔年語　兄，有「一塊石頭一條帶」之言，至今仍須注意，望還　聽從。帶似已撤寬弛，而石則頑堅如故，且有絆足之嫌，未知尊見以為何如？

再，十四日來示稱，得弟本月七日信，但本月一日，弟曾託沈怡（近任大連市長）帶呈一信，內附與舍侄樹源、小壻逵方各一件，來示中未曾道及；而小女來信，則云與逵方信未曾接到。弟本月七日去信，開端均經祈照，如竟遺失，則 示中必當道及，不能無語，故敢瀆陳。

又，小女來信，稱本月十日為學哲世兄接室良辰，佳兒往歸，膝下承歡，謹西南遙賀。惟聞吾 兄酒興甚濃，聞逵方見告，此於貴體有損，亟宜戒止，謹再遜言，伏望 俯納

又，本月十八日去信，為舍侄樹源有所祈請，並託轉西安分館給與一信，想經發去。樹源尚無回信，不知曾有信與陳否？倘蒙 推愛，為之援手，感荷無極。

專此，祈頌 潭福

弟張元濟頓首 十月二十七日

編注：本信爲前次出版時，列爲「不宜發表」者之第一封。

本信現爲四頁，原由三種紙張黏接而成，第一、二頁出自同類紙張，三、四頁又出自各不同類紙張，不知何時、何地、因何緣故剪裁成四頁。

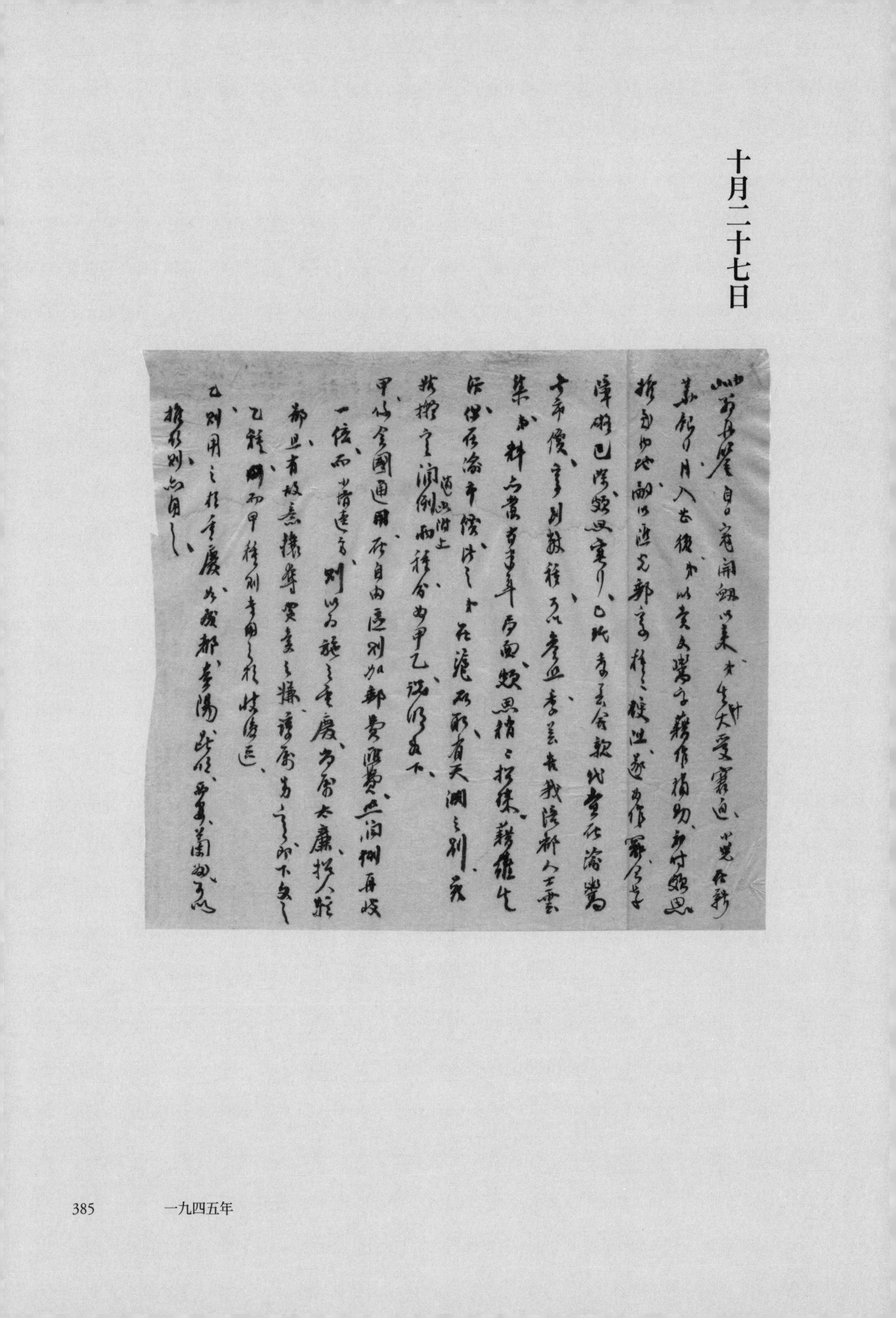

十月二十七日

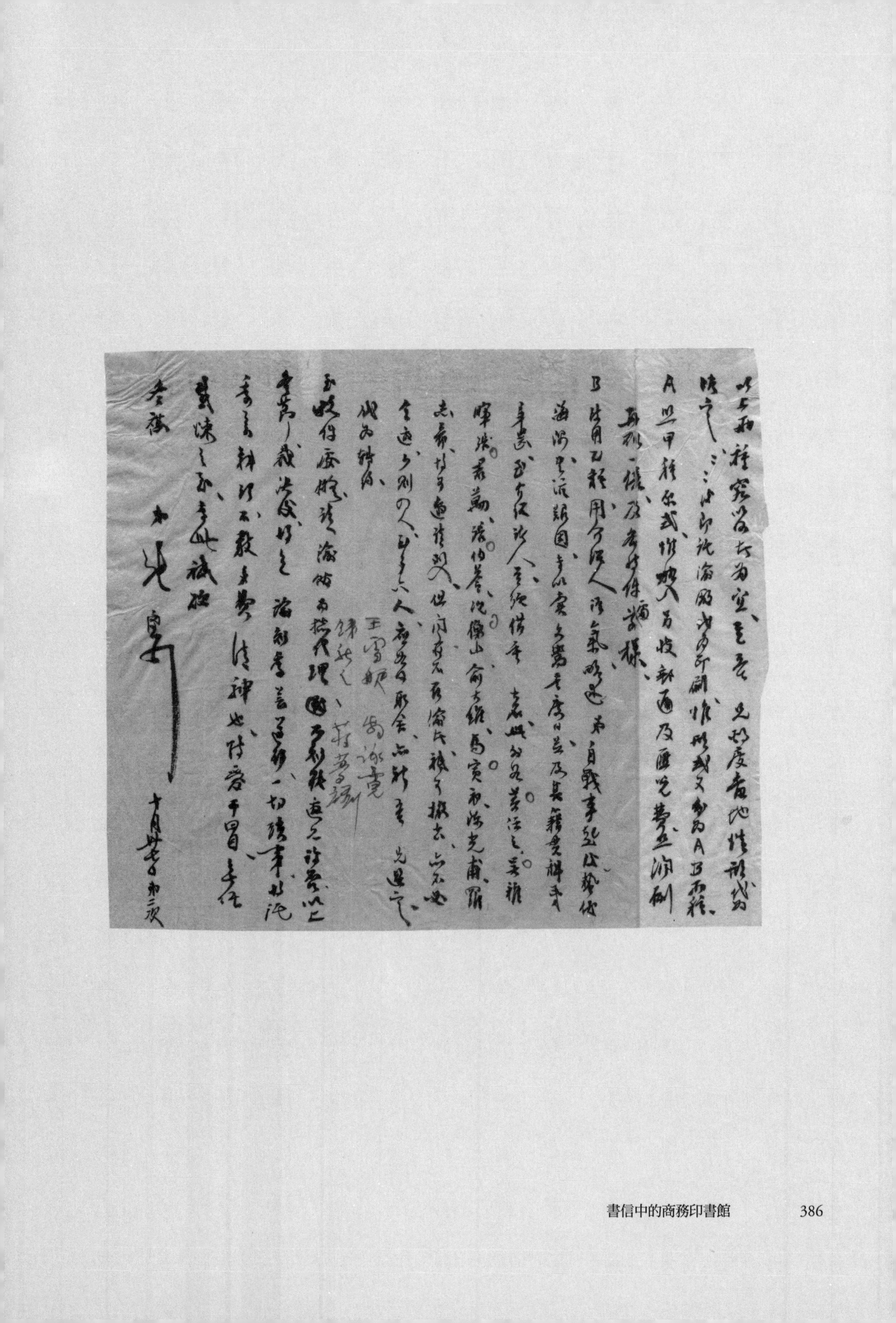

編輯摘要

・張元濟賣字謀生多年，現擬推展至中國內地，請王雲五協助相關事情

點校文字

岫翁再鑒：自日寇開衅以來，弟生計大受窘迫，小兒在新華銀行，月入甚微，弟以賣文鬻字藉作補助。初時頗思推至內地，嗣以匯兌郵寄種種梗阻，遂為作罷。今幸障礙已除，頗思實行，已託季芸舍親代查在渝鬻書市價，寄到數種，可以參照。季芸告我陪都人士雲集，弟料亦當有半年局面，頗思稍稍招徠，藉維生活。但在渝市價，比之弟在滬所取，有天淵之別，茲姑擬定潤例兩種，【隨函附上】分為甲乙，說明如下：

甲、係全國通用，在自由區則加郵費、匯費，照潤例再收一倍。而小壻達方，則以為施之重慶，尚屬太廉，招人輕鄙，且有故意攘奪買賣之嫌，諄屬另定。即下文之乙種，●而甲種則專用之於收復區。

乙、則用之於重慶，如成都、貴陽、昆明、西安、蘭州可以推行，則亦用之。

以上兩種究以何者為宜，乞吾　兄酌度當地情形，代為決定，決定後即託渝廠代為印刷。惟形式又分為A、B兩種：

A、照甲種原式，惟加入另收郵遞及匯兌費，照潤例再加一倍及各收件處字樣。
B、改用乙種，用介紹人語氣，略述弟自戰爭起後，蟄伏海隅，生活艱困，專以賣文鬻書度日，並及其籍貫、科第、年齒；至介紹諸人，首須借重　大名，此外如黃任之、吳稚暉、張君勱、張伯苓、沈衡山、俞大維、馬寅初、陳光甫、羅志希，均可邀請列入。但聞有不在渝者，祇可撤去，亦不必全邀，少則四人，至多六人。應如何取舍，亦祈吾　兄選定，代為轉約。

王雪艇、翁詠霓、錢新之、蔣夢麟

至收件處，擬請渝館為總代理，●不知能邀允許否？以上各節，裁決後，均乞　諭知季芸遵行。一切瑣事，均託季芸料理，不敢多費　清神也。博愛干冒，無任感悚之至。專此，祇頌
冬祺

弟張元濟頓首　十月廿七日，第二次。

編注：本信後半，王雲五以藍筆在黃任之、吳稚暉、張君勱、張伯苓、沈衡山、馬寅初六人姓氏旁畫圈，並在空白處補上王雪艇（世杰）、翁詠霓（文灝）、錢新之（永銘）、蔣夢麟四人之名。本信現爲二頁，原由兩種紙張黏接而成，第一頁前三行、第二頁第四行起爲一類，餘則爲另一類，亦不知何時、何地、因何緣故剪裁成二頁。

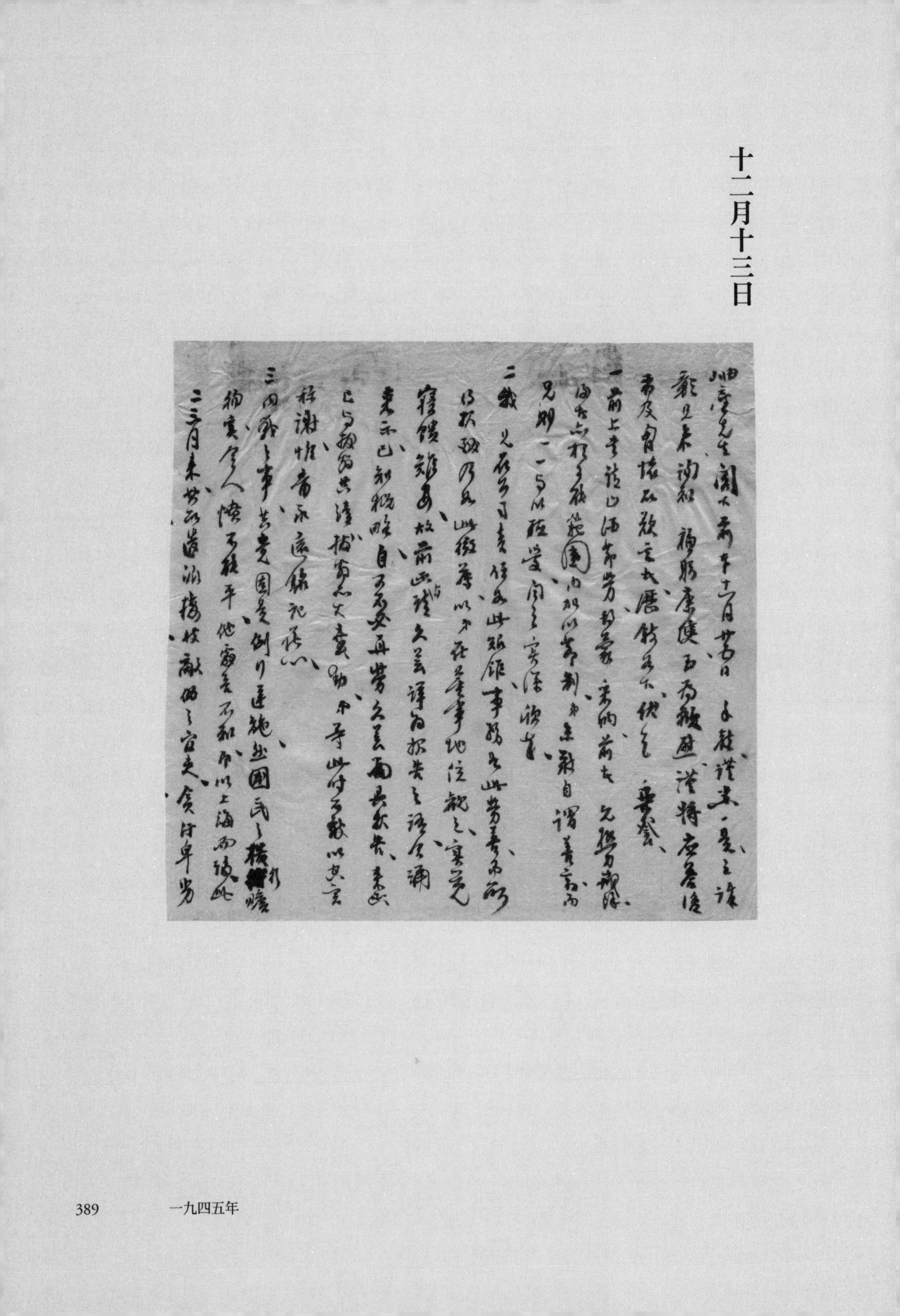

十二月十三日

強暴之行為，打、擄、勒錢，行之年年，不知凡幾。
亦親見此間杭州城外有憲兵隊長姜公美，長街居
大慶圃，為擄人勒贖之府，據市兵隊列家，橫行以被
傷殘者人，亦被捕，不令開。此輩爲警陳學年長，
私窩在糧倉庫中，白糖等貨偷運發賣，護照亦
被搶獲，據城外浙江截應付招待一兩月以上。已
今來見者，延頸之望，子曾見任謝長公，義痛嫌久
為人亦不置，世界付之副市長兼職，彼亦肯為我
說，準其自行辭職（近日又聞上海市黨部的什麼
黨部之作了），貴界不以為然，貴黨破府，又有
所謂三民主義，與年國長在上海所謂準國民
黨，同與業皆由國界供給，於國民黨表現亦
必作亦向銷，果然到其所謂國計民生矣。黨
有形一切之觀，見所謂獲人，而不知貴黨于服人
此中癥結焉。見得可否，當可痛切一言之，而解除國

之福也，言之不能[illegible]删，今之學者自見於天下，此次修有
視為尋常者，海內匹私於這真義，表示未改協同
為之開張，以部兒度之，令開成將來仍舊
西方西方者，實行制之行於此我行我不徒生
則吾民真臨於水火之中矣，但今吾之[illegible]
⑦吾人為欲與其前日來自主張，詳細教授修形，採
選吾民愛國與隨國內，若不能真實日師教授，在
民不能目擊之結構，通者惰能善通語長，使在之國
語教師，而其言其人之與生俾師多有上程師為
教部子，技術之專之說，於於中國歷史及財俗性形
之與世界大勢，國際之關係，經數千年之綱同，數於
吾人知此情狀，不能不急為開通，我所言之下，以為吾
而特別編撰需用之本，如吾國歷史大要，現時行政
區域，吾國史略，抗戰大事，新政之統，法制概要
世界大勢，中國在國際地位等類，只經印成小冊，簡

昨[illegible]道、不[illegible]為初學之用、兼[illegible]記附掛圖、記得[illegible]

所編[illegible]有歷史掛圖、（[illegible]掛圖）[illegible]公用、（[illegible]近日特[illegible]人所撰

歷代地理[illegible]改編至民國、另[illegible]大略

[illegible]印行、即在國內小學生亦可用）[illegible]

[illegible]多有[illegible]之書、[illegible]此時[illegible]不宜放

棄、[illegible]知　[illegible]以為然、[illegible]以為可行在[illegible]流行之人

編纂、或由滬[illegible]編審部[illegible]人在

公[illegible]於三月[illegible]一二十種、[illegible]

[illegible]自是[illegible]便、分別[illegible]地之[illegible]推銷於

公私[illegible]獨[illegible]裁[illegible]

[illegible]千[illegible]可家[illegible]

[illegible]人之爭購、[illegible]因與[illegible]及[illegible]

適[illegible]初級之圖書及歷史掛圖[illegible]國語[illegible]

之小學生文庫、學生字典、[illegible]

接黃千郵[illegible]電為[illegible]甚特[illegible]大[illegible]
機關移台送以光文化之先鋒，[illegible]
也，再本館尚相當人才能作開創[illegible]
作為文過所派往調查研究以後本館之基礎
[illegible]鈞裁
五、[illegible]抗[illegible]前[illegible]之後，言抗戰前[illegible]
屋[illegible]行政[illegible]作用已由該廳出[illegible]我光[illegible]
當（前蔣公嚴令軍政機關不許作用民房據
民房證）前[illegible]地方廳之意所有日人加以
新分[illegible]
所有[illegible]數，況
[illegible]我分[illegible]人民[illegible]
國家[illegible]中央[illegible]

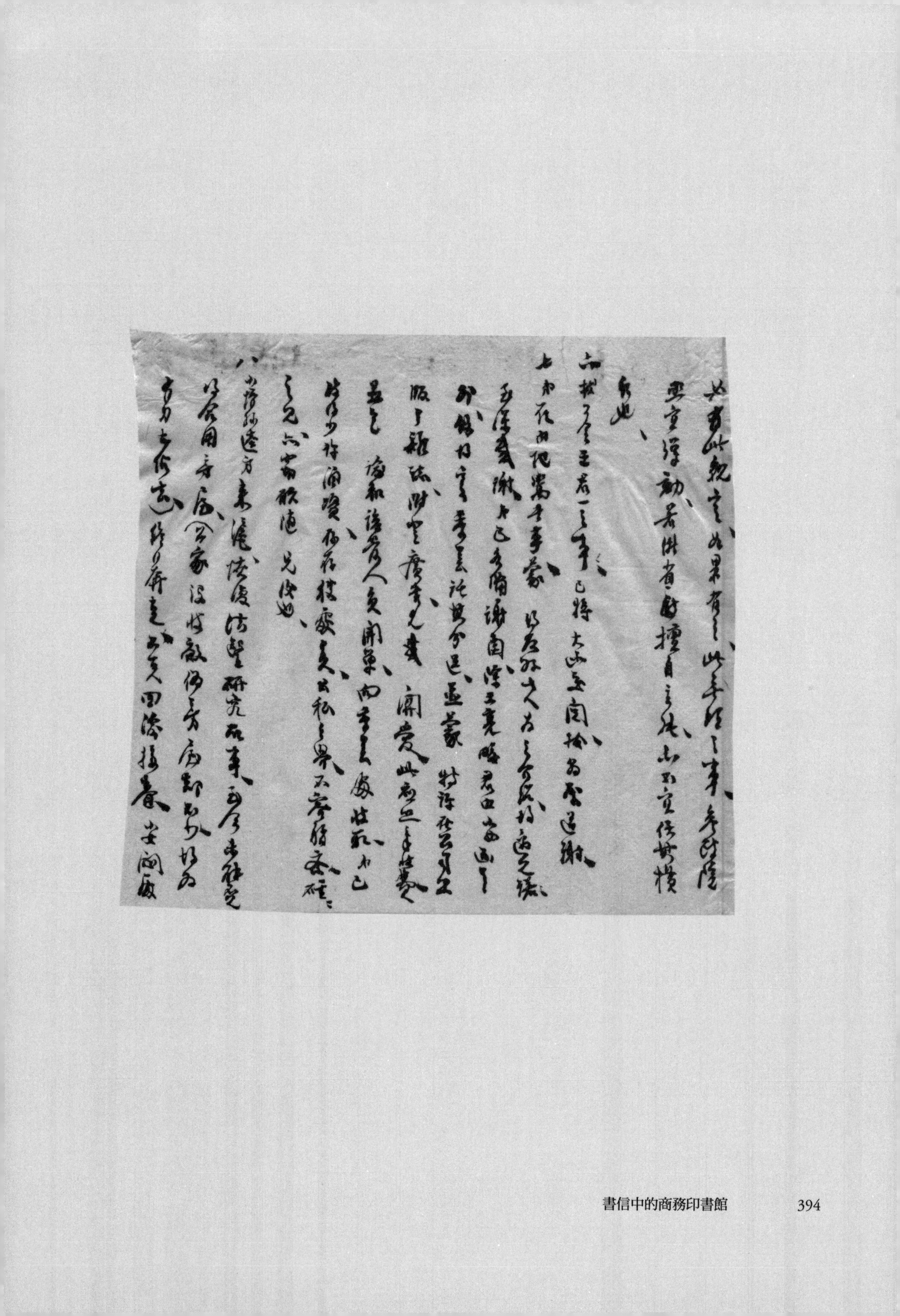

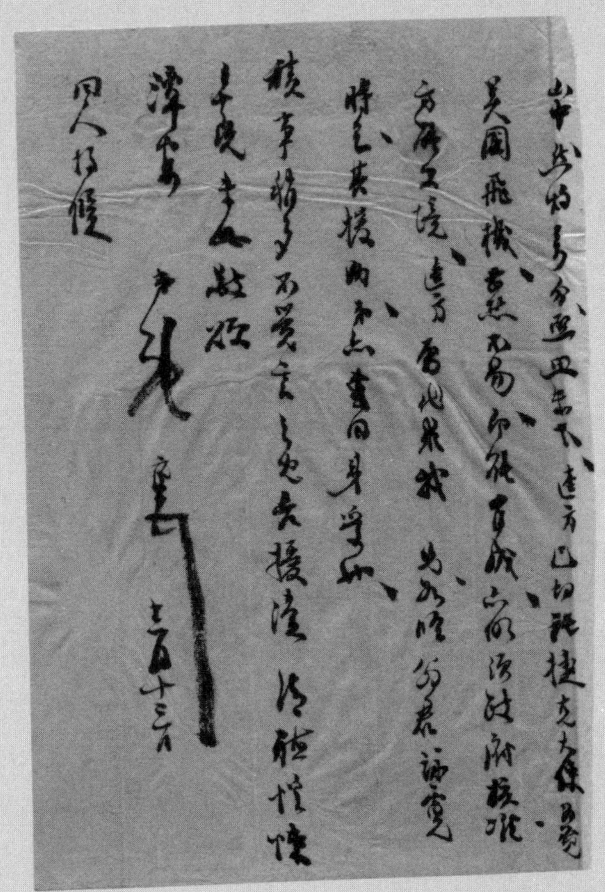

編輯摘要

- 勸告王雲五不要過度勞累、少飲酒
- 感謝王雲五為商務的付出
- 批評國民黨在上海的作為
- 對國共問題的觀察
- 轉述葛敬恩所說臺灣情形，並據此討論在臺編輯、出版、銷售等事
- 商務杭州分館房產問題
- 為侄子張樹源、女婿孫逵方請託事情

點校文字

岫廬先生閣下：前奉十一月二十五日　手教，謹悉一是。王誠彰且來，詢知　福躬康便，至為欣慰，謹將應善後事及胸臆所欲言者，歷敘如下，伏乞　垂詧。

一、前上嘗請止忙節勞，均蒙　采納。前者　兄極力戒酒，後者亦於可能範圍內加以節制，弟未敢自謂善言，而　兄則一一與以聽受，聞之實深欣喜。

二、我　兄在公司責任如此艱鉅，事務如此勞苦，而所得報酬乃如此微薄，以弟在董事地位

觀之，實覺寢饋難安。故前函有請久芸詳為報告之語，展誦來示，已知概略，自不必再勞久芸函具報告。來函已與拔翁共讀，拔翁亦大費勁，弟等此時不敢以其言稱謝，惟當永遠銘記在心。

三、內戰之事，共黨固是倒行逆施，然國民〔黨〕之橫●行瞻徇，實令人憤慨不能平。他處吾不知，即以上海而論，此二、三月來，其所遣派接收敵偽之官吏，貪汙卑劣強暴之行為，報端所載，幾於無日無之，不知　公等亦能見此間報紙否？有憲兵隊長姜公美者，佔居大廈，用為擄人勒贖之所，擁有兵隊，到處橫行，後被繳械，本人亦被捕；又有聞此警察分局陳學平者，私竊所轄倉庫中白糖五十袋，派警護送出外，亦被緝獲。報紙均經登載，歷時均在一、兩月以上，至今未見有懲辦之明文；又有吳紹澍者，聲名狼藉，久為人所不齒，其所任之副市長，並撤職且不肯放，祇說准其自行辭職，（近日又回上海來幹他的什麼黨部主任了）責罰不明至此，可復成何政府？又有所謂三民主義青年團者，在上海所為，可謂准國民黨，聞此輩皆由國幣供給。聞國民黨費，現亦仍作正開銷，果爾則真可謂國蠹民賊矣。黨高於一切之成見不除，徒責人而不知責己，無能服人。此中癥結，吾　兄何不與當局痛切一言，言而能從，國之福也；言而不從，則亦可告無罪於天下，此後惟有視為不屑教誨而矣。報稱延安代表即來，政治協商不久開議，以鄙見度之，即令開成，將來仍舊一面商、一面打，商或停或不停，打亦或停或不停，是則吾民真臨於水火之中矣。但幸吾言之不中耳。

四、友人葛敬恩君前日來自台灣，詳詢彼處情形，據述台民愛國，遠勝國內，學生不願再受日師教授，居民不服日警指揮，遇有稍能善通語者，便拉充國語教師。葛君又言臺人如醫生、律師、各項工程師，為數卻不少，技術亦為可觀。獨於中國歷史及政治情形，與夫世界大勢、國際交涉，經數十年之錮閉，幾於一無所知，似此情狀，不能不急為開通。弟聞言之下，以為宜即為彼特別編授需用之書，如本國歷史大要、現行政區域、臺灣史略、抗戰大事、行政系統、法制概要、世界大勢、中國在國際地位等類。具須印成小冊，簡明淺近，不專以為高等之用，最好配附掛圖。記得本館以前曾印有歷史掛圖【似尚有注音字母掛圖】，甚為合用。（弟近日將昔人所授《歷代世紀歌略》，略加以修改，編至民國，另紙附呈　台閱。亦擬付公司印行，即在國內小學生亦可用。）即不為將來營業計本，本館負有輔助教育之責，際此時勢，亦不宜放棄，未知　我兄以為何如？如以為可行，應否在渝約人編纂，或交由滬處編審部籌畫，分頭約人，內外著手，於三、四月後，即可成書一、二十種。彼時如能自設分館，自是簡便，否則委託當地書店推銷，於公於私，似屬均有裨益。統祈　裁部施行。

葛君又言舊時之《千字文》、《百家姓》等書，幾於徧地皆是，人人爭購，弟因與伯嘉兄談及，擬選本館現存適宜初級之圖書，如《歷史掛圖》、《看圖識字》、《五彩方字》、《小學生文庫》、《學生字典》等，就館中現存之數，酌提若干部，寄交葛君，託其轉交各大城市教育機關，酌量分送，以充文化之先鋒，想　尊見亦以為可然也。再，本館如有相當人才，能作閩南語或日本語文者，作為先遣隊，派往調查，用奠日後分館之基礎。是否可行，亦祈裁酌。

五、頃有杭州分館俞君鐃清之信，言杭館前造未成之屋，近又被經濟部占用，已由滬處函陳我兄設法收回。（前蔣公嚴令軍政機關不能佔用民房，〔終〕成廢話）俞君聞當地官廳之意，所有日人加造部分，本館應另行訪價。我館已失去數年之用，所有損失，即以所加造者作為購價，恐尚不敷，況所加造者不含我分館營業之用，人民有所失，而國家反疑有所得，豈非滑稽？弟意中央政府未必有此規定，如果有之，此無理之事，參政院亟應彈劾；若浙省●擅自主張，亦不宜任其橫行也。

六、拔可呈王君一之事，已將大函交閱，拔翁囑道謝。

七、弟在內地鬻書事，蒙　得為約諸人為之介紹，均道允諾，至深感謝。弟已多備謝函，除王亮疇君西安面呈外，餘均寄季芸託其分送，並蒙　特許在公司出版之雜誌，附登廣告，兄或關愛，此應照字收費，並乞　諭知該管人員開單，向季芸處收取。弟已收得少許潤資，存在彼處矣。公私之界，不容稍紊，硜硜之見，亦竊願隨　兄後也。

八、小壻孫逵方來滬，恢復法醫研究所事，至今未能覓得合用房屋，（公家沒收敵偽房屋却不少，均為有力者佔去。）經日奔走，不克回渝接眷。小女閎處山中，然灼萬分，亟欲東下。逵方已切託捷克大使為覓美國飛機，甚恐不易，即能有成，亦仍需政府核准，方能出境。逵方屬代求

我　兄，如晤翁君詠霓時，乞其援助，弟亦感同身受也。積事稍多，不覺言之冗長擾瀆　清聽，惶悚無似。專此，敬頌

潭安

弟　張元濟頓首　十二月十三日

同人均候。

編注：本信爲前次出版時，列爲「不宜發表」者之第二封。

本信現爲七頁，原由六種紙張黏接而成，第二、三頁出自同類紙張，其餘各自不同，亦不知何時、何地、因何緣故剪裁成六頁。

本信近兩千字，爲本書所收最長之信。就紙張情況而言，張元濟似爲隨寫隨用、隨用隨寫。

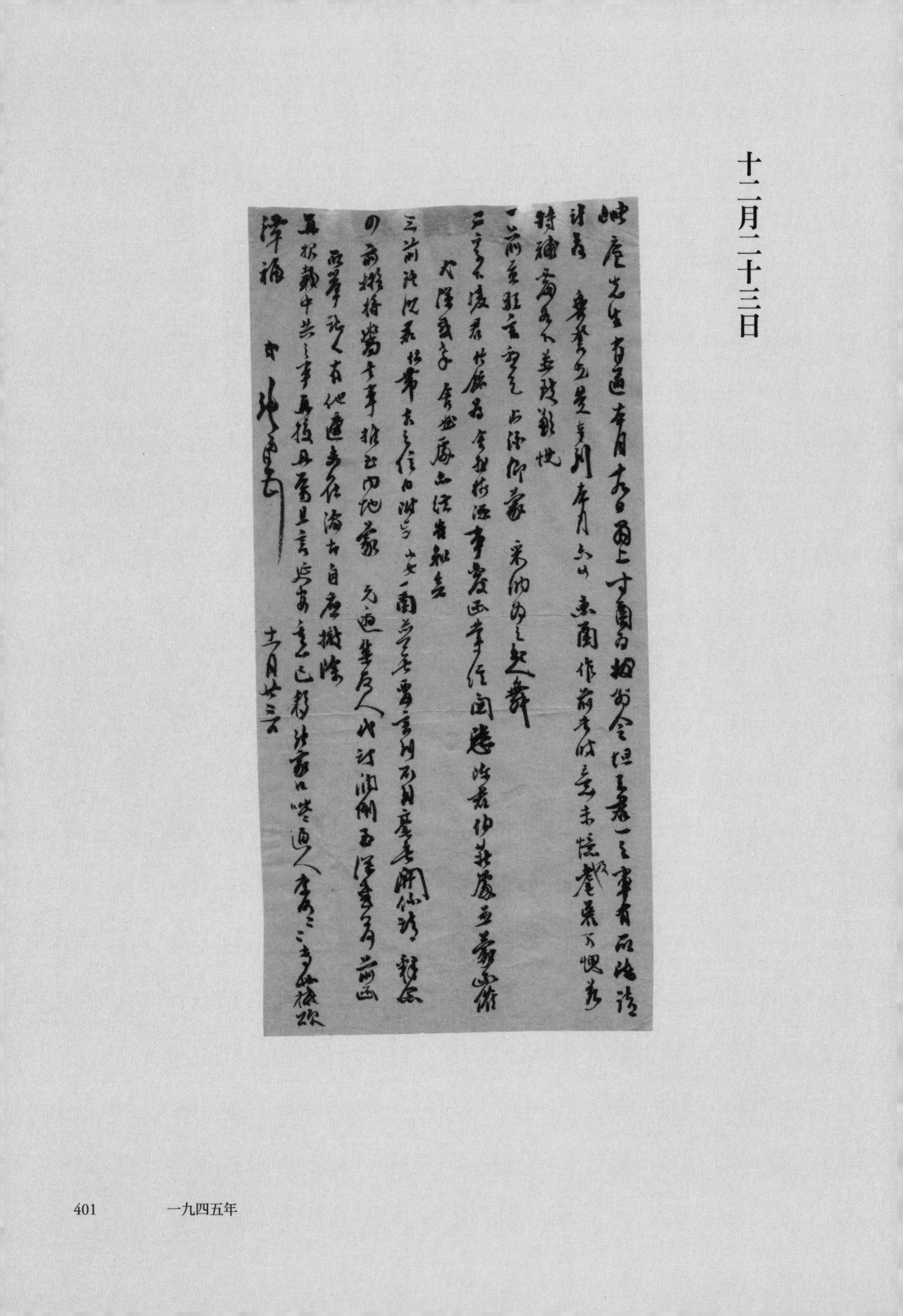

十二月二十三日

編輯摘要

- 感謝王雲五協助賣字之事
- 閱讀報紙得知中共消息，感到無可奈何

點校文字

岫廬先生有道：本月十九日肅上寸函，為拔翁令坦王君一之事有所陳請，計荷　垂詧。先是奉到本月六日　惠函，作前書時竟未憶及，耄荒可愧，茲特補覆如下，並致歉忱。

一、前貢狂言，懇乞　止酒，仰蒙　采納，為之起舞。

二、寄下凌君竹銘為舍侄樹源事覆函，業經閱悉，陳君伯莊處並蒙函催，尤深感幸，舍侄處亦經告之矣。

三、前託沈君怡帶去之信，內附與小女一函，並無要言，到不到毫無關係，請　釋念。

四、前擬將鬻書事推至內地，蒙　允邀集友人，代訂潤例，至深感荷。前函所舉諸人，有他適未在渝者，自應撤除。

再，報載中共之事，再接再厲，且言延安重心已移張家口，咄咄逼人，奈何、奈何！專此，

祇頌

潭福

弟張元濟頓首　十一月廿三日

一九四六年

一月十七日

編輯摘要

- 自述去年底生病情形
- 商務經營與內部人事等問題
- 對國共問題的觀察
- 感謝王雲五贈書與幫助

點校文字

岫廬先生有道：敬啟者，去年歲尾病中得十二月廿四日　手教並董事會提案信，本年一月四日又得十二月卅日續　示，均祇頌悉。小女返滬備述　逾格關愛，不勝感荷。本當早日申謝，因病稽延，甚為悚歉。弟於去年十二月廿七夜半睡中，忽患暈眩，手顫足麻，汗出作嘔，來勢甚惡，難自指掌。逵方在此與已急治之藥，歷四小時漸定，延欒文照醫師診驗，云係心弱血管硬，血壓高以往只有一百三十度，現升至百七十度而不升至腦部所致。越三、四日，又患腰脊痠痛，幾至不能行動，今已半月，尚未復元，致連得　兩書，均未即覆，悵歉無似，今特簡略奉覆如下：

一、承　示發給慰勞金及同人歷年在渝所得獎金情形均悉，苦心調護，欽佩無極。

二、董事會提案信亦收到，　尊意股息擬每股百元即減至六分亦可。鄙意以前歷次墊息，同人並以相等之數，此次難免援例要求，擬先備抵制之詞。又提案墊息，可望稍參活等，改為由六分至百文，請伯嘉代陳前數日，出示　處諭，已謹悉。但賤恙尚難達痊，董事祇得罷緩，因事前尚須分別奔走接洽也。以上覆十二月廿日信。

三、承　示因有公司關係，政治方面言論不能自由，是則當局者，不能聽受善言，且或以言者為有罪、有惡根性，安能有為？國家前途，尚有何望？吾　兄亦何必明珠暗投？竊現在國共互議，協商已行，吾　兄觀之，究竟可有若干成績？弟則恐老馬一行，又將故態復萌耳。

四、頒賜《旅渝心聲》一部，拜領謝謝，容細細捧讀

五、鬻書廣告附刊《東方雜誌》，特予免費，弟受之殊有愧也。

以上覆十二月卅日信。

六、周頌久兄因有誤會，憤而辭職，弟與拔翁竭力斡旋，竟難挽回。云將渡臺，恐將杳如黃鶴矣。一切請伯嘉代陳，茲不贅　書。至此瘦痛不堪，恕不多述。即頌

台安

弟張元濟　頓首　元月十七日

編注：本信爲前次出版時，列爲「不宜發表」者之第三封。

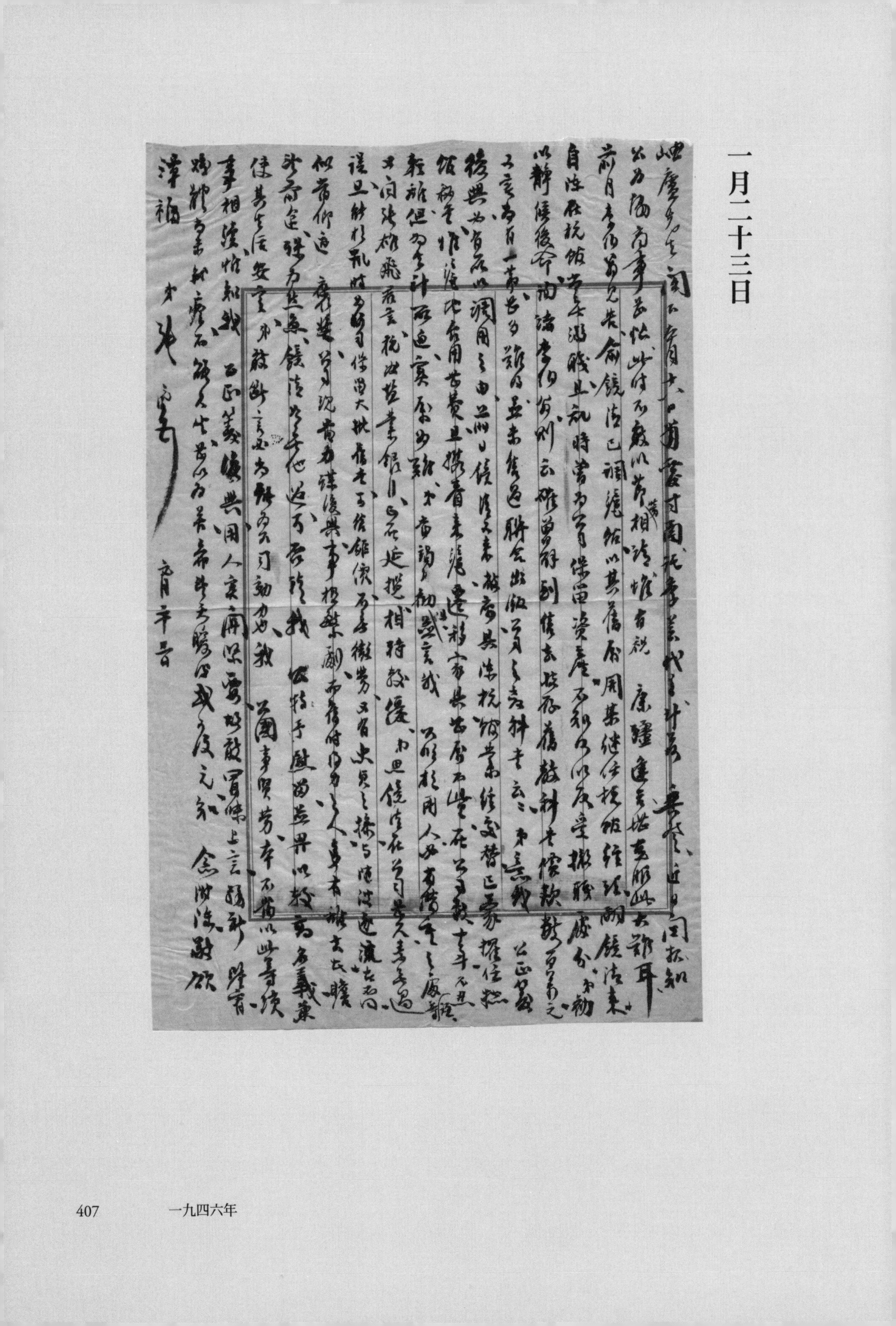

一月二十三日

編輯摘要

・請教俞鏡清調離商務杭州分館經理一職相關事情

點校文字

岫廬先生閣下：本月十八日肅覆寸函，託季芸代呈，計荷　垂詧。近日閱報，知　公為協商事甚忙，此時不敢以節勞相請，惟有祝　康彊逢吉，堪克服此大難耳。前月李伯翁見告，俞鏡清已調滬館，以其舊屬周某繼任杭館經理。嗣鏡清來，自陳在杭館尚無溺職，且亂時曾為公司保留資產，不知何以反受撤職處分？弟勸以靜候復命，詢諸李伯翁，則云確曾解到售去收存舊教科書價款數百萬元，又言尚有一節，甚為難得，並未售過聯合出版公司之教科書云云。弟意我　公正籌復興，必有所以調用之由。前日鏡清又來敝寓，具陳杭館業經交替，已蒙擢任總館秘書，惟滬地食用甚費，且攜眷來滬，遷移家具，甚屬不貲。在公司數十年，不忍輕離，但為生計所迫，實屬為難。弟當竭力勸阻，並言我　公明於用人，必有借重之處等語。又聞張雄飛君言，杭州鹽業銀行，正在延攬，相待較優。弟思鏡清在公司甚久，素無過誤，且能於亂時為公司保留大批舊書，可售鉅價，不無微勞，又有忠貞之操，與隨波逐流者不同，似當仰邀褒獎。公司現當力謀復興，事極繁劇，而舊時得力之人，多有離去者，瞻望前途，殊為焦急。鏡清如無他過，可否請我　公特予慰留，並畀以較高名義，兼使其生活安定，弟敢斷言，必尚能為公司効力也。我　公國事賢勞，本不當以此等瑣事相瀆，惟知我　公正籌復興，用人實關緊要，故敢冒味上言，務祈　鑒宥。賤體尚未就痊，不能久坐，甚以為苦，希望天暖後或可復元。知　念附陳，

敬頌　譚福

弟張元濟頓首　元月二十三日

二月一日

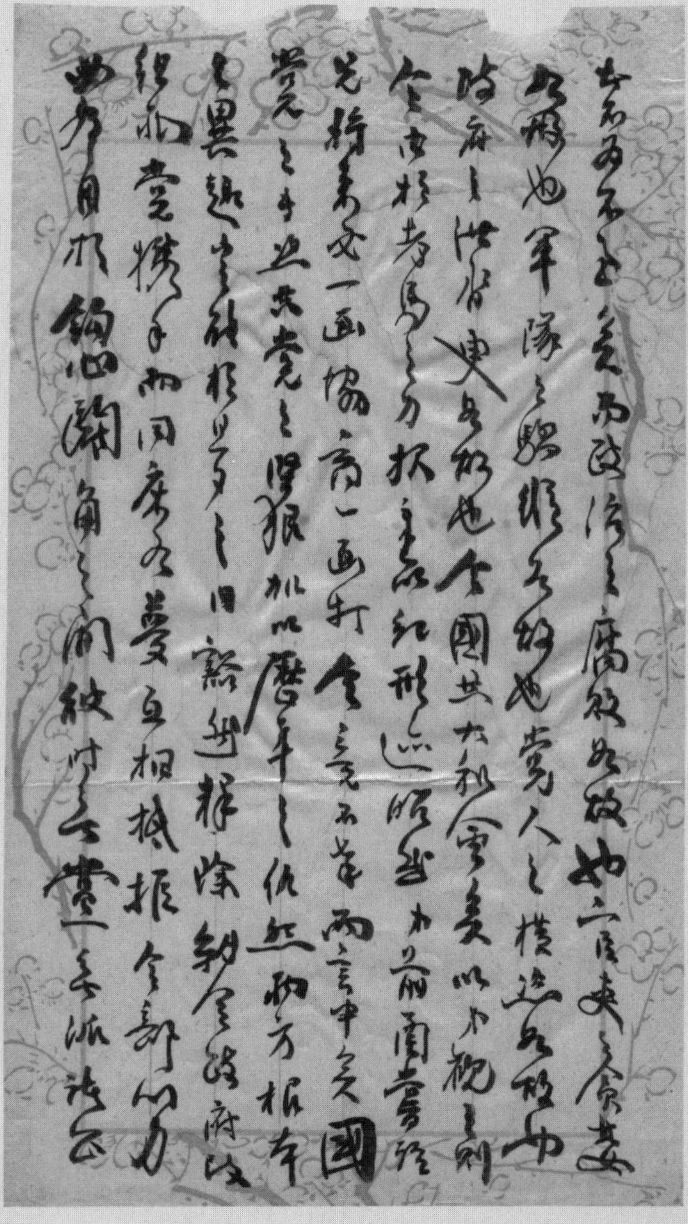

將往來北衡費者眷克之不…或轉成一二事
而非大眾有…之我
先生豈能甘抱獨不入地獄誰入地獄之志耶試
問今之地獄中人其能拔而出之乎 都足令為那
可以出山之時與
先生二十餘年之交誼思之尚有餘不敢不求其
忠告勿曰君子藏器以待時窮的
實未通也 此謂不為商務計於設法以挽留者也
書知我

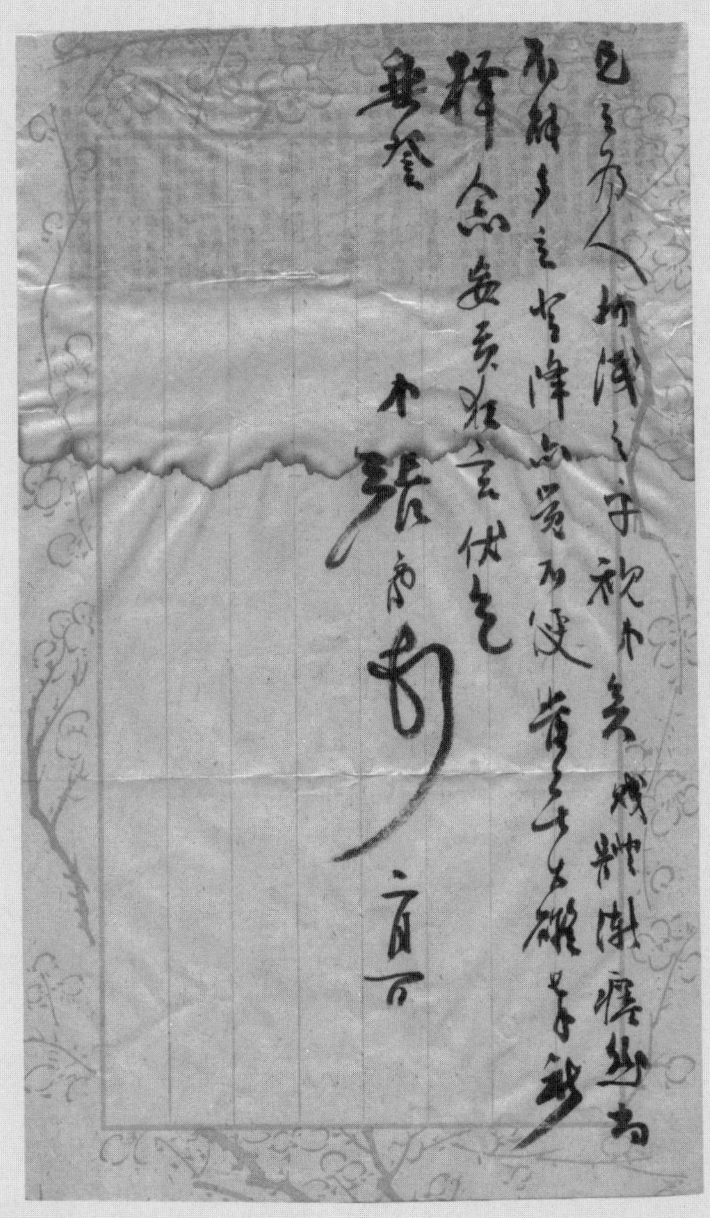

編輯摘要

- 對國共問題的觀察
- 勸告王雲五不要任官

點校文字

岫廬吾兄有道：吾上兩函，計登籤掌。舊曆新正，伏惟動定綏和，潭第多福，至為企頌。前日孫堉達方來告，謂聞諸聽李伯嘉，我　兄有出任政府要職之信。弟聞言為之憂喜交集，喜則喜政府知人之明，憂則憂將用　兄為貓爪也。果有利於國家者，摩頂放踵，且可為之，何有於為貓爪然，若輩果真知有國家否乎？此數年中，賢士大夫之奔走呼號，盡瘁於謀國者，不為不至多，而政治之腐敗如故也，官吏之貪婪如故也，軍隊之驕縱如故也，黨人之橫恣如故也，政府之泄沓更如故也。今國共大和會矣，以弟觀之，則今同於老馬之力，報言所記，形迹昭然。弟前函嘗語　兄，將來必一面協商一面打，今竟不幸而言中矣。國黨之自恣，共黨之堅狠，加以歷年之仇怨，恐兩方根本之異趣，豈能於旦夕之間，豁然根除絕盡？政府改組，兩黨攜手而同床各夢，互相抵拒，全部心力必各用於勾心鬥角之間。彼時無黨無派諸公，將往來折衝，費盡唇舌之不絕，或能辦成一、二事，而於大局有何得也？我　兄大慈悲，素抱我不入地獄之志，然試問今之地獄中人，可能拯而出之乎？鄙見今尚非可以出山之時，與　兄二十餘年之交誼，思之兩夕，終不敢不盡其忠告。《易》曰：「君子藏器以待時」，竊願為　賢者誦之。或謂弟為商務計，故誇詞以挽留者，是豈知我　兄之為人，抑淺之字視弟矣。賤體漸癒，然尚不能多言，登降亦覺不便，當無大礙，幸祈釋念。妄貢狂言，伏乞

垂督

弟張元濟頓首　二月一日

編注：本信爲前次出版時，列爲「不宜發表」者之第四封。

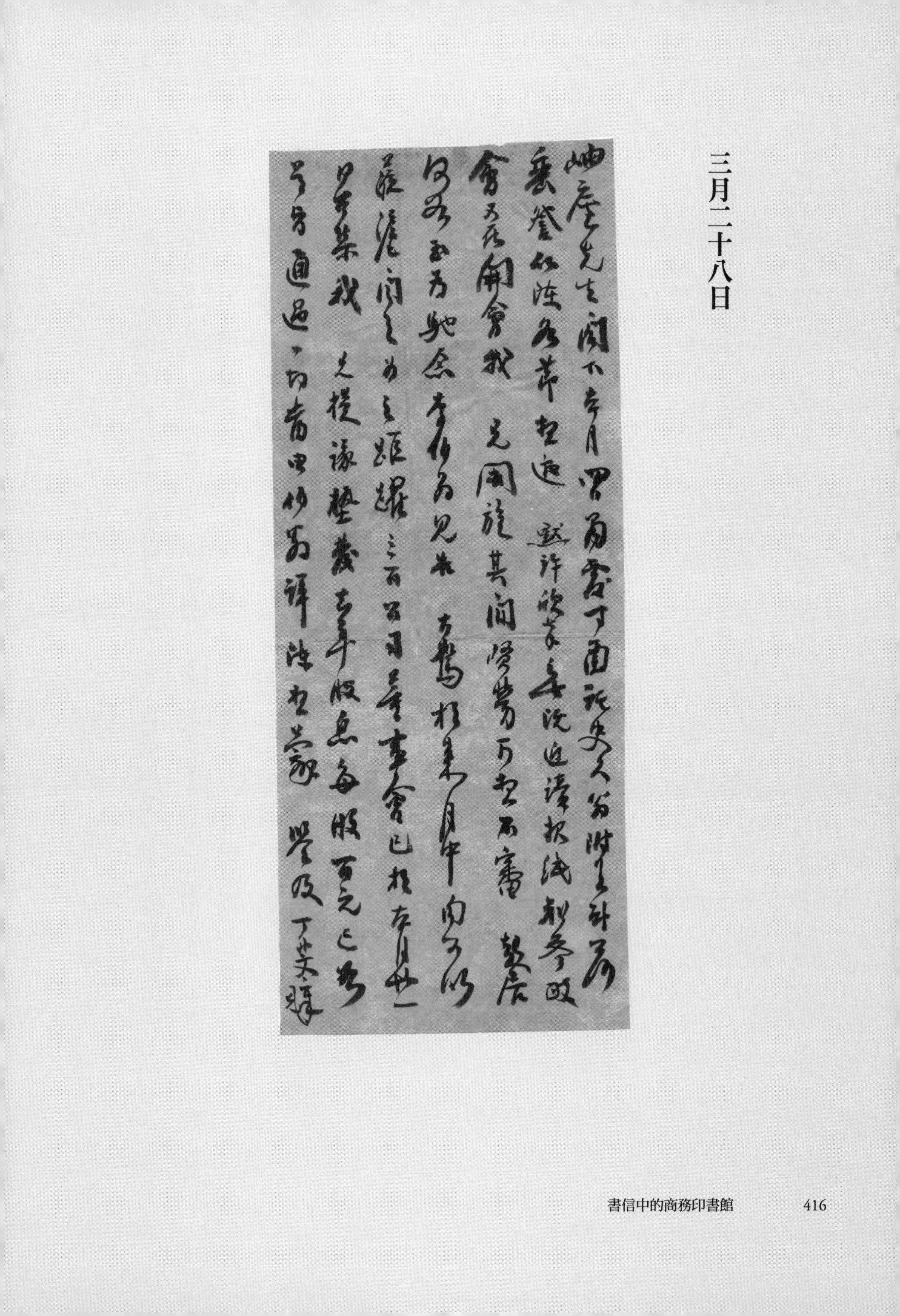

三月二十八日

女公子及其婿思赴美國遊學，屬代請 騮先吾兄設法，謹

將函件轉 覽。目前政府選派出國極嚴，至於自費之人，雖令稍寬

請領護照，亦因[illegible]方法，又因遊學期內之經費需有切確之

保證，而伊所稱依存之款，不敷留學會之[illegible]，望據 云復

為荷。[illegible]為[illegible]，[illegible]為足行 [illegible]

台安 于右任 上 三月廿六

編輯摘要

- 商務董事會通過墊發股息
- 請王雲五協助丁斐章女兒及其夫婿赴美留學

點校文字

岫廬先生閣下：本月四日肅覆寸函，託史久翁附呈，計荷　垂督。所陳各節，想邀　默許，欣幸無既。近讀報紙知參政會又在開會，我　兄周旋其間，賢勞可想，不審起居何如，至為馳念。李伯翁見告，　大駕於來月中旬，可以莅滬，聞之為之距躍三百。公司董事會已於本月廿一日召集，我　兄提議墊發去年股息，每股百元，已如　尊旨通過，一切當由伯翁詳陳，想蒙　鑒及。丁斐章女公子及其婿思赴美國遊學，屬請　鼎力為之設法，謹將原信呈　覽。聞政府邇來限制極嚴，不知伊二人能合格否？請領護照，應用何種方法？又聞遊學期間之經費，需有的確之保證，不知伊所稱儲存之數可以符合否？統祈　鑒核，示覆為幸。賤體不過爾爾，幸眠食尚好，足紓　廑注。專此，敬請

台安

弟張元濟頓首　三月廿八日

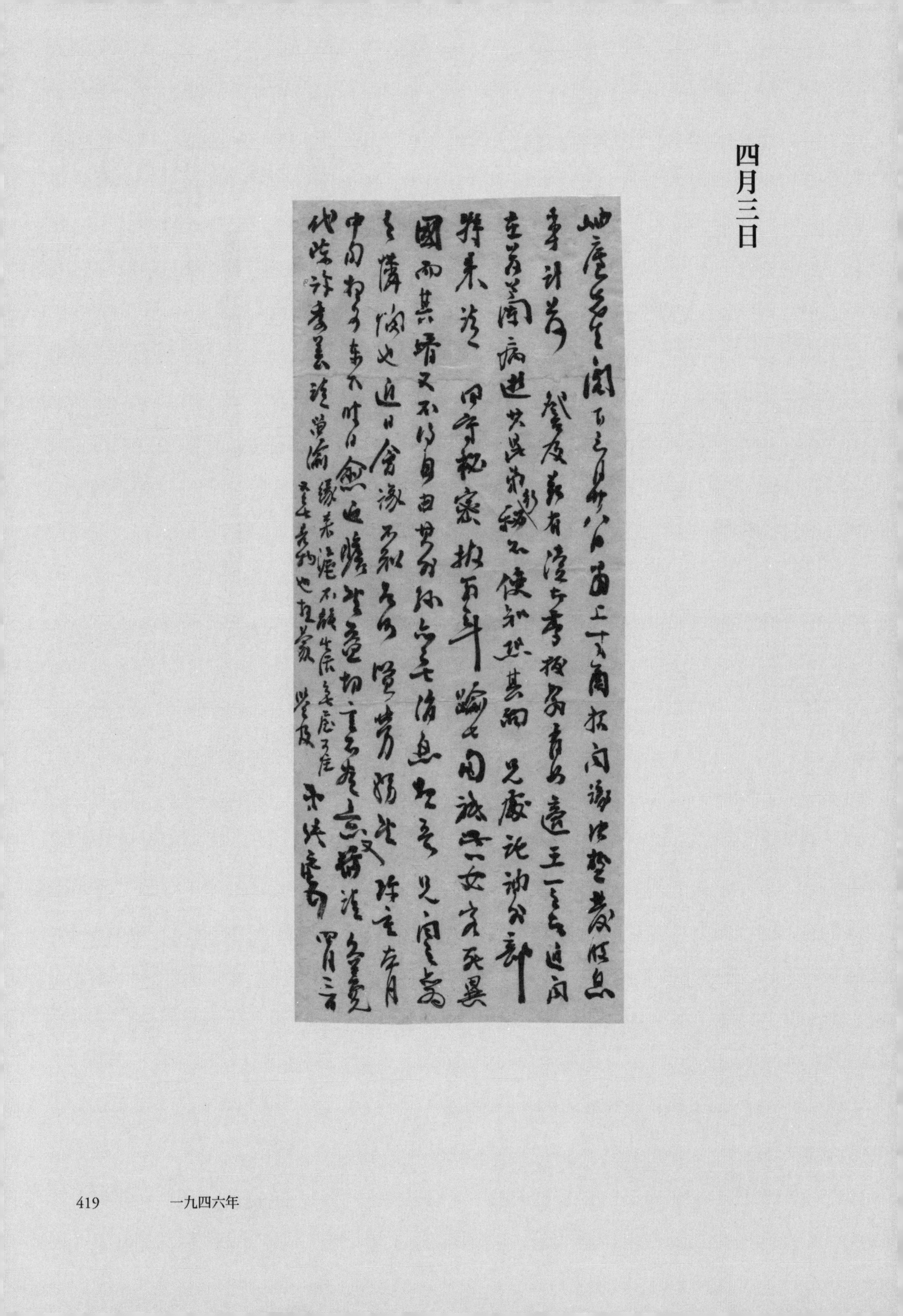

四月三日

編輯摘要

・李拔可女兒在荷蘭逝世，請王雲五協助保守祕密

點校文字

岫廬先生閣下：三月廿八日肅上寸函，報聞議決墊發股息事，計荷　詧及。茲有瀆者，李拔翁有女適王一之者，近聞在荷蘭病逝，其昆弟祈祕不使知，恐其向　兄處託詢外部，特來請同守祕密。拔翁年踰七旬，祇此一女，客死異國，而其壻又不得自由，其外孫亦無消息，想吾　兄聞之亦為之憐憫也。近日會議不知如何？　賢勞務望　珍重。本月中旬想可東下，時日愈近，瞻望益切，言不盡意。又，前請久芸兄代陳，許季芸請留渝，緣若來滬，不能生活，無屋可住，又無長物也。想蒙　鑒及。

弟張元濟頓首　四月三日

六月四日

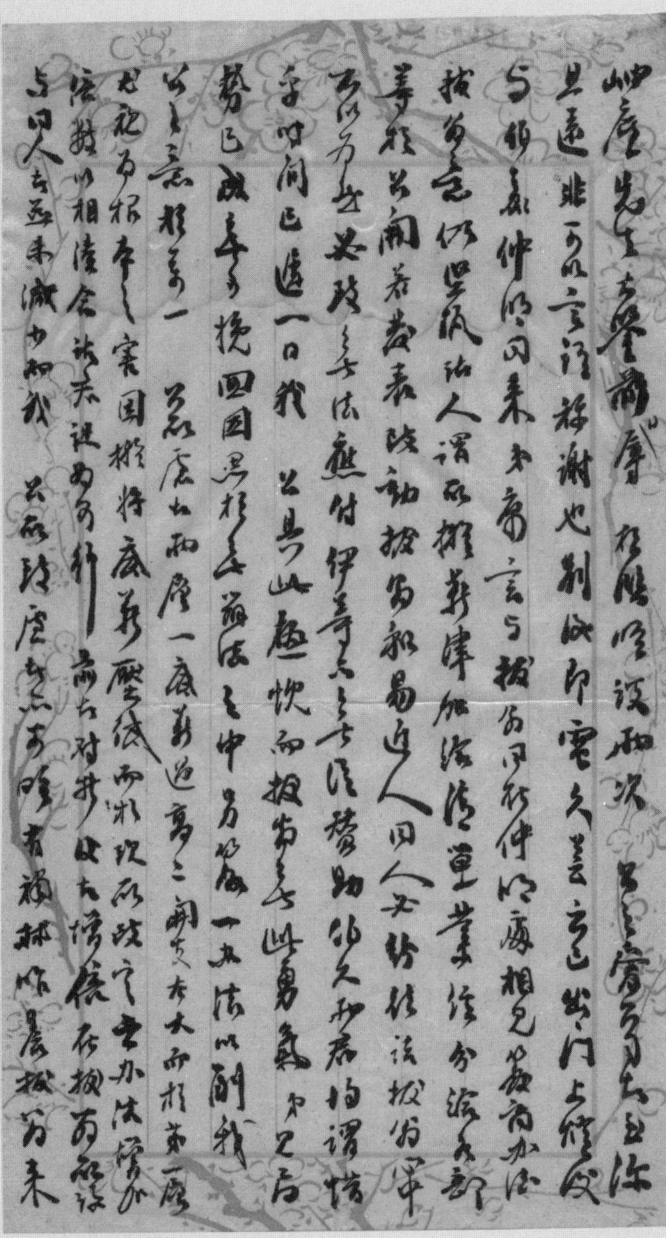

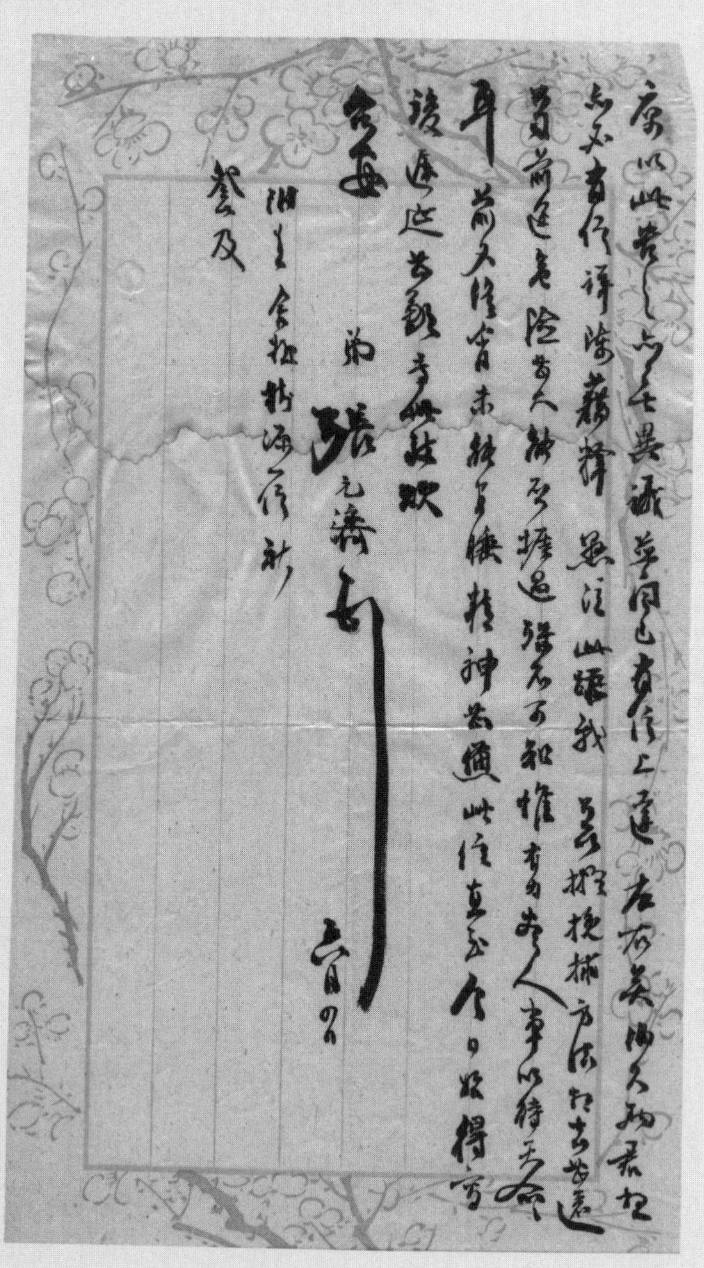

編輯摘要

・商量如何調整商務員工薪資待遇

點校文字

岫廬先生大鑒：前日辱　枉臨，晤談兩次，　公之愛公司者至深且遠，非可以言語稱謝也。別後即電久芸，云已出門，上燈後，與伯嘉、仲明同來弟寓，言與拔翁同在仲明處相見，籌商辦法。拔翁意仍堅執，諸人謂所擬薪津加給清單，業經分洽各部，等於公開，若發表改動，拔翁和易近人，同人必紛往詰，拔翁心中不以為然，必致無法應付，伊等亦無從贊助。伯、久兩君均謂，惜乎時間已遲一日，我　公具此熱忱，而拔翁無此勇氣。弟見局勢已成，無可挽回，因思於無辦法之中，另籌一辦法，以副我　公之意於萬一。　公所慮者兩層：一、底薪過高；二、開支太大，而於第一層，尤視為根本之害。因擬將底薪壓低，而於現所改定之辦法，增加倍數，以相湊合。諸君認為可行，前者對折，後者增倍，在拔翁所許與同人者，並未減少，而我　公所致慮者，亦可略有補救。昨晨拔翁來寓，以此告之，亦無異議，並聞已有信上達　左右矣，伯、久兩君想亦必有信詳陳，藉釋　懸注。此距我　公所擬挽救方法相去甚遠，公司前途危險甚大，能否捱過，殊不可知，惟有力盡人事，以待天命耳。前夕終

宵未能安睡，精神甚憊，此信直至今日始得寫竣，遲延甚歉。專此，敬頌

台安

弟張元濟頓首　六月四日

附呈舍侄樹源一信，祈　詧及。

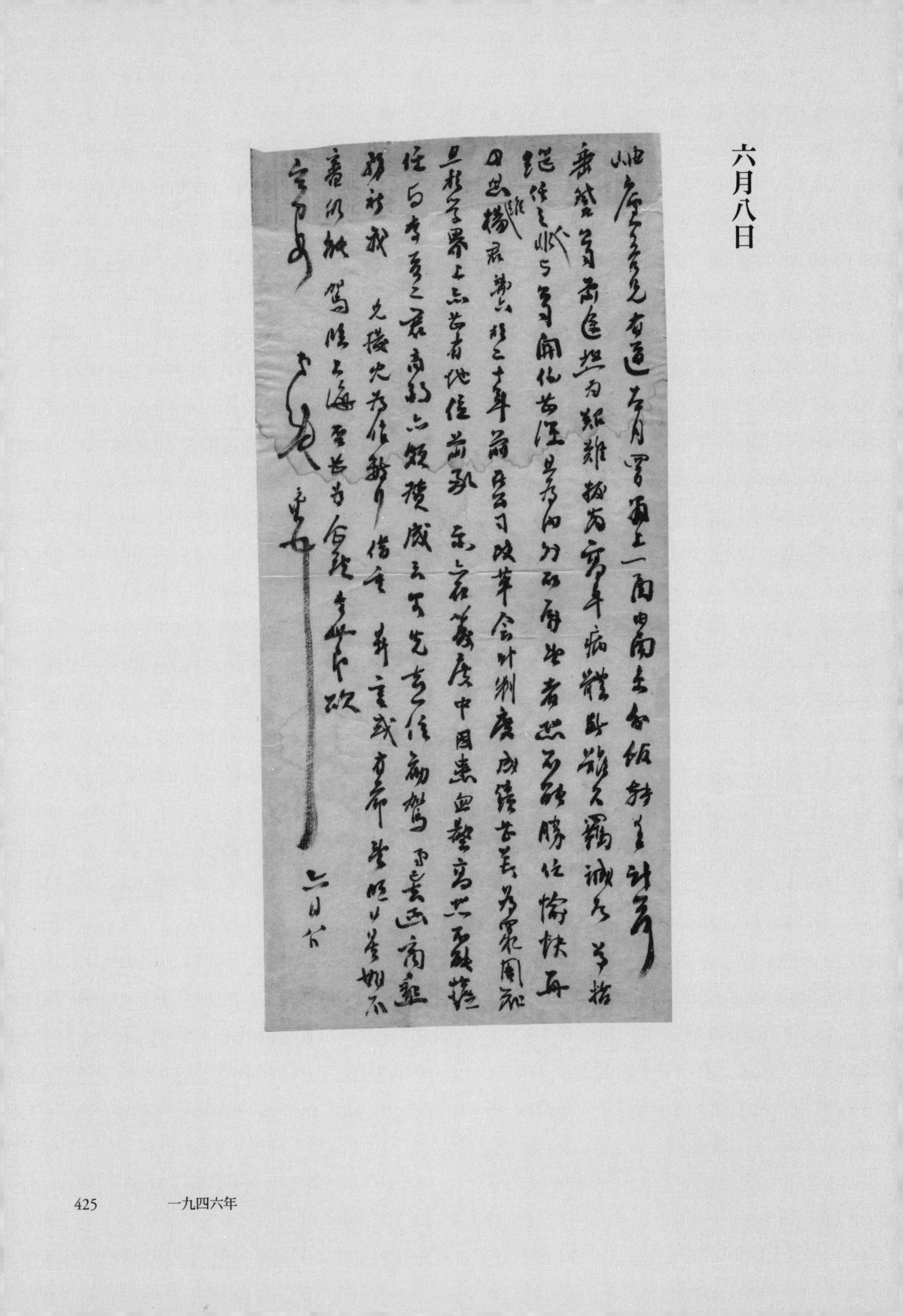

六月八日

編輯摘要

·李拔可年高體病，建議請楊端六繼任他在商務的職位，並請王雲五去信勸說

岫廬吾兄有道：本月四日肅上一函，由南京分館轉呈，計荷　垂詧。公司前途極為艱難，拔翁高年病體，斷難久羈。誠如　尊指，繼任之人，非與公司關係甚深且為內外所屬望者，恐不能勝任愉快。再四思維，楊君端六於二十年前在公司改革會計制度，成績甚著，為眾周知，且於學界上，亦甚有地位。前承　示亦在籌度中，因患血壓高恐不能擔任。與李、夏二君商酌，亦頗贊成，云可先去一信勸駕。弟已去函商懇，務祈我　兄撥冗，為作數行，借重　鼎言，或有希望。明日星期，不審仍能　駕臨上海否？甚為企望。專此，即頌

台安

弟張元濟頓首　六月八日

岫廬先生有道敬啟者頃山谷樹年歸傳述

尊諭祝以子松為

垂詢緊急洋為廬務仰承四思縮若頃連

命賓六負我

兄意愛之切臺旌其於多方

訓誨俾資遵守甚至毫無勤慎勉勵醫駁藉在

知遇玉望在望茅力者任年志筆兄相待桓厚一旦離

未不見依戀之思旦別芳鎮為懷年缸樹年團深而發亦未研訴

太安

弟　張元濟頓首

六月十六日

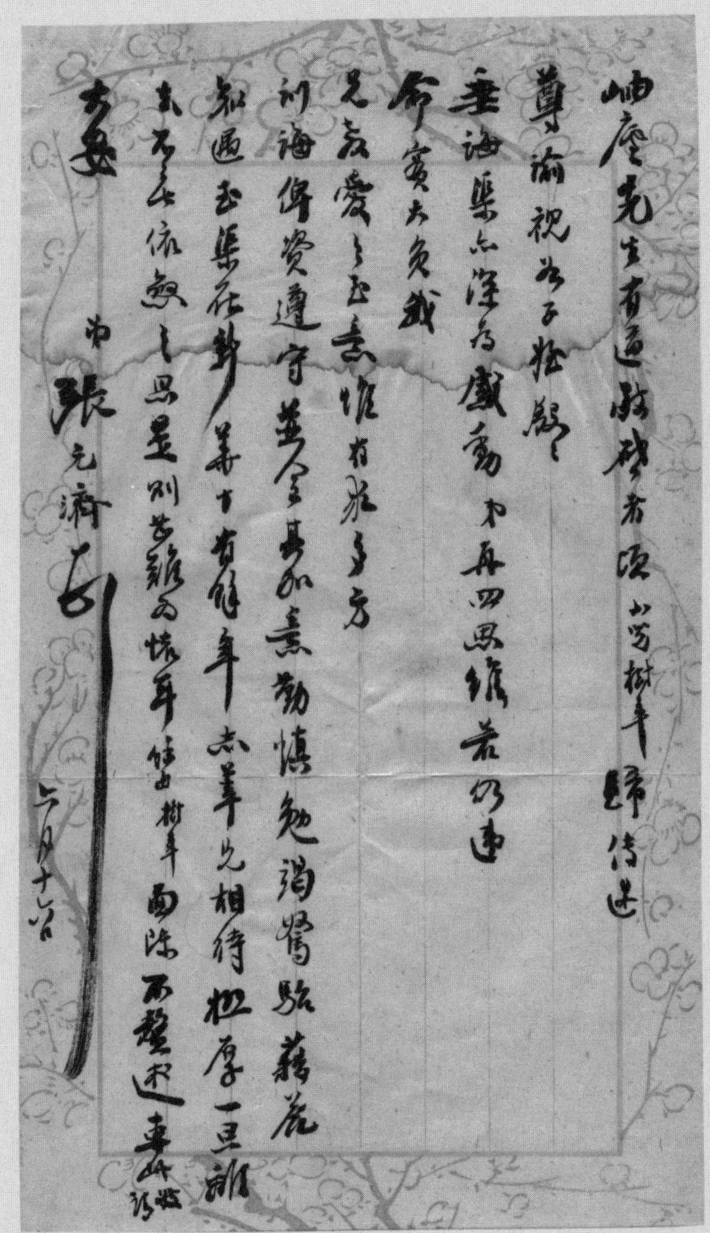

編輯摘要

・有關兒子張樹年的事情

點校文字

岫廬先生有道：敬啟者，頃小兒樹年歸，傳述　尊諭，視如子姪，殷殷　垂誨，渠亦深為感動。弟再四思維，若仍違命，實大負我　兄教愛之至意，惟有求多方訓誨，俾資遵守，並令其加意勤慎，勉竭駑駘，藉答知遇。至渠在新華十有餘年，志莘兄相待極厚，一旦離去，不無依戀之思，是則甚難為懷耳。餘由樹年面陳，不贅述。專此，敬請

大安

弟張元濟頓首　六月十六日

七月三日

編輯摘要

・請王雲五協助為上海時疫醫院再次向紡建公司募款

點校文字

岫廬先生閣下：敬啟者，上海時疫醫院每歲開診，全恃捐款，弟均為之募捐。去年蒙　公向紡建公司募得五百萬元，今歲業經開院，送到捐冊，需款更鉅，勸募益難。　公雖不在其位，然此係公益之舉，可否借重鼎言，為之呼籲？倘蒙　概允，敢祈　繕具一函，致該公司董事會，即交李伯翁帶回，由弟將捐冊附入，同時送去。如有不便，儘可作罷，弟固不敢強求也。

專此，祇頌

台安

弟張元濟頓首　七月三日

七月十九日

編輯摘要

- 時疫醫院募款後續
- 李拔可女婿及其外孫後續消息
- 針對政府將統制物價的意見

點校文字

岫廬先生有道：報稱南京酷暑，我　兄國事賢勞，起居何如？甚念，甚念。前日得　貴會祕書室函，通知上海時疫醫院捐款，業經知照柬總經理飭撥，至感　盛意。頃已函達醫院，派員持據前往領取矣。拔可兄令坦王君一橋梓之事，弟疊次函託錢階平大使探問，為之代謀。近又接得一信，一之復有所請，其弟直士以其外孫尚無歸國消息，亦無親筆書信，仍擬隱瞞。除由弟再函錢大使，請其諄勸王氏二子速通音信，稚者即行乞假歸省外，謹將原信呈　閱，乞乘王君雪挺〔艇〕赴歐之便，請其援手。倘一之得早日釋放，或可挈其幼子內渡，拔兄雖喪其女，若得見其壻孫之面，當可早舒哀懷也。錢信閱過，仍懇發還，無任企禱。報稱　貴部將統制物價，此或因時制宜之策，然我國警政不修，恐難效法美邦，且恐啟無數貪人進益之路，未知　卓見以為何如？專此布達　順頌

台安

弟張元濟頓首　35—7—19

七月十九日

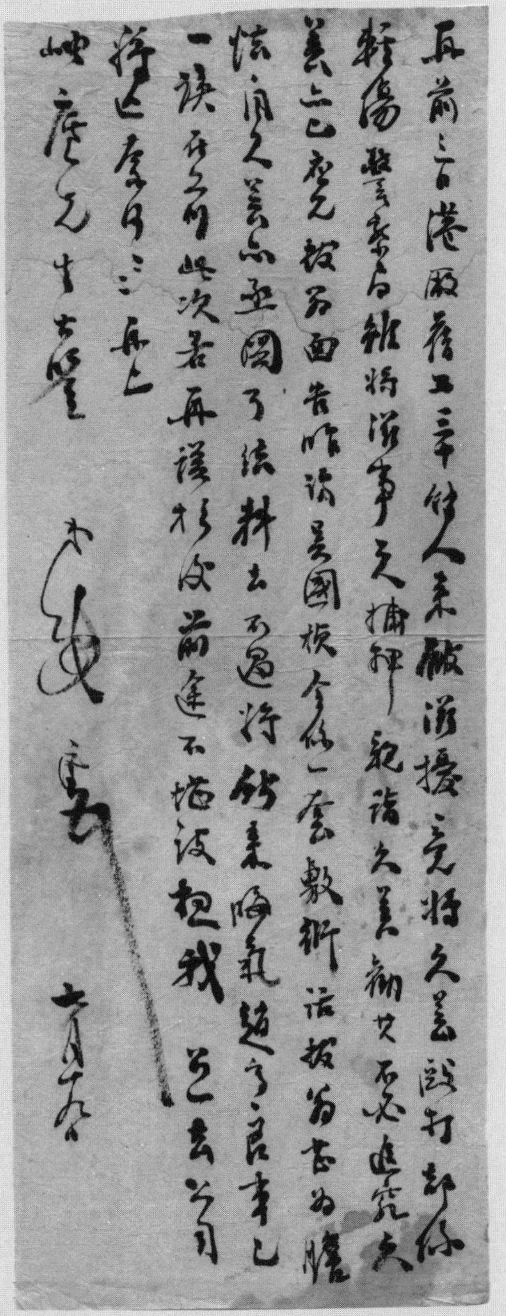

編輯摘要

・商務香港分廠舊工人前來鬧事

點校文字

再，前三日港廠舊工三十餘人來館滋擾，竟將久芸毆打，卻係輕傷。警察局雖將滋事工人捕押，親詣久芸，勸其不必追究，久芸亦已應允。拔翁面告，昨訪吳國楨，全係一套敷衍話，拔翁甚為膽怯。聞久芸亦亟圖了結，料去不過將錢來晦氣。趙高良事已一誤在前，此次若再誤於後，前途不堪設想。我　公一去，公司將亡，奈何、奈何！再上

岫廬先生大鑒

弟張元濟頓首　七月十九日

八月四日

岫廬吾兄有道：盛暑間餘，未晤，伏惟
興居安吉為頌。近因國際關係，我國將與美恢復貿
易，美先進派工商界鉅子前往考察，藉資採經。友人楊
君樹勳，曩在美國留學十有餘年，於化學極有心得，曾
入紐約洛克斐羅研究院，力求深造，歸國後，先後任北平
協和醫學院教授，暨中央研究院研究員。抗戰軍興，
在上海創設楊氏化學治療研究所，努力從事製成藥品
二十餘種，頗見稱於醫界，嘗與弟談及，謂吾國工業與
其取資歐美，不如師法東瀛，聞道已往，不為無見

近聞中央政府特有遣派對日貿易考察團之舉，頗
思廁身其間，藉充實驗。聞此事由經濟部主持，[illegible]楊
泰[illegible]青年在英國學術實業界中實為不多得之人，吾
先生佐治中樞，倘為推轂，必能不負使命，亦可為國家
增一有用之才。謹附呈楊君履歷一紙，伏候
裁察。再政府或不能備給公費，楊君並可自備資斧。
[illegible]代陳，又前[illegible]家[illegible]於中央[illegible]建[illegible]為上海附設
[illegible]籌款，今特 尊函，於前月十日轉去，迄今未得
音復，并乞[illegible]手[illegible]合[illegible]之[illegible]為盼。[illegible]
台祉 弟張元濟頓首 八月[illegible]

楊書勳履歷

楊樹勳廣東揭陽縣人年四十八歲美國芝加哥大
學化學博士紐約洛克斐羅研究院研究員北平協
和醫學院教授中央研究院研究員抗戰後創設
楊氏化學治療研究所製成藥品二十餘種行銷
國內外

編輯摘要

- 介紹友人楊樹勳，請王雲五協助讓他加入政府對日貿易考察團
- 請王雲五再為時疫醫院募款一事出力

點校文字

岫廬吾兄有道：盛暑旬餘未晤，伏維　興居安吉為頌。近因國際關係，我國將與日本恢復貿易，並先選派工商界鉅子，前往考察，藉資操縱。友人楊君樹勳，曩在美國留學十有餘年，於化學極有心得，曾入紐約洛克斐羅研究院，力求深造。歸國而後，先後任北平協和醫學院教授暨中央研究院研究員。抗戰軍興，在上海創設楊氏化學治療研究所，獨力經營，製成藥品二十餘種，頗見稱於醫界。嘗與弟談及，謂吾國工業與其取資歐美，不如師法東瀛，問道已經不為無見。近聞中央政府將有選派對日貿易考察團之舉，頗思廁身其間，藉充實驗。聞此事由財經、二部主持，如楊君者，在吾國學術、實業界中，實為不可多得之人，吾　兄佐治中樞，倘為推轂，必能不負使命，且可為國家增一有用之才。謹附呈楊君履貫一紙，伏候　裁察。再，政府如不能徧給公費，楊君並可自備資斧，合併代陳。又前蒙　致書於中央紡建公司，為上海時疫醫院募款，即將　尊函於前月十一日轉去，迄今未得覆音，仍祈　鼎力吹噓，

無任企禱之至。專此，順頌

台祉

弟張元濟頓首　八月四日

楊樹勳，廣東揭陽縣人，年四十八歲，美國芝加哥大學化學博士，紐約洛克斐羅研究院研究員，北平協和醫學院教授，中央研究院研究員。抗戰後刱設楊氏化學治療所，製成藥品二十餘種，行銷國內外。

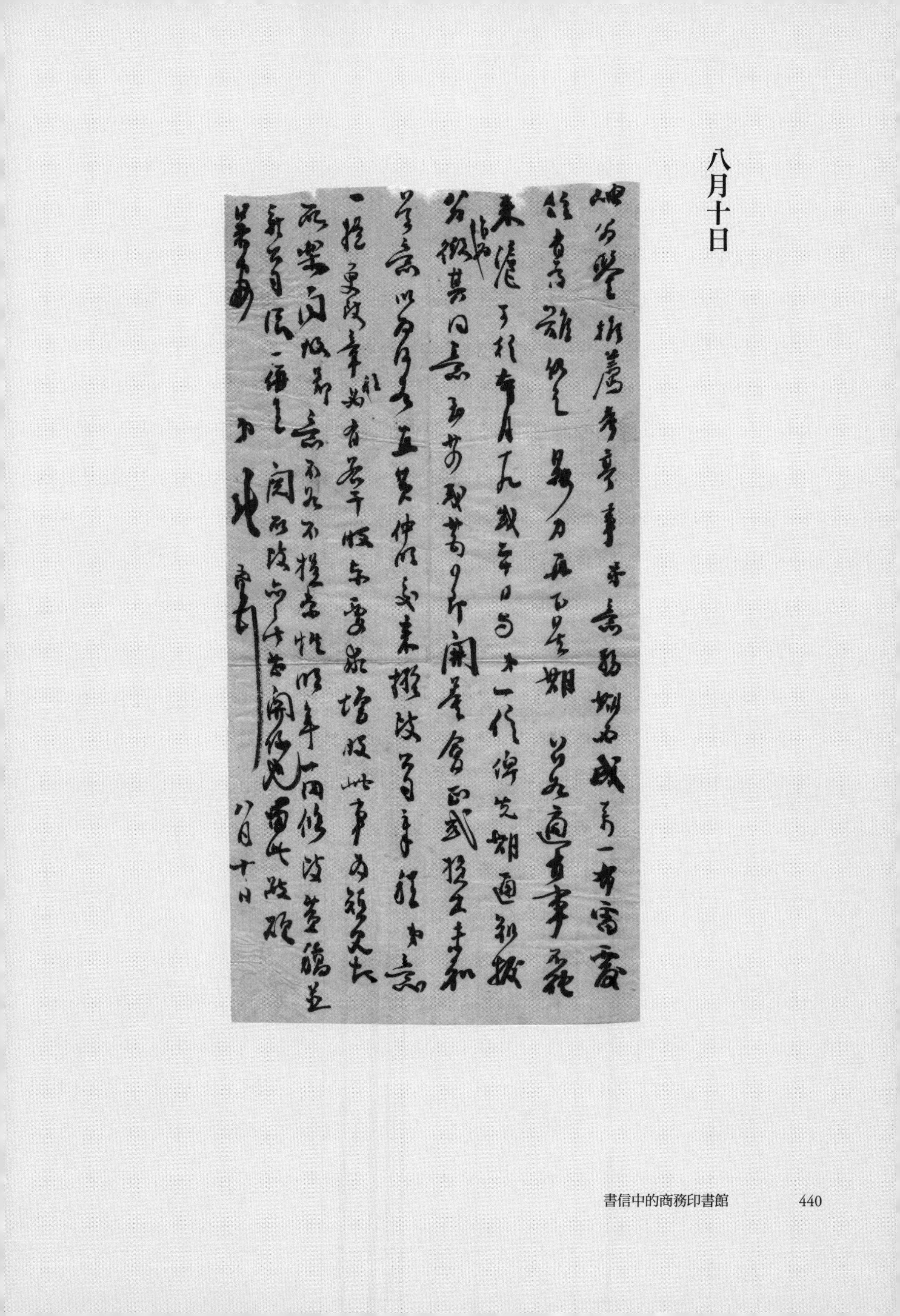

八月十日

編輯摘要

・討論商務董事會開會時間與更改公司章程的提案

點校文字

岫翁鑒：推薦考亭事，弟意務期必成，萬一布雷覆信有為難，仍乞　鼎力。再，下星期　公如適有事不能來滬，可於本月十九或二十日與弟一信，俾先期通知拔翁，作為徵其同意，至廿四或廿五日即開董會，正式提出，未知　尊意以為何如？再，黃仲明交來擬改公司章程，弟意一提更改章程，必有若干股東要求增股，此事為短見者所樂聞，故鄙意不如不提，索性明年一同修改。黃稿並新《公司法》一併呈　閱，所改亦無甚關係也。肅此，敬頌

暑安

弟張元濟頓首　八月十日

編注：《公司法》於一九四六年四月十二日修正公布全文。

八月十九日

編輯摘要

・告知董事會日期並預計在會上決定何時召開股東會

點校文字

岫廬先生：牯嶺之行，想已遄返，唯途中起居安吉為念。現定本月廿四、五日開董事會，決定開股東會日期。 台從能於何日蒞滬，【何日何時返京，並乞 示及】可以到會？乞 指示，以便通告。考亭事亦祈即 賜數行，盼切。順頌

台安

弟張元濟頓首　八月十九日

八月二十日

編輯摘要

・再次告知商務董事會開會日期

點校文字

岫廬先生如晤：閱報知　兄已由牯嶺返京，伏想起居安吉。承　示股東會宜早開，因報告稿遲延，其稿知已呈　覽。現擬定本月廿四日、（禮拜六）廿五日（禮拜日）開董事會，決定開股東會日期。兄於何日可以在滬到會，乞　速示，以便通告。考亭事當可定議，至今未奉　明示，尤為翹盼。昨交（逵堉）帶　呈一函，後伊改期，故特函達，統祈
賜覆，盼切。

（弟）張元濟頓首　八月二十日

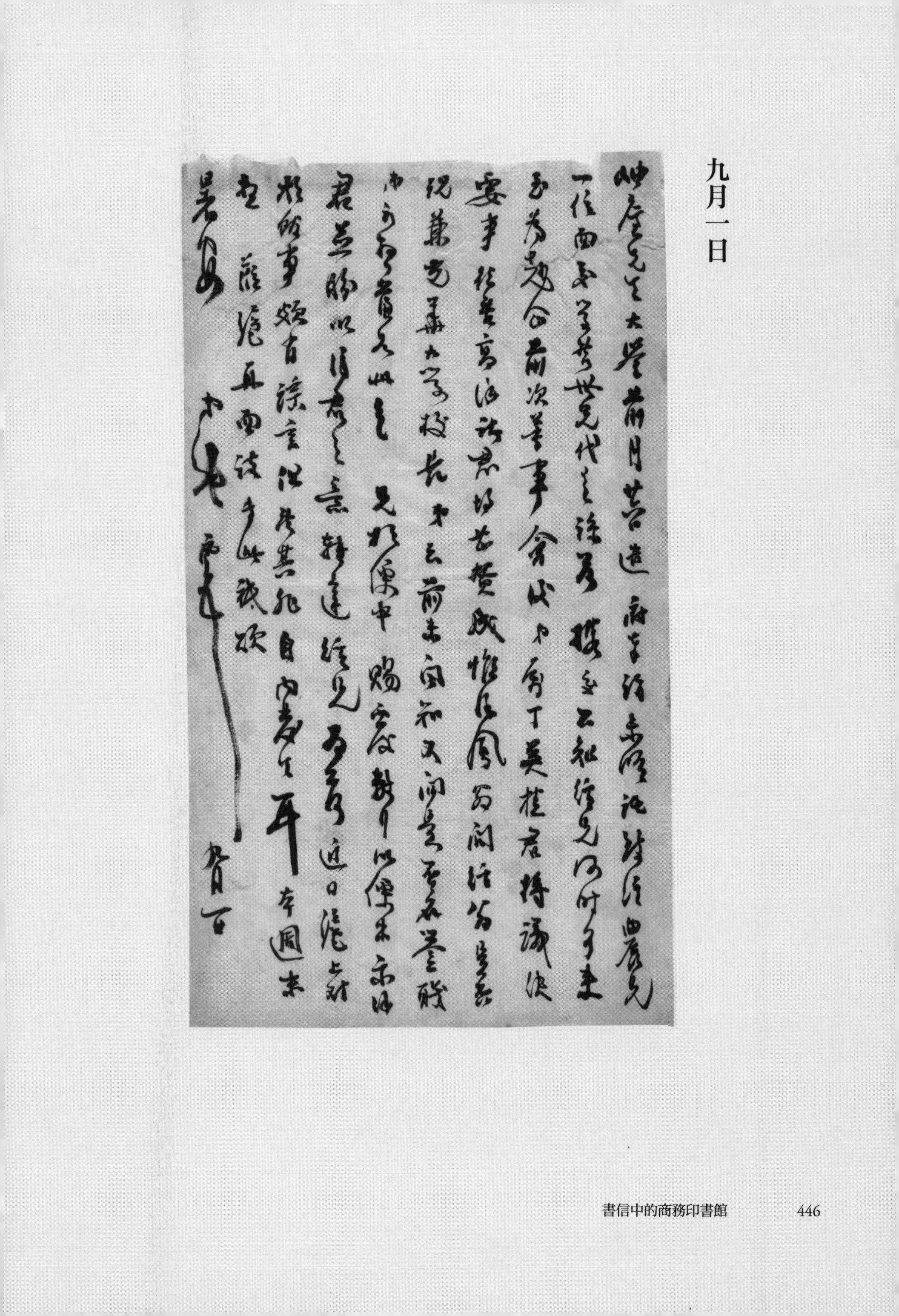

九月一日

編輯摘要

・董事會開會後的商務內部人事問題

點校文字

岫廬先生大鑒：前月廿六日造　府奉訪，未晤，託致經農兄一信，面交學哲世兄代呈，諒荷攜交。不知經兄何時可來，至為翹企。前次董事會後，弟囑丁英桂君將議決要事，往告高、徐諸君，均甚贊成。惟徐鳳翁問經翁是否現兼光華大學校長？弟云前未聞知；又問是否名譽職？弟云想當如此，乞　兄於便中　賜覆數行，以便出示徐君，並盼以徐君之意轉達經兄為荷。近日滬上對於館事，頗有謠言，但望其非自內發生耳。本週末想　蒞滬，再面談。專此，

祇頌

暑安

弟張元濟頓首　九月一日

九月九日

編輯摘要

- 邀請王雲五出席商務股東會
- 商務面臨人事更迭與內部改革

點校文字

岫廬先生有道：茲有覆朱經翁一信，敬祈　帶京轉致。【乞　封送】前呈股東會報告全稿，想蒙　核定，萬一尚未　核閱，甚望早日　寓目，將未妥處指出，以便改定付印。又，本月廿九日開股東會，不知能否　枉臨？倘能抽身，極盼到會。朱經翁來滬之前，務望將館中內情及應興革之事【編審事尤為重要，周頌久兄人甚穩練，甚望其能復返也。未審　尊意以為何如？】，盡量告知。賤體尚未復元，不克趨候，專此，敬頌

台安

弟張元濟頓首　九月九日

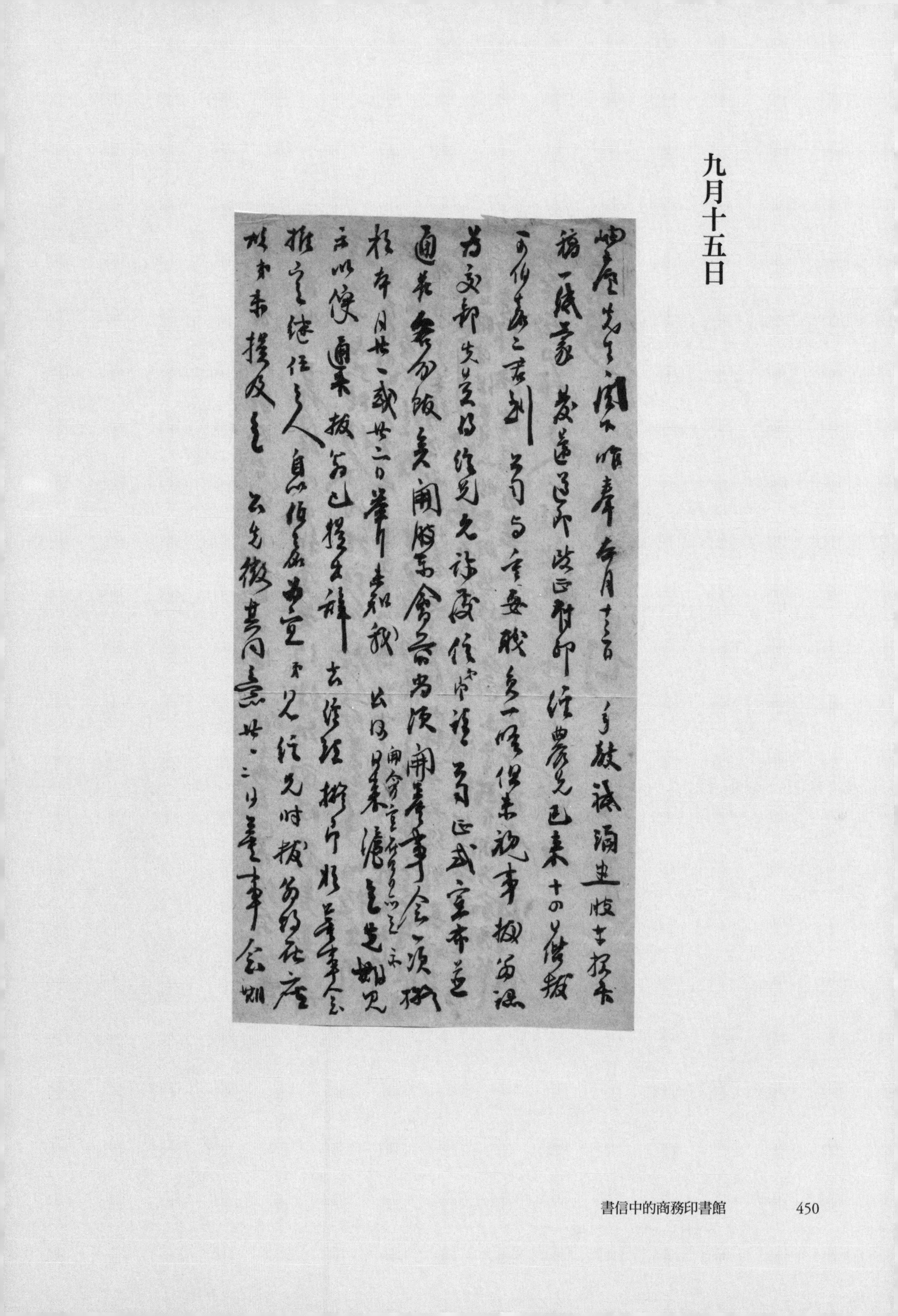

九月十五日

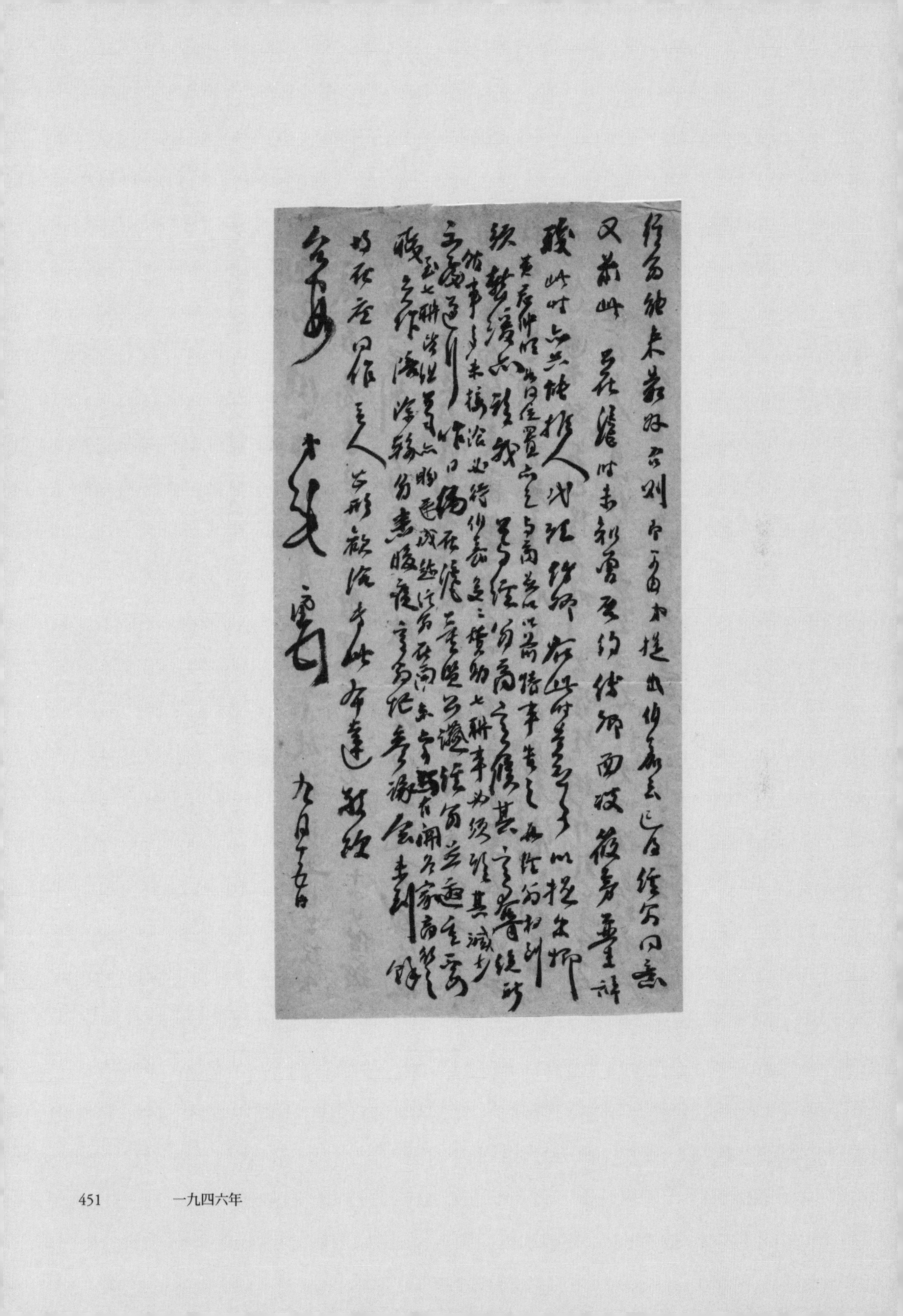

編輯摘要

- 朱經農到商務上任的交接與公告事宜
- 告知股東會、董事會開會日期
- 李拔可辭任商務經理與繼任者問題

點校文字

岫廬先生閣下：昨奉本月十三日　手教，祇誦悉。股東報告稿一紙，蒙　發還，遵即改正付印。經農兄已來，十四日偕拔可、伯嘉二君到公司，與重要職員一晤，但未視事。拔翁認為，交卸先是得經兄允許覆信，弟即請公司正式宣布，並通告各分館矣。開股東會前尚須開董事會一次，擬於本月廿一或廿二日舉行，未知我　公何日來滬，【開會宜在何日，亦乞　示。】乞先期見示，以便通告。拔翁已提出辭去經理，擬即於董事會推定繼任之人，自以伯嘉為宜。弟見經兄時，拔翁均在座，故弟未提及，乞　公先徵其同意。廿一二日董事會期，經翁能來最好，否則即可由弟提出。伯嘉云已得經翁同意。又，前此　公在滬時，未知曾否約傅卿面談？筱芳並未辭職，此時亦只能推人代理，傅卿在此時是否可以提出，抑須暫緩？亦請我　公與經翁商，定【黃君仲明如何位置，亦乞與商，並以以前情事告之。再，經翁初到，館事多未接洽，必待伯嘉多多贊助。七聯事必須請其減少。至七聯改組公司，亦盼速成，趁經翁在南京，亦可與有關各家商行之。】候其定奪，統祈 示覆遵行。昨日約在滬董、監公讌經翁，並邀重要職員作陪。除翰翁患腹疾，寄翁忙參議會未到，餘均在座，同作主人，甚形歡洽。專此布達，敬頌

台安

弟張元濟頓首　九月十五日

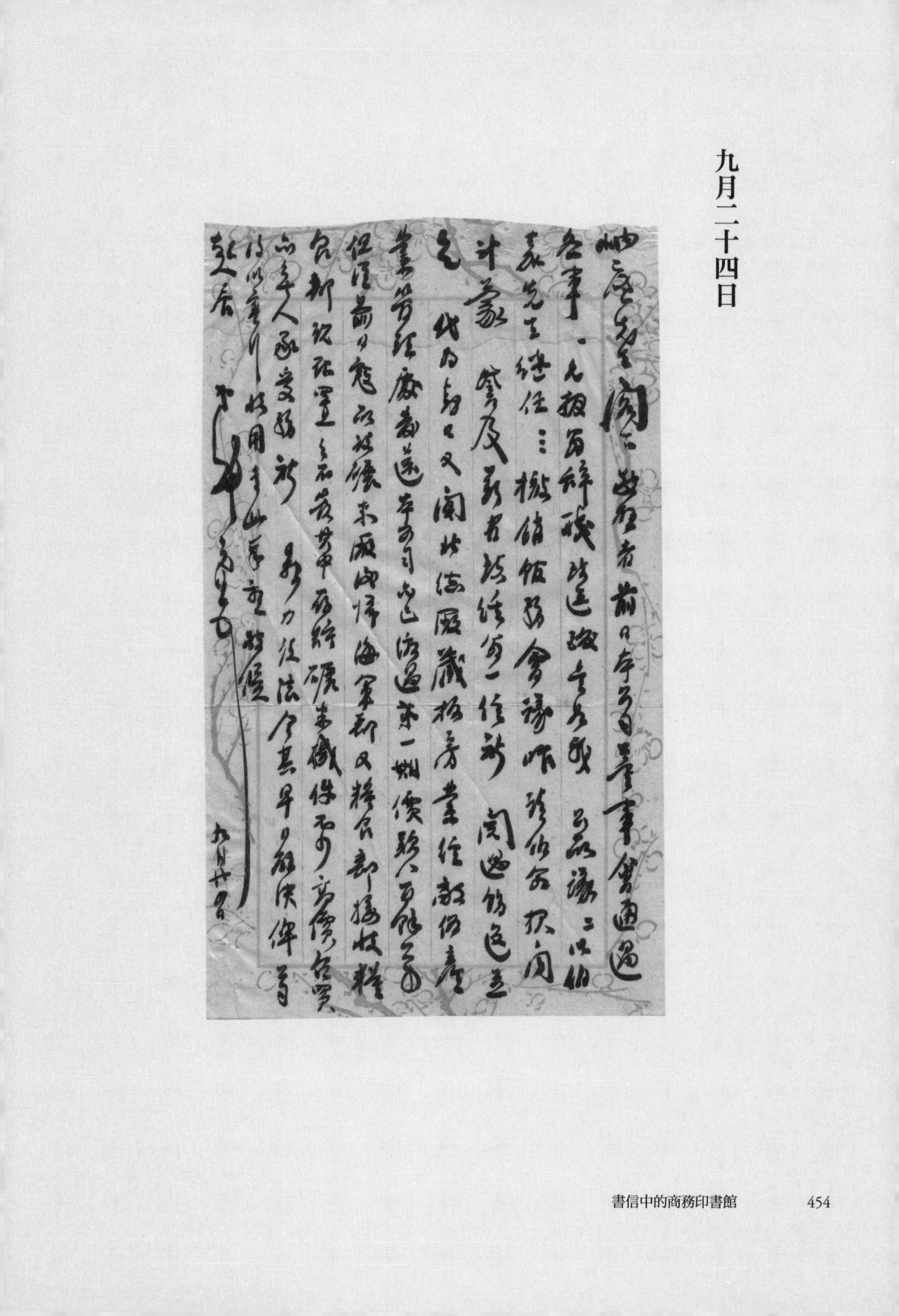

九月二十四日

編輯摘要

・報告商務董事會通過的諸多事情

・請王雲五協助收回商務閘北總廠藏板房的房產

點校文字

岫廬先生閣下：敬啟者，前日本公司董事會通過各事：一、允拔翁辭職，致送酬金，如我　公所議；二、以伯嘉先生繼任；三、撤銷館務會議。昨請伯翁報聞，計蒙　詧及。茲有致經翁一信，祈　閱過飭送，並　乞代為封口。又，閘北總廠藏板房，業經敵偽產業管理處發還，本公司亦已繳過第一期價款八百餘萬。但從前日寇所設碾米廠，後歸海軍部，又糧食部接收。糧食部現在置之不管，其中所貯碾米機件不少，高價召買，亦無人承受，務祈　鼎力設法，令其早日解決，俾公司得以實行收用。專此奉懇，敬候

起居

弟張元濟頓首　九月廿四日

十月十六日

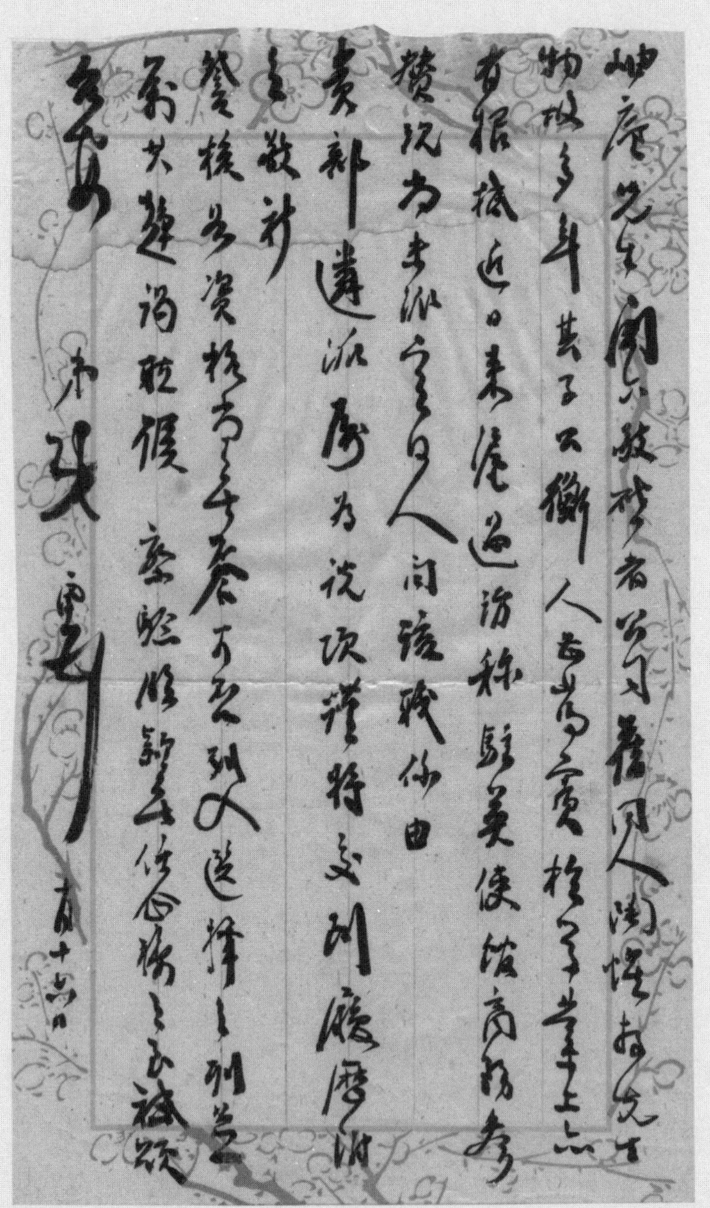

編輯摘要

・介紹商務已故同人之子出任駐英使館商務參贊

點校文字

岫廬先生閣下：敬啟者，公司舊同人陶惺存先生物故多年，其子公衡人甚篤實，於學業上亦有根柢。近日來滬過訪，稱駐英使館商務參贊現尚未派定何人，聞該職係由　貴部遴派，屬為說項。謹將交到履歷附呈，　敬祈　詧核。如資格尚無不合，可否列入選擇之列？並屬其趨謁，聽候　察驗。臨穎無任企禱之至，祇頌

台安

弟張元濟頓首　十月十六日

十月十八日

編輯摘要

・將逢自己生日，辭謝王雲五擬辦的宴會

點校文字

岫廬先生大鑒：敬啟者，前日肅上寸函，為陶公衡世兄有所　陳請，由南京分館轉呈，計荷　垂詧。昨李伯嘉先生告知孫逵方小壻，我　公將於賤辰享以酒食，此何時世，何敢以此幻泡浮生，擾及　良朋？已請伯翁轉致　尊府作罷，並乞我　公收回成命，弟當心領　盛意。屆時如仍以　見貺，祇可缺席璧還。陳明在先，務祈　鑒宥。專此，敬頌

台安

弟張元濟頓首　十月十八日

十月二十八日

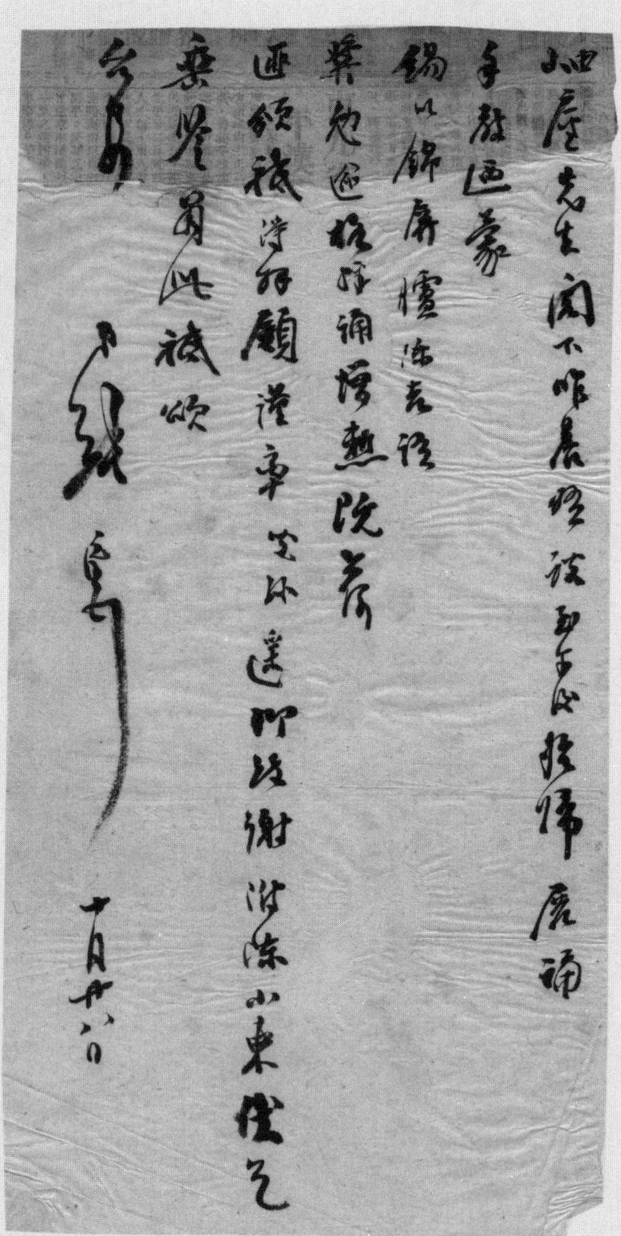

編輯摘要

・收到王雲五贈送的錦屏

點校文字

岫廬先生閣下：昨晨晤談，至午後始歸。展誦
手教，迺蒙
錫以錦屏，臚陳吉語，
獎勉逾格，稱誦增慚。既荷
匪頒，祇得拜領，謹率兒孫遙叩致謝，附陳小柬，
伏乞　垂鑒。肅此，祇頌
台安

弟張元濟頓首　十月廿八日

十一月十九日

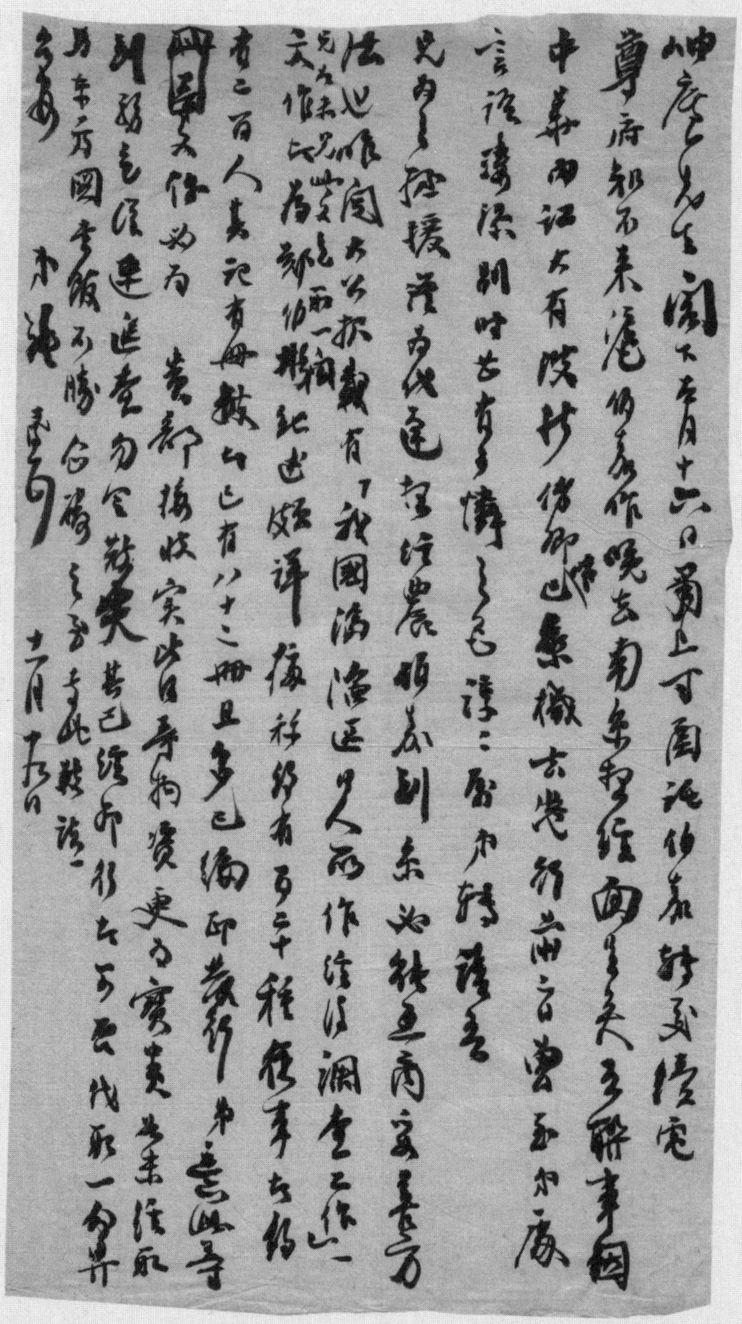

編輯摘要

- 「五聯出版公司」相關問題
- 韋傳卿到香港前透過張元濟轉託，向王雲五請求援助
- 詢問日本人所做的「經濟調查工作」具體情況

點校文字

岫廬先生閣下：本月十六日曾上寸函，託伯嘉轉交。續電　尊府，知不來滬，伯嘉昨晚去南京，想經面呈矣。五聯事因中華內訌，大有波折，傅卿昨乘機去港，行前二日曾至弟處，言語淒涼，別時甚有可憐之色，諄諄屬弟轉請吾　兄為之拯援，謹為代達。想經農、伯嘉到京，必能互商妥善方法也。昨閱《大公報》，載有「我國淪陷區日人所作經濟調查工作」一文，作者為鄭伯彬，【兄如未見此文，乞　取一閱】紀述頗詳。據稱約有百二十種，從事者約有二百人，其記有冊數者已有八十二冊，且多已編印發行。弟意此等●●文件，必為　貴部接收，實比何等物資，更為寶貴。如未經取到，務乞從速追查，勿令散失。其已經印行者，可否代取一分，畀與東方圖書館？不勝企禱之至。專此，敬請

台安

弟張元濟頓首　十一月十九日

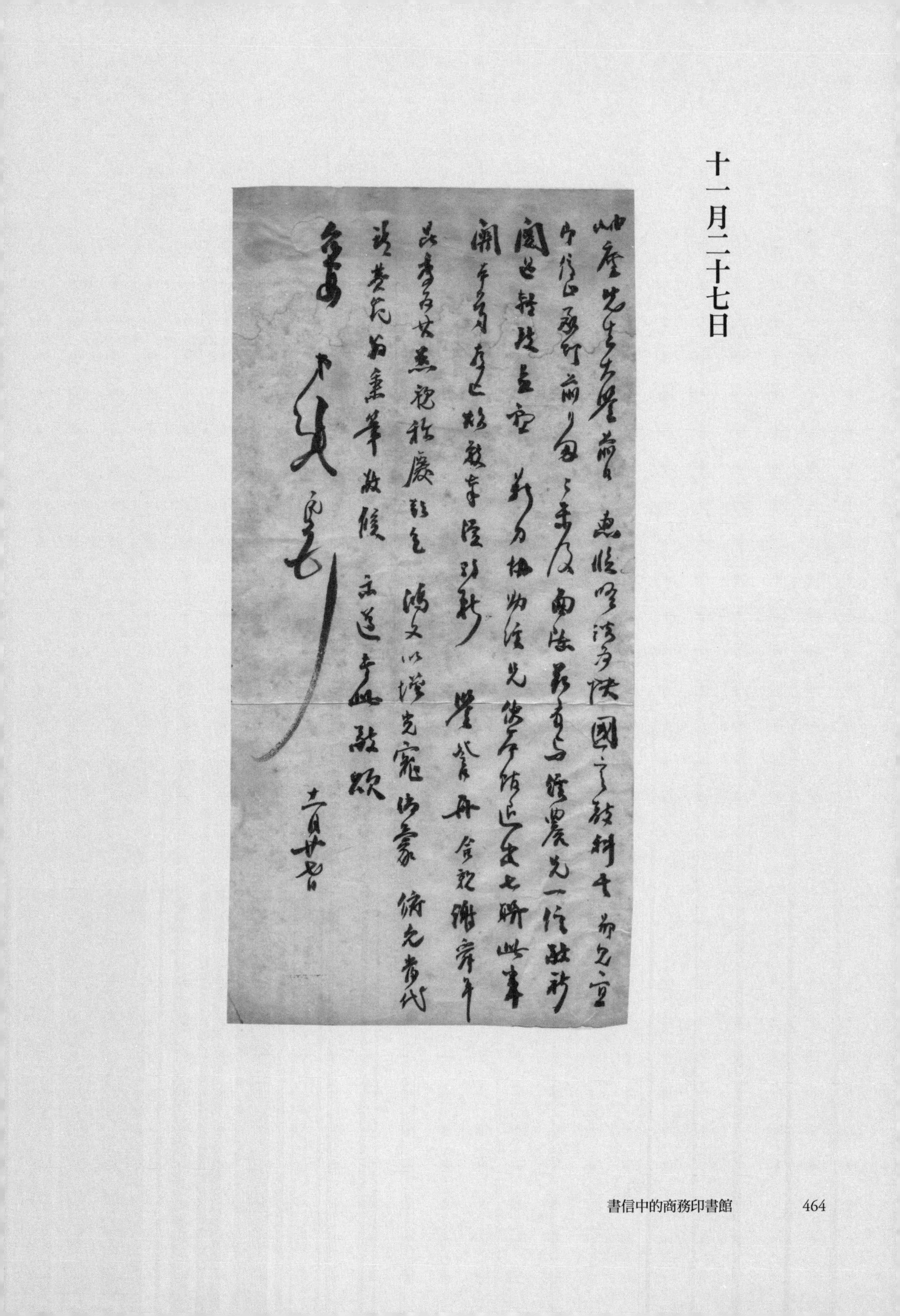

十一月二十七日

編輯摘要

- 建議停止承印國立教科書
- 請王雲五協助朱經農，使商務退出「七聯」
- 為親友向王雲五求贈墨寶

點校文字

岫廬先生大鑒：前日　惠臨，晤談為快，國立教科書鄙見宜即停止承印，前日匆匆，未及面陳。茲有與經農兄一信，敬祈閱過轉致，並懇　鼎力協助經兄，使本館退出七聯。此事關本公司存亡，故敢奉瀆，務祈　鑒督。再，舍親謝舜年昆季，為其慈親稱慶，欲乞　鴻文，以增光寵。倘蒙　俯允，當代請費範翁秉筆，敬候　示遵。專此，敬頌

台安

弟張元濟頓首　十一月廿七日

十二月十一日

編輯摘要

• 討論商務解雇工人前來鬧事的協商、處理問題
• 對於商務財政狀況，提出開源節流各項建議，如出清庫存、招募人手等

點校文字

岫廬先生有道：敬啟者，前日李伯翁來寓，談及內地有經解雇而尚未斷絕之工人，又來糾纏，云有二百餘人之多。中華書局有同等之事，經社會局調解，每人或給與五十萬元，或給予廿七萬元，或給與廿三萬元，本館恐被援例，來商辦法。弟於公司邇來財政來源去脈，均不貫串，且此等工人糾葛，是否確有理由，個中曲折，亦不明瞭，故未敢遽下斷語。因請其赴南京一行，如可與經農兄商妥，最好，但恐其病尚未痊癒，不宜擾以館事，祇可請吾　兄與以指示，俾有遵循。伯翁稱此事如須解決，恐須付出四、五千萬。又云現在存錢甚少，難免有不能付薪水之一日，弟聞之不禁毛髮悚然。弟意工潮，層出不窮，最好硬挺，但以前辦法，已鑄成大錯，此時自更難辦到。〔弟〕唯有勸其格外收緊，否則但圖目前之清靜，無異於飲酖止渴也。未知　卓見以為何如？再，上次港廠短工糾葛，弟再三屬令王君巧生不必過問，不意言不見聽，遂致種種貽誤，悔莫能追。弟已諄勸伯翁，此次切勿再令巧兄參與，並乞我　兄再為諄告。

再，公司財政窘迫，唯有開源節流。先言節流，回收舊工廠藏版房，近又支出將四千萬；聞杭州迎紫路館屋，政府又令繳價四千萬，伯翁云正在磋商，弟已勸其緩付，想政府不能因此沒收也。至於開源，唯有速行理清存貨，分別出售。弟昨日又往武定路棧房察看，●存書存紙，真不算少，尚有機器什物，甚為凌亂。必須趕緊清釐，方能知●備付●預約者若干，可以出售者若干。至於人手不敷，亦屬實情，弟前建議多招高級練習員生，以資應付，甚望公司能早●●日采用也。理清存貨，設法售去，實為公司●救急之唯一方法，但就日前情形觀之，正恐遙遙無期耳。又，經農兄被派為某項考試官，至少恐有一月半月之淹留，鄙意請吾　兄勸其辭去。弟未便與言，故敢奉瀆，瑣瑣上達，惶悚無似。敬請　台安

弟張元濟頓首　十二月十一日

一九四七年

一月十六日

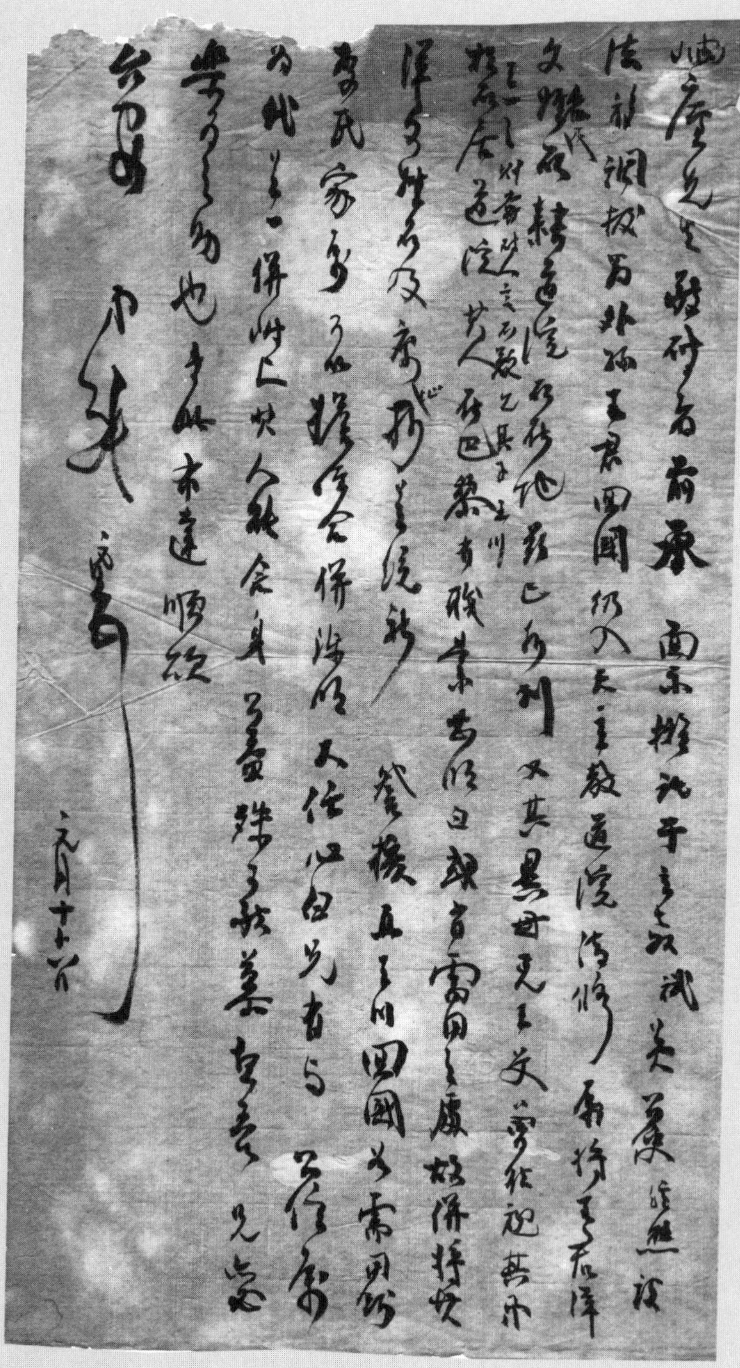

編輯摘要

・請求協助李拔可外孫回國

點校文字

岫廬先生：敬啟者，前承　面示，擬託于主教斌、吳公使經熊，設法移調拔翁外孫王君回國，仍入天主教道院清修。　屬將王君洋文姓名及所隸道院所在地，茲已抄到。又其異母兄王文曾往視其弟於所居道院，【王一之則嘗對人言，不欲見其子王川。】其人在巴黎有職業，甚明白，或有需用之處，故併將其洋文姓名及寓址抄呈，統祈　詧核。再，王川回國如需用錢，李氏家屬可以擔任，合併陳明。又，任心白兄有與　公信，屬為代呈一併附上。其人能舍身公益，殊可敬慕，想吾　兄亦必樂為之助也。專此布達，順頌

台安

弟張元濟頓首　元月十六日

編注：隨信所附載有王文、王川個人資訊抄件，共三件，本次未予收錄。

一月十六日

王雲五先生台啟

張元濟拜託

上海極司非而路第四十號張宅寄

三十六年一月十六日

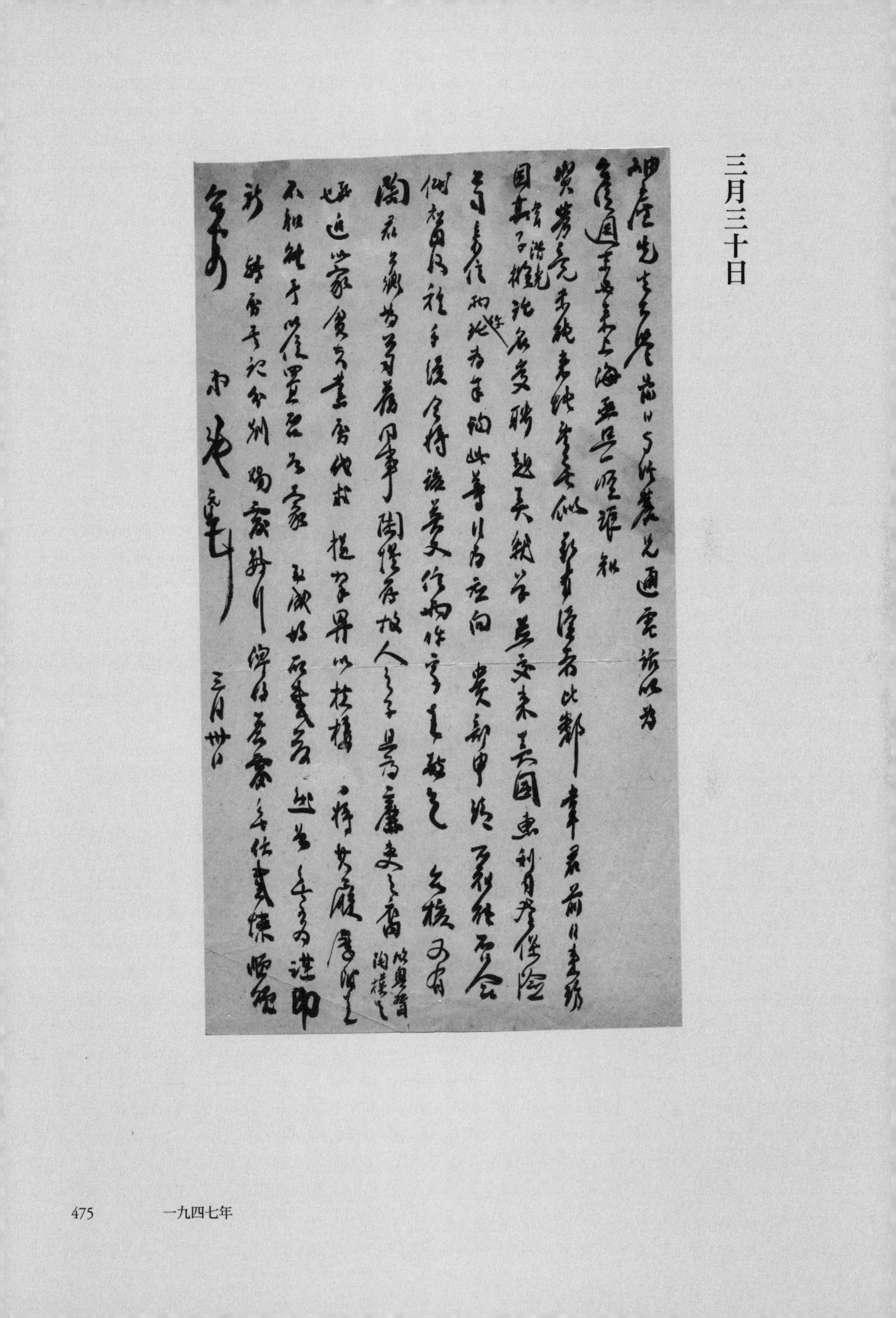

三月三十日

編輯摘要

・請求協助鄰居友人之子韋潛光赴美留學
・再次為商務已故同人之子謀職

點校文字

岫廬先生大鑒：前日與經農兄通電話，以為　台從週末必來上海，亟想一晤，詎知　賢勞，竟未能來，悵望無似。茲有瀆者，比鄰韋君前日來訪，因其子【韋潛光】擬託名受聘，赴美就學，並交來美國惠利司登保險公司來信兩件，託為奉詢。此等行為應向　貴部申請，不知能否合例、應用何種手續？今將該英文信兩件寄呈，敬乞　台核。又有陶君公衡，為公司舊同事陶惺存故人之子，且為廉吏之裔，故粵督陶模之孫也近以家貧失業，屬代求　提挈，畀以枝棲。將其履歷附呈，不知能予以位置否？如蒙　玉成，均所感荷。然如無可為謀，即祈　轉屬書記，分別　賜覆數行，俾得答覆，無任感悚。順頌

台安

弟張元濟頓首　三月卅日

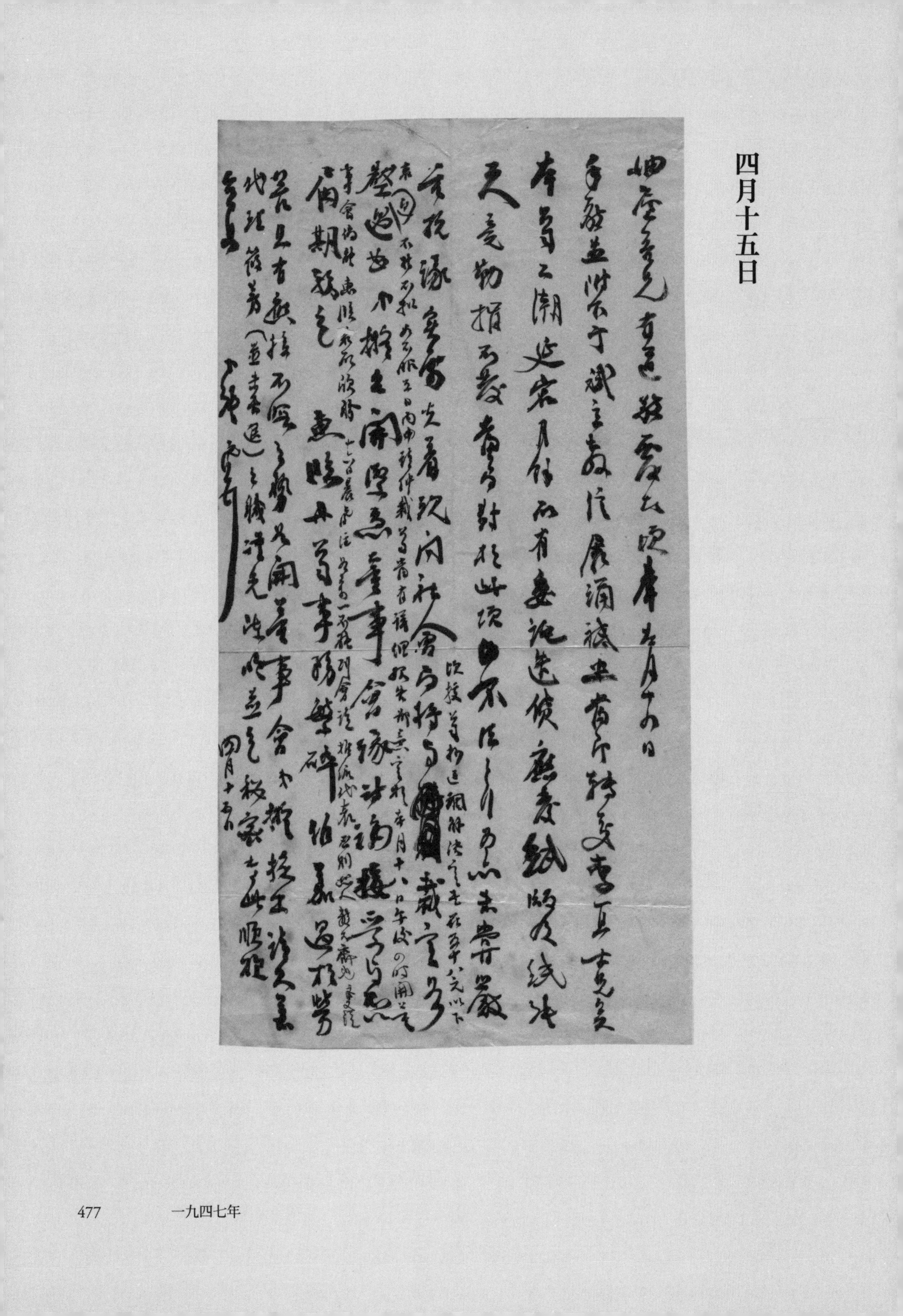

四月十五日

編輯摘要

- 商務工潮蔓延，擬召開緊急董事會
- 擬請史久芸代理夏筱芳經理職務

點校文字

岫廬吾兄有道：敬覆者，頃奉本月十四日手教，並附下于斌主教信，展誦祇悉，當即轉交李直士兄矣。本公司工潮延宕月餘，而有委託送貨，應發紙版及紙張，工人竟勒掯不發，當局對此項●不法之行為，亦未嘗嚴重抗議，實屬失著。現聞社會局將與●●裁定，是壓迫過甚，弟擬召開緊急董事會議，討論接受與否，屆期務乞惠臨。

再，公司事務繁碎，伯嘉過於勞苦，且有應接不暇之勢。如開董事會，弟擬提出請久芸代理筱芳（並未告退）之職，謹先陳明，並乞秘密。專此，順頌　台安

弟張元濟頓首　四月十五日

頃接公司抄送調解決定書，在五十八元以下者，不折不扣。如不服，五日內申請仲裁，公司當有詳細報告。鄙意定於本月十八日午後四時開董事會，倘能惠臨，極所欣盼。十六日晨添注：如萬一不能到會，請推派代表，否則恐人數不齊也。濟又注。

編注：本信與一九四七年事件吻合，故定於是年。參見《張元濟年譜長編》「一九四七年（丁亥　民國三十六年）八十一歲四月十九日、二十日」條，第一二六六頁。

五月三日

編輯摘要

•物價大漲後，討論商務員工薪資待遇等問題

點校文字

岫廬先生有道：國府改組，倍仰　賢勞，伏維　起居　安善，至為馳念。本公司同人待遇，自改與生活指數計算後，均略有增加。聞在中級者較優，獨朱經翁於最後一次計算，比舊時辦法反略有所減。實得一百四十八萬餘。鄙意現在物價大漲，本年一月四日吾　兄枉臨，擬將經翁既李、史諸君特支津貼月五十萬元，伯嘉四十萬，久芸傅卿各三十萬。現已隔四月，情形又不相同，極應增加。鄙意自五月分起，各增一倍，【但不知特支之數驟增，有無窒礙？此外有何辦法？亦乞酌示。】未知　卓見以為如何，謹乞核覆速示。再，久芸代理筱芳經理一職，已於兩禮拜前函告我　兄，後數日開董事〔會〕通過發表。弟意公司開支，固宜撙節，而重要職員薪水，宜稍從寬，惟有竭力開源，不患無以抵〔補〕，所期者，同人能益加發奮耳。與伯嘉通時，乞鼓勵之，至懇、至懇。昨與學哲兄通電，知　台從一時不能來滬，故特函陳，順頌

台安

弟張元濟頓首　五月三日

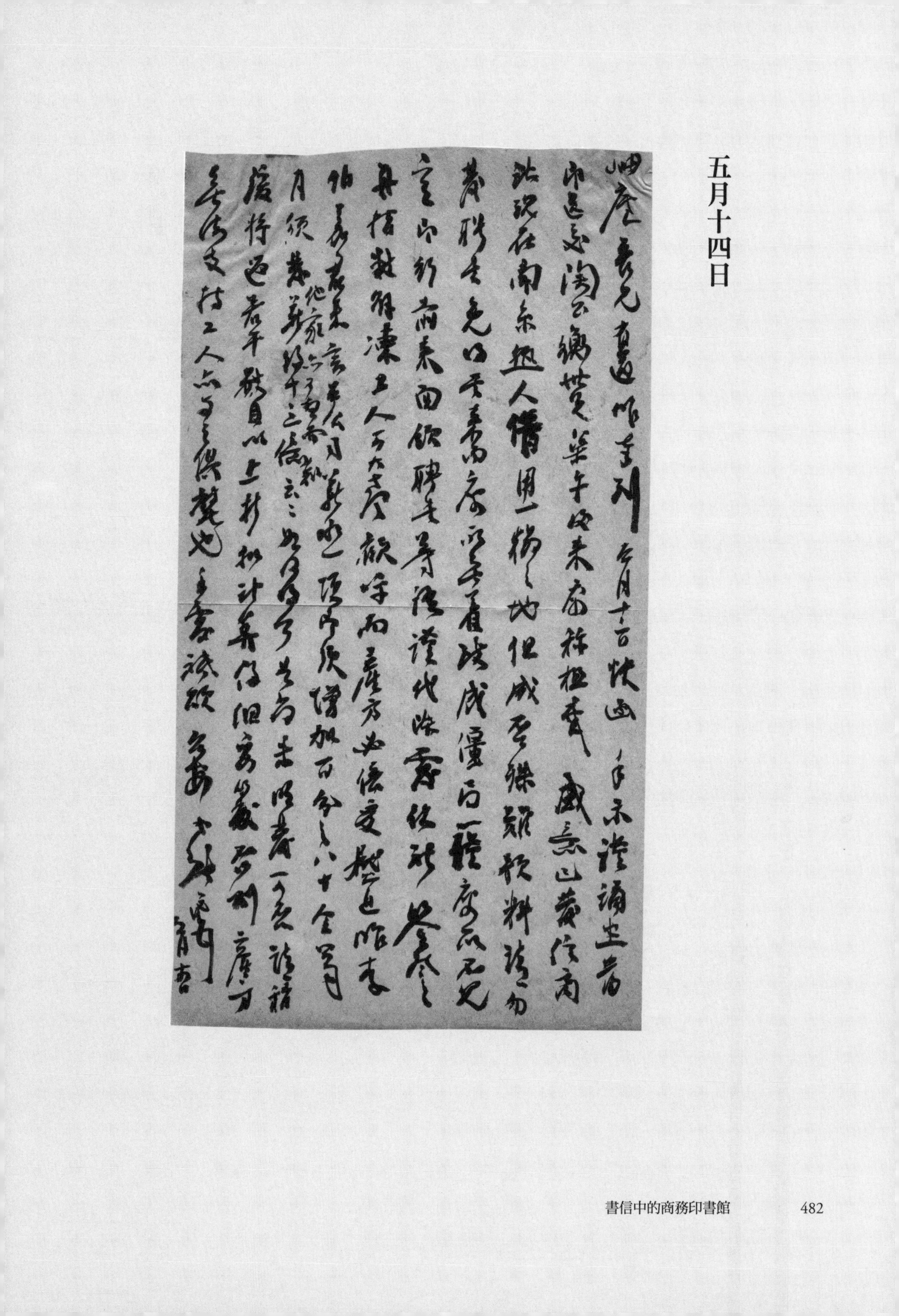

五月十四日

編輯摘要

・感謝王雲五為商務已故同人之子謀職

・因物價而調整員工薪資後產生的財政壓力

點校文字

岫廬吾兄有道：昨奉到本月十二日快函　手示，謹誦悉，當即送交陶公衡世兄。渠午後來寓，稱極感　盛意，已發信商諸現在南京熟人，借用一榻之地，但成否殊難預料，請勿發聘書，免得書來而寓所無著，致成僵局；一俟寓所覓定，即行前來面領聘書等語，謹代陳覆，伏祈　鑒詧。再，指數解凍，工人可大聲歡呼，而產方必倍受壓迫，昨李伯嘉君來言，本公司薪水一項，即須增加百分之八十，全公司月須發薪約十三億云云，【他家亦可想而知】如何得了？如尚未明發，可否請稍緩，將過若干數目以上折扣計算，仔細妥籌，否則產方無法支持，工人亦與之俱斃也。手覆，祇頌

台安

弟張元濟頓首　五月十四日

五月十四日

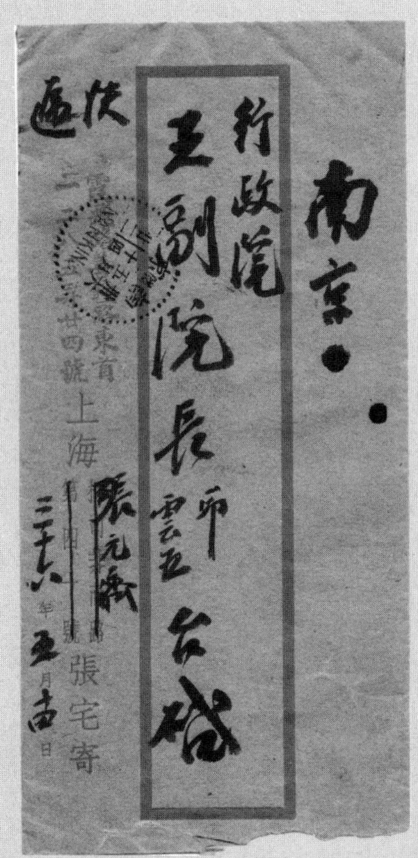

一九四八年

四月二十九日

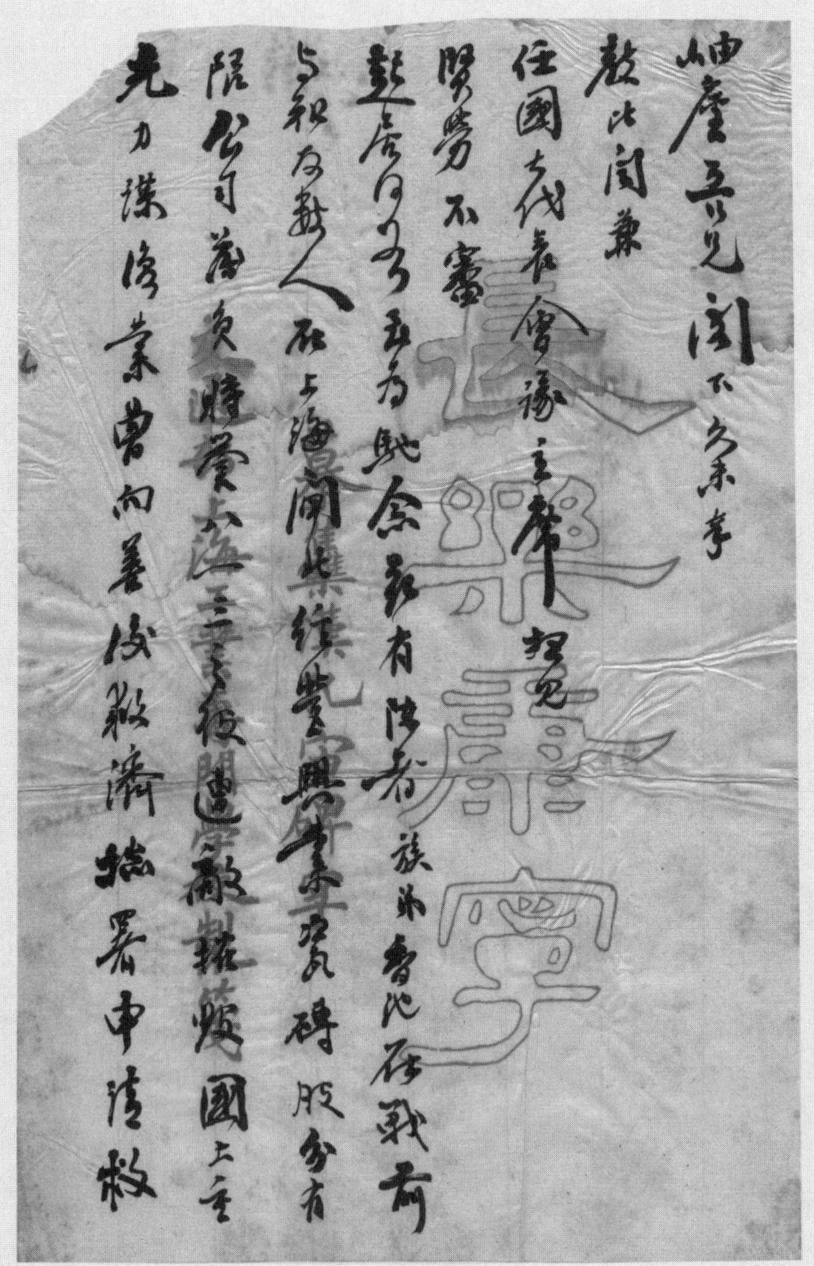

岫廬吾兄鈞鑒：久未奉
教，比聞兼
任國大代表會議主席，想見
賢勞不審。
起居何如，至為馳念。敝有[illegible]者族弟曾從戎前
與親友數人所上海開辦維豐興業公司，資碍股分有
限公司，藉負時艱，在上海三十年後遭敵摧毀。國土重
光，力謀復業，曾向善後救濟總署申請救

濟當道核准配售紀代式每八小時能製磚千塊
提之全副機器預備並與新式搭營云今仍依
期付款猶未能議定聯接圖書羅與國產
將該項全副設備兩次利息收據匯奉機件
殘缺不完善法逕用紙呈由將該項核准向
中央銀行備續美匯十萬元俾供我齊
全副設備之需但呈國民製廠前無從張
價計深感任核准備續之美匯十五萬元之外

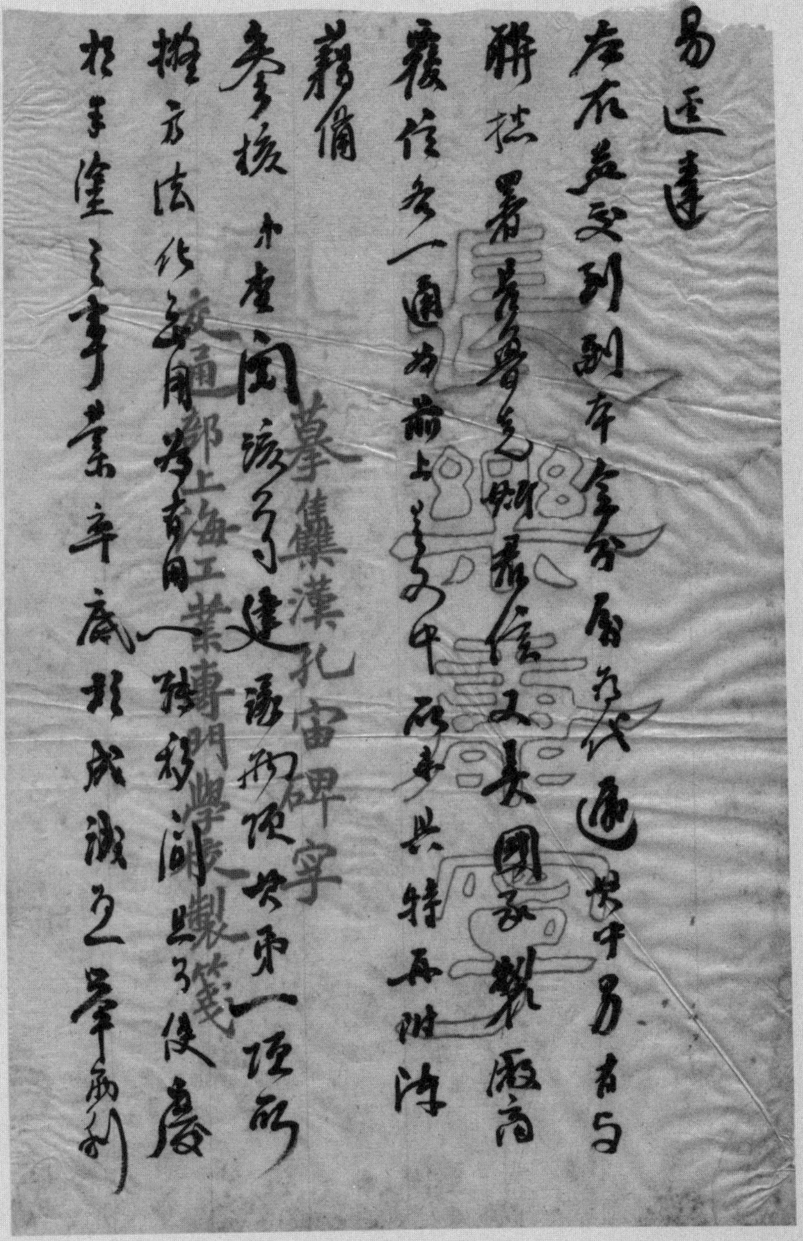
交通部上海工業專門學校箋
摹集漢孔宙碑字

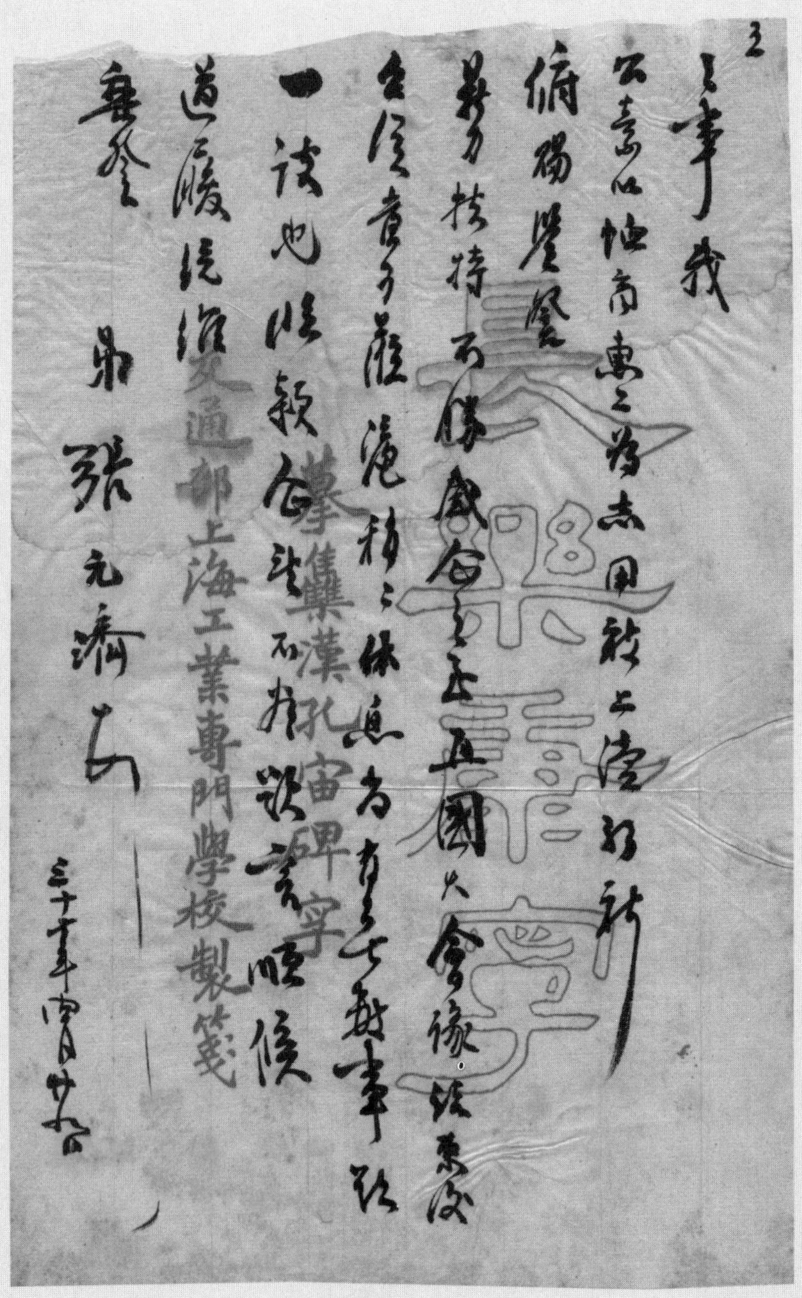
集漢孔宙碑字
交通部上海工業專門學校製箋

編輯摘要

•請求王雲五協助解決親戚在上海的瓷磚公司問題

點校文字

岫廬吾兄閣下：久未奉　教，比聞兼　任國大代表會議主席，想見　賢勞，不審　起居何如，至為馳念。茲有陳者：族弟香池在戰前與知友數人，在上海閘北經營興業瓷磚股分有限公司，薄負時譽。八一三之役遭敵摧毀，國土重光，力謀復業，曾向善後救濟總署申請救濟，當邀核准配售現代式每八小時能製磚十萬塊之全副機器設備，並與行總簽訂合約，依期付款，從未愆誤。不意聯總因有他種原因，竟將該項全副設備兩次削減，以致運華機件，殘缺不全，無法運用。雖呈由行政院核准，向中央銀行購結美匯十五萬元，俾供配齊全副設備之需，但美國承製廠商忽稱漲價，計除已經核准購結之美匯十五萬元外，尚缺十六萬元有奇，而運費、關稅等項尚不在內。此項所需美匯，全無著落，該公司遭此意外，真有進退維谷之象。若竟棄置不問，則已集之資金，全付東流。該商等財力有限，瞻望前途，不堪設想。此等未竟之事，係為善後事業委員會所轄，該公司曾於本月瀝陳經過困難情形，懇祈維護。知弟與我　公有舊，屬為再進一言，深慮前上呈文壅積，不易逕達　左右，並交到副本全分，屬為代遞。其中另有與聯總署長魯克斯君信，又美國承製廠商覆信各一通，為前上呈文中所未具，特再附陳藉，備　參核。弟查閱該公司建議兩項，其第一項所擬方法，化無用為有用，一轉移間且可使廢於半途之事業卒底於成，誠為一舉兩利之事。我　公素以恤商惠工為志，用敢上瀆，務祈　俯賜鑒督，　鼎力扶持，不勝感企之至。再，國大會議結束後，台從當可蒞滬，稍稍休息，尚有無數事欲一談也。臨穎企望，不盡欲言，順候

道履，統維

垂督

弟張元濟頓首　三十七年四月廿九日

六月十一日

岫廬先生大鑒：奉月台
手教，謹誦悉。我
兄既以為懷，念身救此弊，有改革
不成，負負。到遠之言，此盡吾人所能職
及，飲鄉長晚，寸所能於我
公亦不在補其轉論，而在於大改革
民國煙為非痛下刀圭，不足以起此痛
瘡。此非年來防腐之統制所謂揭
痊飾乃產，而其成就乃先其人，以為國
本施統制乃言。然彼之法律、政治及其人
民之組織，實我國所能備。鄙見凡
與民爭利之事，宜先擇一二最大者，先
行改革，以示與民更新，乃無甚背於人心而一

手示誦悉。致卿痛望腳　寔是有
益。頃得戶部唐山路局與特約于此
之本國貨，嚴行限制（現在本國貨尚
未開上市，路局竟且禁止其能上議，甚不
可矣）。此後一切勝民自為我輩私思亦
之事，殊乃大識的厥商國本務形乃厥科
新證書卷之事，志不中心不在此事之
未研究此不過，然其表面上無相理
者，今別擬另有改善辦法，新之此外則
之派雜重之，竟結則唯數氏不解者
子某人一月無信，如果知有事　兆蓀
大兄先生　我

編輯摘要

- 指出政府「統制」改革問題，如管理外匯、限制進口外國商品等
- 請求王雲五協助救濟林紓（字琴南）家人

點校文字

岫廬先生大鑒：奉本月六日　手教，謹誦悉。我　公飢溺為懷，舍身救世，兼有●改革不成，負責引退之言，此豈常人所能幾及，欽嚮無既。弟所望於我　公者，不在補苴罅漏，而在於大改革，民困極矣，非痛下刀圭，不足以起此痼疾，此兩年來政府之統制，亦可謂竭盡能力矣，而其成效已可大見。有人以外國亦施統制為言，然彼之法律、政治，及其人民之程度，豈我國所能彷彿？鄙見凡與民爭利之事，宜先擇一二最大者先行改革，以示與民更新。即如管理外匯一事，頭痛醫頭，腳痛醫腳，究竟有何益處？何妨即予廢止。政府只將不可進口之外國貨，嚴定限制（現在外國貨滿布市上，市政府竟思禁止尼龍絲襪，豈不可笑），其餘一切，聽民自為。我想走私黑市，必可大減，而廠商因不能取得原料，移設香港之事，亦可中止。弟於此事素未研究，此不過就其表面言之。然物極必反，今則極多為反矣。雖然知之非艱，行之維艱，今之靠統制吃飯者，不知有幾千萬人？一聞此信，必出死力與爭，非大仁大勇如

我　公者，弟固不願與之言也。昨日李拔翁來言，林琴南先生遺●妾居北平，困苦萬狀，有子不能仰事，僅賴所生女稍稍接濟。其三女已亡矣，我　公培植其四女瑩，有上我　公一函，並附英文一稿，可藉察其程度。弟與琴翁亦係舊交，謹敢代呈，如能手援，固所深感，若有為難，不妨拒卻，拔翁與弟均不願強求也。再，自　公復出，有不少親故來託干求，可否乞書數行，說明一切謝絕，弟即可持以示人。倘蒙俯允，不勝感謝。專此，敬候起居

弟張元濟頓首　六月十一日

與信札有關物件

與「同人會」交涉的策略與原則

（約為一九三九、一九四〇年間來信的附件）

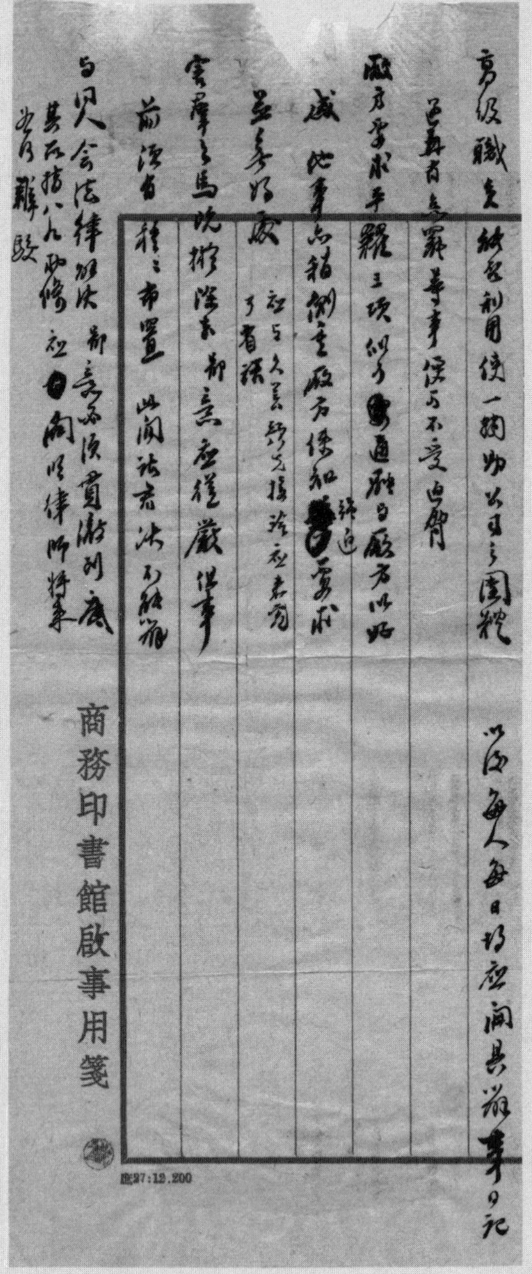
商務印書館啟事用箋

點校文字

高級職員能否利用，使一輔助公司之團體，遇再有怠罷等事，便可不受迫脅。

廠方要求平糴三項，似可●通融，與廠方以好感，他事亦稍側重廠方，俾知強迫要求，並無好處。【應與久芸預先接洽，應來究可省話】

害群之馬既擬除去，鄙意應從嚴，但事前須有種種布置。此間諸君絕不能辦。

與同人會法律解決，鄙意須貫徹到底，其所指八、九兩條，應●問明律師將來如何辯駁。

以後每人每日均應開具辦事日記。

信封

一九四七年四月十六日信封

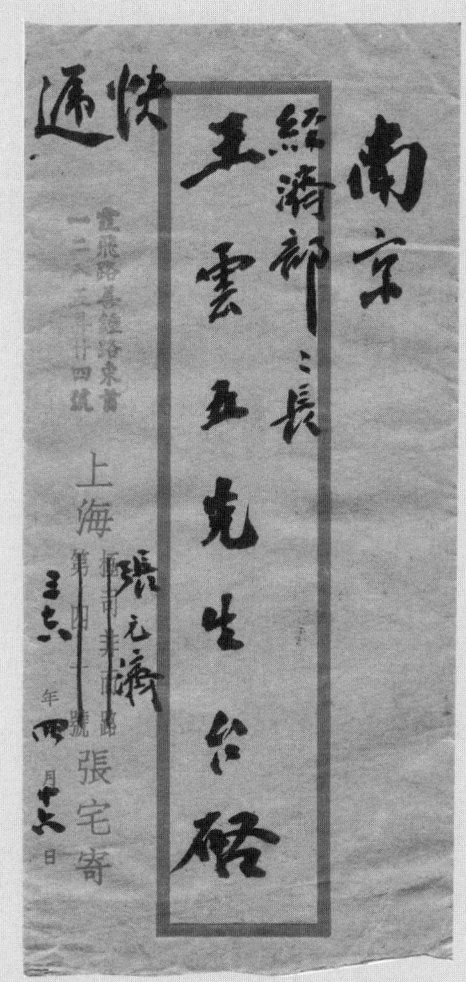

一九四七年八月四日信封

年分籤條

還都後首屆國慶

蔣主席昭告國民

重申寬取和平統一決心

建議復開三人五人小組

議中、決議致電荷蘭陸
軍部稱：「阿姆斯丹特
中央職工會會員堅決要
求政府停止派遣軍隊至
印度尼西亞，吾人要求
停止對印度尼西亞人之
一切戰事。」

戈林哭了

〔合衆社八日紐倫
堡電〕據監獄心理學家
吉爾白博士稱：戈林

國軍進入張家口

[illegible]懷來同日攻克

家口，此[illegible]全出諸[illegible]人士意料以外，一般意見[illegible]由於張垣[illegible]

戰事之急轉直下，和談前途勢將有重大之變化。

[illegible]十一日五時急電 綏東傅長官部隊於今上午自河方進

[illegible]明令公布有案，[illegible]

會期迫促 所有當選及

[illegible]遴定各代表，均應依照

[illegible]驗當選證書、除當選及遴定代表名單另行公布外，特此通告週知

美國徵兵[illegible]百萬

△法國新聞社華盛頓十日電 美國陸軍部頃宣布。平時徵兵運動開始以來，[illegible]

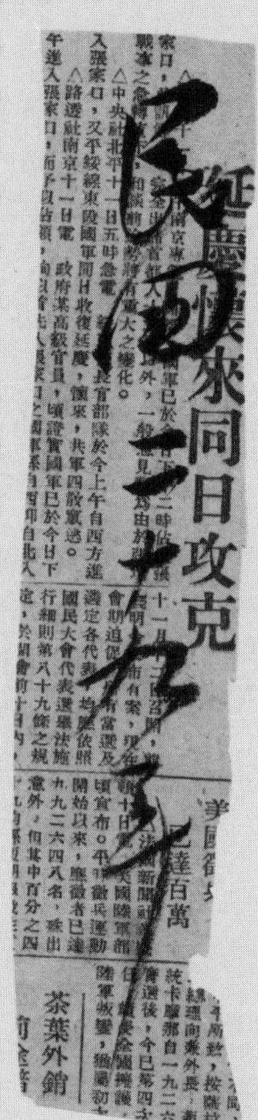

民國三十五年

延慶懷來同日攻克

△[illegible]南京專[illegible]國軍已於今[illegible]下午二時佔據[illegible]家口，[illegible]一般意見，認為由於張[illegible]戰事之急轉直下，和談前途將有重大之變化。

△中央社北平十一日五時急電　[illegible]長官部隊於今上午自西方進入張家口，又平綏線東段國軍同日收復延慶，懷來，共軍四散竄逃。

△路透社南京十一日電　政府某高級官員，頃證實國軍已於今日下午進入張家口，[illegible]自北入[illegible]

[illegible]十一月十二日召開，[illegible]明令[illegible]布有案，現在[illegible]會期迫促，[illegible]有當選及遴定各代表，均應依照國民大會代表選舉法施行細則第八十九條之規定，於開會前十日內，[illegible]

美國徵兵已達百萬

[illegible]新聞社[illegible]美國陸軍部[illegible]十日[illegible]頃宣布。平時徵兵運動開始以來，應徵者已達九九二六四八名，殊出意外，但其中百分之四[illegible]

[illegible]總理向秦外長，[illegible]統卡圖部自一九二六[illegible]普選後，今已第四次[illegible]任[illegible]陸軍叛變，獨屬初次[illegible]

茶葉外銷

圖保持該線。政府人士謂涿縣與松林店之間，
集中共軍八千人，另有萬人在石家莊區。
察境國軍已折向東南直指平漢路，天津

蔣主席發表

附錄一

王雲五致張元濟書信

一九二七年五月五日

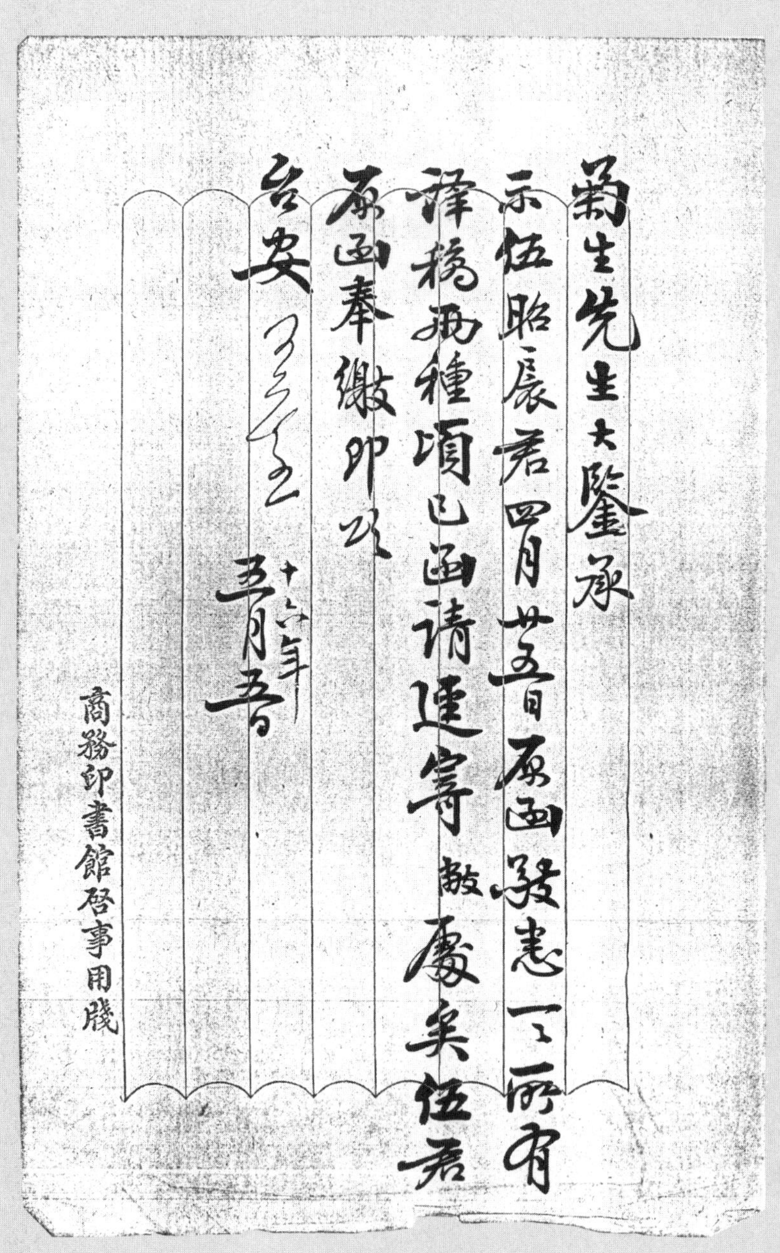

菊生先生大鑒：承
示伍昭扆君四月廿五日原函，發悉一一。所有
譯稿兩種，頃已函請逕寄敝處矣。伍君
原函奉繳，即頌
台安
[illegible]　十六年五月五日

商務印書館啓事用牋

編輯摘要

・關於伍光建（別號昭扆）翻譯譯稿的事宜

點校文字

菊生先生大鑒：承　示伍昭扆君四月廿五日原函敬悉一切。所有譯稿兩種，頃已函請逕寄敝處矣。伍君原函奉繳。即送

台安

王雲五　十六年五月五日

編注：本信是他人代筆，王雲五簽名。伍光建在光緒年間曾任商部高等實業學堂（上海交通大學前身）教育長，並爲商務印書館翻譯多種漢譯世界名著。

一九二七年十一月八日

菊生先生承

示蔣顧兩君函述小說月報號外中國文學研究事細閱民歌研究底片面一篇確有描寫過分之處此項刊物以非普通雜誌及單行書籍由該社陸續發排出版前弟未及寓目致令發行疏忽之咎實不能辭好在發行未久售出不多茲已通知發行所及各分館將該書退還俾刪去該篇重行裝訂並通知該社主任嗣後對於此等記載格外慎重嗣後擬添派人員對於一切出版物於其出版以前先行負責閱看以昭慎重附呈擬復蔣顧二君函稿祈

斧正繕發為荷敬頌

日祉

十六年十一月八日

顧蔣來信16 XI 7已送歸檔

商務印書館啓事用箋

本館自製華文打字機

編輯摘要

・商務出版的《小說月報》內容有不當之處，已回收重新裝訂發行

點校文字

菊生先生：承　示蔣、顧兩君函述《小說月報》號外中國文學研究事，細閱〈民歌研究底片面〉一篇，確有描寫過分之處。此項刊物以非普通雜誌及單行書籍，由該社陸續發排。出版前，弟未及寓目，致令發行，疏忽之咎，實不能辭。好在發行未久，售出不多，茲已通知發行所及各分館，將該書退還，俾刪去該篇，重行裝訂，並通知該社主任，嗣後對於此等記載，格外慎重。後擬添派人員，對於一切出版物，於其出版以前，先行負責閱看，以昭慎重。附呈擬復蔣、顧二君函稿，祈　斧正繕發為荷。敬頌

日祉

王雲五　十六年十一月八日

顧、蔣來信　16—11—2　退還歸卷〔此為張元濟於信末簽批文字〕

編注：本信是以商務印書館自製華文打字機打字。

一九三一年一月

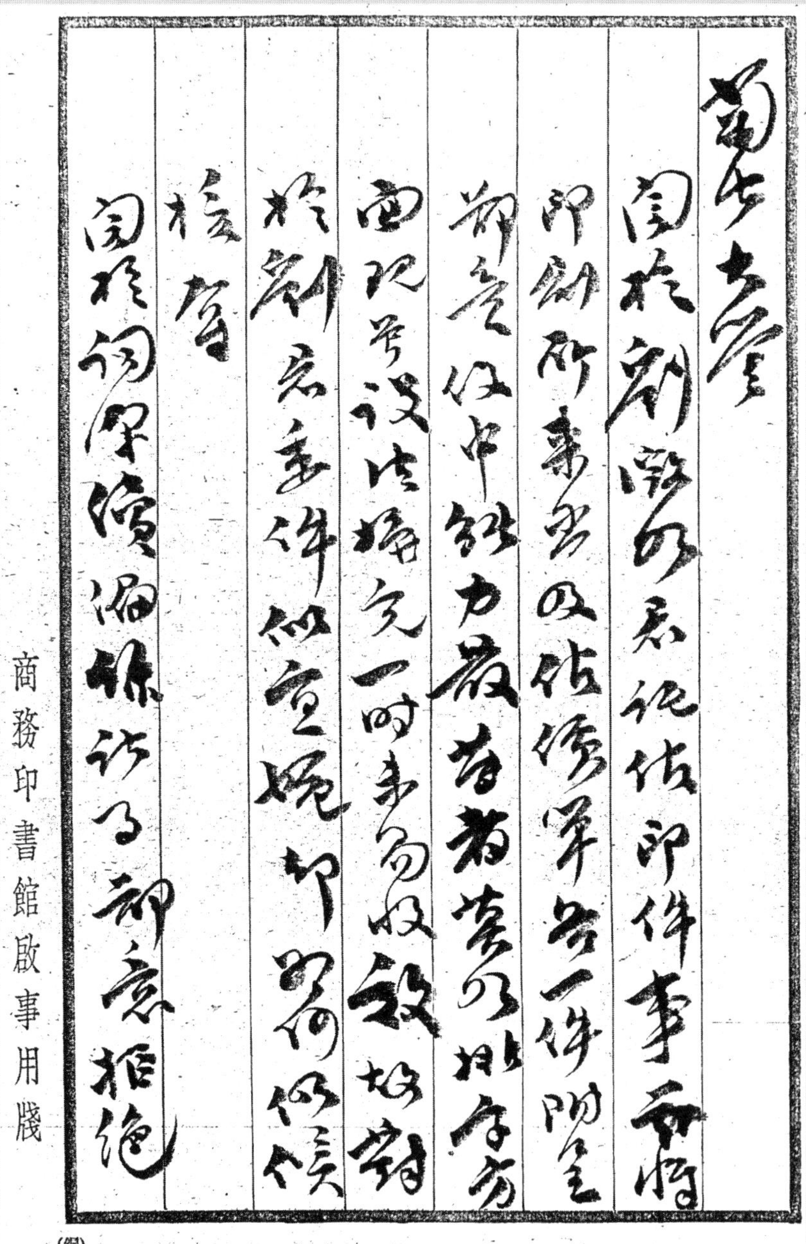

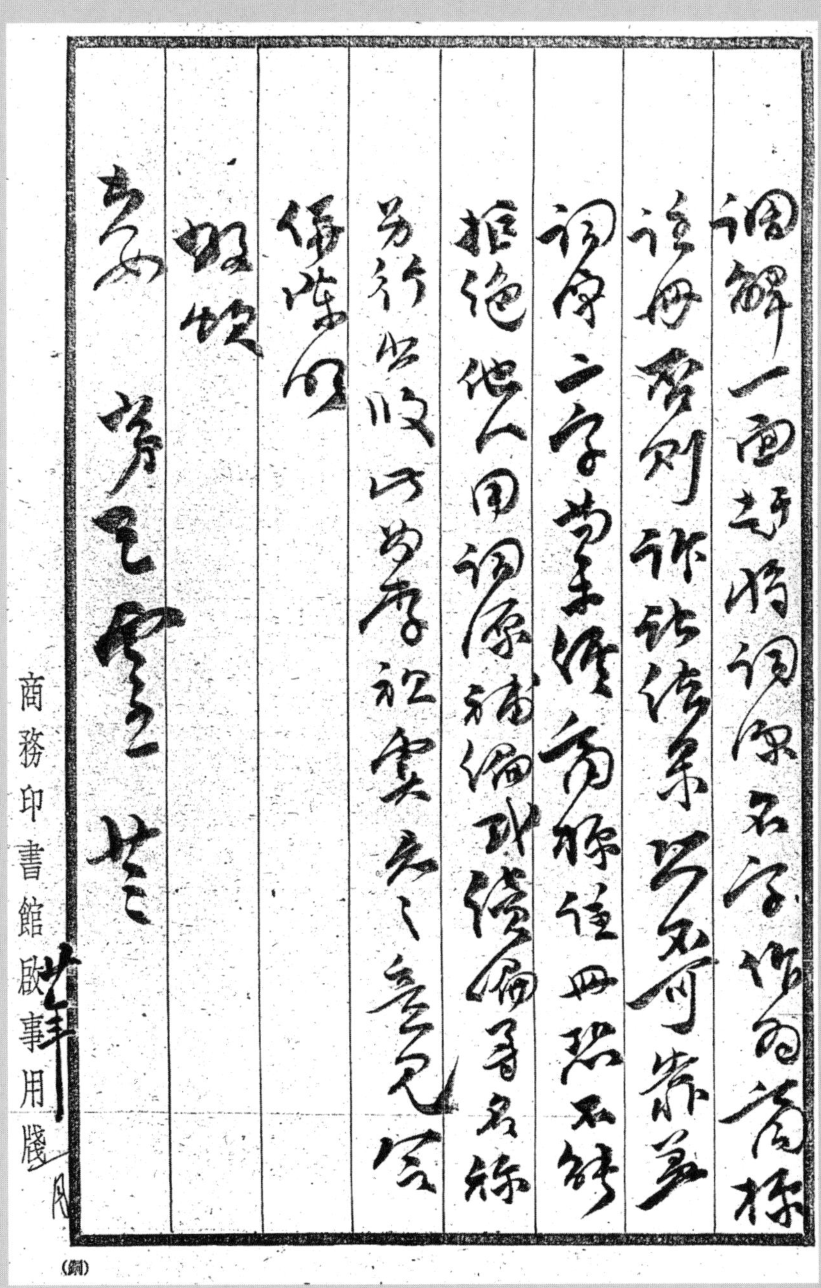

調解一面另將詞原名字作為首標
語毋庸列作續編系以免可靠[illegible]
詞原二字業經商標註冊不能
拒絕他人用詞原補編此續編等名稱
另行出版此與尊意實亦無異見否
順候
時綏
台安　弟王雲五　廿三

商務印書館啟事用牋

編輯摘要

- 評估劉澂明委託商務出版書籍一事
- 《辭源續編》書名商標訴訟

點校文字

菊翁大鑒：關於劉澂明君託館印件事，茲將印刷所來函及估價單各一件附呈。鄙意館中能力最薄者，莫如排字方面，現雖設法擴充，一時未易收效。故對於劉君委件，似宜婉卻。如何仍候　核奪。

關於《詞源續編》訴訟事，鄙意拒絕調解，一面趕將「詞源」名字作為商標註冊，否則訴訟結果恐不可靠。蓋「詞源」二字苟未經商標註冊，恐不能拒絕他人用「詞源補編」或「續編」等名稱另行出版。此為李祖虞君之意見，合併陳明　敬頌

大安

弟王雲五頓首　廿年

編注：張元濟於一月二十三日收到本信。

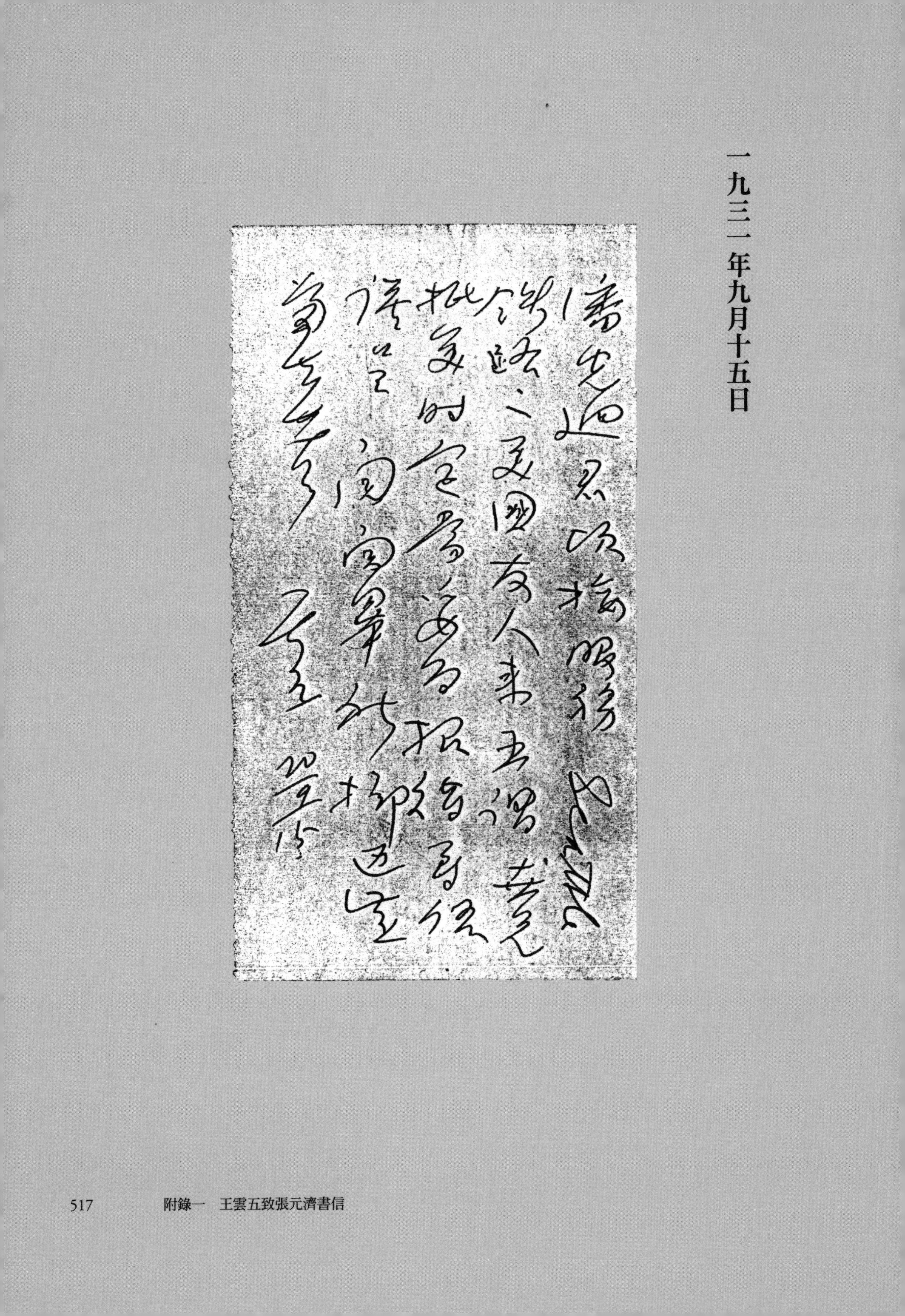

一九三一年九月十五日

編輯摘要

・轉述潘光迥美國友人的傳言

點校文字

潘光迥君頃接服務 Seattle 鐵路之美國友人來函謂：「世兄抵美時，定當妥為招待」等語。謹呈閱。閱畢祈擲還。此上

菊生先生

雲五 20－9－15

一九三五年六月十八日

菊生先生道席奉讀十八日
覆書並退回支票一紙區區微忱不蒙
鑒納仰承
謙德本不敢再為啓齒然思維再四公司
為營業機關我
公純盡義務不受報酬在公司有失公道在
雲五等良心上實屬難安除由雲五等
趨前面陳外兹謹再開呈支票一紙務懇

商務印書館啟事用牋

公㧑謙逾恒遲遲不敢啓齒現在公司侷面
漸復舊觀而編輯事宜須請
教於
公者復有加無已　雲五等為求良心稍安起見
謹從本年起年奉薄酬肆千元每半年致
送半數茲先附呈二十四年上半年酬敬弍
千元支票壹紙務懇
鑒諒　雲五等誠意

商務印書館啟事用牋

俯允接受不勝欣幸公司係營業機關盡力
者原無不受酬之理況我
公擔任義務多年而此次所奉薄酬尚不足
以報我
公為公司服勞於萬一雲五等熟籌再四竊認
為我
公對於此項請求實宜
俯順羣情不當予以拒絕也耑肅敬頌

商務印書館啟事用牋

著安諸維

垂照

李宣龔

王雲五

謹啓

二十四年六月十八日

夏鵬

商務印書館啟事用箋

編輯摘要

• 感謝張元濟為商務的貢獻，提議增加其薪水

點校文字

菊生先生道席，敬啟者，近年公司印行《百衲本二十四史》、《四部叢刊》正續各編，全賴我 公一手主持， 勞苦功高，遠非公司在職同人所可及。而純任義務，不下十年，尤為全體同人所敬佩不已者。一二八以後，編審部同人較少，所有印行古書事宜，自編校以至廣告，在在費 神。雲五等每一念及，至覺不安，屢擬酌奉薄酬，藉表微意，終以我 公撝謙逾恒，遲遲不敢啟齒。現在公司局面漸復舊觀，而編輯事宜須請 教於 公者，復有加無已。雲五等為求良心稍安起見，謹從本年起，年奉薄酬肆千元，每半年致送半數。茲先附呈二十四年上半年酬敬弍千元支票壹紙，務懇 鑒諒雲五等誠意，俯允接受，不勝欣幸。公司係營業機關，盡力者原無不受酬之理，況我 公擔任義務多年，而此次所奉薄酬，尚不足以報我 公為公司服勞於萬一，雲五等熟籌再四，竊認為我 公對於此項請求，實宜 俯順羣情，不當予以拒

絕也。耑肅敬頌　著安諸維
垂照

李宣龔
王雲五　謹啟　二十四年六月十八日
夏　鵬

編注：本信爲他人代筆，李宣龔、王雲五、夏鵬三人簽署。

一九三五年六月二十一日

菊生先生道席奉讀十八日
覆書並退回支票一紙區區微忱不蒙
鑒納仰承
謙德本不敢再為啓齒然思維再四公司
為營業機關我
公純盡義務不受報酬在公司有失公道在
雲五等良心上實屬難安除由雲五等
趨前面陳外茲謹再開呈支票一紙務懇

商務印書館啟事用牋

俯鑒悃誠勿再麾卻無任感幸敬頌

撰安

李宣龔

王雲五謹啟

二十四年六月二十日

夏鵬

原案即付繕退回 24/6/21

商務印書館啟事用牋

編輯摘要

・收到張元濟回信並退回支票，希望能夠接受公司薪水

點校文字

菊生先生道席：奉讀十八日　覆書並退回支票一紙，區區微忱不蒙　鑒納，仰承　謙德，本不敢再為啟齒。然思維再四，公司為營業機關，我　公純盡義務，不受報酬，在公司有失公道，在雲五等良心上實屬難安。除由雲五等趨前面陳外，茲謹再開呈支票一紙，務懇俯鑒悃誠，勿再麾卻，無任感幸。敬頌

撰安

李宣龔
王雲五　謹啟　二十四年六月二十一日
夏　鵬

原票即時塗銷退回　24—6—21〖此為張元濟於信末簽批文字〗

編注：本信亦爲他人代筆。

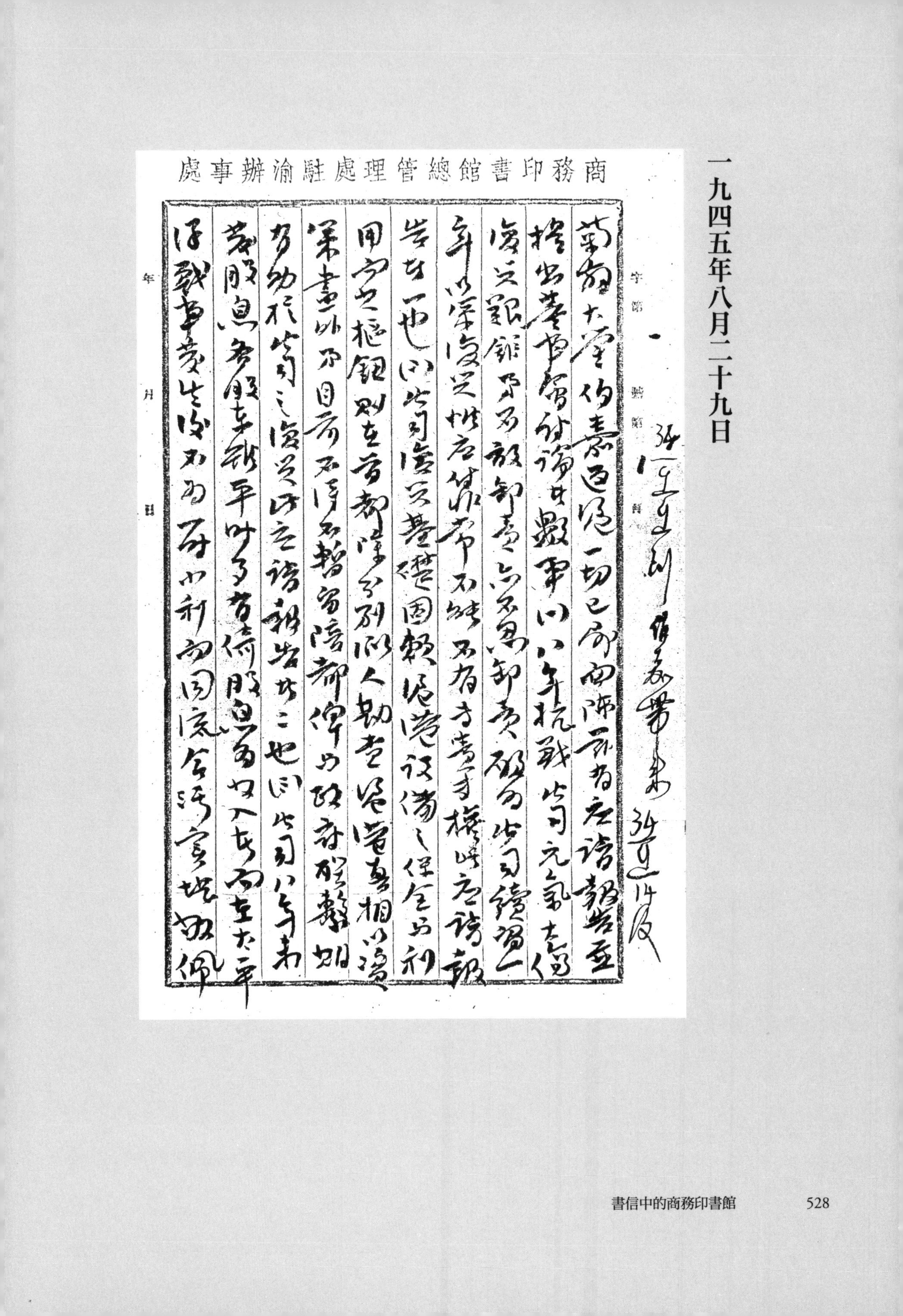

一九四五年八月二十九日

商務印書館總管理處駐渝辦事處

字第　號第　頁

年　月　日

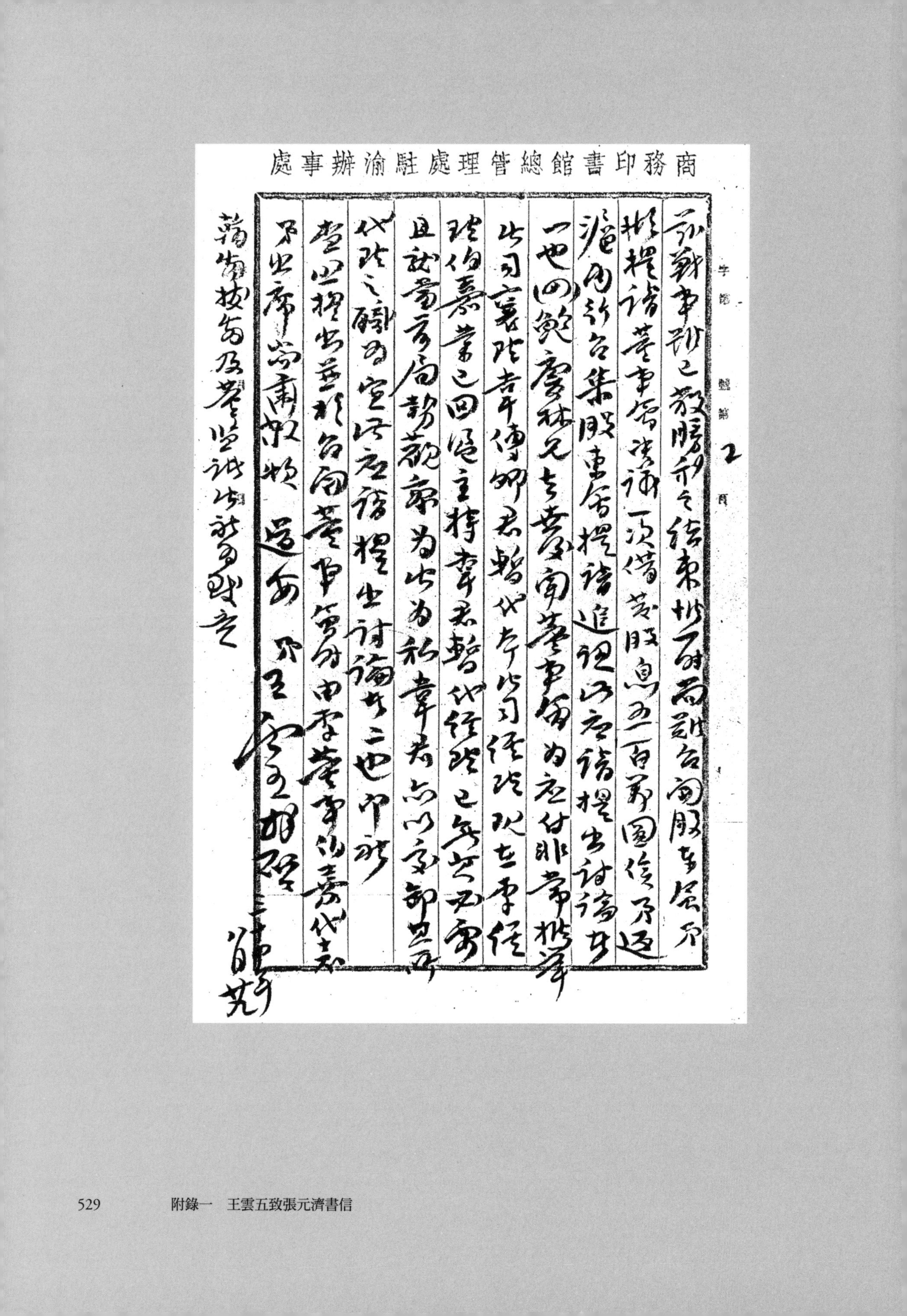

商務印書館總管理處駐渝辦事處

編輯摘要

・關於應在商務董事會上提出的四件事情

點校文字

34—9—9到，伯嘉帶來　34—9—14覆〖此為張元濟收到此信後寫下的旁注〗

菊翁大鑒：伯嘉返滬，一切已囑面陳。茲有應請報告並提出董事會討論者數事。（一）八年抗戰，公司元氣大傷，復興艱鉅，弟不敢卸責，亦不忍卸責，願為公司續留一年，以策復興。惟應付非常，不能不有專責專權。此應請報告者一也。（二）公司復興基礎固賴滬、港設備之保全與利用，而其樞鈕則在首都。除分別派人勘查滬港真相以茲策畫外，弟目前不得不暫留陪都，俾與政府聯繫，期有助於公司之復興。此應請報告者二也。（三）公司八年未發股息，各股東雖平時多有倚股息為收入者，而在太平洋戰事發生後，不為一時小利而同流合污，實堪敬佩。茲戰事雖已獲勝利之結束，惟一時尚難召開股東會。弟擬提請董事會決議一次借發股息五百萬圓。俟弟返滬再行召集股東會提請追認。此應請提出討論者一也。（四）鮑慶林兄去世後，聞董事會為應付非常，推舉公司襄理韋傳卿君暫代本公司經理。現在李經理伯嘉業已回滬主持，韋君暫代經理已無其必要，且就當前局勢觀察，為公為私，韋君亦以交卸

其所代理之職為宜。此應請提出討論者二也。即祈　查照提出，並於召開董事會時，由李董事伯嘉代表弟出席。耑肅敬頌　道安

弟王雲五拜啟　三十四年八月廿九

翰翁拔翁及董監諸公祈為致意

一九四六年十二月一日

編輯摘要

・七聯解散對商務的影響

・建議由朱經農負責商務上海館務

點校文字

35—12—3到〖此為張元濟收到本信後寫下的旁注〗

菊翁道鑒：頃奉十一月二十七日　手書敬悉。七聯解散，下屆印數從嚴。弟經迭向經農、伯嘉二君主張與　尊見正同。經農現患腸出血，需靜養旬日，愈〔癒〕後當勸其攜眷速來滬主持館務。大函日內當交去，　令視謝君為其遠親稱慶。承囑請費範翁為弟撰文，謹遵　命，即煩就近拜託為感。並頌

時祺

弟王雲五　拜啟　十二月一日

編注：關於王雲五所收到的十一月二十七日信件內容，請參閱一九四六年十一月二十七日張元濟致王雲五信。

一九四七年，月日不明

編輯摘要

・回覆韋潛光不符合出國資格

點校文字

菊翁道鑒：弟近來特忙，往往二三星期始來滬一次，而來去匆匆，久未走候　起居。頃奉三月卅日手書敬頌悉。承詢兩事，分復如左：

（一）韋君出國事，查規定受聘出國，一須有駐在地之我國使領館證明；二須有實在薪給足資生活。今韋君附來兩函，對此兩條件均未具備，格於定例，未便照准，原函兩件奉繳

〔後缺〕

編注：關於王雲五所收到的三月三十日信件內容，請參閱一九四七年三月三十日張元濟致王雲五信。

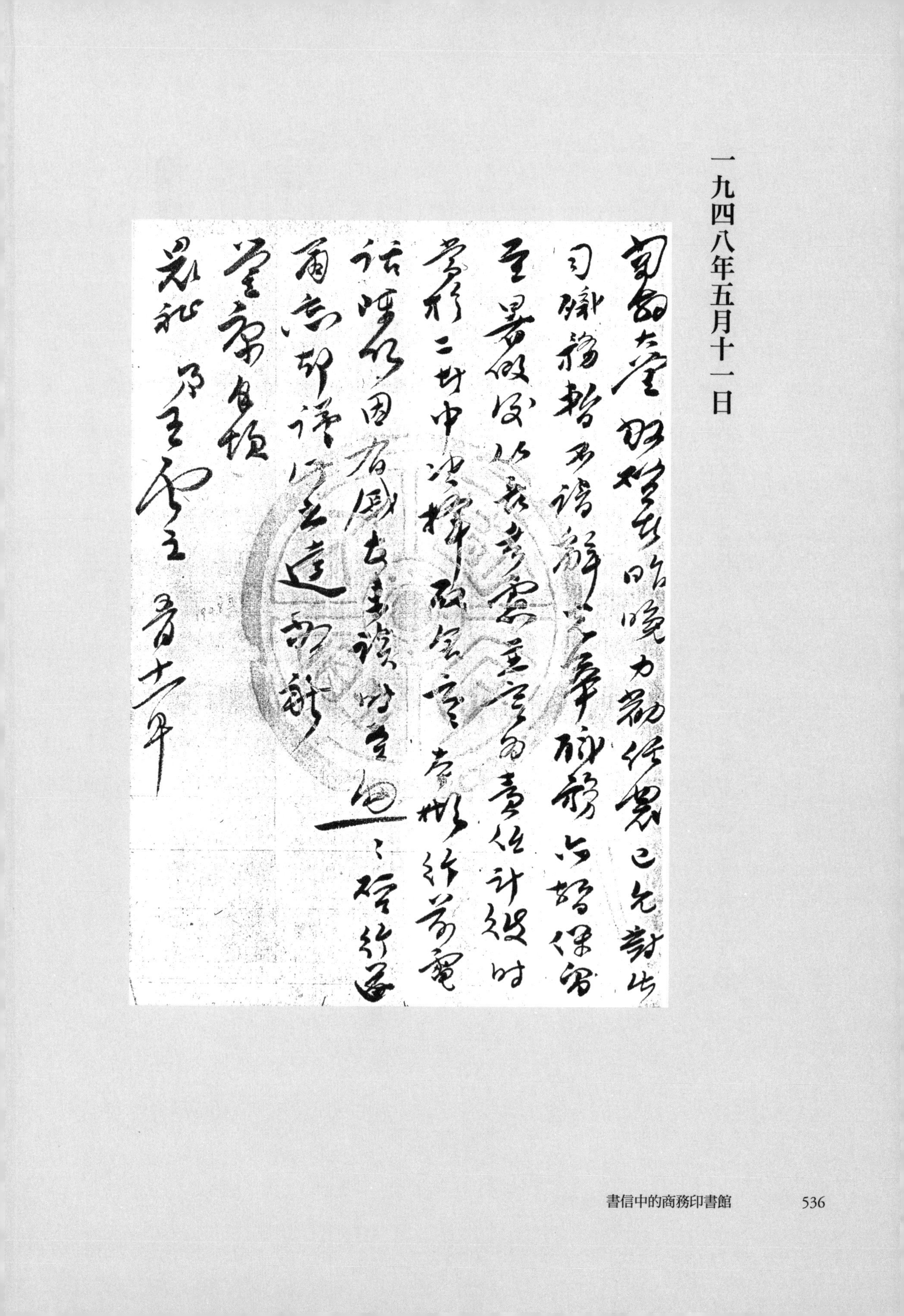

一九四八年五月十一日

編輯摘要

・告知已勸朱經農暫不離職

點校文字

菊翁大鑒，敬啟者，昨晚力勸，經農已允對公司職務暫不請辭，光華職務亦暫保留至暑假後從長考慮，並定為責任計，彼時當於二者中抉擇後決定。本擬行前電話陳明，因有戚友來談時宜，匆匆啟行，遂爾忘卻。謹此書達，敬祈

鑒康並頌

晨福

弟王雲五　五月十一日

編注：一九四八年六月三十日張元濟晤李拔可，商議朱經農辭職後總經理人選事。七月一日張元濟致函楊端六，擬邀楊來滬主持商務印書館。十一月十日朱經農擔任首席代表，將出國參加聯合國教科文組織第三屆大會，擬請長假，張元濟認爲此時請假，不能不易人。朱經農即於次日提出辭職，十一月十二日董事會議議決照准。請參閱《張元濟年譜》第五三七至五三八頁。

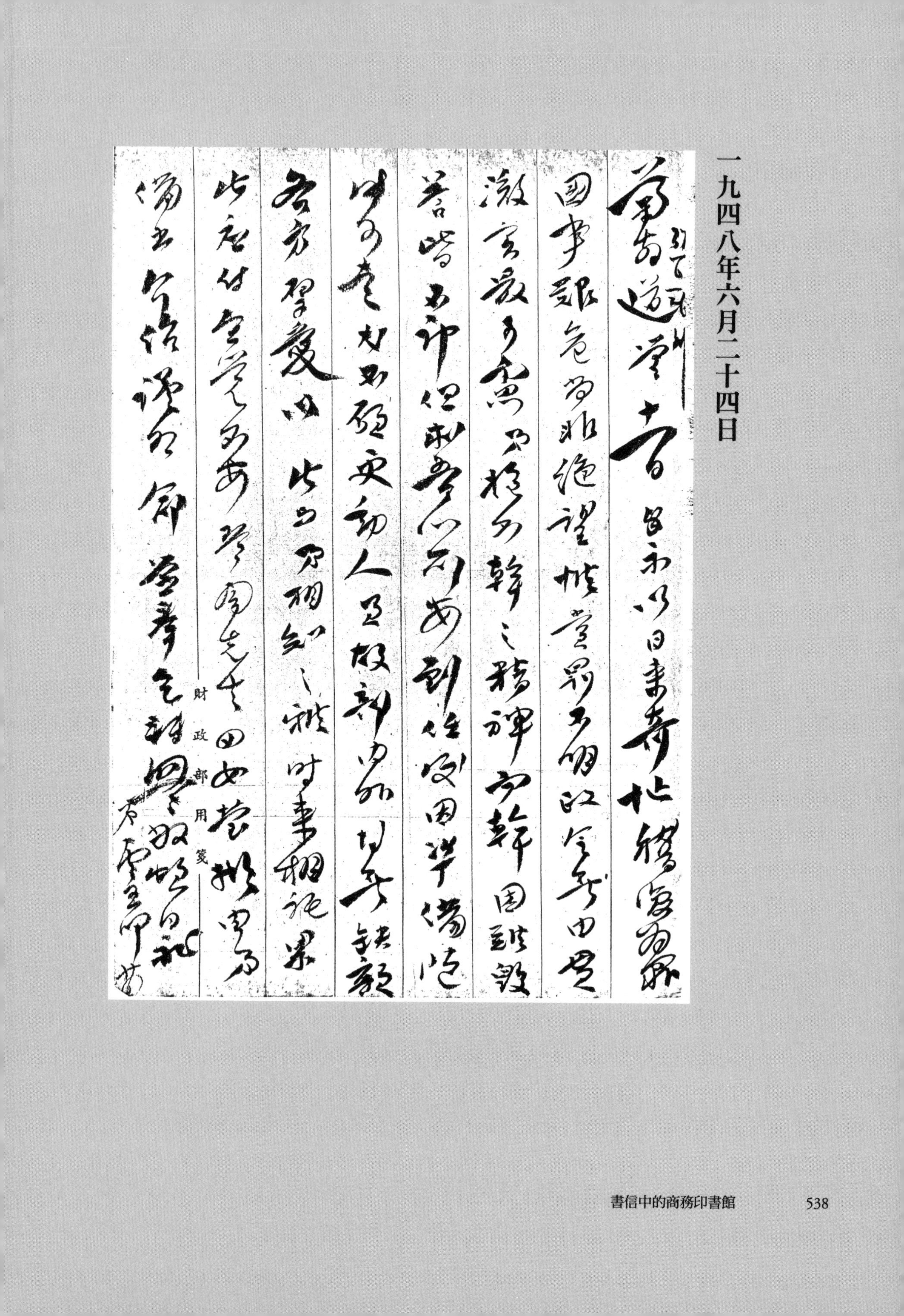

一九四八年六月二十四日

財政部用箋

編輯摘要

‧說明自己就任公職的心態
‧回覆會幫忙接濟林紓家人

點校文字

37—6—26到〖此為張元濟收到本信後寫下的旁注〗

菊翁道鑒：十一日　手示，以日來奇忙，稽復為罪。國事艱危，尚非絕望，惟賞罰不明，政令無由貫澈最可慮。弟抱不幹之精神而幹，困難毀譽皆不計，但求吾心所安。到任後，因準備隨時可走，尤不願更動人員，故部內外均無缺額。各方厚愛，以　公與弟相知之雅，時來相託，累　公應付，益覺不安。琴南先生四女瑩，擬由弟備函介紹，謹從命簽奉乞轉。匆匆，敬頌日福

弟雲五叩　廿四日

編注：關於王雲五所收到的十一日信件內容，請參閱一九四八年六月十一日張元濟致王雲五信。另，一九四八年五月三十一日王雲五受命爲財政部長，六月十三日多次請辭未獲准，遂致力金融改革，至十一月十日請辭獲准。故這裡寄出的信件用紙上面寫著「財政部用箋」。

電報一封

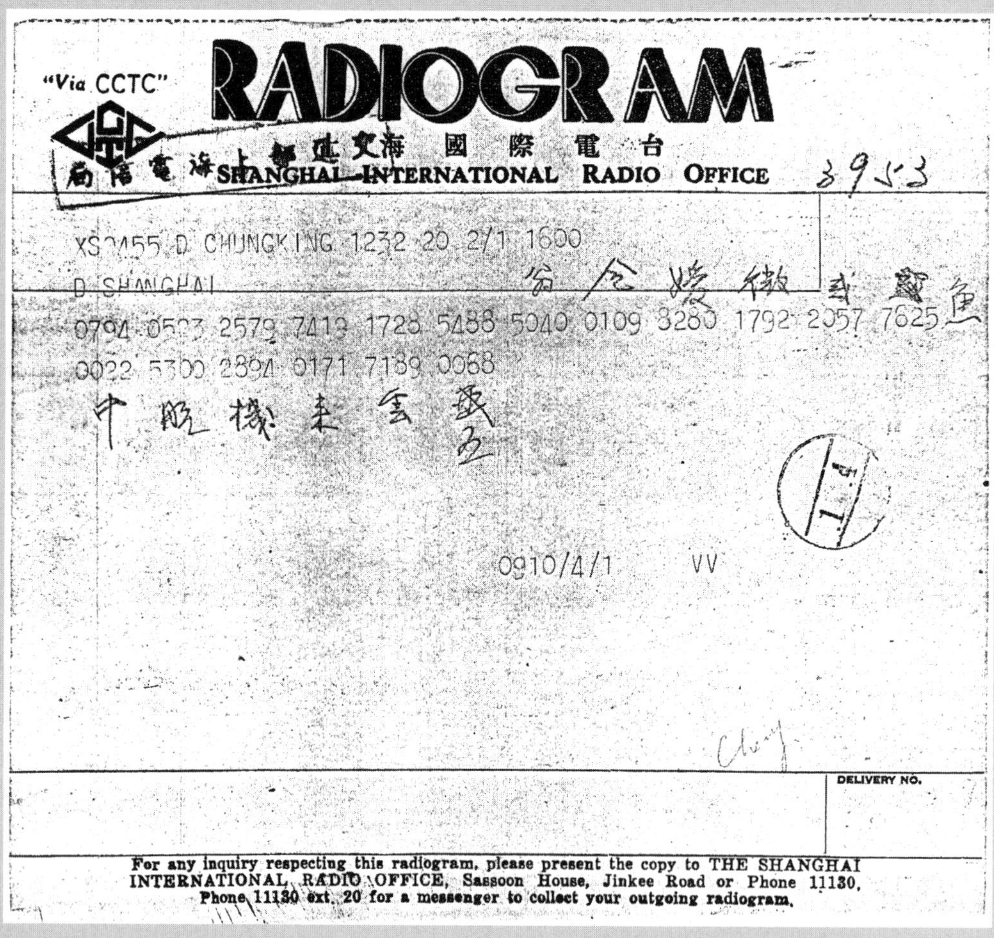

"Via CCTC"

RADIOGRAM

上海國際電台

SHANGHAI INTERNATIONAL RADIO OFFICE

XS[illegible]455 D CHUNGKING 1232 20 2/1 1600

D SHANGHAI

0794 0523 2579 7419 1728 5488 5040 0109 3280 1792 2057 7625

0022 5300 2894 0171 7189 0068

0910/4/1 VV

DELIVERY NO.

For any inquiry respecting this radiogram, please present the copy to THE SHANGHAI INTERNATIONAL RADIO OFFICE, Sassoon House, Jinkee Road or Phone 11130, Phone 11130 ext. 20 for a messenger to collect your outgoing radiogram.

附錄二

《岫廬已故知交百家手札》所收張元濟信札

《岫廬已故知交百家手札》為王雲五親自編印，共有張元濟信札八封、電報二則，但當年並未編列頁碼，因此無法註記確切出處。由於除一九四四年五月三十一日第六封信外，其它皆已收入《張元濟全集》，所以附錄時一併敘明，以供讀者按覈。

一九二六年八月二十一日

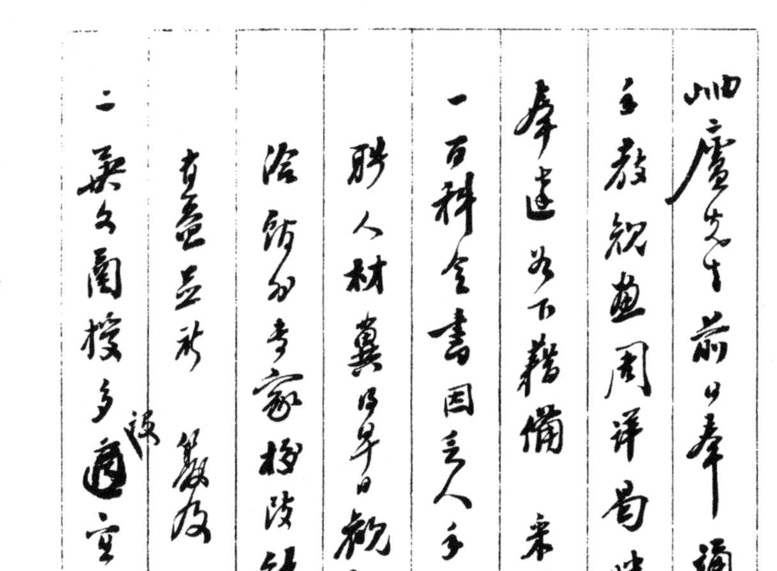

張菊生（元濟）

意義好能發明方法以增學者之興趣更足

以引起社會之注意據之既有讀本而能

不識拼利益者即無識讀持拼識之價

(即識拼之利益)用於各種方面似更有效

之精通語學之人恐不能通於社會之用現時尊

處可擬薦書為意最好將各書加圈點此

即照書特來請方一二人可以指教請頌

台安 弟 頓首 十一月廿五

圖書館送來統計四紙閱過附還

編輯摘要

・討論商務印書館百科全書、英文函授學校業務，以及人事推薦

點校文字

岫廬先生：前日奉誦　手教，規畫周詳，曷勝欽佩。茲再將鄙見奉述如下，藉　備采擇。

一、百科全書因乏人手，進行較緩，恐不能不添聘人材，冀得早日觀成。祈即與總務處接洽館外專家校改，能多得人，分頭並進，亦是有益。祈　籌及。

二、英文函校多設適宜科目固屬緊要，然鄙意最好能頻談方法，以增學者之興趣，更足以引起社會之注意。總之，既有競爭，不能不減輕利益，然卻不必減價，將擬減之價（即減輕之利益）用於各種方面，似尤有效。

三、精通舊學之人，恐不能適於我館之用，現時實無可推薦。夢翁意最好將各書加圈點，此卻甚要，將來或有一二人可以推轂。復頌　台安

弟張元濟頓首　15—8—21

圖書館送來統計四紙，閱過繳還。

編注：本信收入《張元濟全集》，第一卷，第一九二頁，爲《全集》所收致王雲五第一封信。

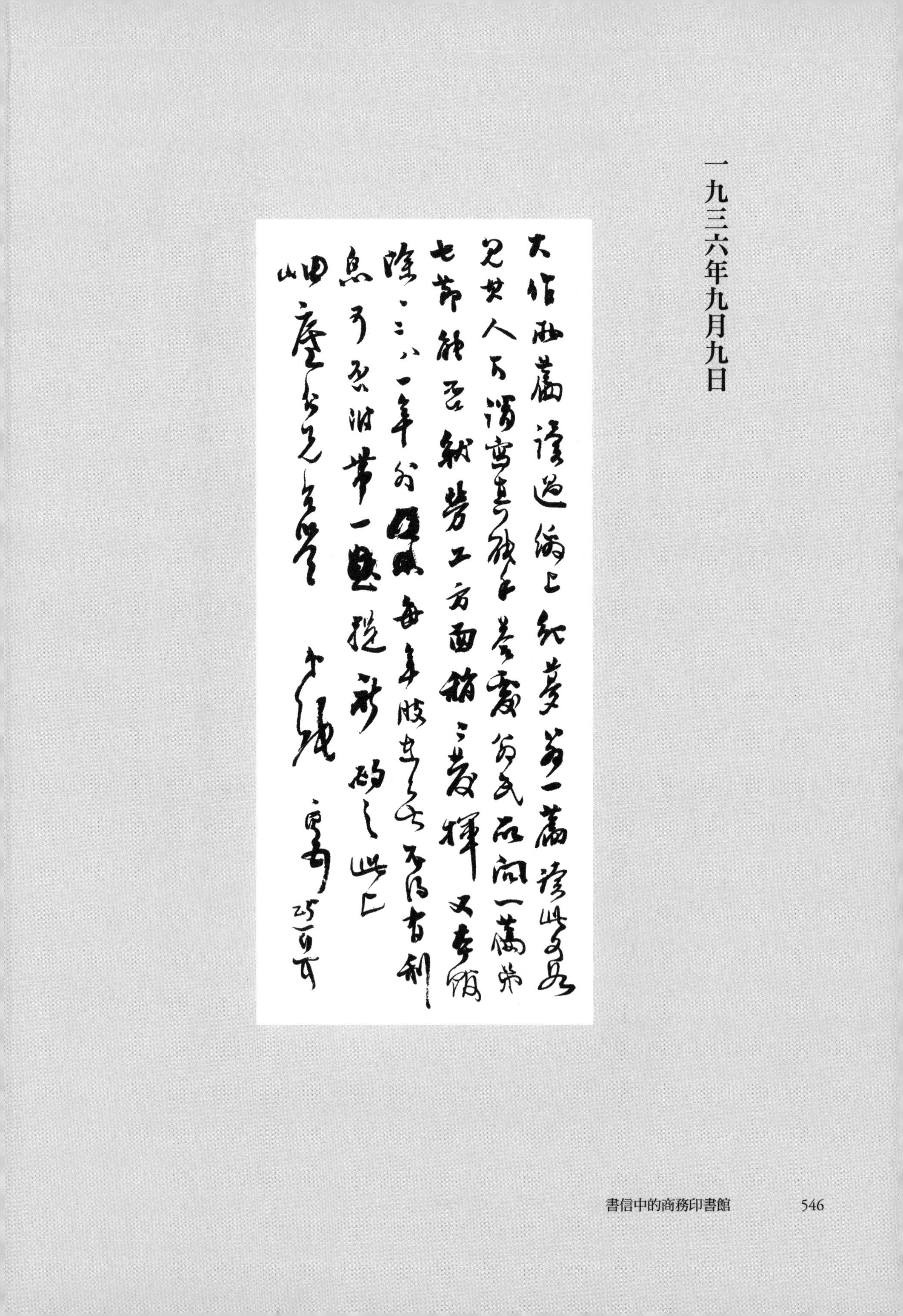

一九三六年九月九日

編輯摘要

・對王雲五所寫文字提出意見

點校文字

大作兩篇，讀過繳上。紀夢翁一篇，讀此文如見其人，可謂寫真能手。答覆翁氏所問一篇，第七節能否就勞工方面稍稍發揮？又，本館除「一・二八」一年外，●●每年股東無不得有利息，可否附帶一●提？祈　酌之。此上

岫廬仁兄台鑑

弟張元濟頓首　25—9—9

編注：本信收入《張元濟全集》，第一卷，第一九三頁，爲《全集》所收致王雲五第四封信。「紀夢翁一篇」即〈我所認識的高夢旦先生〉，後登於一九三六年《東方雜誌》第十八號。

一九三六年十月八日

編輯摘要

• **王雲五前信讀後感想；寄送京都大學《四庫有圖樣本》之事**

點校文字

示敬悉，我　公持理甚健，弟祇可折服，然於心終覺不安也。送日之京都帝國大學文學部《四庫有圖樣本》，一部儘夠，不必再增。復上

岫廬先生　台鑒

弟張元濟頓首　25—10—8

再，我　兄事繁，弟去即見覆，可口授記書者，不敢勞　親筆也。又啟。

編注：本信收入《張元濟全集》，第一卷，第一九三頁，爲《全集》所收致王雲五第五封信。

一九三八年十一月三日

編輯摘要

・稱讚並同意王雲五對商務在戰時經營的各種處置

點校文字

岫廬先生閣下：疊奉十月十六日、廿八日兩次　手書，謹誦悉。處此艱難之際，我　公仍能維持冷靜之頭腦，繼續苦幹之精神，欽感何極。此一機關亦數千人身家性命之所託，非得我公之仁心毅力，正不知如何維持，弟唯有為此數千人泥首稱謝而已。疏通輸運、緊核印數，均已有確切規劃，尤為欣慰；分設小廠，既有各種理由，自不能不著手趕辦。至停工工人給予半薪，本是公司無可如何之辦法，我　兄用以工代賑之策，自比全數虛糜為佳。手覆，敬

頌

侍福　潭祺百益。

弟張元濟頓首　27—11—3

編注：本信收入《張元濟全集》，第一卷，第二一二頁，爲《全集》所收致王雲五第三十八封信。

一九四〇年六月七日

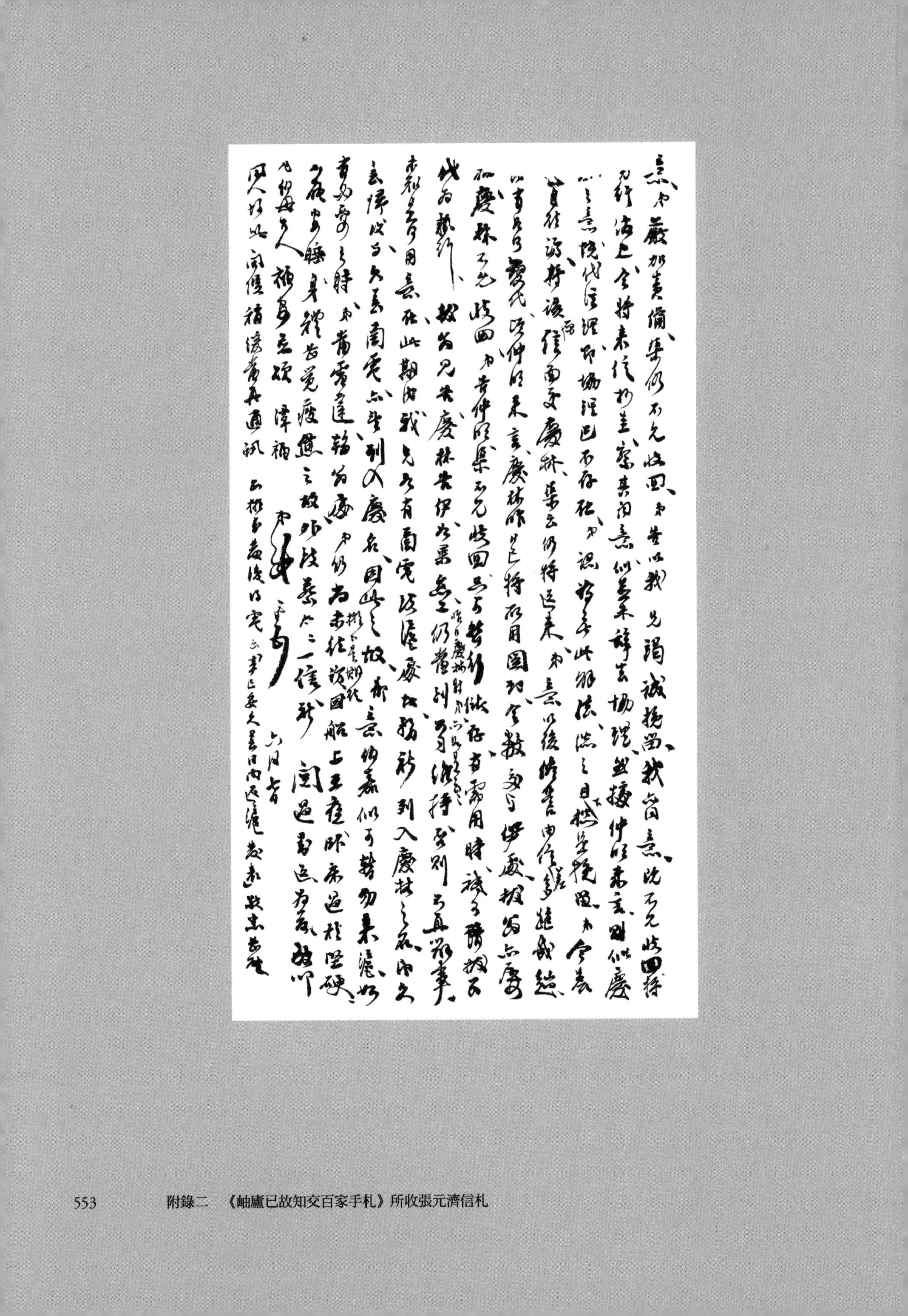

編輯摘要

• 敘述自己返回上海、待在香港經過；感謝王雲五代為購藥；若遇怠工如何應對；鮑慶林辭任等事

點校文字

岫廬先生有道：寓港旬日，暢聆　教益，欣幸無似，疊承　優待，尤深感荷。別後登舟，次晨出江，直至本月四日清晨，始抵上海。途中托　庇安順，足慰綺廑。旋奉到六月一日所發手教，謹誦悉。附還小壻孫逵方信及雜件又日記一冊，均已收到，費　神感感。我　兄在港播講〈四十年來中國之出版界〉一篇，容細讀，再奉覆。蒙　代小壻購藥，並轉交吳君覓便遞渝，甚感甚感。藥價乞即　轉知滬處，以便歸還。前日又奉到　電報一件，當即轉送拔、慶兩兄。此間尚未有何事件發生，然料恐難免，弟已告拔翁，萬一怠工，只可聽其自然，萬勿焦急。鄙意屆時擬請來電，按照在港時所談步驟，通告怠工期內，薪水照扣，如有被迫無法作工者，向指定律師處聲明，照給半薪。彼時在港談判，必已決裂，可否即令久芸先行回滬？至伯嘉應否同行，於下文論之。弟於昨晨約慶林來寓面談【渠交出辭職一信】，告以　尊意甚為信任，兼以至誠之意挽回。至進貨事，每次均指明價值、數量，即是範圍人事除記過外，並可停職。弟並為之解釋，謂滬處認為可以停職，斷無港處反令復職之理，不過●留一最高之權由港處施行，此亦是一範圍。渠意以後事務日益繁難，仍堅持初意，弟嚴加責備，渠仍不允收回。弟

告以我　兄竭誠挽留，我亦同意，既不允收回，將〔先〕行繳上，今將來信抄呈。察其用意，似並未辭去協理，然據仲明來言，則似慶〔林〕之意，既代經理，即協理已不存在，弟認為無此辦法。總之目下總是挽留，弟今晨□自往訪，將該原信面交慶林，渠云仍將送來，弟意以後儘管由信差多跑幾趟，□有如何變化。頃仲明來言，慶林昨日已將所用圖記，全數交與伊處，拔翁亦屢□，慶林不允收回。弟告仲明，渠不允收回，只可暫行儲存，有需用時，祇可請拔翁代為執行。拔翁見告，慶林告伊，如果怠工，仍當到公司維持，否則不再辦事【昨日慶林對弟，亦如是云云】，未知是何用意？在此期內，我　兄如有函電致滬處者，務祈列入慶林之名，即久〔芸〕歸後，與久芸函電，亦望列入慶名。因此之故，鄙意伯嘉似可暫勿來滬，如有必要之時，弟當電達。翰翁處弟仍尚未往訪【擬下星期往】，因船上三夜，臥床過於堅硬，不能安睡，身體甚覺疲憊之故。外致蔡太太一信，祈　閱過封送，為荷。敬叩〔老〕伯母大人福安，並頌　潭福

弟張元濟頓首　六月七日

同人均此問候，稍緩當再通訊。

正擬封發，復得電云「事已妥，久芸日內返滬發表」，敬悉，甚慰。

編注：本信收入《張元濟全集》，第一卷，第二一三至二一四頁，爲《全集》所收致王雲五第四十一封信。

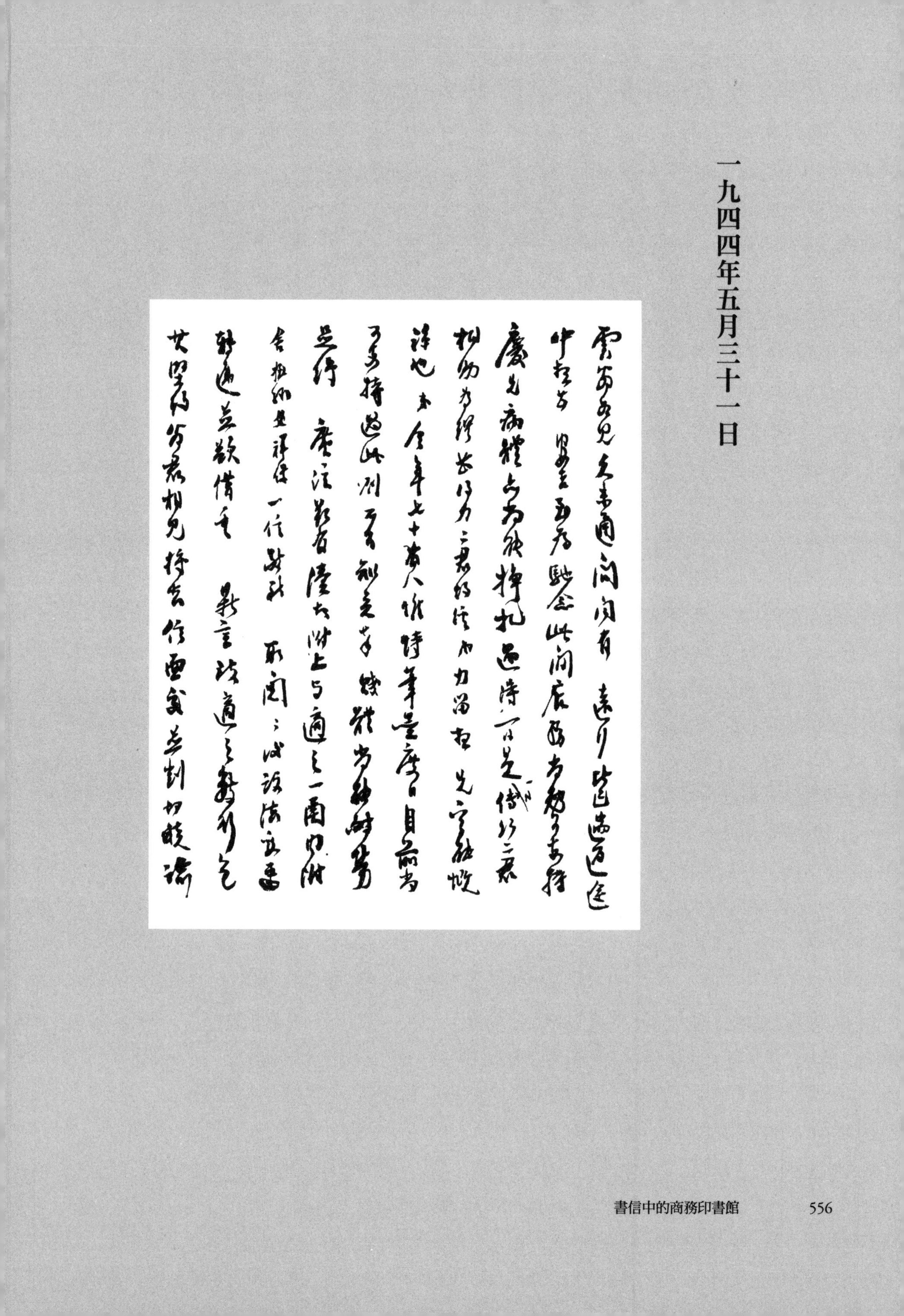

一九四四年五月三十一日

編輯摘要

・翁萬戈欲與張祥保解除婚約，張元濟請求王雲五協助挽回

點校文字

雲翁吾兄：久未通問，聞有　遠行，比已遄道，途中想甚　安吉，至為馳念。此間店務尚勉可支持，慶兄病體亦尚能掙扎，過得一日是一日。傅、巧二君相助為理，甚得力，二君均經弟力留，想　兄定能慨諒也。弟今年七十有八，惟恃筆墨度日，目前尚可支持，過此則不可知矣。幸賤體尚能耐勞，並恃　塵注。茲有請者，附上與適之一函，內附舍侄孫女祥保一信，敬祈　取閱，閱後設法妥速轉遞，並欲借重　鼎言，致適之數行，乞其堅約翁君相見，持去信面交，並剴切曉諭，無論如何，必索一回信，總望或有挽留，此亦為家長者之癡心也。我　兄仁慈，故敢為此可憐之女子籲求拯救。此信恐被浮沉，閱數日後尚有同樣之信遞達　左右，如此信先到，逆料轉遞之後必能達到，則弟第二信即投諸字簏可耳。再，翁君在美住址，伊有至戚夏邦瑞住在重慶沙坪壩松林坡三十四號，如無不便，乞　派人前往問明，說明緣由，夏君如肯相告，則函達適之轉●信時較便易也。瑣瑣奉瀆，無任感悚，敬頌

起居安吉

弟張元濟頓首　三十三年五月三十一日

編注：翁君即翁萬戈，曾與張元濟侄孫女張祥保有過婚約。傅、巧二君，即韋福霖（傅卿）與王巧生。

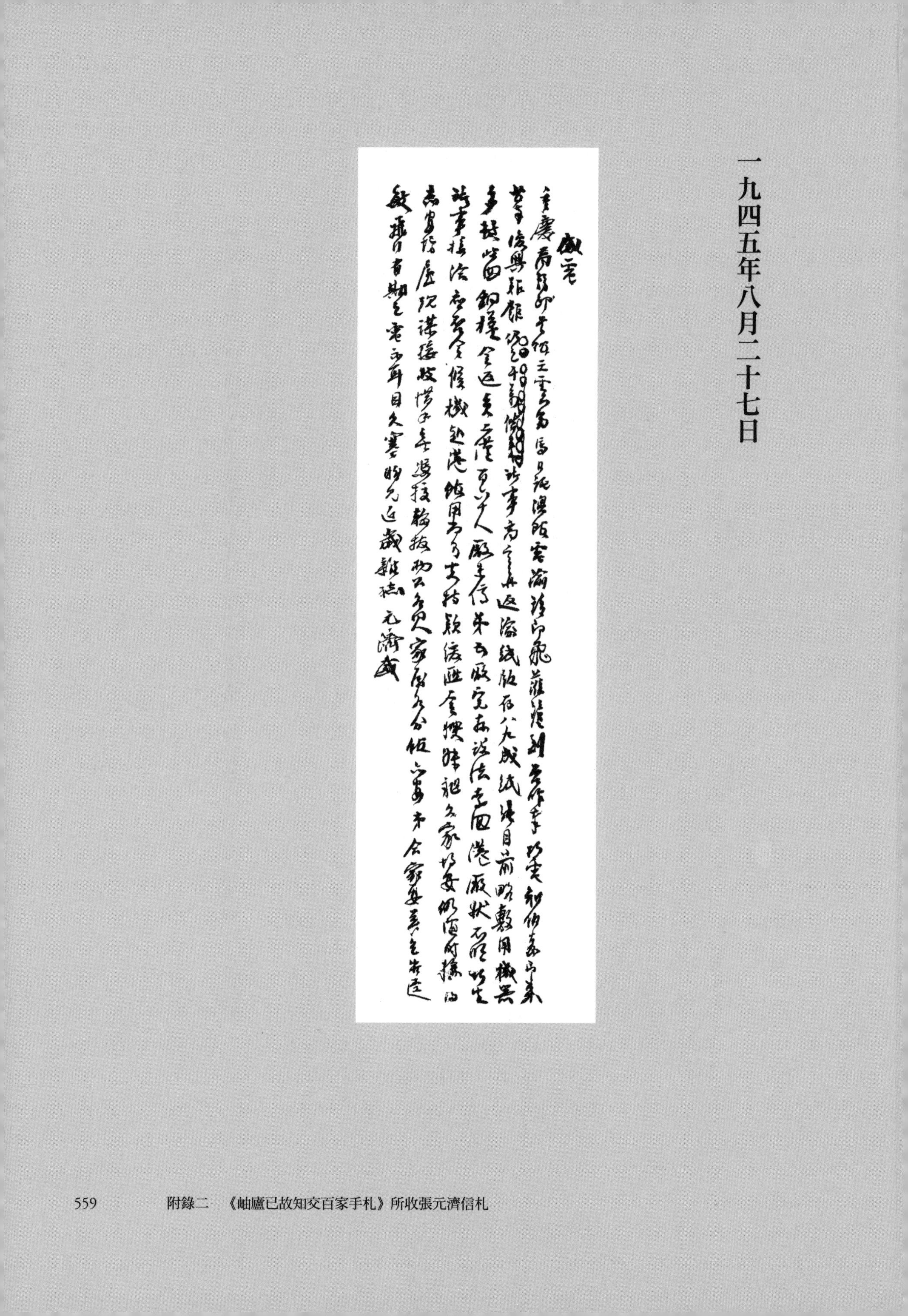

一九四五年八月二十七日

編輯摘要

•電請王雲五乘飛機到上海商議戰後復興商務印書館諸事；報告商務現況與職員同人、親友情形；期盼能閱讀近年出版之雜誌

點校文字

感電

重慶商務印書館王雲五翁：馬日托澳館電渝，請即飛蒞滬，到否？昨奉巧電，知伯嘉即來，甚幸。復興艱　，仍乞千萬偕來，諸事商定再返渝。紙版存八、九成，紙張目前略敷用，機器多數收回，銅模全返，員工僅百六十人；廠未停，第五廠完存，設法索回。港廠狀不明，巧生諸事接洽，應否令候機赴港？館用尚可支持，款緩匯。令嫂、妹、衵各家均安，仍隨時〔接濟〕。志安坊屋現謀接收，惜乎無憑據。翰、拔兩公，各同人家屬、各分館亦安。弟合家安善，乞告逵、敏。飛行有期，乞電示。耳目久塞，盼見近歲雜誌。元濟。感。

編注：本封電報收入《張元濟全集》，第一卷，第二一五頁，爲《全集》所收致王雲五第四十二封信（電）。依韻目代日，「感電」即二十七日，「馬日」即二十一日、「巧電」即十八日。

抗戰後，張元濟與王雲五商議復興商務印書館的往返書信和相關諸事，參見《王雲五先生年譜》，第一冊，民國三十四年（一九四五年）五十八歲，第四七一至四九一頁。

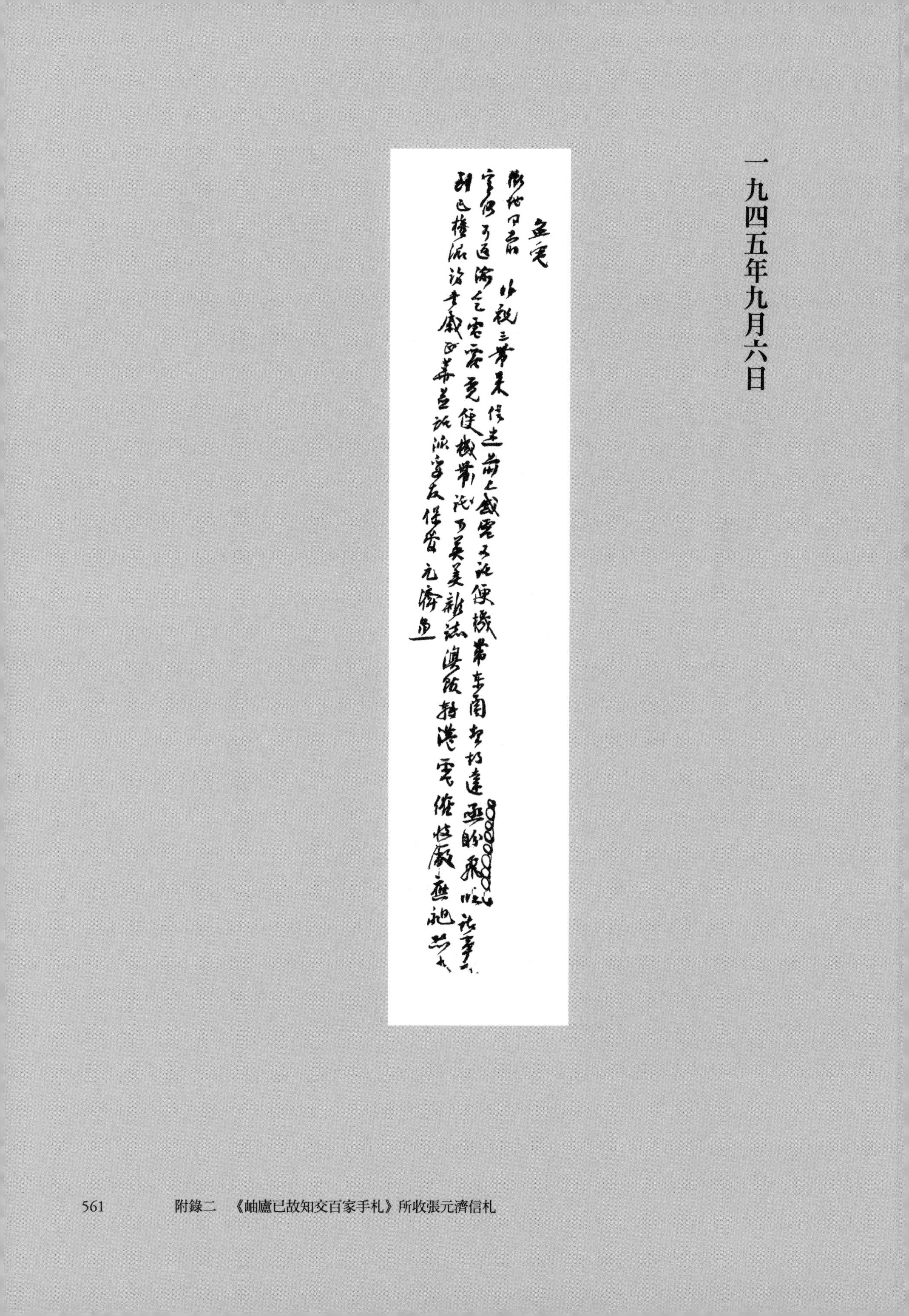

一九四五年九月六日

編輯摘要

・再次電請王雲五乘飛機到上海；請託人帶英美雜誌；商務香港分廠一事

點校文字

街地同前。　徐祝三帶來信悉。前上感電，又託便機帶東函，想均達。亟盼飛臨，諸事一定，仍可返渝，乞電覆。覓便機帶託下英美雜誌。澳館轉港電催收廠。應昶恐〔未〕到，已接派訪書戚正華，並託派妥友保管。元濟。魚。

編注：本電收入《張元濟全集》，第一卷，第二一五頁，爲《全集》所收致王雲五第四十三封信（電）。依韻目代日，「魚電」即六日、「東函」即一日。戚正華，後任商務印書館香港分館出納，但於一九四七年捲款潛逃。

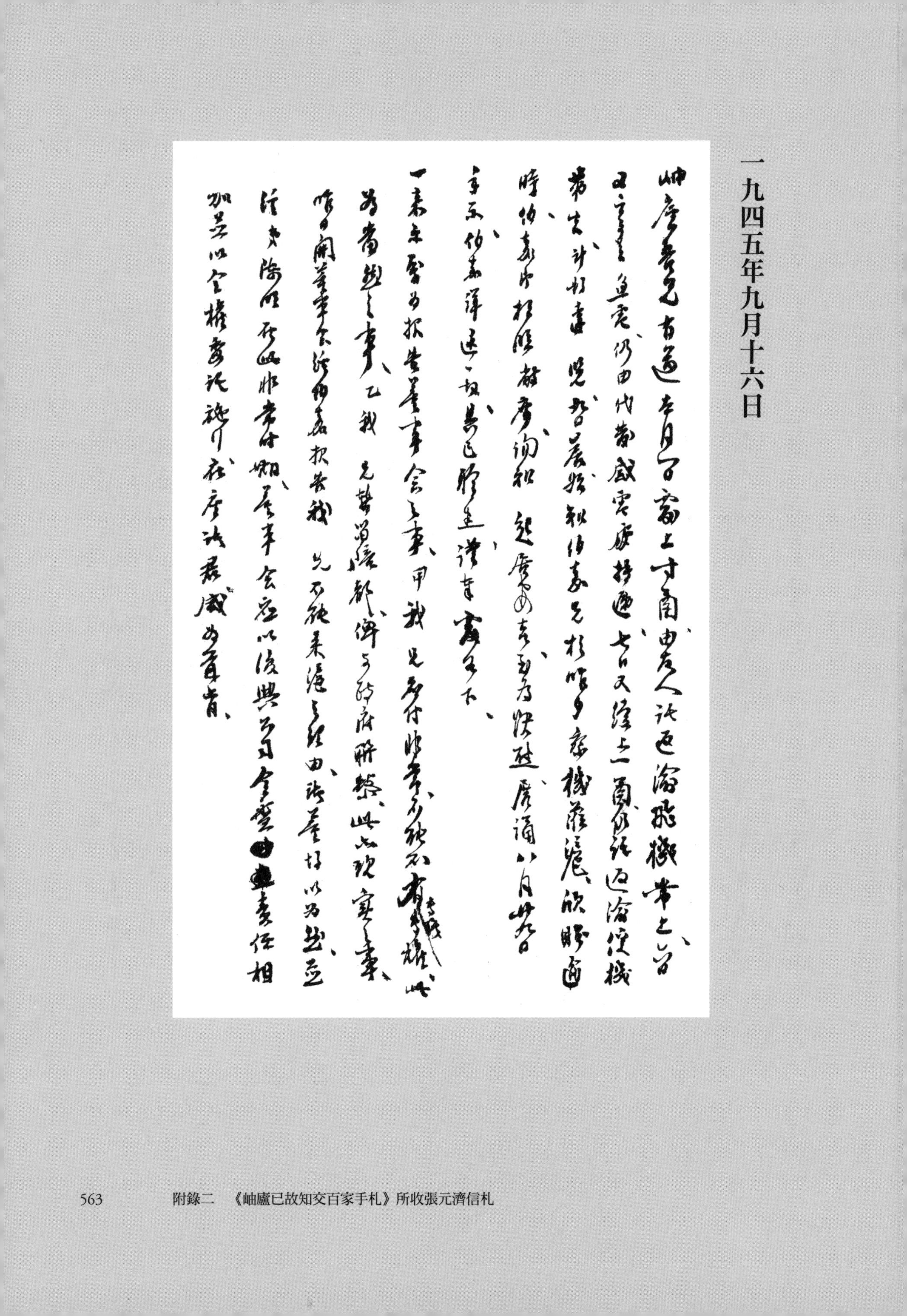

一九四五年九月十六日

二、[illegible]因公司八年未發股息，擬由補發每股若干之一節。查公司歷年

均經董事會議決，按各股息，廿六年、廿七年、廿八年三度，均發三厘；

廿九年、卅一年二度，發六厘；卅年度因被日寇蹂躪，營業停頓，

無年特撥補發六厘；卅二年度一分；卅三年度三分，計共八年，

共撥發過六分七厘。據前事人稱，均係按收起發（戰前發息或

係併送來，均所不免）。惟內地收支，則因有日寇擾亂之故，未發實

無息單。現在戰事既息，自應補發，但補發之數，另有須加商榷之

處。按今日亦經出舊事會議議決照發。戰事起後，公司撥出千餘萬

戰時維持營業以後，此間歷年均經撥發股息，茲又特發對年

之息。公司在淪陷期內發股息時，同人獎金亦係資方所得之數，若共總一

千萬元，照此間時價計算，於今儲備需為二十六萬萬元。常人難於所

見，當時心目中祇有儲備票，上海群眾，所謂讀是國幣第一千萬元而記。

並二十六萬萬元，此數目字實屬驚人，不知者必認為本館大為困難

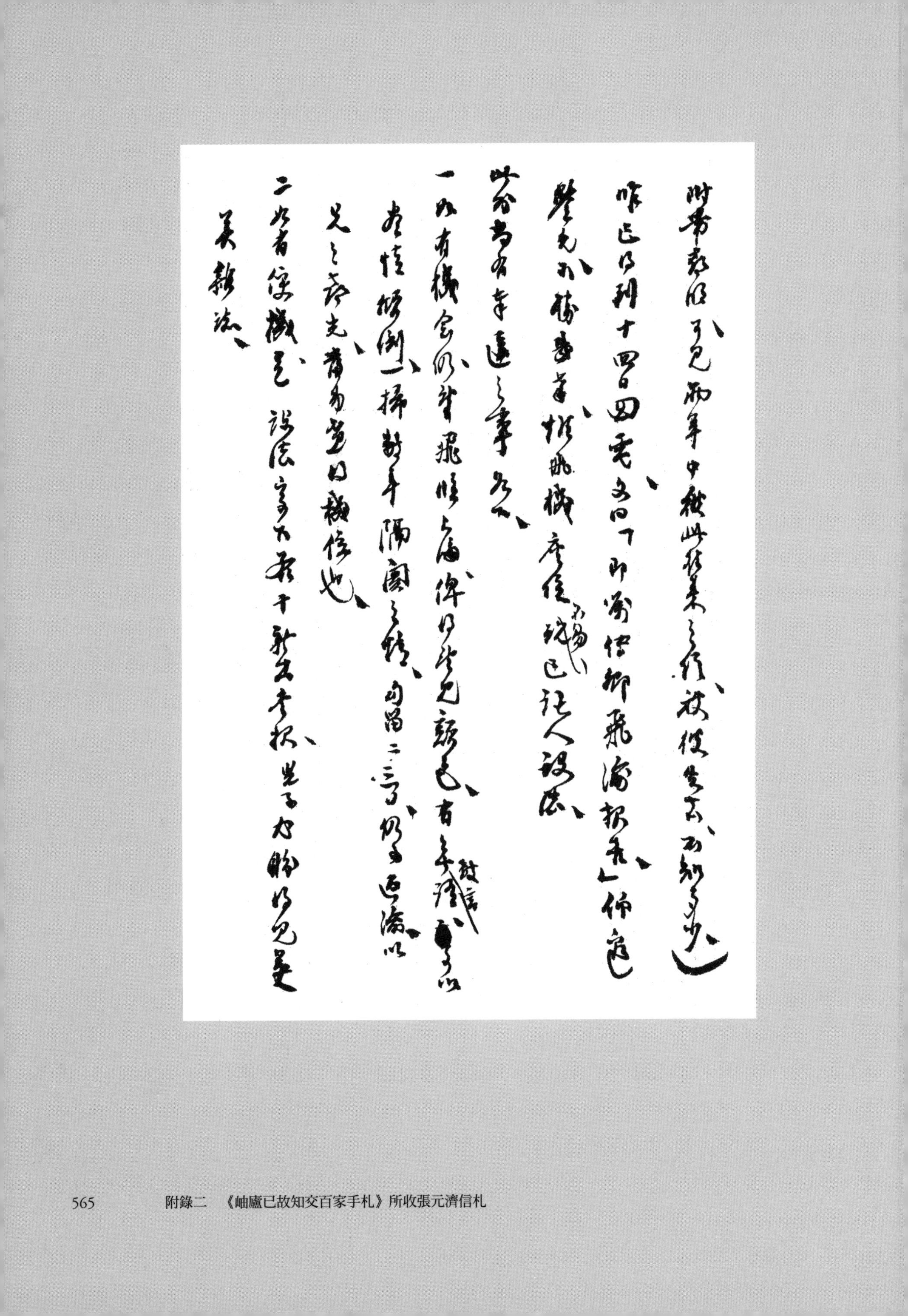

二、日寇戰犯及本國漢奸，務盼我政府嚴懲，決（周佛海已[illegible]也

廣告，當政府倚為自擴力之大害矣，無人不為禍亂）一以

餘大民主政體一以杜絕日後之禍患，務使我民族內部分

主張並[illegible]至[illegible]

此信已寫了兩日，右臂多患，故附上素箋及建言信稿

修改，並請[illegible]

古函並頌

澤翁

小弟 [illegible] 頓

[illegible]十六日

編輯摘要

• 回覆董事會討論專職專權、暫留重慶、補發股息等事；仍期望王雲五乘飛機到上海；再請託人帶英美雜誌；希望王雲五鼎力主張從嚴懲治戰犯與漢奸

點校文字

岫廬吾兄有道：本月一日覆上寸函，由友人託返渝飛機帶上，六日又寄呈魚電，仍由代發感電處轉遞，七日又續上一函，仍託返渝便機帶去，計均達　覽。九日晨，始知伯嘉兄於昨夕乘機蒞滬，欣盼逾時。伯嘉即枉臨敝寓，詢知　起居安吉，至為快慰。展誦八月廿九日　手示，伯嘉詳述一切，具已聆悉，謹覆如下：

一、來示屬為報告董事會之事。甲、我　兄應付非常，不能不有專職專權，此為當然之事；乙、我　兄暫留陪都，俾與政府聯繫，此亦現實之事。昨日開董事會，經伯嘉報告我　兄不能來滬之理由，諸董均以為然，並經弟陳明在此非常時期，董事會應以復興公司全盤●●責任相加，並以全權委託施行。在座諸君，咸為首肯。

二、尊意，因公司八年未發股息，擬即補發每股百元一節，查公司歷年均經董事會議決墊發股息，廿六年、廿七年、廿八年三度，均各三厘；廿九年、卅一年二度，各六厘；卅年度因被日冠蹂躪，營業停頓，至今年始議補發，亦六厘；卅二年度一分、卅三年度三分，總計八

年，共墊發過六分七厘。據辦事人稱，均經陳報總處（或有遺忘，或信件遺失，均所不免）。惟內地股東，則因有日寇檢查之故，未敢寄發息單，現在戰事既息，自應補發。但補發之數，尚有須加商榷之處，故今日未提出董事會，茲縷述如下：戰事起後，公司損失無算，戰衅甫停，營業未復，此間歷年均經墊發股息，茲又特發對本之息。公司在滬墊發股息時，同人獎金，亦依資方所得之數，是共須一千萬元。照此間時價計算，折合儲備票為二十六萬萬元，常人狃於所見，●現時心目中只有儲備票，上海羣眾，必不說是國幣一千萬元，而說是二十六萬萬元，此數目字，實可驚人，不知者必認為本館大發國難……〔後缺〕

……〔前缺〕附帶聲明，可見兩年中彼此往來之信，被彼失去，不知多少。）昨已得到十四日回電，文曰：「即囑傅卿飛渝報告」，仰邀鑒允，不勝感幸。惟飛機座位不易，現已託人設法。此外尚有奉達之事如下：

一、如有機會，仍望飛臨上海，俾得望見顏色，有無數言語，●可以盡情傾倒，一掃數年隔閡之情。勾留二、三日，仍可返渝。以　兄之聲光，當易覓得機位也。

二、如有便機，乞　設法寄下若干新出書報，兒子尤盼得見英美雜誌。

三、日寇戰犯及本國漢奸，甚盼我政府從嚴懲治，（周佛海已大登廣告，受政府委任為有權力之大官矣，無人不為短氣。）一以舒人民之毒恨，一以杜後日之患萌，務乞我　兄在內鼎力主張，至禱至盼。

此信已寫了兩日，不克多述。外附與季芸及逵方信各一，乞飭交。專此，敬頌　大安，並祈　潭福

弟張元濟頓首　九月十六日

編注：本信收入《張元濟全集》，第一卷，第二一五至二一七頁，爲《全集》所收致王雲五第四十四封信。王雲五所覆長信，參見《王雲五先生年譜》，第一冊，民國三十四年（一九四五年）五十八歲，第四八一至四八四頁。張元濟「此信已寫了兩日」，並非作於一時，故信中重複出現「一」、「二」序號。據王雲五覆信所言「奉讀本月十六日長函」，與後半張元濟落款時間吻合，而覆信皆爲回覆本信前半所言諸事，故能確定前、後半出自一信，但中間有缺失。

一九四八年十二月二十四日

編輯摘要

・勸王雲五早日東渡臺灣；告知本屆股東年會不再選舉王雲五為董事

點校文字

岫廬先生大鑒：久未通問。史久芸兄歸，詢知　起居安吉，至為欣慰。久兄並言有　貴友在臺灣招往結鄰，鄙見廣州將來必益繁冗，不宜甯居，甚望能早日東渡也。商務印書館本屆股東年會甫於本月十九日舉行，乃與同人相酌，謂　公此時正宜韜晦，不敢復以董事相溷，想蒙　鑒答。時事日艱，杞憂何極？言不盡意，敬頌　台安。

弟張元濟頓首　三十七年十二月廿四日

編注：本信收入《張元濟全集》，第一卷，第二一八頁，爲《全集》所收致王雲五第四十七封信。王雲五本人對張元濟來信另有解讀，參見見《王雲五先生年譜》，第二冊，民國三十七年（一九四八年）六十一歲，第七四二至七四三頁。

書信中的商務印書館：張元濟致王雲五的信札，一窺百年前出版經營甘苦談／張元濟 王雲五著. -- 二版. -- 新北市：臺灣商務印書館股份有限公司，2023.11
576 面；19×26 公分（人文）
ISBN 978-957-05-3535-8（平裝）

856.1 112016476

歷史 • 中國史

書信中的商務印書館

張元濟致王雲五的信札，一窺百年前出版經營甘苦談

作　　者 — 張元濟、王雲五
發 行 人 — 王春申
審書顧問 — 陳建守
總 編 輯 — 張曉蕊
特約主編 — 陳重方
責任編輯 — 徐　鉞
版　　權 — 翁靜如
封面設計 — 萬勝安
內頁設計 — 綠貝殼資訊有限公司

營 業 部 — 劉艾琳、謝宜華、王建棠
出版發行 — 臺灣商務印書館股份有限公司
23141 新北市新店區民權路 108-3 號 5 樓（同門市地址）
電話：(02)8667-3712　傳真：(02)8667-3709
讀者服務專線：0800056193
郵撥：0000165-1
E-mail：ecptw@cptw.com.tw
網路書店網址：www.cptw.com.tw
Facebook：facebook.com.tw/ecptw

局版北市業字第 993 號
初版：2009 年 08 月
二版：2023 年 11 月
印刷廠：鴻霖印刷傳媒股份有限公司
定價：新台幣 750 元
法律顧問—何一芃律師事務所